KB231772

한국 현대시와 근대성 비판

송기한

Publishing Company

: 머리말 :

한국 현대시와 근대성

개항 이후 100여년의 세월이 지났다. 이렇게 많은 시간이 흘렀다는 것은 국가나 민족 모두가 연륜이 높아졌다는 뜻도 된다. 어디 이뿐이겠는가. 근대의 형성과 더불어 시작된 한국의 문학 역시 그만큼 탄탄한 토대를 마련한 계기가 되었다는 뜻도 된다. 세계의 역사가 그러했듯이 한국의 역사도 순탄하지 못한 것이 지난 20세기의 현실이었다. 우리 민족의 역사상 과거 100여년의 세월만큼 모진 고뇌와 시련을 강요받은 시기는 일찍이 없었다. 이런 시련들은 외부의 요인에 그 원인이 있었던 것이 아니라 내부의 요인에 그 원인이 있었음은 잘 알려진 바와 같다.

역사의 틀을 딛고 일어서는 문학이 이런 어지러운 환경에서 자유로울 수 없었음은 자명할 터, 나는 그러한 한국의 문학사를 수난의 장으로 부르고자 한다. 서양 뿐 아니라 동양 각국의 문학사가 새로운 활로를 개척하고 시대의 현안에 적응하면서 그 험로를 뚫고 나왔듯이 한국의 문학사도 여기서 예외가 되지 못했기 때문이다.

그러한 수난의 장 꼭대기에 놓여 있는 것이 근대이다. 개항과 더불어 시작된 근대는 한국 문학사에 가능성도 보여주었지만, 격심한 좌절도 맛보게 했다. 미래에의 영원한 꿈을 준 것도 근대였고, 인식의 완결된 세계를 부순 것도 근대였기 때문이다. 그러나 미래에 대한 희망보다 더 좌절을 안

겨준 것이 근대의 본질인지도 모르겠다. 인간의 유현한 꿈의 세계였던 영원주의를 추방했으니 이에 대한 낭패감을 어디에 견줄 수 있단 말인가. 여기에 또 한가지 덧붙일 것이 있다. 바로 일본 제국주의라는 또 다른 성채이다. 한국문학사에서 근대의 시작은 일본 제국주의와 그 뿌리를 같이 하는 것이어서 이 둘을 분리시켜 생각하는 것은 불가능하다. 그리하여 근대의 극복이란 곧 일본 제국주의라는 권력을 뛰어넘는 것과 맞물리는 사안이기도 했다.

개항과 더불어 시작된 근대에 대한 한국 문학의 응전은 개화기의 제반 시가들에서 시작되었다. 그러나 근대에 내포된 그 본질적 속성들에 대해 보다 심층적으로 알게 된 것은 좀 더 나중의 일이다. 특히 1920년대 들어서 시작된 카프의 문학이나 모더니즘 계통의 문학들은 그 일차적 반응의 사례들이라 할 수 있다. 그러나 어느 사상적 과제들에 대해 굳이 개념적으로 접근할 경우에만 그 실체가 들어나는 것이 아니라 할 경우 한국의 근대는 개화기 전후에 시작된 것으로 보아야 한다. 물론 그 이전에 근대의 제반 양상들이 전혀 없었던 것은 아니다. 잘 알려진 것처럼 한국의 근대는 이미 영정조부터 시작되었다. 조선 후기에 접어들면서 시작된 사설시조화, 가사의 장형화 같은 산문적 세계들은 근대의 단초적 양상으로 인식해내기에 전혀 부족함이 없는 사유들이다. 그 열린 정신, 개방 정신을 계승하고 등장한 것이 개화기의 공간이었다.

〈독립신문〉은 그러한 개방성 가운데 가장 앞선 세계관을 보여주었다. 언어와 민족에 대한 새로운 인식, 자율적 국가 모형에 대한 자각적 사고는 저 중화주의라는 중심주의를 벗어나는 일대 혁명적 사유였다. 여기서 그러한 자강운동이나 독립주의가 성공했느냐의 여부는 별개의 문제이다. 역사에서 승리를 말하는 것만큼 어리석은 일도 없기 때문이다. 다만 그러한 변법자강운동이 자율적 기반에 의한 것이었고, 또 근대적 계몽운동의 일환에 의한 것이었다는 사실만 강조하면 그만이다.

한국의 근대가 개항 뿐만 아니라 일본 제국주의 망령과 함께 한 것이라 할 경우, 이에 대한 자각은 한국 문학사에 또다른 시련과 극복의 과제를 끌어안게끔 하는 계기를 만들어주었다. 이는 반일의 형태로 나타난 바 있다. 우리는 그러한 사례를 신채호에게서 극명하게 찾아볼 수 있다. 신채호가 표방한 근대는 무정부주의이다. 그의 무정부주의는 민족해방을 위한 투쟁으로서, 그리고 경쟁이 아닌 협력의 세계관을 제시함으로서 근대성의 구도 속에서 작동되는 사유체계라 해도 무방하다. 특히 근대적 삶의 조건을 개선하는 것이 근대성의 한 당면과제라면 단재의 그러한 사상들은 더욱 그러하다고 할 수 있다. 이런 뜻에서 단재의 무정부주의적 사유가 모더니즘과 카프문학, 항일혁명문학과 함께 근대성의 또 다른 형식 곧, 근대성의 제4의 형식으로 불러도 무방하지 않겠는가.

민족주의를 논의할 때 빼놓을 수 없는 것이 소위 민족모순에 관한 것이다. 카프가 지향했던 모순의 핵심 체계는 계급모순에 있었다. 근대성의 계보를 현실관계에서 찾은 것은 카프의 공적이지만 그 인식적 모순의 근간을 계급에서 찾은 것은 카프의 오류였다. 일제 강점기야말로 계급이 우선이 되는 것이 아니라 민족이 우선시 되어야 했기 때문이다. 김동환의 민족주의가 주목되는 것은 일차적으로 여기에 그 원인이 있다. 카프 구성들은 민족적 요인들은 무조건 제외시켜 놓고, 계급모순만을 강조했다. 이러한 오류들은 북한문학사에서 카프가 제외되는 원인이 되었음은 잘 알려진 일이거니와 실상 일제 강점기 가장 중요한 변혁의 근본 동인은 민족모순이라 해도 과언이 아니다. 계급이 아니라 민족에 대한 투철한 자각이야말로 이 시대의 가장 과학적인 현실인식이었다. 그렇기 때문에 김동환의 '민족'

에 대한 자각과 그에 대한 지속적인 문학적 형상화는 가장 선진적이며 과학적인 것이었다.

근대의 축들이 희망과 좌절의 두 가지 방면으로 읽힌다면, 아마 전자의 입장을 가장 잘 대변한 경우가 김기림이 아닌가 한다. 실상 이 문제는 매우 중요한 것임에도 그동안 별로 주목의 대상이 되어 오지 못했다. 그리하여 대부분의 연구자들은 김기림을 실패한 모더니스트의 전형으로 몰아부쳤다. 특히 전후를 거치면서 김기림의 모더니즘은 매우 경박한 것으로 비판받기도 했다. 그러나 이는 김기림의 사유를 제대로 파악하지 못한 오류에서 비롯된 것이다. 김기림은 근대의 제반 사유 가운데 과학의 비극성 같은 문제들에 대해서 애초부터 관심을 두지 않았다. 그가 쏟아부은 열정들은 계몽의 이념을 실현시킬 수 있는 과학의 전지전능한 힘뿐이었다. 그것은 시대와 관련되어 형성된 것이며 조선의 특수성에서 비롯된 것이다. 근대에 대한 김기림의 사상은 모든 사상이 그러하듯 강한 열정에 의해 추동된다. 김기림에게 초기부터 일관되게 유토피아 의식이 살아 숨쉬고 있는 이유도 여기서 찾을 수 있다. 김기림의 궁극적인 유토피아는 완전한 근대로서 이는 근대의 훼손되지 않은 영역인 르네상스의 정신을 통해 추구된다. 과학이 중요하게 부각되는 것도 이러한 사상적 본질 속에서이다. 김기림에게 과학은 피상적이거나 관례적으로 사고되는 것이 아니고 자신이 꿈꾸는 유토피아에 도달하기 위한 절실한 방법이자 힘이었다. 근대를 향한 김기림의 유토피아 의식은 초기 이후 어느 정도 수정되지만, 그러나 김기림은 시대를 향한 그의 정신에 힘입어 근대가 내포하고 있는 모순을 지양(止揚)시킨다. 이후 해방기의 「새나라 송」 등에서 보이는 담론들이 본격적인 근대화를 위한 실천적 행위로 자리매김될 수 있었던 것도 여기서 찾을 수 있다.

근대가 영원의 상실과 밀접한 상관을 갖고 있음은 두말할 필요도 없다. 하버마스가 근대적 인간형을 자율적 존재로 규정하고, 스스로 조정해나가는 주체로 인간을 규정한 것은 이 때문이다. 이럴 경우 가장 문제시되는 것이 소위 욕망의 문제이다. 끊임없이 발산되는 욕망의 흐름만큼 근대의 제반 현상을 제대로 설명해주는 것도 없을 것이다. 그러한 욕망의 매커니즘으로 근대를 설명한 사람이 서정주이다. 그는 욕망하는 개인을 신화로부터 인유한 다음 이를 근대적 인간형의 전범적 모델로 활용한다. 근대란 자아에 대한 명확한 인식을 근본 특징으로 한다. 생각하는 자아야말로 근대를 풍미한 기본 명제가 아니었던가. 자아의 해체나 확장과 같은 주관성의 원리가 근대를 특징짓는 징표라면, 이를 가장 대표하는 작가는 아마도 이상일 것이다. 그런데 자의식의 과잉이라는 측면에서 보면, 서정주의 경우도 이상과 다를 것이 없다고 할 수 있다. 관능과 욕망, 자기 격멸과 같은 자의식을 통해서 자아를 규정해나가는 시인의 여정들은 이상의 자아탐구 방식과 좋은 대조가 되기 때문이다. 시인은 그러한 자의식의 노출을 관능에서 직조해낸다. 실상 성애적 담론이 우리 시사에 편입되어 나타난 사례도 매우 예외적인 것이라 할 수 있지만, 그것을 인간의 본능과 연결시켜 시적 담론으로 풀어낸 사례 또한 거의 찾아보기 어렵다. 그만큼 관능과 욕망의 시적 어우러짐이야말로 서정주만이 개척한 근대의 또다른 모습이었던 것이다.

근대라는 괴물이 다가왔을 때, 이에 대한 노출과 투쟁의 전략도 유효한 것이지만, 이를 우회하거나 초월하는 전략도 가치있는 인식행위 가운데 하나일 것이다. 이론적 접근으로 그러한 전략들이 긍정적 주목의 대상이 된 것은 1990년대 들어서이다. 근대에 맞서기 보다는 이를 뛰어넘는 방법적 사유들이란 무엇일까 하는 치열한 고민들이 그것이다. 그러나 그 고민의 흔적들이 이 시기만의 고유한 현상은 아니었다. 우리는 그러한 모델을 가람 이병기의 경우에서 찾을 수 있다. 이병기는 『문장』을 주재한 이들 집단의 이념적 지도자였다. 그가 인도한 사유들은 근대로부터 비켜서는 것이었다. 가람은 근대에 노출된 파편화된 자아를 우주와 합일시키려는 전략을 펼쳤다. 그는 이를 서권기(書卷氣)와 난초의 향기를 통해 이루어내었다. 그는 고서(古書)와 난초 향기에 마취되어서 자아를 상실하고 마는 아주 드문 영역을 보여준 것이다. 그의 그러한 반근대적 사유는 정지용의 「백록담」과 떼어놓을 수 없다는 점에서 그 선구성이 매우 돋보이는 경우이다. 「백록담」은 근대적 자아가 자연의 자아로 합일되는 과정을 한라산의 등산을 통해 탁월하게 보여준 바 있다. 한국 모더니즘이 지향하는 통합의 사유가 자연에 있는 것이라면, 정지용은 이런 면에서 매우 적실한 사례를 보여주었다. 그런데 그 앞에 가람이 버티고 있었다. 서권기와 난초의 향에 취해서 가람은 자아를 잃어버리고, 자연의 일부가 된다. 생리적인 것과 오도의 경지를 뛰어넘어서 가람은 근대의 저 건너편을 응시하고 있었던 셈인데, 이런 경지를 가능케 한 것이 난초 향기의 마취력이었다.

가람의 그러한 정신을 이어간 그룹이 소위 청록파이다. 이들이 『문장』의 또다른 구성원이었던 정지용의 추천에 의해 문단에 나왔음은 잘 알려진 일이다. 따라서 청록파의 시세계와 『문장』지의 이념을 분리시켜 논의하는 것은 어려워보인다. 청록파가 초지일관하게 천착해 들어간 분야 역시 『문장』지의 구성원들과 마찬가지로 자연의 세계였다. 이들이 이렇게 자연의 세계에 동화하고자 했던 것은 물론 근대의 역학 때문이다. 먼저 목월의 경우를 보자. 그의 근대에 대한 혹은 현실에 대한 대응방식은 매우 독특한 것이었다. 목월의 자연시들은 기존의 자연시들이 보여주지 못한 특성을 갖고 있다. 그의 시 속에 묘사된 자연이 재현된 자연이 아니라 생성된 자연이라는 측면 때문이다. 목월 자신의 말에 의하면 그 스스로가 만들어낸 자연이다. 그것은 현실 속에는 불가능한, 그리하여 상상이 만들어낸 주관적 열정의 표명이었다. 그러나 청노루나 자하산과 같은 비현실적 대상을 소재로 시화했다는 것 때문에, 일제 강점기라는 현실을 회피했다는 지적을 받아 왔다. 그러나 목월 스스로가 언급했던 것처럼, 그의 자연시들은 철저하게 일제 강점기라는 현실을 떠나서는 설명할 수 없다. 일제 강점기라는 근대의 또다른 장애물이야물로 상상적 자연없이는 그 회피가 불가능했기 때문이다.

조지훈의 시들은 박목월의 경우와 달리 대단히 역동적이다. 그의 그러한 특장을 알 수 있는 것이 '나그네' 의식이다. 실상 그의 시는 정적인 것으로 알려져 있지만 작품의 면면을 들여다보면 전혀 그렇지 않다. 그의 시를 이렇게 정적으로 보게 한 원인들은 여러 가지가 있겠으나 무엇보다 그의 시들이 자연을 완상하고 관조했다는 데에서 기인한다. 그러나 이는 전혀 사실과 다르다. 조지훈의 시들은 정적 세계에만 머물러 있었던 것이 아니었다. 자연에 대한 막연한 관조나 예찬에서 머물지 않고 그것을 끊임없이 자기화하려고 노력했다. 그것이 그의 시에서 드러나는 나그네 의식이다. 조지훈에게 있어 이러한 나그네 의식은 보편적으로 사유되는 존재론적인 것이기도 하지만, 근대의 세례를 받은 자의 불구화된 의식의 산물이기도 했다. 이는 그의 자연에 대한 시정신의 여로가 완결지향적인 것이라는 단적인 증거가 아닐 수 없다. 조지훈은 자연을 완상하려 한 것이 아니라 여기에 완전히 합일하려 했다. 목월처럼 가공된 자연을 찾는 것이 아니라 우주의 실체로서 존재하는 자연 속에 완전히 기투함으로써 근대를 초월코자 한 것이다. 그의 자연시들이 갖는 궁극적 함의는 나와 자연이 하나로 합체되는, 그리하여 파편화된 인식이 완결되는 세계로 나아가는 것이었다.

흔히 기독교적인 것으로 알려진 박두진의 시세계는 산문성에 바탕을 둔 자연의 세계에서 찾을 수 있다. 박두진 시의 산문성은 오히려 그만의 시세계를 형성하게 하는 특징적 요소이게끔 했다. 근대에 대응하는 그의 시적 자세들은 모두 그 산문정신에서 온 것이다. 뿐만 아니라 그러한 산문성들은 목월의 자연시와 구분짓게 하는 잣대가 된다. 압축과 생략에 의해서 만들어진 자연, 마음속의 지도에서 만들어진 비현실적 자연이 목월의 그것이라면, 박두진의 자연은 객관적 현실에 기초한 있는 그대로의 자연이기 때문이다. 이러한 자연관은 『문장』의 세계관과 어느 정도 상관관계를 갖고 있다. 청록파를 가능케 한 것은 정지용이다. 청록파와 『문장』의 세계관이 상호불가분의 관계에 놓일 것이라는 추정은 여기서 비롯된다. 그러나 이들의 상호관계가 미학적으로 규명된 경우는 거의 없었다. 정지용이 구현한 자연과 서정적 자아의 통합은, 개체들만의 자연스러운 어울림을 통해서 가능했다. 가령, 소와 말과 같은 계통을 구분하지 않은 이러한 통일된 축제는 박두진의 시에서도 그대로 재현된다. 양육강식이 없는 자연이라든가 온갖 자연 존재들이 하나로 어우러지는 화합의 장이야말로 가장 정지용적인 것이라 할 수 있다. 자연에 대한 이러한 의미화는 박목월의 자연시에도, 조지훈의 자연시에도 없는 것이었다. 박두진은 산문적 대응을 통해서 자연을 의미화했고, 이를 통해 근대에 대응하려 했다.

근대는 인식의 파편화뿐만 아니라 일제 강점기라는 현실적 제약도 가져왔다. 그러나 그러한 근대의 혹독한 채찍은 일제 강점기에만 그친 것이 아니라 해방기를 거쳐 전후에도 고스란히 이어져 왔다. 그럼에도 1950년대의 근대성의 사유들은 식민지 시대의 그것들과 약간의 차별성을 갖고 있다. 특히 사회적 맥락을 읽어내기가 쉽지 않은 전후의 시단에서 근대성의 제반 문제들은 시사적으로 매우 의미가 있는 것이라 할 수 있다. 50년대의 근대성은 관념의 영역에서 직조되는 것이 아니다. 이는 1930년대의 모더니즘과 50년대의 모더니즘을 분기하는 중요한 매개이면서 차별점이 된다. 가령 이전의 모더니즘이 가공의 현실을 관념 속에서 직조한 반면, 50년대의 모더니즘은 지금 여기의 현실을 실제 속에서 재구성해내고 있기 때문이다. 전후 모더니즘을 이끌었던 그룹은 '후반기' 동인이었다. 이들 이외에도 다른 모더니스트들이 있긴 했으나, 하나의 유파를 만들고 이를 이념화한 것은 '후반기' 동인뿐이었다. 이들에게 공통적으로 보이는 모더니즘의 시적 방법과 정신은 현실과 밀착된 사유를 갖고 있는 이미지즘의 세계였다. 이들은 방법으로서의 이미지즘 뿐 아니라 근대의 제반 모순 또한 예각적 시선으로 받아들이고 비판하는 내용으로서도 충실한 면을 보여주었다. 그것은 근대의 희망과 좌절이라는, 근대에 내재되어 있는 이중성의 문제였다. 뿐만 아니라 이들은 전후라는 특수한 상황에 대해서도 적극적으로 그 의미를 해석해내고, 이를 의미화시켰다. 새로운 질서에 대한 희망이나 기대, 곧 전범적인 구조체 모형에 대한 지향이 바로 그것인 바, 이는 전후의 질서가 만들어낸, 근대에 대한 새로운 지향모델이었다.

전후가 현실에 기반한 모더니즘이라면, 이는 일제 강점기의 모더니즘과 사뭇 다른 부분이 아닐 수 없다. 관념이 아니라 현실이 문제될 경우, 그것은 구체적인 인식 모형내지는 사유의 틀과 불가분의 관계에 놓이게 될 것이다. 그러한 맥락에서 김춘수는 근대의 사유 구조를 고유의 맥락에서 보여준 예외적인 경우이다. 김춘수는 그러한 근대를 대응하는 방법적 장치로서 무의미라는 득의의 영역을 만들어내었다. 이는 여러 가지 국면에서 시사적 의미가 있는 것이었다. 하나는 방법의 독창성이고, 다른 하나는 사유의 독창성이다. 근대란 사유의 여행구조라 할 수 있다. 그런데 김춘수는 그러한 여행을 통해서 근대성의 양상들을 탁월하게 제시해주었는데, 그가 최종적으로 도달한 곳이 무의미의 세계이다. 무의미란 의미가 없는 세계이다. 의미가 없다는 것은 개념으로 접근할 수 없는 세계이다. 개념으로는 접근할 수 없는 본질, 때문은 언어로는 결코 사유될 수 없는 것이 무의미의 세계이다. 그것은 의미화할 수 없는 세계이기에 기존의 언어로는 접근하는 것이 불가능하다. 그곳에 이르기 위해서는 언어 없이 직접 접촉해야 한다. 그 본질이란 개념 이전의, 언어 이전의 상태로 있기 때문이다. 따라서 그것은 무(無)의 세계와 가깝다고 할 수 있다. 언어가 사라진 자리에서의 시쓰기, 그것이 김춘수가 추구한 무의미 시의 궁극적 함의이다. 근대에 대한 김춘수의 이러한 시적 전략은 방법적 의장에서 찾아진 최초의 시쓰기였다. 근대를 헤쳐나간 그의 시세계가 돋보이는 것도 이런 창의적이고 방법적인 자각에 그 원인이 있다.

한국 문학 앞에 놓여진 근대라는 저 난공불락의 성채는 하루 아침에 없어질 성질의 것이 아니다. 수많은 문인들이 이와 싸워왔고, 또 앞으로도 싸울 것이다. 그들이 나아간 행로를 되짚어 가는 것이야말로 근대에 대응하고, 이를 뛰어넘는 전략들이 아닐까 한다. 이러한 탐색은 앞으로 계속되어야만 하고, 또 그것만으로도 행복한 일이 될 것이라 믿고 있다.

: 목 차 :

한국 현대시와
근대성 비판

『독립신문』 시가에 나타난 근대의 의미

1. 『독립신문』과 개화사상

한국 사회에서 근대의 기점과 출발에 관해서 여러 이견이 있지만, 대략 18세기 전후의 시기라는 사실에 대해서 대부분 동의하고 있다. 근대의 기점이 문화론에서 특히 문제가 되었던 것은 잘 알려진 대로 임화의 이식문화사론 때문이다. 문화나 전통을 하나의 연속성으로 볼 것이냐 아니면 단절로 볼 것이냐가 이식문화론의 문제제기로서, 조선의 문화란 외래 문화의 단순한 이식에 불과하다는 것이 이 이론의 요체이다.

조선의 문화를 이식문화론으로 판단하는 핵심에는 조선의 사회 구성체를 자생적 힘을 상실한 무기력한, 그리하여 새로운 주체를 구성할 힘도 능력도 없는 비역동적 실체로 파악하려는 점이 있다. 조선의 문화를 수입된 외래 문화에 대해 적어도 희미한 가역반응조차 할 수 없는 비연속적 단절체로 보는 것이다. 뿐만 아니라 이 문화사론은 지극히 결과론적인 것이기도 하다. 왜냐하면 조선의 사회가 자생의 문화나 근대의 틀 속에 편입되기

전에 식민지화되었다는 사실과도 무관하지 않기 때문이다.

1970년대 이전의 문학사가들이 전통 단절론에 함몰되어 그 대항담론에서 문학사를 기술하지 못한 이유도 조선이 곧바로 일제 강점기에 접어들었다는 역사적 사실에 압도되었기 때문이다. 그만큼 외래적인 것과 역사적 불편부당성이라는 이 두 가지 요인들은 문화단절론을 구성하는 데 있어 불변의 실체로 우뚝 자리하고 있었다. 그러나 70년대 들어서 이 환경결정론은 논리적 근거를 잃어버리고 마는데, 그것은 조선 사회에서 외래적인 것의 대타성이란 존재하는가, 존재한다면 그 사회적, 철학적 근거들은 무엇인가에 대해 주목하기 시작한 일련의 학자들에 의해서이다[1]. 이들은 조선 사회에서 외래적인 것과 대비되는 자생적인 것을 탐구해 들어감으로써 외래적인 것에 근거한 이식문화사론의 한계와 철학적 허약성을 밝혀내기 시작했다. 그것이 잘 알려진 영·정조 기점론이다.

자생론에 초점을 맞춘 이 기점론이 주목한 것은 조선 후기의 사회, 경제적인 변화이다. 자본주의로의 변화나 완성의 국면은 아니더라도 징후적인 면에서 조선 후기 사회는 초보적인 의미에서 자본화를 지향하는 근대사회로 진입했다는 것이다. 그리하여 대농장이라든가 고리대금업과 같은 자본주의적 특성과 그 지배, 그리고 신분 사회의 변동 등을 그 본보기로 들고 있다. 그리고 여기에 한 가지 덧붙여지는 것이 그러한 사회구조의 변동에 따른 상부구조로서의 변화인데, 곧 산문 정신의 확산 현상이 바로 그것이다.

산문 정신이란 중심으로부터 떨어져나가는 정신이고 해체하는 정신이다. 중심의 원리가 지배하는 사회가 통일적, 혹은 구심적 사회라면 해체의

1) 가장 대표적인 것이 김윤식, 김현이 『한국문학사』(민음사, 1973)에서 제기한 근대의 영정조 기점론이다.

원리가 지배하는 사회는 분산적, 혹은 원심적 사회라 할 수 있다. 전자의 사회에 주로 리듬을 바탕으로 한 율문 중심의 장르가 적합하다고 한다면, 후자의 사회는 개성을 바탕으로 한 산문 중심의 장르가 적합하게 된다. 조선 후기에 산문정신의 확산은 조선조의 대표적 율문 양식이었던 가사와 시조 양식을 산문화시키면서, 장형가사와 사설시조를 생산해내게 된다. 사설시조의 등장을 근대 자유시의 뿌리 혹은 맹아적 단계로 보는 근거도 여기서 연유한다[2]. 실상 중심으로부터 떨어져 나온다고 하는 산문정신은 대단히 중요한 문화사적 의미를 담고 있다. 조선 사회에서 중심을 해체하는 이 일탈의 정신이야말로 주자학의 이념적 쇠퇴뿐만 아니라 신분 사회를 무너뜨리는 근본 동인이 되기 때문이다. 게다가 산문화된 흐름들은 여러 개의 중심들을 만들어내는, 다양성의 문화나 자율성의 정신과도 무관하지 않다.

결국 조선 후기부터 진행되어온 제반 현상들을 바탕으로 근대의 기점을 규정하는 기본 잣대는 사회 경제적 변화와 산문 정신으로 요약할 수 있을 것이다. 그런데 근대에 대한 이같은 관점은 개화기에 이르러서도 크게 달라지지 않는다. 진행이라는 관점에서 보아 개화기는 봉건 지배층의 점진적인 해체와 근대적 문물제도가 점진적으로 완성되어 가던 시기이기 때문이다. 다만 개화기의 시대적 특수성을 고려하여 산문정신의 후퇴와 율문정신의 승화로 보는 견해도 있긴 하다. 애국 계몽이라는 국가적 위기를 맞이하여 그 대안적 모색의 결과가 여러 이질적 사유들을 하나로 묶어내는 제도적 장치로서 율문 정신을 필요로 했다는 것이다. 개화기의 시가에서 산견되는 율격들이 철저히 정형률에 입각해 있다는 점이 이를 반증해주는

2) 송기한, 「근대와 시의 자율성」, 『한국현대시사탐구』, 다운샘, 2005, pp.9-26.

사례라 할 수 있을 것이다[3].

그럼에도 산문정신은 개화기에도 여전히 유효하고 또 근대의 제반 정신을 설명해주는 근본 요인이 된다는 것이 필자의 판단이다. 앞서 언급했던 것처럼, 산문화는 원심성을 근본 특징으로 한다. 그것은 어느 특정 국가에서 그 사회를 이끌어왔던 지도원리를 해체하고, 지배계층의 이념과 위계질서를 무너뜨린다. 그것의 파괴성은 견고한 것들을 그냥 놔두지 않고 주변적인 것과 미세한 부분으로 나누어버린다. 서구 일각에서 흔히 논의되던 태양중심주의문화라든가 남성주의문화가 전복되는 것도 이 순간이다. 일종의 중심의 와해 현상인 셈이다. 그리고 근대를 특징짓는 것 가운데 하나가 자아와 세계의 분열이다. 그것은 영원성의 상실이라는 말과 동일한 차원에 놓인다. 자아와 화합되던 중세가 영원성이 지배하는 사회라면 근대는 그러한 영원성이 사라진, 우연성과 순간성이 지배하는 사회이다. 이러한 순간성들이 인간으로 하여금 영원으로부터 떨어져 나오게 하여 인간을 스스로 조율해나가는 근대적 인간형, 곧 자율적 존재로 만들어버렸다.

근대적 인간형이란 모두 산문정신의 결과이긴 하지만, 이러한 인간형들이 전제되기 이전에 근대의 제반 현상 가운데 또 하나의 주요한 변화를 간취해낼 수 있는데, 그것은 바로 새로운 민족 개념의 정립과 이에 기반한 근대적 의미에서의 민족 국가의 출현이다. 이른바 국민국가나 민족국가의 탄생이 그러한데, 이 또한 산문정신과 밀접한 상호연관관계를 갖고 있다. 서구 근대 민족주의의 형성과 근대 국가의 형성이 산문화와 분리되어 논의할 수 없는, 상호 불가분의 관계에 놓여 있기 때문이다. 가령, 근대 서구 사회에서 진행된, 라틴어 중심에서 방언 중심으로의 개편과정, 그리고

---

3) 김영철, 『한국개화기시가연구』, 새문사, 2004, pp.278-280.

그러한 언어를 바탕으로 한 새로운 민족 개념의 형성과 독립국가의 탄생이 바로 그러하다. 근대를 설명하는 징후적 양상들과 형식적 특성들은 연구자의 관점이나 세계관 등에 따라 얼마든지 분기될 수 있다. 실상 열거하기 어려울 정도로 근대의 제반 양상들을 규정지을 수 있는 현상과 말들은 얼마든지 있을 수 있는 것이다. 그럼에도 봉건적 의미에서 국가가 아니라 근대적 의미에서의 국가의 탄생이야말로 가장 근대적인 징후에 가깝다는 사실은 아무리 강조해도 지나치지 않을 것이다. 그것은 세계라는 지역 혹은 특정 지역을 지배했던 정신적, 실질적 이념으로부터의 해방이기 때문이다. 그것이 곧 중심의 해체이면서 산문정신이 아니겠는가.

개화기에 특징지을 수 있는 '개화의 정신'이 무엇인가에 대해서는 여러 다양한 의견들이 있다. 제국주의 침략에 대한 항거, 중세적 사회 체제의 청산과 근대 사회의 형성, 민족적 역량의 인식과 자각으로 보는가 하면[4], 개화 가사의 개화사상을 민권론, 국권론, 기술개발론[5] 등으로 보기도 한다. 뿐만 아니라 시기별로 나누어서 1870년대를 해외에 대한 이해의 시기, 1880년대를 근대 문명을 받아들이는 시기, 1890년대 이후를 국권, 민권의 수호의 시기로 보기도 한다[6]. 그러나 개화기를 이렇게 다양한 시기와 관점으로 보더라도 여기서 한 가지 공통점을 발견할 수 있는 바, 그것은 바로 국권론이다. 이를 달리 '새로운 자주독립국가의 건설'이라는 말로 대치할 수도 있을 것이다. 개화기의 여러 사상적 지류들을 이렇게 하나의 관점으로 단선화시켜서 보는 데에 많은 무리가 있는 것은 사실이다. 그럼에도 '자주독립국가' 건설은 단순히 새로운 나라가 하나 더 만들어진다는 의미

---

4) 조동일외, 『개화기의 우국문학』, 신구문화사, 1974.
5) 김영철, 앞의 책, p.350.
6) 권오만, 『한국 근대시의 출발과 지향』, 국학자료원, 2002, p.355.

를 넘어서서 여러 복합적인 의미역을 갖는다고 할 수 있다.

국가를 규정하는 요인들은 여러 가지가 있다고 본다. 가장 기본적인 요인으로는 영토, 민족, 언어 등을 들 수 있을 것이고, 좀 더 폭을 넓히면 문화, 이념, 국체 등등을 추가할 수 있을 것이다. 그런데 그 요인이 무엇이든 중요한 것은 '국가'라는 하나의 존재를 만들어내고 인식하는 매개에 있다고 할 수 있을 것이다. 개화기의 경우는 근대 국가의 모형을 만들어내고 이를 지향해야할 시대적 임무를 부여받고 있었지만, 이를 단지 개화사상이라는 애매하고도 뭉뚱그려진 말로 치부되고 있었던 것이 현실이었다.

근대는 내적인 요인과 외적인 요인의 묘합에 의해 형성되고 완성된다. 한국의 근대가 조선후기에 그 징후적 싹을 꽃피운 것이 내적인 요인에 의한 것이었다면, 개화기의 근대는 외적인 요인에 의해 좌우될 형편에 놓여 있었다. 그것이 새로운 독립국가의 건설이었던 바, 다름 아닌 중화문화권이라는 거대한 틀로부터 어떻게 일탈할 것인가에 대한 것이었다. 이는 먼저 근대 민족국가를 태동시킨 서구의 경우와 대비해 볼 때, 그 시사하는 바가 매우 큰 것이라 할 수 있다. 서구의 경우 근대 민족국가내지 독립국가의 건설은 유럽 공동체라는 큰 틀에서 어떻게 벗어나는가와 더불어서 그들의 공통의 문자였던 라틴어로부터의 해방에 있었기 때문이다. 개화기의 시가에서 보여준 개화사상들, 특히 순한글로 간행되었던 독립신문이 지향했던 편집 방향과 여기에 발표된 국문시가들의 개화사상이 주목되는 이유도 여기서 찾을 수 있다[7]. 그것은 한자문화권으로부터의 독립과 중화문화권으로부터의 일탈과 상관관계에 놓여 있었기 때문이다.

---

7) 순한글은 『제국주의』 신문에서도 씌어졌고, 『대한매일신보』의 국문판에서도 씌어졌다. 이런 광범위한 한글운동이야말로 근대로 이행되는 개화기만의 특수성으로 보인다. 그럼에도 『독립신문』으로 한정한 것은 그러한 한글의 정신을 독립신문이 가장 잘 구현하고 있는 것으로 판단했기 때문이다.

요컨대, 근대문학은 국민 국가가 바탕이 되어야 하는 것이고, 또한 이 국가 체제를 지탱하는 의사소통의 매개로 그 나라만이 갖는 고유의 언어가 있어야 한다. 이러한 요건이 갖추어질 때, 비로소 근대적 의미의 국민문학, 근대성이 반영된 민족문학이 성립하게 된다. 독립신문의 국어국자운동과 개화기 시가의 국문 창작이 주목되어야 하는 이유도 바로 여기에 있다.

2. 근대의 세 가지 의미축

1) 언어 민족주의

개화기에 국어국문운동이 활발하게 일어났던 것은 잘 알려진 사실이다. 『독립신문』, 『제국신문』과 같은 언론매체 뿐만 아니라, 신채호, 주시경, 지석영 등 민족주의자들에 의해서도 국어에 대한 중요성과 그것이 한 나라에서 가져야 할 근본 의미에 대해서 다양한 관점과 각도에 의해서 피력된 바 있다. 이 가운데 신채호는 국문으로 씌어진 문학만이 진정한 우리의 문학이고 다른 언어로 씌어진 문학은 우리 문학에서 제외되어야 한다는 논리를 펼친다[8]. 이는 매우 국수적이고 민족주의적인 것이지만 대중화권이라는 틀에서 벗어나야 한다는, 근대이후 서구에서 제기된 독립국가론이라는 시각에서 보면 획기적인 것이고 진보적인 것이라 할 수 있다. 신채호의 이러한 선구적 논리는 그가 사상적인 측면에서 개화주의자가 아니라는

8) 신채호, 「국한문의 경중」, 『신채호별집』, 1972, p.75.

측면에서 더욱 의미있는 것이기도 하다.

잘 알려진 것처럼, 개화기는 여러 사상가들이 자신들만의 고유한 세계관에 따라 그들만의 고유한 문체관을 보여주고 있었다. 가령, 전통사상가는 한문체, 개화에 대한 중도적 사상가 혹은 개화적 성향을 가진 사상가는 국한문 혼용체, 개화사상가는 국문체 등으로 분기되고 있었던 것이다. 물론 이러한 구도는 매우 단순화된 도식이긴 하지만, 어느 정도 상관관계를 맺고 있었다. 따라서 개화사상과는 어느 정도 거리가 있었던 신채호에게 있어서 국문 전용에 대한 문제제기는 예외적인 것이 아닐 수 없었다. 또한 국문에 대한 중요성과 그 인식은 한글 전용 신문을 발간을 지향했던 『독립신문』에서도 엿볼 수 있다.

> 우리 신문이 한문은 아니 쓰고 다만 국문으로만 쓰는 것은 상하귀천이 다 보게 함이라 또 국문을 이렇게 구절을 띄어쓴즉 아무라도 이 신문 보기가 쉽고 신문 속에 있는 말을 자세히 알아 보게 함이라 각국에서는 사람들이 남녀 무론하고 본국 국문을 먼저 배화 능통한 후에야 외국글을 배우는 법인데 조선서는 조선 국문은 아니 배우드라도 한문만 공부하는 까닭에 국문을 잘 아는 사람이 드물다 조선 국문하고 한문하고 비교하여 보면 조선 국문이 한문보다 얼마나 낫은 것이 무엇인고 하니 첫째는 배우기가 쉬운 글이오 둘째는 이 글이 조선 글이니 조선 인민들이 알어서 백사를 한문 대신 국문으로 써야 상하귀천이 모두 보고 알아보기가 쉬울 터이라 한문만 늘 써 버릇하고 국문은 폐한 까닭에 국문만 쓴 글을 조선 인민이 도리어 잘 알어보지 못하고 한문을 잘 알아보니 그게 어찌 한심치 아니하리요[9)]

『독립신문』은 개화기에 간행된 여러 신문 가운데 한글에 대한 인식과 이해를 다른 어느 언론 매체보다도 충실히 그리고 확고하게 견지해 왔다.

---

9) 『독립신문』 논설, 1986.4.7.

그것은 이 신문의 발행 주체들이 개화사상가들이라는 점에서 예견될 일이긴 하지만, 그러나 중요한 것은 의사소통의 매개가 왜 국문이어야 하는 그 당위적 필연성이 무엇인가에 있을 것이다. 이 논설에서는 국문이 의사 소통이나 신문 활자의 매개가 되어야 하는 이유를 두 가지로 들고 있다. 하나는 상하귀천이 모두 읽게 하기 위한 것이고, 다른 하나는 당위로서의 국문에 대한 책무 혹은 의무감이다. 국문을 사용해야 하는 이유가 위계질서를 뛰어넘어 모두에게 쉽게 읽히고 쓰이게 한다는 취지라는 점은 이 시기만이 갖는 고유한 것이라고는 볼 수 없다. 훈민정음이 창제될 당시에도 이러한 당위성은 있어 왔고 그 이후로도 산발적으로 제기된 사항이었기 때문이다. 문제가 되는 것은 두 번째의 경우이다. 여기에는 조선인들이 국문을 배워야만 할 어떤 당위적 의무가 제시되어 있는데, 가령 각국의 경우 모두 자기 언어를 배운 다음 외국어를 배우지만 조선의 경우는 오히려 이것이 반대의 사례가 되고 있다는 것이다.

이러한 언어 습득론에서 우리의 주목을 끄는 대목은 두 가지이다. 하나는 '각국'이라고 표현 인식함으로써, 조선을 하나의 국가, 곧 수평적 국가로 인식하고 있는 점이다. 이는 중국과의 종속적 국가체계 혹은 그 연장선에서 논의되던 조선의 위상을 사뭇 다른 차원에 놓이게 하는 인식이라 할 수 있다. 그리고 다른 하나는 한문을 외국글로서 인식하고 있는 부분이다. 이는 조선이 수평적 국가 가운데 하나라는 사실과 불가분의 관계에 놓이는 것으로, 중화문화권이라든가 한자문화권이라는 중세적 인식체계에서는 거의 불가능에 가깝다는 사실에서 기인한다. 한문과 대비된 국문에 대한 수평적 인식은 적어도 동등한 위치에서가 아니라 한 단계 더 나아간 문자체계로까지 그 사유가 확장됨으로써 문자의 독립성 내지 우월성에 이르고 있다. 논설에 표명된 것처럼, 국문은 우선, 배우기 쉬운 글이고, 알아보기 쉬운 글이라는 점이다. 이 부분에서 논설은 국문이 조선 글이라는 사실을 표나게 강조하는 바, 한자에 의한 동일 문화권이라는 전통적 관념을 완전히 전복시키고 있다.

『독립신문』의 논설에 나타난 국문에 대한 애착과 그 당위적 필연성에 대한 요구는 언어민족주의에 가깝다해도 무리가 따르는 것은 아니다. 언어야말로 한 나라의 고유성과 독자성을 담보하는, 근대 이후 서구에서 제기되었던 라틴어에 대한 방언에의 인식과 동궤에 놓이는 것이기 때문이다. 서구의 논리에 따르자면 국문은 한자에 대한 방언이라는 점에서 그러하고, 민족에의 극명한 인식은 '우리 민족'이라는 독자적 민족주의를 만들어낸 것이라는 점에서 그러하다.

순한글 운동은 시가창작 뿐 아니라 언론매체를 통해서 광범위하게 일어났다. 가령 개화기에 가장 보수적인 언어관을 갖고 있었던 『대한매일신보』의 경우를 보자. 이 신문은 초기에 국한문을 고집했다. 그런데 편집방향을 바꾸어 이 신문은 1907년 국문 전용판 신문을 따로 만들어내게 된다. 『대한매일신보』가 국문판 신문을 만든 이유는 모든 사람들이 지식을 공유하고 더 많은 정보를 확장시켜나가는 데에는 배우기 쉽고 이해하기 쉬운 우리 언어로 씌어지는 것이 가장 적당하다고 판단했기 때문이다[10).

---

10) 다음 시가는 『대한매일신보』 1907년 11월 8일자에 실린 이용근의 〈진보가〉이다. 신문의 편집방향 못지 않게 여기에 실린 시가도 국문의 중요성과 이를 통한 개화의 필요성을 역설하고 있다.

대한천지 삼천리에 개국기초 사천여년
선리건곤 오백년에 화육중에 이천만인
적지안은 인구로서 신문볼이 몇몇이며
적지안은 나라로서 개명한이 몇몇이냐
(중략)
우리학생 한문숭상 문명진보 하였는가
한문이자 던져두고 국문배워 개명하오

이를 계기로 이 신문에 실린 시가들은 현실비판적인 사설이나 논설 일변도에서 벗어나 인용 가사처럼 문명개화 등을 담은 작품들도 싣게 된다. 그 취지에 맞게 이 작품의 주제 역시 문명개화를 통해 조선의 진보를 이루어 내자는 계몽주의 사상에서 찾아진다. 그런데 그러한 문명진보가 국문을 통해 이루어져야 한다는 것, 그리고 그 산물인 국문학에 대한 이해와 독서를 통해 이루어질 수 있다는 것에서 알 수 있듯이, 더 이상 의사소통이나 지식전달의 매개가 한문이 아니라 우리 문자여야 한다고 함으로써, 국문에 대한 독자적인 지위를 부여시키고 있다.

언론 매체의 선도적 역할 뿐 아니라 근대 민족국가를 형성하는 데 있어서 언어의 독자성내지 독립성을 주장한 사람들은 계속 있었던 바, 이에 대해 가장 앞서 나간 사유를 보여준 사상가는 주시경이다. 주시경은 어느 특정 국가가 형성되기 위해서 갖추어져야 할 토대를 세 가지로 들고 있는데, 영토, 민족, 언어가 바로 그것이다. 특히 하나의 국가가 성립하기 위한 필요조건이 언어라는 주시경의 사유는 매우 독창적인 것이다. 그는 국가가 독립하는 데 있어서 가장 고유하고 특징적인 것으로 언어의 독자성을 든다.

> 이 지구상 육지가 천연으로 구획되어 그 구역 안에 사는 한떨기 인종이 그 풍토의 풍부한 토음에 적당한 말을 지어 쓰고 그 말 음의 적당한 글을 지어쓰는 것이니 이러므로 한 나라에 특별한 말과 글이 있는 것은 곧 그 나라가 이 세상에 천연으로 한 목 자주국 되는 표요 그 말과 그 글을 쓰는 인민은 곧 그 나라에 속하여 한 단체 되는 표라 그러므로 남의 나라를 빼앗고져 하는 자 그 말과 글을 없이하고 제 말과 제 글을 가르치려하며 그 나라를 지키고저 하는 자는 제 말과 제 글을 유희하여 발달코져 하는 것은 고금 천하 사기에 많이

배고보기 더욱쉽기 국문학이 제일이요

나타난 바라[11]

주시경은 하나의 국가가 성립되기 위해서는 천연으로 구획된 땅이 있어야 하고, 거기서 살고 있는 인종이 있어야 하며, 그 인종들이 쓰고 있는 언어가 있어야 한다고 본다. 그런데 주시경은 이 세가지 요인 가운데 언어를 한 민족의 특수성과 고유성을 드러나는 가장 중요한 증표로 인식하고 있다. 실상 땅이 천연으로 구획된 것이어서 각 나라마다의 특수성을 언급하기가 매우 어렵고, 또 민족성이라는 것이 제대로 구체화되지 못한 이 시기에 나라와 민족의 독립성과 특수성을 언어에서 찾고 있는 것은 예외적인 것이라 할 수 있다. 한 나라의 질적, 양적 차별성을 언어만큼 명쾌하게 보여주는 것도 없기 때문이다.

국어와 국문의 독자성을 드러내는 언어 민족주의는 이렇듯 개화기의 당면과제였던 자주독립국가를 건설하는데 있어서 핵심요체였다. 한문이 과거 수십세기 동안 한민족의 지배담론이었다는 사실을 감안하면, 개화기의 언어 민족주의야말로 독립의 근본 축이 되기 때문이다. 국어에의 방언 지향은 중심적 담론이었던 한문의 사회 문화적 권위에 도전하는 것으로서, 세계의 중심이라 표방되던 중화 이념과 그 상징인 한문을 하나의 타자에 불과한 남의 나라 중국의 글로 격하시키는 효과를 가져오기에 충분한 것이었다[12]. 이런 뜻에서 『독립신문』의 한글 편집과 여기에 실린 한글 가사들의 의미는 씌어진 그 자체로 의미있는 것이라 할 수 있다.

---

11) 주시경, 「국어와 국문의 필요」, 『서우』 2, 1907, p.33.
12) 권영민, 『한국현대문학사』1, 민음사, 2002, p.54.

2) 국가에 대한 자각

언어 민족주의에서 살펴 본 것처럼, 개화기 자주독립사상의 핵심은 민족주의에 있었다. 민족주의 문학이 민족주의 이념이 고취된 문학이라 할 경우, 민족주의가 지향하는 것이 무엇인가에 대한 것은 역사철학적인 맥락에서 찾아야 할 것이다. 민족주의란 시기적으로는 근대이후, 사상적으로는 애국심과 국가의식에 대한 자각, 그리고 공통의 언어를 기반[13]으로 하고 있다. 그러한 까닭에 민족주의는 각국의 독립과 열망에 절대적으로 정비례하며, 공용의 언어라든가 공통의 문화권이 소멸하는 시기와 더불어 더욱 가열차게 솟구쳐 오르는 것이다. 민족주의의 궁극적 지향점은 물론 자주독립과 그것을 담지해주는 애국심이다.

앞서 언급한대로 개화기는 18세기 서구처럼 독립국가에 대한 열망이 다른 어느 시기보다도 고조된 때이다. 여기서 독립국가란 우리 민족 고유의 삶과 문화, 지역, 그리고 언어가 담보되는 국가이고, 그 대항적 세계는 중국이며 그곳으로부터의 분리 상태를 말하는 것이다. 말하자면 중국으로부터 독립된다는 것은 그 차별적 독자성뿐만 아니라 중국에 맞서는 사상적, 민족적, 언어적 근거를 마련하는 일이 된다 하겠다.

아세아에 대조선이　합가 에야에야 애국하세
자주독립 분명하다　　　나라위해 죽어보세

분골하고 새신토록　합가 우리정부 높여주고

---

13) Louis L., Snyder,ed., *The Dynamics of Nationalism*, D. Van Nostrand Company, 1964, p.1.(오세영, 『20세기 한국시 연구』, 새문사, 1989, p.70. 재인용)

충군하고 애국하세　　　우리군민 도와주세

깊은잠을 어서깨어　합가 남의천대 받게되니
부국강병 진보하세　　　후회막급 없이하세

― 니필균, 〈애국가〉, 『독립신문』, 1896. 5.9.

『독립신문』 소재 시가들은 독자들의 투고형식을 빌어 작품을 게재하고 있다. 그러한 까닭에 『독립신문』의 실린 작품들의 작가들은 이 신문이 지향하는 편집방향에 어느 정도 동조하는, 개화사상을 지지하는 그룹으로 볼 수 있을 것이다. 또한 투고의 절차를 거쳐서 작품을 싣는 것 자체가 작가층의 확대 현상이어서 전근대의 경우처럼 문학이 일부 상류층에 독점되던 때와는 전혀 상반된 국면을 보여준다. 그만큼 사회는 일부 특권층, 이전 시대의 위계질서적 신분사회의 원리로 작동되던 봉건적 질서와는 판이한 양상으로 나아가고 있었다. 독자층과 작가층의 개방화와 광범위한 확산이라는 이러한 현상만으로도 개화기는 이미 근대적 시민사회의 특성으로 나아가고 있었다고 할 수 있다.

근대국가의 성립이 민족주의를 전제로 하는 것이고, 이 민족주의가 애국심과 국가의식에 대한 자각이라는 사실을 염두에 둔다면, 니필균의 〈애국가〉는 민족주의적 근대 국가라는 시대의 당면과제를 아주 효율적으로 드러내고 있는 작품이다. 게다가 이 작품은 『독립신문』 소재 가사들 가운데 가장 먼저 발표된 작품 가운데 하나로서, 어쩌면 이후의 작품들이 나아가야 할 방향을 제시하고 있는 것처럼 보일 정도로 민족주의적 색채가 노골적으로 표출되어 있다. 이 작품의 그러한 색채들은, 우선 조선을 "아세아의 대조선"이라고 규정함으로써, 조선이 세계 여러 가운데 하나임을, 그리고 그러한 나라들과 똑같이 독립국가임을 밝히는 데에서 드러난다. 이러한 국가주의에다가 "에야에야 애국하세 나라위해 죽어보세"나 "분골하고 새신토록 충군하고 애국하세"에서 보듯 애국에 대한 확고한 의지 역시 보여주고 있다. 독립국가와 애국주의가 서로 불가분의 관계에 놓여 있는 것이라면, 니필균의 〈애국가〉는 그러한 개화기만의 시대적 감수성을 아주 예민하게 감각하고 있는 것이다. 그리고 이 작품은 이러한 애국주의를 통해서 부국강병이나 문명에의 개화를 연결시키고 있다. 민족주의라든가 독립국가를 통해서 근대의 이상인 진보에의 이념을 달성할 수 있을 것이라는 판단인 것이다.

그런데 여기서 한 가지 짚고 넘어가야 할 부분이 바로 '충군' 사상이다. 근대적 감각과 맥락에서 보면 충군사상이야말로 가장 반근대적인 것이고 또 반진보적인 것에 해당된다. 근대에의 자각이나 문명 개화에 대한 진보적 믿음과 충군 사상은 역비례 관계에 있는 것이기 때문이다. 따라서 개화와 미래에의 믿음으로 나아가야 하는 근대의 이상에서 비추어 볼 경우, 이는 매우 아이러니칼한 것이라 하지 않을 수 없다. 그러나 여기서 충군사상을 굳이 봉건적이라거나 반근대적인 것이라고 한정할 필요는 없다고 생각된다.

실상 『독립신문』 소재 시가들에는 충군사상을 읊은 작품들이 대단히 많이 산견된다. 물론 이러한 사상들이 개화사상과는 무관한 반근대적인 것이라 할 수 있지만, 충군사상이 반근대적인 것은 시대의 특수성을 간과한 데서 오는 것이 아닌가 한다. 오히려 개화기의 이 사상들은 애국주의에 가깝다는 것이 필자의 판단이다. 근대 초기 민족주의가 유행처럼 번지는 시기에 충군에의 경도나 열망은 바로 애국주의와 분리시켜 논의하기 어렵기 때문이다. 게다가 그것은 수직적 관계에 있던 중국과의 관계, 그리고 거기서 비롯된 독립에의 의지를 설명하는 데에도 매우 적실했을 것이다.

봉축하세봉축하세　아국태평봉축하세
즐겁도다즐겁도다　독립자주즐겁도다

꽃피어라꽃피어라　우리명산꽃피어라
영화롭다영화롭다　우리만민영화롭다
열매열나열매열나　부국강병열매열나
만세만세만만세는　대군주폐하만만세

— 천경택, 〈애국가〉, 『독립신문』, 1896. 5. 19.

천지만물창조후에　오주구역천정이라
만세완산선리화는　신인금책천수로다

아시아주동양중에　대조선국분명하다
기원경절오백후에　건양년호빛나도다

— 최병헌, 〈독립가〉, 『독립신문』, 1996. 10. 3.

병자지수설치하고　자주독립좋을시고
연주문을쇄파하고　독립문이높아지네

독립문을지은후에　독립가를불러보네
우리성주수만세요　우리창생화합이라

— 김석하, 〈독립문가〉, 『독립신문』, 1996. 7. 16.

인용한 시가들은 조선이 자주독립 국가임을 알리는 징표들을 읊고 있다. 그러한 자각의 근원은 물론 두말할 필요도 없이 타자로서의 중국이다. 개화기의 자주독립사상은 중국이라는 굳건한 타자 속에서 자기의식을 형성시키는 방식으로 진행되고 있었다. 그 이유는 언어 민족주의에서 보아 온 대로 세계의 중심인 중화문화권으로부터의 일탈만이 독립의 진정한 기초라는 판단 때문이다. 이는 중심으로부터의 일탈이라는 근대정신이자 동일한 문화권으로부터 해방되는 독립 정신의 일환이기도 했다.

천경택의 〈애국가〉는 니필균의 〈애국가〉와 마찬가지로 충군사상을 읊고 있는 작품이다. 그런데 니필균의 작품과 달리 천경택의 「애국가」는 조선의 국왕을 대군주폐하라고 함으로써 중국의 황실과 동궤에 놓이는 또 다른 주체로서의 황제상을 피력하고 있어서 주목된다. 즉 수직적 관계로서의 군신관계라는 전통적인 중화사상을 전복시킴으로써 조선이 독자적인 형태의 군주, 자율적 형식으로서의 군주임을 천명하고 있는 것이다.

최병헌의 〈독립가〉는 천경택의 선언적 '대군주폐하'론을 좀더 구체화시켜 조선이 자주독립국임을 알리고 있는 시이다. 특히 조선이 처한 현실을 거시적 틀 속에서 미시적으로 접근해 들어옴으로써 조선의 테두리를 효과적으로 구획시키고 있는 것이다. 이러한 원근법적인 접근이 하나의 대상을 형상화하고 정립시키는 데 매우 유효한 의장이라는 사실을 감안하면, 독립과 애국에 대한 열망의 끝과 깊이가 어느 정도인가를 알게 해준다. 이 작품은 아시아라는 국제적 감각과 그 속에 존재하는 조선이라는 국수적 감각이 대조를 이루면서 조선의 독자성이 상징적으로 부각되고 있는데, 그 근본 매개는 물론 중국에 대한 안티감각에서 온 것이다. 이러한 감각의 정점에 '건양'[14]이라는 연호가 놓이는데, 이 독자적 연호의 상용이야말로 조선이 중화권으로부터 완전히 떨어져 나왔다는, 그리하여 조선이 또하나의 중심 국가로 자리잡았다는 상징적 사례라 할 수 있을 것이다. 김석하의 〈독립문가〉 역시 그 연장선에 있는 것으로, 곧 우리의 독립은 중국의 상징인 연주문을 없애고 독립문을 높이는데서 찾아진다는 것이다.

조선이 하나의 독립국가가 되기 위해서는 이렇듯 중국이라는 틀에서 벗

14) 건양이라는 연호는 중국에 의지하려는 정신을 버리고자 한 '홍범 14조'에서 비롯되었다.

어나야 하는 것이었다. 세계의 중심이라는 중화적 감각으로부터 떨어져나오는 길만이 자주독립으로 가는 길인데, 이는 18세기 서구에 몰아친 근대국가에의 도정이나 자주독립에의 열망과 떼어놓기 어려운 것이다. 그것은 중심으로부터의 일탈이라는 공통점이 있으며, 근대를 태동시킨 산문정신과도 밀접한 연관성을 갖는 것이기도 하다.

3) 제도에 대한 자각

타자로서의 중국을 통해 자주독립국가의 지위에 오른다는 것은 그 선언적 의미를 넘어서서 중요한 역사철학적인 의미를 담고 있다. 그것은 중심으로부터의 이탈이라는 근대의 사상적 기반을 극명히 보여주는 것이기 때문이다. 그러한 일탈의 과정에서 강력한 민족주의가 대두되었음은 이미 보아온 터이다.

개화기의 근대는 민족주의를 수반한 독립국가 의식에서 비롯되었고, 개화기의 근대문학은 자국어를 바탕으로 한 애국주의에서 비롯되었다. 개화기의 그러한 근대적 징후들은 모두 세계의 중심인 중화사상으로부터의 일탈에서 촉발된 것이었다. 중화사상이 격하되고 조선주의가 우뚝 서 나가는 과정이 근대화라면, 근대의 실질적 내용이 무엇인가 하는 문제는 근대의 본질과 관련된 것이라 할 수 있다. 개화기에 추동된 근대란 무엇인가에 대한 실질적 답을 구하는 것은 쉬운 문제가 아니다. 근대의 본질에 대한 궁극적 해답이 명쾌하지 않은 마당에 다대한 복잡성까지 내재된 개화기의 사상에 대한 답도 정확한 자리매김이 거의 불가능한 까닭이다. 그러한 복잡성마다 어떤 정의와 해답을 내리는 것은 어려운 일이다. 다만 근대의 징후적 싹은 무엇이고, 그것이 개화기 현실에서 갖는 의미는 무엇인가에 대해 탐색하는 일만으로도 개화기에 추동된 근대의 의미는 충분히 밝혀질 것으로 보인다.

인의동방에꽃이피니 건양원년조춘일세
꽃피었네꽃피었네 만민화락꽃피었네
요순세계돌아왔나 거리거리격앙가라
학도들아학도들아 충애두자잊지마라
입신양명하랑이면 학교세워교육하니

—최병희, 〈애국가〉, 『독립신문』, 1996. 9. 1.

근대는 매우 복잡다기한 것이어서 어느 하나의 징후를 놓고 그것을 풀이하기란 어려운 일이다. 그럼에도 가장 보편적인 감각으로 받아들여지는 것이 탈미신화의 과정이고, 계몽의 철학으로 설명된다. 또한 계몽은 합리화의 과정이고, 그 제도적 장치들이 이성을 양육하는 여러 기관들이다. 가령, 학교, 병원, 감옥, 국가 등등이다.

인용시는 자주독립 국가와 충군 사상을 읊으면서도 다른 한편으로는 학교와 같은 제도적 장치들에 대해 관심을 갖고 있는 작품이다. '입신양명'을 하려면 '학교'라는 제도를 통해서 가능하다는 것이고, 그러려면 "학교를 세워 교육"하자고 호소하고 있다. 학교란 근대 이성 교육의 산실이다. 1890년대를 전후하여 많은 공사립 학교들이 설립된 것도 근대의 제반 징후를 설명해주는 것에 다름 아니라고 할 수 있다. 제도를 통한 이러한 감각이야말로 근대를 예비하고 수용한 개화기만의 가장 효과적인 대응 장치였다는 측면에서 그 의미가 큰 것이라고 할 수 있다.

잠을깨세잠을깨세 사천년이꿈속이라
만국이회동하야 사해가일가로다

구구제절다버리고　상하동심동덕하세
남의부강부러하고　근본없이회빈하랴
범을보고개그리고　봉을보고닭그린가
문명개화하랴하면　십상일이제일이라

—이중원, 〈동심가〉, 『독립신문』, 1896. 5. 26.

잘 알려진 이중원의 〈동심가〉이다. 계몽의 정신에 입각하고 있다는 측면에서 보면, 이 작품도 개화기의 다른 것들과 큰 차이를 보이지 않는다. 특히 "범을 보고 개 그리고 봉을 보고 닭 그린가"에 이르면 계몽의 정신이 무엇이어야 하는가에 대해서 상징적으로 보여주고 있다. 그런데 여기서 우리의 관심을 끄는 것으로 문명개화를 위해서 일이 제일 중요하다는 소위 노동에 대한 인식을 들 수 있을 것이다. 독립신문 소재 시가들을 조사해보면 개화의 정신으로 가장 많이 꼽고 있는 것이 바로 일이다. 가령, "먹고입고 살묘책은/사롱공상 힘을쓰고"(김종섭, 〈애국가〉)나 "면면촌촌 백성들은/사롱공상 힘써보세"(이영언, 〈애국가〉) 등등이 그러하다. 아직까지는 위계질서적 신분 사회에 대한 관념이 남아있긴 하나 노동에 대한 인식만은 주자학적인 사유의 틀로부터 멀리 벗어나 있다는 측면에서 주목을 요한다. 노동과 그 가치에 대한 인식이야말로 근대 산업사회가 낳은 산물이고, 근대적 사유 속에서 구동되는 틀이기 때문이다.

개화기의 근대화과정은 일탈과 개방이라는 두가지 인식구조 속에서 진행되었다. 전자가 중화권과 관계되는 것이라면, 후자는 근대로 표방되는 서구권과 관계된다. 개화기의 근대는 이 두가지 요인을 모두 복합적으로 받아들임으로써 그 특수성을 구현하고 있었다. 여기서 특수성이란 개화기만이 갖는 고유성인데, 실상 이것이야말로 개화기에 펼쳐진 근대의 가능성과 한계를 동시에 노정하는 이중적인 것이라는 데 그 특성이 있었다.

도와주세도와주세　우리정부도와주세
마자해도부국되고　안하여도강병되네

일청국을압제하고　오대주에횡행하면
사랑사랑사랑이야　정부에는백성사랑

―김철영, 〈애국가〉, 『독립신문』, 1896. 9. 15.

김철영의 〈애국가〉는 근대의 이중적 의미와 특성을 잘 드러내 보이는 작품이다. 청으로 대표되는 중국으로부터의 일탈과 일본으로 대표되는 근대에 대한 경계가 동시에 표명되어 있기 때문이다. 오직 애국주의만이 이 작품을 물들이고 있다. 근대와 반근대에의 경계는 니필균의 〈애국가〉에서도 잘 나타나고 있는 바, "합심하고 일심되야/서세동점 막아보세"라는 표현이 바로 그러하다. 중화권으로부터의 일탈이라는 시대적 소명과 그 대안적 장치로서 받아들여야할 서구식 근대는 국가의 위기라는 개화기만의 특수성 속에서 이렇듯 혼효되고 있었던 것이다. 이것이 한국의 개화기가 갖는 근대의 한계가 아니겠는가.

3. 자율적 체계로서의 『독립신문』

개화기에 진행된 근대의 특성을 한마디로 규정하는 것은 매우 어려운 일이다. 그것은 근대가 함의하고 있는 제반 특성들이 다기한 갈래를 갖고 있고, 개화기가 지향한 사유 역시 매우 복잡하다는 데에서도 그러하다. 그러나 근대는 진행형이고, 더군다나 개화기의 경우엔 그것이 출발이라는 측면에서 징후적 면들만 탐색해 들어가도 그 의미가 있는 것이라 하겠다.

개화기의 특수성은 우선 민족주의와 독립국가 형성에서 찾을 수 있다. 18세기를 전후해서 서구에 불어닥친 독립국가 열풍과 개화기의 그것은 거의 동궤에 놓인다. 중심으로부터의 일탈이라는 근대 산문정신을 공통의 기반으로 하고 있는 까닭이다. 서구의 경우가 라틴 중심으로부터의 벗어남이라면, 한국의 개화기는 중화권으로부터의 일탈이다.

그러한 일탈이 만들어낸 것이 『독립신문』이 추구한 언어 민족주의이다. 개화기에는 국어국문에 대한 관심이 다른 어느 시기보다도 최고조에 달해 있었던 바, 그 밑바탕에는 중국 문자인 한자에 대한 대타의식이 있었기 때문이었다. 그리고 여기서 한걸음 더 나아가 국어국문에 대한 우수성까지 피력함으로써, 국문이 한자와의 동등의 차원이 아니라 한단계 높은 수준의 문자로 사유되기에 이른다. 이러한 언어 민족주의는 독립국가 건설의 일환으로 기획된 것이긴 하지만, 그 이면에는 중심으로부터의 일탈이라는 근대적 사유를 담아내는 것이어서 매우 주목할 만한 것이었다. 중심에서 벗어나는 개화기의 산문 정신은 언어의 차원을 넘어서서 국가의 경계를 구획짓고, 근대라는 제도를 받아들이는 데에로 나아간다. 그것이 학교와 같은 제도, 일로 표방되는 노동에 대한 예찬 등으로 나타났다.

그러나 『독립신문』의 시가들에 나타난 근대에 대한 인식은 개화기만의 시대적 특수성으로 말미암아 그 성격이 제한적이었다는 점에서 한계를 갖고 있다. '서세동점'과 서구식 근대로 상징되는 '일본'에 대한 경계는 개화기에 진행된 근대의 방향을 잘 일러주는 것이었기 때문이다. 중화권으로부터의 일탈이라는 시대적 소명과 그 대안적 장치로서 받아들여야할 서구식 근대는 국가의 위기라는 개화기만의 특수성 속에서 이렇게 혼효되고 있었던 것이다. 이것이 한국의 개화기가 갖는 근대의 징후적 맥락이면서 한계였다고 할 수 있다.

근대성의 4형식으로서의 무정부주의 — 신채호론

1. 단재 시를 해석하기 위한 몇 가지 전제

단재 신채호는 문학인으로서보다는 역사가나 정치가로 더 알려져 있다. 단재를 소설가나 시인으로 부르기에 어색한 국면이 있는 것은 이런 이유 때문이다. 그리고 이 이외에도 몇가지 다른 원인들이 있다. 우선 단재가 주로 관심을 보였던 분야가 역사라는 점과, 또 그 역사관에 바탕을 둔 행동주의자였다는 점에서 더욱 그러하다. 단재를 감싸고 있는 이러한 외적인 아우라는 너무 큰 것이어서 이를 비껴가는 어떤 틈을 그의 사유의 폭에서 이끌어내는 것은 매우 어려워 보인다. 시와 소설을 포함한 단재의 문학들이 그의 역사서와 사상서에 비해 결코 적지 않음에도 불구하고 그를 문학인의 범주에서 사유케하는 것을 어렵게 만드는 이유도 여기에 있다. 따라서 단재를 문학가로 부를 것인가 아니면 사상가로 부를 것인가의 여부는 그가 남긴 문학의 많고 적음으로 귀결시킬 수 있는 문제는 아니라고 본다[1].

단재에 대한 기왕의 연구들은 주로 역사나 철학 분야에서 중점적으로 이루어졌다. 이러한 현상들은 단재의 사유체계에서 이 분야가 차지하는 비중을 말해주는 반증이 아닐 수 없다. 단재 문학에 대한 기존의 연구 역시 이러한 범주에서 자유로운 것은 아니었다. 실천적이고 혁명적인 그의 사상들이 그의 작품에 어떻게 반영되어 나타났는가, 혹은 단재 사유의 핵심인 무정부주의가 어떻게 문학 속에 언표화되었는가에 대한 연구들이 주를 이루어왔기 때문이다. 그만큼 단재의 사상과 문학은 동전의 앞뒤와 같은 쌍생아적 모양새를 갖추고 있었다.

사실 단재의 문학으로부터 단재 세계관의 핵심이었던 역사관이나 무정부주의 사상을 분리시켜 논의하는 것은 어려운 일이다. 단재에게 있어 문학은 그의 사유를 선양하고 실천하는 매개의 장이었기 때문이다. 이는 그의 역사나 사상에도 똑같이 적용되는 말이기도 하다. 따라서 포괄적 의미에서의 단재의 글쓰기 행위란 근대적 의미의 자율 체계와는 거리가 먼 것이라 할 수 있다.

문학이 근대적 의미의 자율성으로부터 멀어질 경우, 여기에는 그 시대만의 고유한 질과 특성으로 다가오는 사상사적 과제가 떠오르게 된다. 문학 속에 반영되어 그 문학을 추동케한 사상이란 무엇이고, 그것이 갖는 의미란 무엇인가가 바로 그러하다. 또 그것이 여러 겹으로 산재해 있는 다른 사상과는 어떤 함수관계를 갖고 있는가 하는 것 역시 검토되어야 한다고 생각한다. 그러한 전제들이 복잡다기한 단재의 사상과 그의 문학을 해석하기 위한 하나의 시금석이 된다고 할 수 있다. 다른 하나는 그렇게 해서 도출된 단재 문학과 그것이 갖는 문학사적 의미이다. 단재의 사상에 대한

---

1) 『단재 신채호 전집』(형설출판사, 1995)에 의하면, 단재는 여러 편의 소설과 한시를 포함한 33편의 시를 남긴 것으로 알려져 있다.

연구들은 매우 많이 진행된 편이지만, 그것이 갖는 문학사적 의의에 대해서 진지한 모색을 한 경우는 거의 전무한 편이다. 단재의 문학과 그 견실한 사상적 실천에 대한 탐색들이 많이 이루어져 있음에도 불구하고 그의 문학들이 제대로 자리매김되지 못한 이유는 무엇일까. 단재의 문학에서 사상성을 문제 삼을 경우, 그것이 일회적인 사례이거나 정치적 실천을 위한 단순한 도구 정도로만 해석되어 왔기 때문이다. 이러한 전제로부터 벗어날 때, 단재의 문학은 사상의 도구적 실체라는 단순한 도식으로부터 어느 정도 자유로울 수 있다고 생각된다.

문학에 관한 단재의 글쓰기는 시와 소설, 그리고 비평에 이르기까지 다양한 영역에 걸쳐있다. 특히 소설과 비평에 관해서는 다양한 관점으로 연구가 진행되어 왔는데, 이는 산문의 속성상 당연한 귀결이라 할 수 있다. 그러나 시의 경우는 다른 장르에 비하여 그 연구가 거의 없는 편이다. 여기에는 몇 가지 원인이 지적될 수 있겠는데, 우선 작품 수가 많지 않다는 것이 그 하나이다. 전집에 나와 있는대로라면 단재의 시는 한시와 시조를 포함하여 33수 정도에 불과하다. 이렇게 적은 양으로 단재 시의 의미와 사상적 특질을 밝히는 것이 매우 어려웠을 것이고, 그러다보니 그의 시들은 제대로 주목을 받지 못하게 된 것이 아닌가 한다. 다른 하나는 시 장르상의 특성에서 기인하는 문제이다. 잘 알려진 것처럼 시는 상상력을 기반으로 하는 순간의 양식이다. 그렇기 때문에 사상의 흐름이라든가 사회의 제반 양상들을 시 양식이 감당하기에는 많은 무리가 따르기 마련이다. 단재가 시를 통해서 자신의 사상이나 관념을 되도록 우회한 것은 여기에 그 원인이 있을 것이다. 그런데 시라는 장르가 갖는 이러한 한계들은 역설적으로 단재 문학의 경로를 찾아가는 좋은 안내자 역할을 해준다. 소설을 비롯한 산문의 영역에서 단재의 사상을 추출하는 것이 더욱 명확하게 그리고 올곧게 나타나고 있기 때문이다[2].

이런저런 이유들로 인해 단재의 시에 대한 연구들은 거의 없는 편이긴 하지만[3] 그럼에도 단재의 시들에서 그의 사상적 편린들을 탐색해내는 것이 전혀 불가능한 일은 아니다. 관심과 주목에서 한걸음 비켜 서 있었을 뿐, 단재의 시들 역시 그의 글쓰기의 전략으로부터 자유로운 것은 아니기 때문이다. 이 글은 단재 시의 성격과 그것에 내재된 사상적 흐름들이란 무엇이고, 그것의 사상사적, 문학사적 의의를 짚어보고자 하는 의도에서 씌어진다.

2. 단재 문학의 근대적 성격

한국 문학에서 근대를 간취해내고 해석하는 일은 결코 간단치가 않다. 근대를 재단하는 여러 기준과 사상사적 특색에 따라 그것은 다양한 표정을 지어왔기 때문이다. 여기서 근대의 모든 계보학적 갈래와 특성을 이야기하는 것은 적당치 않거니와 또 필자의 능력을 넘어서는 일이기도 하다. 다만 그러한 여러 갈래 가운데 중심으로부터의 일탈 과정을 근대의 제반 특성 가운데 하나로 전제할 수만 있다면, 단재가 펼쳐 보인 여러 사상사적 특색들은 근대의 한 양상으로 올곧게 자리매김될 수 있을 것이라는 판단

---

2) 단재의 대표 소설인 『꿈하늘』과 『용과 용의 대격전』 등에서 이러한 단재 사상을 어렵지 않게 간취해 낼 수 있다.

3) 단재의 시에 대해 언급한 논문은 대략 다음과 같은 것들이 있다.
송재소, 「단재의 시에 대하여」, 『신채호의 사상과 민족독립운동』, 형설출판사, 1987.
이경선, 「단재 신채호의 문학」, 『신채호의 사상과 민족독립운동』, 형설출판사, 1987.

을 갖게 된다.

중심으로부터의 일탈이 근대의 한 표정인 것은 그것이 자율성의 맥락과 불가분의 관계에 놓여 있기에 그러하다. 근대를 자율화된 국가나 자율화된 인간형으로 읽어내는 것이라든가 예술을 자율화된 형식으로 규정하는 것 등은 모두 중심의 해체와 분리시켜 논의하기 어려운 부분들이다. 가령, 자본주의라는 경제적 조건을 기반으로 일기 시작한 유럽의 독립국가운동, 곧 근대화의 물결들은 바로 라틴 문화권이라는 거대 조직으로부터의 일탈에서 시작된 것이었다. 이에 덧붙여 민족주의의 등장과 민족어에 대한 자각이 연이어 일어났음은 물론이다. 이러한 일련의 과정들은 동양의 경우도 예외가 되지 못했다. 20세기 전후 동양 각국에서 일기 시작한 독립운동의 열풍들이 그 단적인 사례들이기 때문이다. 다만 동양의 경우는 그것이 제국주의의 침략과 더불어 시작된 것이기에 유럽의 경우보다 더 강력한 민족주의적 성격을 갖고 있다. 이러한 특색을 가장 잘 담지하고 있는 경우가 바로 조선의 경우이다. 특히 애국계몽기로 규정되는 개화기는 그러한 조선적 특수성을 가장 잘 담보해주는 담론이 아닐 수 없다.

이런 맥락에서 보면, 단재의 사상들은 개화기라는 큰 틀에서 펼쳐진 사상의 범주들과 상이한 것이 아니다. 그의 사상 역시 개화기의 다른 사상가들의 그것과 별반 다르지 않기 때문이다. 그럼에도 단재 사상이 계속 문제시되는 것은 어떤 이유에서 그러한가. 그리고 단재의 그러한 사상들이 근대 문학사에서 하나의 시금석이라든가, 하나의 독립된 사상사적 흐름으로 자리매김되는 이유는 무엇인가. 이러한 질문에 답을 주기 위해서는 다음 두가지 전제가 필요하다. 하나는 단재 사상의 선구성이고, 다른 하나는 단재 사상의 진보성이며, 이 두 사상의 복합적 역동성이다.

단재 사상에 대해서는 그동안 연구가 많이 진행된 편이다. 따라서 그에 대해서 무슨 새로운 사상을 의미화하는 것 자체가 어불성설일지도 모른다. 단재의 사상은 민족주의에서 시작되어 무정부주의로 나아갔고, 그러한 단재의 사상적 경로에 대해서 대부분의 연구자들 역시 동의하고 있는 바이다. 문제는 단재가 어떤 사상을 선택했는가에 있는 것이 아니라 그것이 매 단계마다 함의하고 있는 의미에 있을 것이다. 그것이 단재 사상의 선구성과 진보성, 그리고 복합성이다. 우선 단재 사상의 보증수표 가운데 하나인 민족주의는 다아윈의 『진화론』에 바탕을 둔 우승열패(優勝劣敗)의 논리에 따른 것이다[4]. 일종의 양육강식의 생리인데 단재가 이 사상을 받아들인 것은 자국의 애국주의를 통해서 제국주의를 극복하기 위한 하나의 전략에 따른 결과이다. 곧 정신과 물질로 보증된 강렬한 애국주의야말로 제국주의를 이길 수 있는 강력한 기제가 될 수 있다는 것이 단재의 기본 생각이었던 것이다. 단재의 이 같은 민족주의는 개화기라는 특수성에서 나온 것임은 두말할 필요도 없다. 그리고 여기에 또 한가지 간과해서는 안 될 것이 있는데, 단재의 민족주의가 중화주의라는 대타의식에서 나온 것이라는 사실이다. 이는 중화주의로 표상되는 단일주의의 극복이며, 근대 민족국가의 토양이라 할 수 있다. 단재가 민족문학의 굳건한 기반으로서 자국어의 중요성을 강조한 뜻도 이와 밀접한 상관관계가 있다.

> 夫 國文도 亦 文이며 漢文도 亦 文이어늘 必曰 國文重 漢文輕이라 함은 何故오 曰 內國文 故로 國文을 重히 여기라 함이며, 外國文 故로 漢文을 輕히 여기라 함이니라.(중략) 輕重을 顚倒함은 何故오 曰 漢文은 弊害가 多하고 國文은 弊害가 無한 故니라(중략). 自國의 言語로 自國의 文字를 編成하고 自國의 歷史地誌를 編輯하여 全國 人民이 奉讀傳誦하여야

---

4) 김형배, 「신채호의 무정부주의에 관한 일고찰」, 『신채호의 사상과 민족독립운동』, 형설출판사, 1987, p.451.

> 其 固有한 國精을 保持하며 純美한 愛國心을 鼓發할지어늘 今에 韓人을 觀하건대 – 5)

국문과 국자에 대한 중요성과 이에 대한 강조는 애국계몽기라는 개화기만의 특수성을 떠나서는 그 설명이 불가능하다. 애국애족으로 표상되는 애국계몽 운동이 최상위의 과제였을 때, 국어에 대한 중요성을 논하는 것은 그리 특이한 모멘트가 되지 못한다는 뜻이다. 그럼에도 단재의 국어국문에 대한 천착이 의미있는 것은 그것이 근대의 제반 국면 가운데 하나라는 사실 때문이다. 국어국문운동에 관한 단재의 언설이 아주 당연하고 명백한 것이긴 하지만, 그러한 운동 자체가 중화주의라는 중심으로부터 벗어나는 일이라는 것, 그리하여 한자문화권에 비견되는 자율적인 언어체계의 한 축을 형성하고 있다는 점에서 근대의 한 국면으로 이해할 수 있는 것이다. 이런 전제에 설 때, 개화기 국어국문운동은 단순한 국수주의를 초월하는 논리적 근거를 획득하게 된다.

그리고 다른 하나는 단재의 무정부사상에 관한 것이다. 단재는 1923년 「조선혁명선언」을 통해서 무정부주의자로 자임하게 된다. 단재가 무정부주의를 받아들이게 되는 결정적 계기는 양계초의 사회진화론이 함의하고 있었던 자기모순에 그 원인이 있다. 즉 사회진화론은 제국주의에 맞서는 사상적 근거도 되지만, 타 민족을 지배하는 제국주의의 논리적 근거도 되었다. 단재의 민족주의의 기반이었던 사회진화론은 결국에는 우자(優者)나 강자(强者)의 지배 논리 또한 정당화시키는 유효한 근거가 되었기에 단재는 더 이상 이 이론에 기댈 수가 없게 되었다. 그리하여 단재는 현재의 억압과 질곡을 일거에 무화시키는 민중의 직접혁명 사상과 사회진화의 원동

---

5) 「국한문의 경중」, 『신채호 전집』별집, pp.74-76.

력은 '경쟁'이 아니라 '상호부조'에 있다는 크로포트킨의 무정부주의 사상을 적극 받아들이게 된다[6]. 민중혁명이 억압체계를 일거에 해결해주는 수직적 변혁운동이라면, 상호부조론은 그러한 수직적 변화가 일으킨 평등의 상태를 항구적으로 개선시켜 나아가는 수평적 변혁운동에 해당된다. 단재의 이러한 논리적 근거는 상호부조를 가장 많이 한 집단들이 가장 많은 번성과 진보를 했다는 크로포트킨의 사상을 그대로 수용한 결과에서 온 것이다[7].

무정부주의가 근대적인 생존방식이란 과연 무엇인가를 묻는 사상적 고뇌에서 나온 것이라 할 경우[8], 이것이 유효성을 갖기 위해서는 한가지 전제가 필요하다. 그러한 사유가 근대성과는 어떤 상관관계를 맺고 있으며 문학사적으로는 어떤 의미를 갖는 것일까하는 것이 바로 그것이다. 이러한 전제를 떠나서 단재 사상을 문학사적으로 운위하는 것은 의미가 없는 일이다. 어째서 그러할까.

통상 우리 문학사에서 근대란 무엇이고 그것의 문학적 현현은 무엇인가 하는 것들에 대한 작업들은 끊임없이 이루어져 왔다. 그리하여 한 쪽에서는 모더니즘이 운위되고 다른 한쪽에서는 리얼리즘이 거론되었다. 보다 세부적인 항목으로 더 들어가면, 전자의 경우는 임화를 비롯한 다다이스트의 출현이라든가 곧바로 이어진 정지용의 시적 작업 등을 근대의 한 축으로 이해해왔다. 후자의 경우는 전자보다 좀 더 단선화되고 명확한 편이어서, 가령 근대적 삶의 조건을 묻고 이를 개선하는 과정으로서의 문학을 근대성의 한 양상으로 설명해왔다. 바로 자연발생적인 것으로서의 신경향파

6) 김형배, 앞의 글, p.456.
7) Ibid., p.457.
8) 김윤식, 「단재사상의 앞서감에 대하여」, 『신채호의 사상과 민족독립운동』, 형설출판사, 1987, p.562.

문학과 카프 문학과 같은 리얼리즘 계통의 문학이 그 좋은 본보기였다. 그리고 여기에 한가지 덧붙일 수 있다면, 북한에서 강조하는 항일혁명문학 정도가 추가될 수 있을 것이다.

단재의 사상과 문학이 문제되는 것은 후자의 경우이다. 단재의 사상이 이 계보에 묶일 때, 우리는 그것을 사상의 자율화로 해석하는 일이 가능할 것으로 판단된다. 그것은 한편으로는 중화사상을 일탈하는 체계로, 다른 한편으로는 근대적 생존방식의 체계로서의 기능적 가치를 갖고 있기 때문이다. 그러나 단재의 사상은 중화사상에 대한 대타적인 것으로서의 의미보다는 근대성의 맥락에서 그 실현 여부를 탐색하는 것이 보다 큰 유효성을 갖는다고 할 수 있다. 그것이 문학인으로서의 단재를 평가하는 올바른 잣대가 될 수 있기 때문이다. 이럴 경우에만 단재의 글쓰기는 문학사의 맥락에 편입시킬 수 있는 근거를 확보하게 된다.

문학에 관한 단재의 담론들은 현실의 맥락과 아주 밀접히 결부되어 나타난다. 단재는 반영론적 입장을 고수한 현실주의자적인 풍모를 보여주었다. 그는 문학을 개인의 정서와는 무관한 어떤 것으로 보고, 그것의 공리적 성격에 높은 관심을 가졌다.

> 嗚呼라 小說은 國民의 羅針盤이라. 小說이 國民을 强한 데로 導하면 國民이 强하며, 小說이 國民을 弱한 데로 導하면 國民이 弱하며, 正한 데로 導하면 正하며, 邪한대로 導하면 邪하나니. 小說家된 자 마땅히 自愼할 바어늘, 近日 小說家들은 誨淫으로 主旨를 삼으니 이 社會가 장차 어찌되리오.[9]

> 近日에 戀愛文藝의 醉心한 이가 이와 彷佛하지 안할까? 혹 가로되 이것

9) 「소설가의 추세」, 『신채호전집』 별집, p.81.

> 이 무슨 말이냐? 鄭은 썩은 漢詩의 詩人이요, 近日의 文藝派는 새파란 新詩, 新文 가진 자니 어찌 서로 비기리오? 하나 나는 오직 現實을 逃避하는 꼴이 피차 일반이라 함이로다. 이를 테면 漢江의 鐵橋가 現實이 아니냐? 仁川의 米豆가 現實이 아니냐? 經濟의 恐慌이 現實이 아니냐(一) 多數 農民의 西北間島 移住가 現實이 아니냐?(一) 이를 버리고 俗文藝 속에서 金剛山을 찾으려 하니 또한 可憐하도다[10].

인용한 부분들은 문학에 관한 단재의 사유를 보여주는 대표적인 글들이다. 하나는 계몽주의에 입각한 글이고, 다른 하나는 현실에 충실한, 곧 근대적 의미의 반영론에 바탕을 둔 글이다. 현실에 대한 단재의 관심은 그의 언설 뿐만 아니라 작품에서도 쉽게 파악해낼 수가 있는데, 가령 다음의 시가 바로 그러하다.

> 金剛山 좋다 마라
> 丹楓만 피었더라
> 丹楓 잎새 잎새
> 秋色만 자랑터라
> 차라리 蒙古 大砂漠에
> 大風을 반기리라.
>
> 「金剛山」 전문

인용시는 단재의 시론시에 가까운 작품이다. 「문예계 청년에게 참고를 구함」에서와 마찬가지로 소위 음풍농월에 대해 경계하고 있다. 단재는 현실을 우회하는 문학이란 거의 상상할 수 없다고 판단하고 있었고, 이에 기반한 문학만이 진정한 문학이라는 인식을 하고 있었다.

---

10) 「문예계 청년에게 참고를 구함」, 『신채호 전집』 하권, pp.21-22.

물론 문학에 대한 단재의 반영론적 사유들은 애국계몽기라는 시대적 환경을 떠나서는 그 설명이 불가능하다. 수용미학적 관점과 반영론적 관점을 떠나서 애국계몽기의 문학을 운위하는 것은 불가능하기 때문이다. 그리고 단재의 이러한 문학론이 개화기만의 특수성이라든가 단재만의 고유성으로 설명하는 것 역시 어불성설이라 할 수 있다. 이 시기에 단재 이외의 다른 문학인들에게서도 이러한 문학관들은 얼마든지 있어 왔기 때문이다. 다만 현실지향적인 단재의 이러한 문학관이 갖는 시대적 함의는 무엇일까, 혹은 그것이 갖는 사상사적 흐름이란 무엇일까하는 점만이 문제시될 것이다.

한국 문학에서 근대성에 대해 운위할 때, 가장 문제시되는 것이 바로 리얼리즘에 관한 영역이었다고 할 수 있다. 가령, 동일한 리얼리즘의 경우라도 그것이 카프의 경우처럼 계급모순에 의한 것이냐, 항일문학의 경우처럼 민족모순에 의한 것이었느냐에 따라서 그 계보학적 흐름들은 달리 진행되어 왔다. 리얼리즘의 계보학적 흐름을 이렇게 전제할 때, 현실지향적인 단재 사상이란 어느 계보에 넣을 것인가가 당면과제로 떠오르게 된다. 흔히 단재 사상을 근대 사상의 단초라든가 근대적인 생존방식에 대한 고뇌에서 나온 것이라는 의미역을 부여했어도 그 사상적 흐름과 맥락에 대한 가치부여는 거의 전무한 편이었다고 해도 과언이 아니다. 반영론이나 수용론 혹은 근대성의 선구이긴 해도 그것이 사상적으로 어떤 의미를 갖는 것인가, 혹은 문학사적으로 어떤 함의를 가지고 있는가에 대한 가치평가는 거의 이루어지지 않은 것이다.

단재 사상의 흐름은 국수적 민족주의, 저항적 민족주의를 거쳐 무정부주의에 이른 것으로 알려져 있다. 무정부주의는 민중혁명에 기댄다는 측면에서 보면 볼셰비즘과 동일하지만, 프롤레타리아 정권을 용인하지 않는다는 측면에서는 그것과 차별성을 갖는다. 이런 관점에서 단재의 무정부주의는 카프의 민족문학과는 현격한 거리가 있는 경우이고, 오히려 항일혁명문학이 지향했던 이념에 보다 가까운 것으로 판단된다. 이는 단재의 무정부주의가 현저하게 민족모순에 입각해 있다는 뜻이고, 항일혁명운동과 계보학적 연대성을 갖고 있었다는 뜻도 된다. 그리고 단재의 무정부주의에 있어서 혁명의 주체인 민중이 계급적 개념이 아니라 민족적 개념에 가깝다는 의미에서도 그러하다. 단재에게 있어서 민중이란 곧 민족이었기 때문이다[11]. 그렇다고 단재의 사상을 곧바로 항일혁명운동이나 빨치산 문학과 곧바로 연결시키는 것은 무리가 있다. 항일혁명문학이 크로포트킨의 민중혁명과 상호부조론에 그 근거를 둔 것이라고 판단할 수 없기 때문이고, 실제로 단재에게는 항일혁명운동과 문학이 보여주는 미래에의 낙관적 전망이 그렇게 뚜렷이 나타나 있지 못한 것도 사실이기 때문이다. 그것이 단재의 무정부주의가 갖는 미망이 아닐까 한다. 이러한 낙관적 전망의 부재는 단재 문학의 한계이면서 항일혁명문학과 차별지우는 중요한 경계가 아닐 수 없다. 단재의 무정부주의가 민족모순에 기반한 것이라는 측면에서는 항일혁명운동과 계보학적 연대성을 갖고 있긴 하지만, 그러나 이들과 달리 단재의 사유들은 미래에의 전망은 그렇게 명확하게 드러나 있지 못하다. 이런 뜻에서 단재의 사상을 근대성의 4번째 갈래로 자리매김해보는 것이 가능하지 않을까. 이는 앞서 말한 대로 두가지 국면에서 그러하다. 하나는 항일혁명의 갈래이면서 그것과 차별되고 있다는 점이고, 다른 하나는 경쟁이 아니라 상호부조에 의한 이상 사회를 지향하고 있다는 점에서 그러하다.

---

11) 진덕규, 「단재 신채호의 민중, 민족주의의 인식」, 『신채호의 사상과 민족독립운동』, 형설출판사, 1987, p.407.

3. 시에 나타난 단재의 사유와 근대성의 계보학

1) 사상적 자율로서의 민족주의

단재의 문학은 자신의 사상을 드러내는 실천의 장이었고, 실험의 장이었다. 특히 산문의 경우는 그러한 단재의 사상들이 촘촘히 박혀있다. 그러나 시의 영역도 예외는 아니어서 소설 못지않은 단재의 사유들을 어렵지 않게 읽어낼 수 있다. 단재는 자신의 사상을 실천하는 길이라면, 그것이 산문이든 율문이든, 아니면 비평적 언설이든 가리지 않고 설파한 것이다. 단재에게는 산문과 율문의 기능적 속성들이 거의 동일한 궤도 위에서 움직이고 있었던 것이다. 그것이 단재 문학이 갖는 특성이거니와 여기서는 그러한 단재 사상을 율문 양식을 통해서 탐색해보고자 한다.

많지 않은 편수에도 불구하고 단재의 시에는 단재의 사상들이 골고루 편재되어 나타난다. 이 가운데 가장 먼저 눈에 들어오는 시는 소위 민족이나 애국에 관한 작품들이다. 실상 애국계몽기의 지식인들에게 나라사랑의 문제가 피할 수 없는 하나의 자동 장치였다면, 이는 단재에게도 꼭 같이 적용된다.

나는 네 사랑
너는 내 사랑
두 사랑 사이 칼로 써 베면
고우나 고운 핏덩이가
줄줄줄 흘러내려 오리니
한 주먹 덥썩 그 피를 쥐어
한 나라 땅에 고루 뿌리리

떨어지는 곳마다 꽃이 피어서
봄맞이 하리.

「한나라생각」 전문

단재의 대표작 가운데 하나인 「한나라생각」이다. 조국에 대한, 그리고 조국의 독립에 관한 애절한 정서가 아주 잘 표현된 시이다. 그런데 단재의 이러한 민족주의는 개화기만의 특수성에서 그치는 일회적 정서가 아니라는 데 그 시적 가치가 있는 것이라 하겠다. 애국계몽기의 애국이란 보편화된 것이어서, 그것이 어느 특수한 계층이나 사람의 전유물이었다고 보기는 어렵다고 할 수 있다. 이는 단재에게도 동일하게 적용되는 말이다. 이러한 민족주의 혹은 애국주의에서 굳이 의미를 부여한다면, 근대 민족국가 성립기의 자율적 국가체계에 대한 뚜렷한 인식정도로만 이해하면 그만일 것이다. 그러나 그것이 시기를 달리하면 사정은 매우 달라진다.

일제 강점기에 시라는 장르에 애국의 정서를 담아낸 사례는 단재를 포함하여 거의 손에 꼽을 정도로 희소한 편이다. 이는 그만큼 객관적 상황의 열악성을 말해주는 것이기도 하고, 근대 식민지 지식인들이 갖는 사유의 한계를 말해주는 것이기도 하다. 단재 사상의 특이성은 이렇듯 가열찬 민족주의에서 그 사상적 특이성을 찾을 수 있는데, 인용시 역시 단재의 그러한 사유가 아주 잘 드러나 있는 작품이다. '나'와 '너'로 표상되는 공동체의식과 그것의 해체("칼로 써 베면"), 그리고 다시 승화되는 과정("떨어지는 곳마다 꽃이 피어서/봄맞이 하리")이 완결된 구조로 의미화되어 있기 때문이다. 애국이란 단순한 울분과 같은 일회성의 차원에서가 아니라 논리의 영역에서 언표화될 때 보다 웅숭 깊게 우러나오는 감정이다. 즉 애국이란 충동의 영역이 아니라 정신의 영역에서 담론화될 때, 가장 깊은 자장을 형성할 수 있는 것이다.

또한 단재의 이러한 민족주의는 개인적 정서 차원 뿐 아니라 역사와 같은 외연 속에서 이를 확대시켜나가는데 그 특색이 있다. 가령, 민족 영웅들에 대한 현재화작업 등이 바로 그 본보기들이다. 단재가 역사영웅들에 대한 서사물을 많이 집필했음은 잘 알려진 일이다. 단재의 역사영웅들에 대한 글쓰기 작업이 애국주의의 발로에서 나온 것임은 두말할 필요가 없는데, 단재는 그 연장선에서 을지문덕, 강감찬, 이순신 등을 조선의 영웅으로 존경했으며, 정여립, 홍경래와 같은 저항주의자들도 높은 평가했다. 다음의 작품도 그 연장선에 있는 경우이다.

高麗營 지나가니
눈물이 가리워라
나는 書生이라
蓋蘇文을 그리랴만
가을 풀 우거진 곳에
옛 자취 설워하노라.

「高麗營」 전문

이 작품은 연개소문이 축조한 것으로 알려진 고려영을 지나가면서 얻은 소회를 읊은 시이다. 연개소문은 수나라와 당나라로 표상되는 막강한 중국의 통일 권력을 막아낸 고구려의 영웅이다. 단재의 연개소문에 대한 감회는 바로 불구화된 현실에 대한 대안적 감수성에서 온 것이다. 단재에게 역사영웅에 대한 현재화 작업은 조국의 위기와 정비례하는 것이어서 그의 애국심의 정도를 잘 보여주는 단적인 사례라 할 수 있다.

그런데 단재 문학의 한 축을 점유하고 있는 애국의 정서들은 애국계몽기라는 보편화된 정서와는 별도로 또 다른 의미를 함축하고 있다. 그것은 다음 두 가지 국면에서 그러하다. 하나는 일반화된 애국주의를 문제 삼는 경우이다. 이때의 애국주의란 일반적 의미의 국수주의를 뛰어넘지 못한다. 애국계몽기의 초기 사상가들이 이 범주에 묶인다. 그들에게는 국가라는 실체만이 오직 면전에 있을 뿐 그 외 여타의 관계란 고려의 대상이 아니었다. 단재가 보였주었던 초기의 민족주의도 여기서 자유롭지 못하다. 반면, 그러한 애국주의를 근대화의 한 과정으로 편입시키는 경우를 가정해 볼 수 있다. 여기에는 이에 견줄만한 사상의 벽이 견고히 지탱되어 있어야 함은 물론이다. 유럽의 경우는 라틴이라고 하는 단일 문화권이 그 견고한 벽이었다. 그렇다면 유럽의 그것에 견줄만한 동양의 그것은 무엇인가. 중세적 질서를 통어하던 중화주의 같은 것은 아닐까. 단재가 만일 자신의 애국주의를 중화주의와 맞서는 대타적 흐름으로 자신의 사상을 전유했다면, 이는 사상의 자율화로 규정지어도 큰 무리는 없을 것으로 생각된다. 다음의 시는 그러한 근거의 한 단초를 제공해준다는 뜻에서 의미있는 작품이다.

浮虛之自六經開	허튼소리 본시부터 六經에 있지
快付秦家一炬灰	秦始皇 불한번 잘도 질렀네
却恨當時燒未盡	한스럽다 그 날에 다 못태우고
漢庭猶有伏生來	漢나라 때 伏生이 또 있었구나.

「분함을 적음」 전문

단재가 우리 사상의 고유성을 주장하면서 사대주의를 아주 통렬하게 비판했음은 그가 표명한 언설에서 쉽게 찾아볼 수 있다[12]. 단재가 유교를

---

12) 단재는 우리 민족에 내재한 문약한 특성을 사대적, 보수적 속박적 사상에서 찾고 그 원흉으로 유교사상을 지목한 바 있다. 「조선역사」, 『신채호전집』 중권, p.104.

비판한 것은 우리 민족의 사대주의적 속성 때문에 그러한 것인데, 그러나 그것이 어떤 동기에서 그러했든 간에 단재는 유교로 표상된 사대주의를 우리 민족의 공공의 적으로 규정해 온 터이다.

인용시는 그러한 유교의 뿌리가 진시황에 의해서 사라질 뻔 했다가 한나라 때의 복생이란 자에 의해서 부활된 현실에 대해 매우 못마땅해 하면서 쓴 시이다. 물론 진시황이라든가 복생은 하나의 단순한 기호에 불과할 뿐이다. 본질은 유교에 기반을 둔 사대주의와 중화주의에 있다.

단재의 유교에 대한 비판과 민족주의의 의식은 단재 사상의 뿌리에 해당된다. 단재의 애국주의는 국수주의에서 시작되어 사대주의와 같은 대타의식적인 영역으로 확대되어 나가는데, 그 핵심은 자율적 사상이라는 데에서 찾아진다. 바로 중국 중심의 보편주의를 뛰어넘는 곳에 단재의 민족주의가 가로 놓여있었기 때문이다. 그것이 식민지 시대를 거치면서 민족모순에 대한 철저한 자각이었고, 그리고 그것이 그 사유의 정점이었던 무정부주의와 곧바로 연결되어 있음은 두말할 필요도 없는 것이다. 단재의 민족주의를 단순한 국수주의로 평가절하 할 필요가 없는 이유도 여기에 있다고 하겠다.

2) 무정부주의의 실천으로서의 단재 시

단재가 민족주의를 버리고 무정부주의자로 나아간 것을 두고 근대성의 한 양상으로 보는 것은 자연스러운 일이다. 단재의 무정부주의를 절대의 적을 앞에 둔 비장한 자기무장[13]이나 근대를 뛰어넘어 어떤 새로운 보편

13) 김윤식, 앞의 글, p.563.

을 추구하는 것[14]으로 보는 인식은 모두 단재 사상의 새로움 혹은 선구성을 말하는 것이 아닐 수 없다. 단재는 식민지의 열악한 상황에 대해 끊임없이 회의하면서 그러한 불구화된 현실을 타개해나가는 방법이 무엇인가에 대해 고민을 거듭거듭해 왔다. 즉 근대의 삶과 질의 개선을 위해 보편화된 사상이란 무엇일까를 탐색해들어가면서 사상의 개발과 조련을 해 온 것이다. 그 고민의 일단이 바로 무정부주의였다.

단재의 문학들은 그의 사상을 표현하고 실천하는 장으로서의 의미를 갖고 있는데, 특히 산문 양식에서 그러한 특성들이 아주 잘 나타나 있다. 그러나 율문 양식에서도 단재의 그러한 사유들은 극명하게 드러나 있지만 이에 대한 세밀한 검토는 미약한 것이 현실이다.

단재가 전유했던 무정부주의의 특성은 크게 민중혁명과 상호부조론으로 요약된다. 단재의 무정부주의적 특성은 크로포트킨의 사상을 그대로 수용한 것인데, 그것이 문학에서 어떻게 실천되었는가에 대해서는 연구가 거의 이루어지지 못했다. 특히 상호부조론 같은 크로포트킨의 무정부주의적인 사상은 거의 고려의 대상이 되지 못했다. 그나마 산문의 영역에서는 단재 사유의 일단들이 탐색되긴 했지만, 율문의 형식에서는 거의 예외적인 국면으로 남아있었다.

善惡賢愚摠戱論	선악이 모두 다 장난거리 이야긴데
耶回孔佛謾相嗔	예수교 회교 불교 유교 부질없이 서로 욕질
辨看靑白之非眼	좋게 보고 밉게 보고 바른 눈이 아니거니
散作塵埃倒是身	먼지로 흩어지는 것 그게 바로 이 몸이지
忘念慈悲還地獄	망녕되이 생각하면 자비도 지옥이요

14) 김진옥, 「단재문학과 한국 근대 문학의 성격」, 『단재 신채호의 현대적 조명』, 대전대학교 지역협력연구원, 2003, p.107.

任精屠殺使天人　　천진이면 살생도 천당이 되는 걸세
吾人來去只如此　　우리 인생 오고감도 다만지 이같은 것
捨假求眞更不眞　　거짓 버리고 참을 구함도 도로 참이 아니라네

「회포를 적음 1」 전문

무정부주의 사상을 잘 보여주는 단재의 시 가운데 하나인「회포를 적음 1」이다. 이 시가 의미있는 것은 크로포트킨의 무정부주의 사상을 쉽게 읽어낼 수 있다는 데 있다. 바로 상호부조론에 관한 것이 그것이다. 상호부조론은 강권주의와 제국주의를 비판하기 위해 크로포트킨이 펼쳐보인 득의의 영역이다. 그는 사회진화라는 보편성을 받아들이면서도 사회진화의 원동력은 경쟁이 아니라 상호부조에 있으며, 이를 잘 지킨 종들이 가장 많이 번성하고 진보했으며 그 수 역시 많다고 판단했다[15]. 크로포트킨의 이 이론은 사회진화를 부정했던 다른 무정부주의자들과는 뚜렷이 구별되는 점인데, 단재는 이 부분에서 크게 공감한 듯하다. 사회진화를 애초부터 긍정했던 단재는 상호부조에 바탕을 둔 크로포트킨의 이 사회진화론이 매우 낯익은 모습으로 다가왔을 것이기 때문이다.

이러한 까닭에 인용 작품은 다소 허무주의에 빠진 듯한 정서를 풍기긴 해도 크로포트킨의 상호부조론을 떠나서는 설명할 수 없는 시이다. 이 작품은 사회의 진화란, 곧 발전이란 서로 경쟁하는 것에서 이루어지는 것이 아니라 협력에 의해 이루어지는 것임을 일러주고 있다. 서로 욕질하거나 좋게 보는 눈짓 속에서는 천당도 지옥이 될 수 있고 지옥도 천당이 될 수 있다는 논리인 것이다. 이 시는 설교조의 모양새로 인하여 시적 정서가 반감되고 있긴 하지만, 단재의 무정부주의 사상이 잘 나타나 있다는 것에서

---

15) 김형배, 앞의 글, pp.456-457.

의미가 있는 작품이다.

단재의 무정부주의 사상은 크게 투쟁론과 상호부조론으로 요약할 수 있다. 그런데 단재의 율문 양식에서는 주로 후자의 영역이 중점적으로 반영되어 나타난다. 이는 율문이 갖는 장르적 속성과 어느 정도 상관관계를 갖는 것이어서 매우 흥미로운 부분이 아닐 수 없다. 앞의 「회포를 적음1」에서도 확인한 바 있듯이, 주로 경쟁이 아닌 상호협력의 세계를 읊고 있기에 그러하다. 이러한 특징은 단재의 대표작 가운데 하나인 「매암의 노래」도 마찬가지이다. 이 시는 총 6연으로 된 장시로서, 단재 사유의 핵심을 잘 보여주고 있다는 점에서 주목을 요하는 작품이다.

1
하늘이 무엇이냐 매암매암
땅이 무엇이냐 매암매암
바람도 구름도 매암매암
아파도 쓰려도 매암매암
써도 달아도 매암매암
갖은 문법(文法) 무엇하리 매암매암
온갖 자전(字典) 쓸 데 있나 매암매암
아침부터 시작하여
저녁까지 읽은 과정(課程) 매암매암
시조(始祖)부터 시작하여
백대(百代) 천대(千代) 배운 교과(敎科) 매암매암

2
중국의 넓적 글
서양(西洋)의 꼬부랑 글
우리 글과 바꿀소냐 매암매암
마음 궂은 놀부의 타령

음미(淫靡)한 춘향 노래
우리 입에 올릴소냐 매암매암
예수쟁이 뒤를 따라
하느님을 찾을소냐 매암매암
시대 영웅의 본을 받아
입 애국을 부를소냐 매암매암

3
일시적 순간적인 너의 몸을 바치어
동포 국가 사회 인류 모든 것을 위하라는
너희의 가진 윤리 싸움질을 못 금한다
싸움 없는 매암의 사회 윤리를 어데 쓰랴
온 세계의 모든 겨레 한 소리로 화답하자 매암매암

4
수천(數千)여년 기업(基業)으로
문학 미술 정치 풍속 모든 것을 창조해 온
너희의 가진 역사 종 되는 화를 못 구한다
자유 자재 매암이 나라 역사를 어디 쓰랴
자연으로 만든 풍류 또 한 마디 아뢰리라 매암매암

5
여름은 우리 시대 녹수(綠樹)는 우리 가향(家鄕)
이슬은 우리 양식 생활이 평등이다
좋을씨고 매암이 생활 매암매암 매암매암
아비가 매암이면 아들도 매암
사내가 매암이면 아내도 매암
이름도 차별 없다
좋을시고 매암이 이름 매암매암 매암매암

6
새가 되어 높이 뜨랴 하늘이 넓지마는
도량(稻粱)이 그리워라
고기가 되어 깊이 들랴 바다가 깊지마는
그물 코가 걸리워라
공명이나 부귀를 위하여 모은 짓을 하여 보라
양심이 부끄러워라
성현이나 영웅이 되어 인류를 구하여 보라
명예가 귀치 안하여라
개는 개요 소는 소요 말은 말이요
매암이는 매암이니라
매암매암　매암매암　매암매암　매암매암

「매암의 노래」 전문

이 작품은 매미의 입을 빌려 인간 세계의 다양한 국면들을 인유하고 비판한 시이다. 이 시 역시 단재의 모든 작품이 그런 것처럼 단재의 사상을 실험하는 장이 되고 있다. 우선 1연을 보면, 매미는 하늘의 세계라든가 땅의 세계에 대해서 구체적으로 모른다. 바람도 구름도 모르고 아파도 쓰려도 써도 달아도 모른다. 그러니까 이를 수식하는 문법이라든가 온갖 자전 따위가 필요 없게 된다. 조상대대로 배운 것은 오직 매암의 소리뿐이다. 매미의 노래는 그렇게 순일하고 자연스러운 것이기에 2연에서처럼 중국의 넓적 글이나 서양의 꼬부랑 글보다 인위적이지 않아서 우월하다고 본다. 그러하기에 매미의 음성은 음미한 춘향의 노래보다도 말로만 애국을 외치는 위선자들의 그것보다도 진실하다.

그러한 매미의 우월한 음성은 3연에 이르면 좀 더 분명한 모습을 띄고 인간에게 다가온다. 1-2연의 매미가 자연그대로의 모습이라 한다면, 3연에서의 매미는 그 순리의 법칙에 따라 인간을 조정하는 울음으로 바뀐다. “일시적 순간적인 너의 몸을 바치어” “동포 국가 사회 인류 모든 것을 위하라는” 윤리로는 싸움을 금할 수 없다는 것이다. 반면 매미의 세계는 싸움이 없는 세계인데, 이 화합의 소리로 “온 세계의 모든 겨레 한 소리로 화답하자”고 외친다. 이 대목에 이르면 단재의 무정부주의가 지향하는 것이 무엇인지를 알게 된다. 단재는 사회진화의 논리로 경쟁보다는 상호부조를 제시한 바 있다. 싸움이 제국주의의 논리이며, 양육강식의 논리에서 온 것인데, 이 논리가 식민지 지배체제를 만든 주요 매개이다. 상호부조란 경쟁의 원리 저편에 있는 것이다. 단재는 싸움없는 매미의 세계를 평화의 메시지로 제시하고 있는 바, 이는 단재의 무정부주의의 한 축인 상호부조론과 불가분의 관계에 있다는 뜻에서 그 의미가 깊다고 하겠다.

4연에서는 인간이 수천년 동안 축조해온 온갖 것들이 양육강식의 논리를 피할 수 없는 것임을 지적한 다음, 5연에서 녹수(綠樹)를 우리 가향(家鄕), 곧 고향으로 제시한다. 이렇게 본다면 단재가 지향하는 상호부조론이 결국은 자연의 세계, 우주의 이법이 지배하는 순리의 세계와 동일한 것이 된다. 단재의 자연에 대한 이러한 천착은 근대성의 제반 양상을 고려할 때 매우 중요한 것이라 할 수 있다. 한국 현대시에서, 모더니스트들이 분열된 인식의 완결을 위해 찾아간 것이 자연이었고, 산업화된 현실에서 인간적 삶의 완결된 조건으로 제시된 것이 자연이기 때문이다. 그러한 자연의 세계가 아나키스트들에게는 차별없는 평화의 세계가 아니었을까. 5연의 말미와 6연에서는 그러한 차별없는 평화의 세계, 곧 아나키스트들이 이상으로 생각하고 있는 유토피아의 세계가 제시된다. 매미로 표상되는 자연의 세계는 “아비가 매암이면 아들도 매암”이고 “사내가 매암이면 아내도 매암”이기에 “이름에서조차 차별없는” 평등한 사회이다. 이는 아나키스트들이 궁극으로 여기는 유토피아에 다름아닌 것이다. 단재의 그러한 평등사상은 "개는 개요 소는 소요 말은 말이요/매암이는 매암이니라"고 함으로써 다시 한번 강조된다.

문학은 단재에게 자신의 사유를 실천하는 장이었다. 산문의 영역이 주로 민중봉기를 위주로 하는 혁명사상을 담당하고 있었다면, 율문의 양식은 아나키즘의 또다른 축인 상호부조의 사상을 담아내고 있었다. 단재는 이렇듯 자신의 사유를 실천하는데 있어서 장르가 갖는 특성들을 적절하게 이용하고 있었다.

4. 단재 시의 근대적 의미

단재의 사상은 매우 독특한 것으로 받아들여져 왔다. 그의 사상들은 항일무장세력들에게는 이론적 거점이 되어주기도 했고, 문학사적으로는 근대성의 또다른 영역을 개척해주기도 했다. 그러나 단재의 사유들이 사상사적으로 어떤 함의를 갖는 것이든 간에, 그가 설파한 이념들은 근대문학사에서 중요한 자리를 차지하고 있기에 그 의미가 깊은 것이라 할 수 있다. 특히 문학사적 맥락에서 근대성의 범주를 어디에 둘 것인가를 묻을 경우에 더욱 그러하다고 할 수 있다.

문학사에서 근대의 계보학을 문제삼을 경우, 모더니즘과 리얼리즘의 영역에서 논의되어 왔음은 잘 알려진 일이다. 근대에 대한 미학적 반응이란 무엇이고, 또 인간적 삶의 조건이란 무엇일까를 이야기할 때, 모더니즘과 리얼리즘은 충실한 해법을 주어왔기 때문이다. 이 가운데 특히 문제가 되는 영역이 리얼리즘 분야이다. 단재의 사유도 큰 틀에서 보면 이 영역으로부터 벗어나 있는 것은 아니다. 그의 문학들이 철저하게 현실에 그 뿌리를 두고 있기 때문이다. 문제는 단재의 사유들이 기존의 것들과 어떻게 차질되느냐에 있다고 하겠다.

단재 사상은 국수적 민족주의를 거쳐 무정부주의에 도달한 것으로 알려져 있다. 우선 그의 민족주의는 반중화주의로서의 특색을 갖는다. 특히 근대 민족국가 건설의 열풍 속에서 형성된 민족주의는 그 민족만의 내적인 문제에서 그치지 않는다. 단순히 국수주의적인 것으로만 치부되지 않는다는 뜻이다. 그것은 오히려 사상적 자율성으로서의 근대성의 한 국면으로 보다 더 큰 의미를 부여 받는 것이 일반적인 통례이다.

무정부주의가 민중혁명에 의존한다는 측면에서 보면 볼셰비즘과 동일하지만, 프롤레타리아 정권을 용인하지 않는다는 면에서는 반볼셰비즘적이다. 이런 관점에서 본다면 단재의 무정부주의는 카프의 민족문학과는 현격한 거리가 있는 경우이고, 오히려 항일혁명문학의 사유에 가까워 보인다. 이는 단재의 무정부주의가 현저하게 민족모순에 입각해 있다는 것이고, 항일혁명운동과 계보학적 연대성을 갖고 있었다는 의미도 된다. 이는 혁명의 주체인 민중이 계급적 개념이 아니라 민족적 개념에 가깝다는 점에서도 그러하다. 그럼에도 단재의 무정부주의는 항일민족 문학이 지향했던 이념과는 어느 정도 거리를 두고 있기도 하다. 특히 프롤레타리아 정권을 인정하지 않는다는 점에서 더욱 그러하다.

무정부주의는 미래에 대한 낙관적 열정이 민족해방파와 비교할 때, 현격한 낙차를 가지고 있다. 그럼에도 단재의 무정부주의는 민족해방을 위한 투쟁으로서, 그리고 경쟁이 아닌 협력의 세계관을 제시함으로서 근대성의 구도 속에서 작동되는 사유체계라는 데 전혀 무리가 없다고 하겠다. 특히 근대적 삶의 조건을 개선하는 것이 근대성의 한 당면과제라면 단재의 그러한 사상들은 더더욱 그러하다고 하겠다. 이런 뜻에서 단재의 무정부주의적 사유가 모더니즘과 카프문학, 항일혁명문학과 함께 근대성의 또 다른 형식 곧, 근대성의 제4의 형식이라 할 수 있을 것이다. 단재가 자신의 문학에서 전개한 사상사적, 시사적 의미는 바로 여기에 있다고 하겠다.

'민족'과 근대성의 상관관계 — 김동환론

1. 김동환 연구의 출발점

김동환에 대한 연구는 그동안 다각도로 이루어진 편이다. 한국 최초의 서사시라 불려지는 『국경의 밤』에 대한 연구를 비롯하여, 그의 서정시들에 대한 천착은 매우 많이 이루어져 왔다. 그럼에도 김동환 문학에 대한 연구들이 그 연구의 양과 비례하지 못하고 여전히 미진한 것 또한 사실이다. 문학적 국외자 취급을 받으며 혜성같이 등장한 서사시 『국경의 밤』에 대한 과도한 관심이 김동환의 다른 문학들에 대해서는 오히려 소홀히 취급하게 하는 역설적 결과를 낳게 한 것은 아닌가 하는 의문이 드는 것이다.

김동환의 문학세계는 잘 알려진 것처럼, 크게 두가지 축으로 구성된다. 『국경의 밤』을 비롯한 서사시의 계열이 그 한 축이라면, 다른 한 축은 민요시 등으로 알려진 서정시의 계열이다. 그런데 이 두 세계는 마치 별개의 영역으로 취급되어 두 장르간의 연계성에 대해서는 거의 주목을 받지 못했다. 또 그의 민요시를 비롯한 서정시들은 당시 문단의 유행 정도로만 치부되어 독자적인 시사적 의의를 부여받지 못했다. 특히 일제 말기 친일 행적과 덧붙여져 그의 문학들은 단지 유행을 쫓는 유랑적 근성으로 인식되기도 했다[1]. 물론 김동환의 문학을 줏대없는 유행병의 습관으로 판단하는 것이 전혀 근거없는 일은 아니다. 그는 다른 누구보다도 문단의 흐름에 예민했고, 그것을 자신의 문학에 곧바로 받아들여 왔기 때문이다. 그의 그러한 문학적 패턴은 양면적 속성이라고 불러도 좋을 만큼 대립적 성향을 강하게 보여왔다. 가령 일제 강점기에 김동환은 조국의 현실을 직시하고 그것의 문학적 형상화에 힘을 기울인 시인인가하면, 어느 시인 못지않게 소위 친일계통의 작품을 쓰기도 했기 때문이다. 극과 극을 달리는 이러한 모순을 어떻게 설명할 수 있을까. 문학관이 철저하지 못했다는 세계관의 한계로 설명하기에는 너무 안일한 것은 아닐까.

또한 김동환의 문학적 다양성은 비단 이 양극단의 모순에서 그치는 것이 아니다. 그는 1920년대 유행하던 문학적 감수성을 모두 받아들이는 통큰 개방적 자세를 취하기도 했다. 그의 문학에서 당시 유행하던 고전의 세계가 검출되는가 하면, 카프의 세계관까지 그 문학적 촉수가 뻗어나 있기 때문이다. 뿐만 아니라 근대적 사유 속에 편입되는 모더니즘의 세례까지 받은 흔적이 발견되기도 한다. 사정이 이러하기에 김동환을 시대의 감수성에 예민했던 시인으로 판단하는 것 역시 큰 무리는 아니라고 본다. 좋게 보면, 근대적 세례를 개방적으로 받아들여 이를 창조적으로 계승한 시인이고 부정적으로 보면, 철저하지 못한 문학적 세계관을 가진 시인으로 인식되는 것이다.

그렇다면, 김동환은 문단적 흐름에 예민했던 소위 겉멋을 즐긴 시인일

---

1) 오세영, 『한국낭만주의시 연구』, 일지사, 1983, p.416.

까. 아니면 그러한 양 극단을 좌우로 함께 거느린 양면적 속성을 가진 시인일까. 물론 어느 한쪽을 통째로 부정하기는 어려운 일이며, 그럴 경우 김동환의 시를 유기적으로 해석하는 데에도 적지 않은 어려움이 따를 것으로 판단된다. 작가의 세계관이 어느 유행에 의해 즉흥적으로 형성되는 것이 아니라는 사실에 동의한다면, 김동환이 추구했던 문학적 세계에서 어떤 일관적 흐름을 추출해내는 것이 가능하지 않을까하는 것이 이글을 쓰는 근본의도이다.

2. '민족'의 세계관적 의미

김동환의 문학을 이해하기 위한 가장 좋은 개념은 '민족'이라는 것이 필자의 판단이다. 물론 여기서 말하는 '민족'이란 어떤 이데올로기성을 내포한 관념적인 것이 아니다. 그것은 지금 여기의 현실에서 길어올려지는 즉자적이고 감성적인 형태로서의 민족을 말하는 것이다. 김동환 문학의 핵심인 '민족'을 이해하기 위해서는 그의 초기작의 세계와 문단적 상황부터 검토해보아야 한다.

김동환은 「적성을 손가락질 하며」[2])를 발표하며 문단에 등단했다. 김동환이 등단할 시기인 1920년대는 고전 부흥론이 수면위로 떠올려진 시기와 맞물린다. 이때는 3 · 1운동이 실패하고 소위 문화통치가 시작되던 시기이다. 정확히 한일합방이후 10여년의 세월이 흐른 시점이다. 3 · 1운동이 끼친 영향과 그 파급효과에 대해서 이를 한마디로 요약할 수는 없지만, 가장

---

2) 『금성』, 1924.5.

중요한 요인 가운데 하나는 아마도 식민지 조선에 대한 새로운 인식을 주었다는 점일 것이다. 잃어버린 10년에 대한 거리감은 그만큼 큰 것이어서 이 간극을 메꿔줄 욕망 또한 당연히 이어질 수밖에 없었던 것이 이 시기의 시대적 요건이었다. 고전의 부활이란 바로 그러한 토양 속에서 자라난 것이었다. 때문에 그 부활이 조선적인 혼의 세계에 집중될 수밖에 없었음은 자연스러운 일이었고, 그 일환으로 시조부흥운동이나 전통 문학에 대한 재인식, 국토에 대한 발견 등등으로 활발히 진행되었음은 잘 알려진 바와 같다[3]. 김동환이 자신의 서정시에 담아내었던 민요의 형식과 내용들이란 이와 분리시켜 논의하는 것이 어려울 정도로 곧바로 맞닿아 있다.

그리고 다른 또 하나는 계급주의 문학운동과 김동환 문학과의 관련양상이다. 계급모순에 입각한 카프의 본격적 전개는 3·1운동 이후의 일이다. 3·1운동이후 지식인 계층의 변절과 이에 따른 하층민들의 자기 방어 논리는 러시아 혁명을 주목하게 되고 그 이념적 자장을 받아들이게 된다. 현실에 예민했던 김동환이 이러한 유혹을 비켜가기는 대단히 어려웠을 것으로 판단된다. 실제로 김동환은 카프에 가입하고 이 집단이 추구하는 이념에 적극적으로 찬동하기에 이른다. 문제는 김동환이 카프라는 집단에 대해서 어떤 자세를 취했고, 그들이 추구했던 이념적 정합성에 얼마나 근접해 있었는가의 문제에 놓여 있을 것이다. 실상 이 부분은 매우 중요한 것이라 하지 않을 수 없는데, 그것은 김동환이 카프의 이념에 근접했는가의 여부를 묻는 것과는 별개의 문제이기 때문이다. 김동환을 연구했던 대부분의 연구자들은 카프와 그의 문학과의 연계성에 대해서는 긍정적인 평가를 하지 않았다. 이러한 평가에는 다음 두 가지 요인이 그 배경에 깔려 있

---

3) 자세한 것은 오세영, 위의 책 참조.

다. 하나는 그의 작품들에서 계급주의에 입각한 시들을 거의 발견할 수 없다는 점에서이다. 실제로 파인의 작품에서 계급주의에 물든 시들을 찾아보는 것은 거의 불가능하다[4]. 둘째는 그가 개진했던 카프 문학론의 소박성에서이다. 김동환은 작품 말고도 자신의 문학관을 담은 많은 비평들을 발표해 왔다. 그런데 그의 그러한 글들이 카프가 지향하는 세계와 어느 정도 거리를 두고 있거나 혹은 마르크스주의에 대한 인식이 철저한 것은 아니었다. 가령 민중의 개념을 계급에 입각한 민중이 아니라고 하거나 애국주의운동을 마르크스주의 운동으로 보는 것, 혹은 사회주의와 민족주의를 동일선상에 두고 인식했다는 것 등등이 그 비판의 요지이다[5]. 김동환에 대한 이러한 평가들은 일면 타당한 면을 갖고 있는 것이 사실이다. 특히 민중을 계급적으로 발전되어 가는 주체로 인식하지 못하거나 이를 현실 변혁의 전위로 파악하지 못한 것은 마르크스주의에 대한 김동환의 인식이 어느 정도인지를 잘 말해주는 단적인 사례이기 때문이다.

그런데 여기서 주의해야할 것이 있다. 바로 현실인식에 대한 객관적 인식과 해석에 관한 문제이다. 그리고 이 결과에 의해서 김동환이 전개했던 애국주의 문학의 근본적 실체가 무엇이었는가하는 것이 판명될 수 있을 것으로 보인다.

일제 강점기 카프가 인식했던 현실인식의 핵심은 계급모순에 있었다. 카프의 구성원들은 이 모순만 해결되면 계급해방과 더불어 일제 강점기의 불합리한 현실 또한 자연스럽게 해결되리라 믿었다. 카프의 구성원들 가운데 이를 의심하거나 부정하는 경우는 아무도 없었다. 계급모순에 대한

---

4) 김동환이 카프의 세계관에 입각하여 시를 쓴 것은 거의 손에 꼽을 정도로 적다. 「파업」정도가 전부가 아닌가 한다.

5) 이에 대해서는 장부일, 「파인 김동환 연구」(현대문학연구48, 현대문학연구회, 1982)를 참조할 것.

올곧은 인식과 이에 대한 철저한 투쟁만이 카프를 이끌어나간 당파성이었고 이외의 경우는 모두 소부르성이나 비당파적 요인으로 철저하게 배격되었다. 카프의 전시기에 걸쳐서 진행되었던 논쟁의 모든 초점이란 실상 이로부터 자유로운 것이 아니었다. 그러나 이러한 섹트적인 당파주의가 결국은 또다른 기계론이 되었고, 더 심각하게는 현실에 대한 객관적인 인식을 무색하게 만들었다. 이는 해방 직후 카프 구성원들의 적나라한 자기비판에 의해 드러나게 된다. 카프의 구성원들이 그토록 과학적이라 부르짖었던 현실인식이 결국은 주관적, 섹트적, 기계적이었음이 판명되었던 것이다.

식민지 시대의 핵심모순이란 계급모순이 아니라 민족모순에 있었다. 이 부분은 아무리 강조해도 지나치지 않는 것이어서, 오늘날 북한의 문학사를 일궈내는 핵심개념도 이와 밀접한 상관관계를 갖고 있다. 북한 문학의 전사(前史)는 계급모순을 지향한 카프문학에 있는 것이 아니라 민족모순에 기반했던 항일빨치산 문학에서 찾아지고 있기 때문이다.

식민지 현실이 민족 모순에 의한 것이라 할 경우, 김동환이 그렇게 중요시한 애국문학이나 민족, 민중의 개념이 새롭게 자리하게 되는 근거를 얻게 된다. 우선 '애국주의' 문학운동을 주창한 김동환의 다음 글을 보자.

> 오늘날 우리의 압헤는 '조국의 xx(독립-필자)'이라는 명제가 무엇보다도 더 큰 가능성을 가지고 걸니어 잇는 것이다. 여기에 모든 역량을 집중하여야 할 때에 이른 것이다. 우리는 이 무산대중의 손에 이루어질 xxxx(사회주의-필자) 운동을 애국주의라 명명하자. 이 애국주의적 사상을 배경으로 한 문예운동을 애국문학운동이라 부르자는 것이다[6].

6) 김동환, 「애국문학에 대하여」, 『동아일보』, 1927.5.19.

이 글이 지향하는 바는 크게 두 가지이다. 하나가 애국주의 문학운동을 사회주의 문학운동과 동일시하는 것이라면, 다른 하나는 민족을 계급과 동일선상에 놓고 보는 것이다. 우선 전자의 경우 사회주의 운동을 조국 독립의 예로 인식하는 것은 카프 성원들의 잠재된 의식과 별반 다를 것이 없어 보인다. 재차 강조하는 것이지만 해방직후 카프 성원들이 계급주의 운동을 독립운동의 일환으로 보았다고 거듭 거듭 이야기하고 있기 때문이다. 그럼에도 일제 강점기에 김동환처럼 계급주의 운동을 사회주의 운동의 일환으로 표나게 강조한 사례는 없다는 점은 특히 주목을 요하는 것이라 하지 않을 수 없다. '사회주의운동이 곧 애국주의이다'라는 이 뻔한 도식은 그러나 그 이면을 꼼꼼히 들여다보면, 매우 중요한 함의가 그 밑바탕에 깔려 있음을 알게 된다. 바로 민족모순에 대한 것이 그것이다. 파인은 여타의 카프 구성원들처럼 식민지 시대의 핵심모순을 계급모순에서 찾지 않고 이를 민족모순에서 찾고 있었던 것이다. 김동환 자신의 문학세계에서 그토록 갈구했던 민족에 대한, 민족을 위한 담론들은 여기에 그 근거를 두고 있었던 것이다. 그것이 일제 강점기 다른 어떤 시인보다도 민족에 대한 처절한 인식을 문학 속에 담아낸 주요 요인이라 할 수 있다. 파인의 문학을 해석하는데 있어서 이 부분은 아무리 강조되어도 지나치지 않다.

민족모순에 대한 김동환의 철저한 인식은 마르크스주의에 대한 오해에서 빚어진 것도, 당시를 풍미했던 어떤 유행에서 얻어진 낭만의 것도 아니었다. 현실에 대한 정확한 인식, 객관적 인식에서 오는 정합적 귀결의 소산이었던 것이다. 그의 그러한 인식들은 계급의 개념을 프로레타리아 일반을 지칭하지 않는다는 점에서도 찾을 수 있다. 위의 인용에서 알 수 있는 것처럼, 김동환이 말하는 무산대중이란 일제 강점기하의 대다수의 민중, 즉 정치적 사회적으로 핍박받는 피지배민족으로서의 우리 민족 전체[7]

를 지칭하고 있기 때문이다. 그가 인식하는 민중이 민속적 민중에 가까운 개념이라는 사실도 이와 동일한 상관관계를 갖고 있다. 이런 전제에 서게 되면 김동환의 문학 세계가 어떤 유행에 근거한 일시적인 것도, 마르크스주의에 대한 인식부족에 의한 것도 아님을 알게 된다.

> 우리의 목적의식은 두 개가 잇습니다. '나라를 x는 목적'과 '무산계급을 해방하는 목적'의 두 가지가 잇는데 원래 국가라는 것이 과도기의 한 형태이니까 조선에 잇서서 그가 급무는 될지언정 근본 목적은 아니 되겟지요. 그럼으로 계급해방문예가 주조가 되고 애국문예가 방류가 된다할지, 문예의 초계급성을 밋지 안는 모양으로 또 현실의 비반영성도 밋지 안으니까 문예사조도 조선의 사회사조에 따르리라고 봅니다[8].

인용문은 김동환의 문학관이 무엇인지를 잘 말해주는 글이다. 그의 목적의식은 두가지가 있는데, 하나는 '나라를 찾는 목적'이고 다른 하나는 '무산계급을 해방하는 목적'이다. 그런데 김동환은 이 두 가지 가운데 후자의 목적을 앞에다 둔다. 국가란 과도기적 형태이기에 그것의 건설이나 해방이 근본 목적이 될 수 없기 때문이라는 것이다. 그럼에도 위의 글은 그가 추구한 문예의 목적이 어떤 선후 관계에 근거한 것이 아니라는 사실을 은연중에 내포하고 있다. 문예사조란 것이 결국은 사회사조를 따르는 것이고, 당시의 중요한 사조란 민족해방에 다름 아니라고 보고 있기 때문이다.

그리고 민족에 대한 김동환의 인식 가운데 또 하나 주목해야 할 부분이 서사시 창작에 관한 것이다. 『국경의 밤』은 우리 시사에서 최초의 서사시로 받아들여지고 있는 작품이다. 『국경의 밤』이 서사시로서의 구비요건을

---

7) 장부일, 앞의 논문, p.17.
8) 「문사방문기」, 『조선문단』, 1927.3. p.42.

갖추었느냐 아니냐, 그리하여 그것이 서사시인가 아닌가의 장르적 특성을 살피는 일은 별도의 논의를 요하는 문제이다[9]. 중요한 것은 『국경의 밤』이 왜 1920년대 중반에 생산되었는가이고, 또 그것이 김동환의 문학 세계에서 어떤 함의를 갖고 있는가에 있다고 할 것이다.

지금까지 『국경의 밤』이 창작된 배경에 대해서 명쾌하게 답을 준 경우는 매우 드물다. 문단적 배경에 연관시켜 『국경의 밤』의 창작배경을 살핀 의미있는 경우로 잡지 『금성』과의 연계성을 둔 경우가 있긴 하다. 『금성』에 관여했던 이광수 등의 소설을 의식하면서 한편으로는 시의 테두리를 지키면서 또 한편으로는 소설에 비견할 정도로 폭넓을 체험 내용을 수용할 수밖에 없던 상황이 서사시의 창작 배경이 되었다는 것[10]이다. 장르의 발생론적 배경에 주목하게 되면 이 같은 견해는 어느 정도 타당한 면을 갖고 있다. 장르는 사회적 욕구와 분리시켜 논의하기 어려운 것이기 때문이다. 이러한 양식의 등장은 삶의 순간적 선택이 가능하지 않은 시기가 되었기에 그러하다는 것이다[11]. 그런데 중요한 것은 삶의 복합성이라든가 그것의 폭넓은 체험내용이란 것이 구체적으로 무엇인가에 있을 것이다. 뿐만 아니라 그러한 체험내용이라면 굳이 서사시의 영역을 넘나들지 않더라도 얼마든지 가능하다. 막연히 폭넓은 체험 영역의 확대 필요성만으론 서사시의 창작배경을 명쾌하게 설명해줄 수 없다는 뜻이다.

그러한 사회적 복합성에 주목하게 되면, 『국경의 밤』이 창작된 배경 역

---

9) 이미 이 부분에서 많은 논의가 있어 왔다. 대표적인 것을 들면 다음과 같은 것이 있다. 오세영, 「국경의 밤과 서사시의 문제」, 『국어국문학』 75, 1977. 조남현, 「김동환의 서사시에 대한 연구」, 『인문과학논집』11, 건국대, 1978. 홍기삼, 「한국서사시의 실제와 가능성」, 『문학사상』30, 1975, 3.

10) 김용직, 『한국근대시사』, 새문사, 1983, p.294.

11) 김윤식, 『한국근대문학의 이해』, 일지사, 1982, pp.173-174.

시 김동환의 민족의식과 분리시켜 논의할 수 없다는 것을 알 수 있게 된다. 김동환이 『국경의 밤』을 쓴 것이 그가 일관되게 관심을 보였던 민족의식을 떠나서는 그 성립이 불가능하다는 의미이다. 앞서 언급대로 1920년대는 무엇보다 독립에 대한 꿈이 가열찼던 시기이고, 조선적인 것에 대한 관심이 고조되었던 시기이다. 고전부흥운동이라든가, 전통에 대한 치열한 모색, 국토의 재발견 등등이 그러한 것이었는데, 이는 민족의 위대한 꿈과 동일선상에 놓이는 것들이다. 말하자면, 조국 독립에 대한 원대한 꿈을 노래하고 이를 실현화시키려는 노력이 다른 어느 시기보다 앞선 때라고 할 수 있다. 이러한 희망들이 집단의 이념을 가장 잘 구현케 하는 서사시 창작을 필연적으로 추동케 한 근본요인 가운데 하나였던 것으로 생각된다. 이는 서사시가 창작되는 시대적 배경이나 그것이 담고 있는 내용에 주목하게 되면 쉽게 알 수 있는 일이다[12]. 서사시는 집단의 위대한 전통이나 꿈과 밀접한 관계가 있다. 그렇기 때문에 이 장르에는 그 민족 고유의 특성과 내용이 아주 잘 드러난다. 집단의 시원을 알리고 그들의 꿈을 하나로 표출시키기에 서사시만큼 좋은 장르도 없다는 뜻이다. 민족에 대해 투철한 자각과 의식이 서사시의 형태로 나타난 것, 그것이 『국경이 밤』이 가지고 있는 심연일 것이다.

서사시 일반에서 발견되는 내포들이 『국경의 밤』에서 찾아보는 것은 그리 어려운 일이 아니다. 가령, 소금을 밀수출하며 살아가는 변경의 이야기를 통해 우리 민족이 처해있는 삶의 암시와 함께, 이로부터의 해방이 우리 민족의 꿈임을 내포하는 부분, 원시공동체적인 삶의 모습이 생생하게 살아나는 두만강가의 모습이라든가, 병남이 죽어서 묻히는 조선 땅에의 애

12) M. Bakhtin, *The Dialogic Imagination*, "Epic and Novel", Texas Univ. 1982, pp.3-15.

착 등의 모습들은 『국경의 밤』에서 쉽게 읽어낼 수 있는 집단의 이념들이라 할 수 있다.

김동환의 문학들은 다양성을 특징으로 하고 있지만, 그의 그러한 문학적 특색들이 유행에 기초한 것이라든지 철저하지 못한 문학관에서 오는 것이 아니었다. 그의 문학의 근본 특성은 민족이라는 질을 떠나서는 성립할 수 없는 것들이며, 또 그것이 그의 문학의 최대의 장점이었다. 그의 문학은 민족에서 시작되고 민족에서 끝난다고 해도 큰 무리는 아니다. 민족은 김동환의 문학에서 시도동기와 같은 것이었다.

3. 김동환의 문학에서 민족의 구현형태

1) '변경'을 통한 북국 이미지 강화

김동환의 민족주의가 가장 극명하게 나타나는 것은 소위 '북'이라든가 '겨울'과 같은 냉혹한 현실들을 암유하고 있는 이미지들에서이다. 김동환의 문학에서 이 부분은 매우 중요한데, 실상 우리 문학사에서 현실에 대한 이 정도의 이미지를 묘사한 시인도 찾기 어렵다는 뜻에서 그러하다. 한국 시사에서 겨울과 같은 차가운 이미지로 조국의 현실을 인유화한 대표적 시인으로 이육사가 있긴 하다. 이러한 이유로 이육사를 일제 강점기의 저항시인으로 꼽는 데 대부분 동의하고 있다. 특히나 옥사했다는 그의 전기적 사실이 그의 시에 덧붙여지면서 이 같은 인식은 더욱 확고히 자리잡고 있다. 그러나 식민지 조국의 현실을 이미지화하는 데 있어서 김동환의 경우도 이육사 못지않은 철저한 인식을 보여준다. 김동환은 이육사와 달리 조국의 이미지를 거리화하여 이를 객관적으로 제시하여 준다는 점에서 그 특이성이 있는 경우이다.

> 북국에는 날마다 밤마다 눈이 내리느니
> 회색 하늘 속으로 흰 눈이 퍼부을 때마다
> 눈 속에 파묻히는 하얀 북조선이 보이느니.
>
> 가끔 가다가 당나귀 울리는 눈보라가
> 漢北 강 건너로 굵은 모래를 쥐어다가
> 추위에 얼어 떠는 白衣人의 귓볼을 때리느니.
>
> 춥길래 멀리서 오신 손님을
> 부득이 만류도 못 하느니
> 봄이라고 개나리꽃 보러 온 손님을
> 눈발귀에 실어 곱게 남국에 돌려보내느니.
>
> 백곰이 울고 北狼星이 눈 깜박일 때마다
> 제비 가는 곳 그리워하는 우리네는
> 서로 부둥켜안고 赤星을 손가락질하며 얼음벌에서 춤추느니,
>
> 모닥불에 비치는 이방인의 새파란 눈알을 보면서
> 북국은 추워라 이 추운 밤에도
> 강녘에는 밀수입 마차의 지나는 소리 들리느니.
> 얼음장 깔리는 소리에 쇠방울 소리 잠겨지면서.
>
> 오호, 흰 눈이 내리느니, 보얀 흰 눈이
> 북새로 가는 이사꾼 짐짝 위에
> 말없이 함박눈이 잘도 내리느니.

「눈이 내리느니」 전문

이 작품은 북국의 암울한 현실을 묘사하는데 있어서 객관적 상황 제시의 방법을 동원하고 있다. 조국을 형상화한 이육사의 시들이 강한 자의식을 바탕으로 사물들을 자기화하는 수법을 보인 경우라면, 김동환은 이를 객관적 상황제시의 수법으로 형상화한 경우이다. 따라서 그의 시들은 스크린의 화면처럼 그러한 상황이 오버랩되면서 현실의 정황을 자연스럽게 표출시키고 또 이를 독자로하여금 받아들이게끔 만든다.

김동환의 데뷔작이기도 한 「눈이 내리느니」는 조국을 '북'이라든가 '흰 눈'과 같은 암울한 이미지로 표현했다는 점에서 우선 그 의미가 큰 작품이다. 일제 강점기라는 현실의 열악성에 비춰볼 때, 이만한 정도의 문학적 표현만으로도 문학사적 가치를 인정받기에 충분하지 않겠는가. 김동환의 시가 일제 강점기라는 상황에 비추어 보다 의미있게 다가오는 것은 이런 뜻에서이다. 그리고 여기에 한 가지 더 덧붙여질 것이 있다. 김동환의 시 세계에서 자주 등장하는 소위 '변경'에 관한 이미지들이다. 파인 김동환의 문학 세계에서 대단히 중요한 뜻을 함의하고 있는 이 이미지는 그동안 주목의 대상이 되지 못했다.

현대문학에서 예외적 국면을 갖고 있는 '변경'이란 무엇이고, 그것이 우리 시사에서 갖는 의미는 무엇일까. 한국 현대 문학사에서 변경의 이미지를 찾아내는 것은 그리 쉬운 일이 아니다. 과거 60여년의 세월동안 진행된 남북의 대치 상황은 우리 문학사에서 이 이미지 자체를 추방시켜 왔기 때문이다. 민통선으로 지칭되는 차단의 벽이 이를 잘 말해주고 있지 않은가. 이런 현실에 비추어볼 때, 변경의 이미지는 식민지 시대에만 유효한 것으로 우리에게 다가오는 것이 사실이다. 변경이란 국경의 끝과 시작이라는 물리적 차원에서 그치지 않는다는 점에서 그 시사적 의의가 있다. 변경의 지대에는 제어의 끈이라든가 통제의 끈들이 내지에 비해 상대적으로

약한 곳이다. 그러하기에 제도로부터 핍박받는 민중들이 그러한 속박으로부터의 일탈 욕망을 강렬하게 느끼는 곳이다. 밀무역이라든가 월경의 풍경 등을 쉽게 관찰할 수 있는 곳, 쫓겨가는 이주민들의 모습을 쉽게 찾아볼 수 있는 것은 변경의 그러한 속성 때문에 가능한 일이다. 이런 의미에서 변경이란 시대의 고민과 고통을 가장 확연하게 살필 수 있는 좋은 매개라 할 수 있을 것이다.

「눈이 내리느니」는 실상 변경의 이미지를 떼어놓고 설명하는 것이 어렵다. 이 작품의 시적 주체는 일제 강점기의 현실을 견디지 못한 채 적성(赤星)의 지시를 따라서 월경을 감행한다. 얼음짱 깔리는 조심스러운 발길을 내디디면서 초조하게 건너는 것이다. 그러는 한편으로 이 변경에는 밀수입 마차 소리도 들리고, 북새로 가는 이사꾼의 짐짝 소리도 들린다. 이 처절한 삶의 현장에 함박눈이 펄펄 내리면서 그 어둡기만 한 현실은 더욱 극한 모습으로 우리에게 다가온다.

김동환 시의 주된 이미지 가운데 하나인 '변경'은 식민지 현실의 또 다른 모습을 우리에게 반추시키는 매개 역할을 한다. 그의 대표작인 『국경의 밤』도 실상은 '변경'의 이미지를 통해서 이루어지고 있는 바, 이것이 이 작품의 진정성을 담보하는 근본 가치일 것이다. 이 작품을 이끌어가는 동인들은 차가운 북국의 이미지를 떠나서는 그 의미라든가 효과를 발휘할 수 없는 까닭이다. 김동환의 그러한 변경의 이미지는 「시체를 안고」에 이르면 그 절정에 달한다.

얼음장 갈린다. 두만강 물 우엔
보얀 흰 눈이 속에 두부모 같은 얼음장이 잘도 갈린다
파란 별빛에 氷流에 쌔여 거품처럼 흐르면서

벌써 새벽이 된 탓인가 강역엔 바람도 더 심하다 강 건너 산골에는 마른 아지 째지는 소리 그치지 않는데
어이 건너랴 발자취 감추며 이 강 우를, 대낮에는 얼음장도 풀리련만

흙이야 어데 없으랴
뼈라도 제 땅에 가고 싶다는 그 말 아니면
이 백사벌엔들 시체야 못 묻으랴 바람에도 안 패이게
눈을 들면 아직도 손짓하는 옛 산천이
죽은 목숨 산송장 모두 오라 부르는 듯한데
백일에 저 품속에 안길 내 동무야 그 몇이랴

「시체를 안고」 부분

인용시는 김동환의 시에 나타난 '변경' 이미지 가운데 백미에 해당하는 작품이다. 일제 강점기에 '변경'하면 빼놓을 수 없는 이미지 중 하나는 국경의 의미 이외에도 항일 혁명에 관한 이미지일 것이다. 그것이 아마도 일제 강점기의 조선적 특수성일 것이다. 물론 인용시에서 그러한 이미지를 곧바로 읽어내는 것은 불가능하지만, 작품의 분위기를 통해서 이를 어느 정도 유추해내는 것은 가능하다. '얼음장 갈리는' 긴장의 이미지, '발자취 감추며' 건너야 한다는 초조한 심적 고뇌가 이를 증거해준다. 특히 "뼈라도 제 땅에 가고 싶다는 그말"에서 이를 더욱 확인할 수 있는 바, 이야말로 '민족'이나 '민족모순'에 대한 김동환의 사유를 가장 잘 보여주는 담론이 될 것이다.

이렇듯 변경은 시인에게 일상적 삶의 연장선에서 받아들여지지 않는다. 또 이곳과 저곳의 경계를 자연스럽게 넘을 수 있는 제도화된 일상이 지배하는 곳도 아니다. 그에게 변경은 삶의 긴장이 있고, 삶에 대한 치열한 탐색이 이루어지는 처절한 공간이다. 그러는 한편으로 식민지 현실에 대한

암울한 인식이 있고, 조국 독립에 대한 해방의 의지가 꿈틀대는 곳이기도 하다. 시인은 변경의 이미지를 통해서 민족모순을 인식하고, 그것을 고발하는 인식의 장으로 활용하고 있었던 것이다. 이런 뜻에서 변경의 이미지는 김동환만의 고유의 영역이었고, 우리 시사에서 낯선 공간이었다고 할 수 있다.

2) '조선'이라는 언표화의 의의

식민지 모순에 대한 인식이 치열하게 감각되는 현장에서 '민족' 혹은 '조선'에 관한 언표화를 하는 것이 가능한 일인가. 이런 것을 묻는 것은 그 시대의 민족 구성원의 수준을 재는 일이 될 것이다. 우리 문학사에서 민족이라든가 조선의 의식, 혹은 그 개념이라도 언표화된 경우를 찾는 일이 매우 어려운 것은 이와 무관하지 않다. 그러한 까닭에 '조선'이라는 말조차 꺼내기 어려웠던 혹한의 시절에 그것을 담론화한 그 자체만으로도 중요한 문학적 가치가 있는 것이 아니겠는가. 애국시인[13]으로 지칭되는 김동환의 시사적 의미가 드러나는 부분도 바로 여기에 있다.

일제 강점기 민족 모순에 대한 자각을 문학 내적인 차원에서 문제시한 문인은 매우 드물다. 우회적인 드러냄은 있을지언정 직접적으로 '조선'이나 '민족'을 지칭하는 사례는 흔치 않았기 때문이다. 물론 예외적인 사례가 전혀 없는 것은 아니었다. 가령 산문의 경우, 「인도병사」를 쓴 송영 정도를 꼽을 수 있기 때문이다. 그러나 이 문제는 장르적 속성으로 접근할 성질의 문제는 아니라고 판단된다. 이러한 희소성을 정당화해줄 어떤 믿그

13) 김동환을 애국시인의 한 전범으로 본 사람은 주요한이었다. 주요한, 「김동환의 시세계」, 『현대문학』97, 1963, pp.34-39.

림을 그리는 것은 사실상 불가능하다. 이는 개인의 내밀한 자의식에 관한 것이어서도 그러하고 현실의 예민한 촉수로부터 벗어나려는 욕망에서도 그 원인을 찾을 수 있기 때문이다. 그럼에도 불구하고 민족에 대한 자의식은 역사의 필연성에 대한 믿음을 올곧게 견지한 그룹에서도, 민족주의를 자처했던 그룹에서도 찾아보기 힘든 게 현실이다. 김동환의 애국주의, 보다 구체적으로는 민족모순에 대한 자각이 돋보이는 것은 이런 이유 때문이 아닐까.

식민지 현실에 대한 모순을 '조선'에 대한 인식적 지평으로 확장시킨 경우는 김동환이 거의 맨 앞자리에 놓인다. 그것이 김동환 문학의 선구성이자 진보성이다. 식민지 현실에 대한 김동환의 그러한 조선주의는 크게 두 가지 각도에서 찾아볼 수 있다. 하나가 지금 여기의 현실에서 재구성되는 것이라면, 다른 하나는 영광스런 과거에 대한 재현의지에서이다. 앞서 언급대로, 민족에 대한 김동환의 감각이 아주 잘 드러나는 부분은 '변경'의 이미지였다. 그리고 이 이미지가 북국이라는 차가운 아우라와 결부됨으로써, 식민지의 암울한 현실을 드러내는 데에 아주 효과적인 기능을 했다. 그의 그러한 의식이 한 단계 더 나아간 것이 '조선'이라는 명칭에 대한 직접적인 언표화이다. 여기서 '조선'이라는 단어는 단지 타국에 대한 대타적인 의미에서 '자국'의 테두리로 국한되지 않는다. 식민지 조국이라든가 민족에 대한 뜨거운 열정없이 이 '조선'이라는 단어에 육박해 들어가는 것은 불가능하기 때문이다.

거의 묻힐 때 죽은 병남이 글 배우던 서당집 노훈장이,
「그래도 조선땅에 묻힌다!」하고 한숨을 휘-쉰다.
여러 사람은 또 맹자나 통감을 읽는가고 멍멍하였다.
청년은 골을 돌리며

「연기를 피하여 간다!」하였다.

『국경의 밤』 71장

인용된 부분은 『국경의 밤』의 마지막을 장식하는 장면이다. 순이의 남편 병남이가 국경수비대의 총을 맞아 죽은 뒤 마차에 실려와서 자기 고향땅에 묻히는 순간을 묘사한 부분이다. 우선, 여기서 주목해 보아야 할 것은 “그래도 조선땅에 묻힌다”고 한 노훈장의 말이다. 혼돈의 국경 지대, 곧 변경의 지대에서 어떤 질서를 갈구한다는 것 자체가 무리일지 모른다. 게다가 이런 무법천지에서 어떻게 죽고 또 어떻게 묻힐 것인가 하는 고민 역시 사치에 가까운 일일지 모른다. 그렇기에 자신의 뿌리인 조선 땅에 묻히는 것은 매우 영광스런 일이었을 것이다. 그러나 중요한 것은 단지 자신의 터전인 고향에 묻힌다는, 귀소본능의 완성이라는 생물학적 차원에 국한되지 않는다는 점이다. 그것은 역사적이고 현실적인 차원의 것이다. 보다 정확히는 일제 강점기라는 현실과 떼어 놓을 수 없다는 것이다. 그렇기에 “그래도 조선땅에 묻힌다”는 민족모순이라는 김동환의 현실인식과 곧바로 맞닿아 있는 것이라 할 수 있다.

여기에 한 가지 의미를 더 부여한다면, 죽은 병남이 여진족의 후손이라는 사실이다. 이들은 어쩌면 ‘조선’이라는 아우라로부터 한 발짝 떨어진 이방인이라 하지 않을 수 없다. 실제로 순이와 ‘언문 아는 선비’가 그들의 애정에도 불구하고 결혼하지 못한 것은 민족이 다르다는 이유 때문이었다. 그러한 관습의 질긴 끈이 있기에, 죽은 병남에게서 ‘조선’이라는 의미가 본질적인 영역과 닿지 못한다는 것은 어쩌면 당연한 일이었을 것이다. 조선인이면서도 그렇지 않은 이런 경계인적 성격의 인물에게 “그래도 조선땅에 묻힌다”는 담론에는 어떤 의미가 담겨질 수 있는 것일까. 이는 『국경의 밤』이 갖는 현실인식의 정도를 묻는 일과도 불가분의 관계에 놓이는 것이어서 쉽게 단정할 수 있는 문제는 아니지만, 김동환의 '조선주의'에 대한 인식의 수준과 깊이가 그만큼 큰 것은 아니었을까. 경계인이 그러할진대, 순수 조선인이라면 더욱 그러할 수 있지 않을까하는 교술적 담론이 이 서사에 내재되어 있다고 하겠다. 이는 곧 어머어마한 조선주의라 해도 과언이 아니다.

끌도, 정도 아닌 쇠몽둥이를 핑, 핑, 핑, 휘둘러
너래방석의 큰 바윗돌 길게 쩍쩍 각으로 갈라내어
네 귀퉁 집 짓고 그 위에 돌로 천정을 얹은 뒤
호피 방석에 앉아 술동이 차고
끝없는 넓은 광야 봐라 한 소리 크게 외치던
이 년 전 그 용감턴 나의 先民은 지금은 어디로
(중략)
요동벌 국내성 서울도 좁아 압록강 건너 왕검성에 들어
청동 두리 기둥, 황토 기왓장으로 주작문 짓고
대성산 아래 구름 같은 安鶴宮闕 지어 민족의 지도자 모셔놓곤
압제자 한무제의 침략군을 마침내 몰아내어
사백 년 짓밟히던 失地 낙랑을 날 보아라 회복하던
이천 년 전 그 용감턴 나의 先民은 지금은 어디로

포학한 수양제 九軍 삼십만의 대병 이끌어
젖과 꿀이 흐르는 한반도 삼키려 쏜살같이 몰아올 제
그를 청천강에 수장지내던 애국자 을지문덕 어른이며
당도 여러 차례 원정 있었으나 이 나라 백성들은 목숨걸고 잘도 쫓지 않았던가, 빛나는 안시성의 사적이여
이천 년 전 그 용감턴 나의 先民은 지금은 어디로

「즐거운 전원」 부분

김동환의 민족의식을 알게 하는 또 다른 사례는 영광스러웠던 조선의 과거에 대한 재현의지에서 찾아진다. 찬란했던 과거란 한민족의 위대한 기상과 꿈이 잘 드러난 시기를 의미한다. 시인은 그러한 시기의 현재적 재현을 통해서 '조선주의'에 대한 또 다른 인식을 펼쳐보인다. 「즐거운 전원」은 한민족의 역사상 찬란했던 고구려의 시기를 회상하고 있는 작품이다. 이러한 재현이 의미있는 것은 아마도 고구려란 단어가 주는 함량에 있을 것이다. 가장 강건했고 가장 넓은 영토를 아우른 나라가 바로 고구려였다. 그러한 까닭에 민족의 기상과 꿈을 회고할 때 가장 먼저 떠오르는 역사적 실체가 고구려임은 당연한 일일 것이다. 김동환은 그러한 나라의 재림을 꿈꾸면서 암울한 식민지 현실에 대한 대타적 자의식을 드러낸다. 감시와 처벌의 눈이 번뜩이고 있는 열악한 상황에서 역사영웅들에 대한 이러한 환기만으로도 '민족'에 대한 처절한 인식의 발로라 하지 않을 수 없는 것이다.

3) 민족의 유토피아에 대한 꿈-동화적 세계

김동환이 20년대 다른 민요시인들의 경우처럼 낭만주의적 경향으로 경도된 것은 잘 알려진 일이다. 그리하여 그의 시들 속에서 낭만적 속성을 끌어내고 이를 의미화하는 작업이 자연스럽게 이루어져 왔다[14]. 그러나 1920년대 조선의 상황을 낭만주의가 성행하던 19세기 서구의 그것과 비교하는 것은 많은 무리가 있다. 낭만주의가 발생한 배경과 그것이 추구하는 이상 등에 있어서 조선의 현실은 서구의 그것과 너무 다른 까닭이다. 그럼

14) 이러한 시각에 의존하여 연구한 경우로 오세영을 들 수 있다. 오세영, 앞의 책 참조.

에도 이 시기에 등장한 시들을 낭만주의적 속성으로 규정하고 여기에서 그 의미를 추출하는 것은 어떤 연유에서일까. 이는 크게 다음 두 가지 요인에서 그 원인을 찾을 수 있다. 사회적 환경과 이 사조 속에 내재해 있는 이념이 바로 그것이다. 잘 알려진 바와 같이 1920년대는 3 · 1운동의 실패로 규정되는 시기이다. 절대적 힘에 의한 내적 욕망의 좌절은 시인들로 하여금 또다른 세계에 대한 희구로 표출될 수밖에 없었다. 그것이 바로 동경의 세계임은 두말할 필요가 없다. 동경은 낭만주의자들에겐 필연적인 관념체이다. 낭만적 아이러니에 수반하는 이 의식이야말로 이 사조의 근본적 한계이자 이상이었기 때문이다[15]. 그러한 동경이 3 · 1운동의 실패에 젖어든 20년대 시인들에게서 발견되는 것은 어쩌면 자연스러워 보인다. 현실의 질곡을 극복하고 새로운 세계에 대한 갈망만이 이 시대로부터 탈출할 수 있는 유일한 길이었기 때문이다.

김동환의 시에서 유현한 낭만의 세계가 표출되는 것은 이러한 사회적 분위기와 무관하지 않을 것이다. 그는 자신의 작품을 통해서 민족 모순에 대한 자각을 다른 어느 시인보다 폭넓게 표출시켜 왔다. 물론 그러한 인식은 식민지 질곡에 의한 것이긴 하지만 3 · 1운동의 실패에 따른 좌절이 이를 더욱 배가시켰을 것으로 판단된다. 그러한 좌절과 패배감이 이와는 다른 대안적 세계에 대한 모색이나 갈망으로 연결될 수밖에 없었음은 자연스러운 일이었을 것이다. 그 세계에 대한 갈망이 낭만주의에서 말하는 동경과 자연스럽게 겹쳐진 것은 아닐까. 김동환의 작품에서 낙원에 대한 동경의 감각이란 여기에 그 의미가 있었다.

김동환은 20년대 다른 어떤 시인보다도 신비의 세계나 미지의 세계에

---

15) 오세영, 「낭만주의란 무엇인가」, 『문학과 그 이해』, 새미, 2005 참조.

대한 그리움의 의식을 잘 드러낸 시인이다. 그런데 이러한 그의 의지들이 현실의 모순을 극복하기 위한 하나의 기제였다는 사실에 주목할 필요가 있다. 시인은 일제 강점기라는 거대한 힘에 대해서 직접 발언하지 않는다. 그는 여기서 한걸음 비켜서서 이를 우회하려 한다. 이는 소극적 의미에서 일제에 대한 저항이나 조국 광복에 대한 점진주의에 가까운 것이었다. 그의 그러한 점진주의들은 지금 이곳의 현실에선 불가능한 세계에 대한 탐색, 행복했던 과거 시절에 대한 회고, 다가올 아름다운 이상 세계에 대한 그리움 등등으로 표출된다.

①오월의 산에 올라 풀 베다 소리치니 하늘이 넓기도 해 그 소리 다시 돌아앉으네 이렇게 넓다면 날아라도 가보고 싶은 일 넋이라도 가보라 또 소리쳤네.
　벽에 걸린 畵額에 오월 바람에 터질 듯 익은 내 나라가 걸려 있네 꿈마다 기어와선 놀다가도 날 밝기 무섭게 도로 畵額 속 풍경화가 되어버리는 내 나라가.

「오월의 향기」 부분

②꿈을 따라갔더니
　옛날의 터전이 보이고요,
　호박넝쿨 거두던 따님도 보입데다.

　꿈을 따라갔더니
　어릴 때 놀던 금잔디벌이 놓이었구요,
　도라지 캐러 다니던 마을 색시도요.
　(중략)
　아하 옛날은 가고요 꿈만 깃구요,
　이 꿈조차 마저 간다면
　나는 어쩌리.

「꿈을 따라 갔더니」 부분

③천년 묵은 안압지에도 돌 던지니
출렁하고 대답 있데나,
겨우 열여덟, 이 기집애야
늬는 귀도 없나 입도 없나.

「귀도 없나, 입도 없나」 전문

시 ①은 김동환의 현실인식이 직정적으로 나타난 작품이다. 불합리한 현실과 가능한 꿈이 대비됨으로써 지향해야할 것이 무엇인가를 잘 보여준다. 조국의 암울한 현실을 주로 '북'의 이미지나 '흰눈'의 이미지로 형상화한 것에 비하면, 이 작품은 그러한 이미지들과는 약간의 편차를 갖고 있는 경우라 할 수 있다. 이 시는 오월의 푸르고 생생한 이미지를 통해서 그렇지 못한 조국의 현실을 인식하고 있기 때문이다. 그러나 그것이 어떠한 경우이든 시인의 상황인식은 결국 동일한 것에서 촉발된 것이다. 시인은 이 작품에서 만물이 소생하고 활기차게 움직이는 자연의 모습과 그렇지 못한 조국의 모습의 대비를 통해서 조국이 나아가야할 목표가 무엇인가를 암시하고 있다.

시 ②는 행복했던 과거 시절을 회고하고 있는 작품이다. 그러한 회고는 이 작품에 나타난대로 '꿈'의 형식을 빌고 있다. '꿈'이란 현실에선 불가능한, 그리하여 가상의 공간에서 전일한 현실을 만들어보는 기제이다. 그런데 이 작품에서의 '꿈'은 통상적 의미에서의 그런 세계는 아니다. 시인은 '꿈'을 통해서 과거에 있었던, 훼손되지 않은 삶에 대한 반추를 일구어내고 있기 때문이다. 이러한 추억 역시 현실의 맥락과 분리시키기 어려운 것이다.

시 ③은 김동환의 시에서 흔히 발견되는 이성적 사랑에 대한 그리움을 담고 있는 작품이다. 낭만적 동경의 세계 가운데 하나가 이성적 사랑에 있음은 잘 알려진 일이거니와 현실에 대한 도피적 자의식도 이 감수성과 밀접한 상관관계를 갖고 있다. 사랑이야말로 억압된 정신을 풀어헤치는 가장 강력한 심리적 기제이기 때문이다.

인용시들은 이처럼 여러 기제의 모습을 갖고 있긴 하지만, 다른 한편으로는 단순하면서도 순박한 그리고 천진난만한 세계의 모습을 보여주기도 한다. 어찌보면 거의 동화의 세계에 가까운 것이다. 이럴 경우 「귀도 없나, 입도 없나」와 같은 작품을 이성에 대한 강렬한 그리움으로 해석하기에는 뭔가 석연치 않은 면이 있는 것이 사실이다. 이 작품은 그러한 이성적 자의식보다는 아름다운 동화의 세계에 훨씬 근접해 있기 때문이다. 김동환의 시들은 어쩌면 동화적 상상력에 의하여 구성되어 있다고 해도 과언이 아닐 만큼 이러한 감수성에 매우 경도되어 있다. 가령, 다음의 작품도 그러한 사례에 속한다.

우리 오빠는 서울로 공부 갔네
첫해에는 편지 한 장
둘째해엔 때묻은 옷 한 벌
셋째해엔 부세 한 장 왔네.

우리 오빠는 서울 가서
한 해는 공부,
한 해는 징역.
그리고는 무덤에 갔다오.

「우리 오빠」 전문

이 작품은 서울로 공부하러 간 어느 오빠의 삶을 담고 있는 시이다. 오빠는 서울로 갔고 해마다 소식을 전해오다 결국은 죽었다는 것이 이 시의 내용이지만, 그렇다고 이 작품을 어느 가족의 비극사를 다룬 작품이라고 보기는 어렵다. 작품을 읽어보면 금방 알 수 있는 것처럼 이 시는 동화적 세계에서 직조되고 있기 때문이다. 이러한 동화적 상상력이 시인의 작품 세계에서 갖는 의미는 무엇일까.

동화란 유년의 순수한 세계를 다룬 작품이다. 그리고 유년의 세계란 훼손되지 않은 세계라든가 인식의 완결성이 유지되는 세계이다. 그렇기 때문에 내용도 단순하고, 구성도 단순해야 한다. 김동환의 시들이 단형의 형식으로 구성된 것이라든가, 내용이 소박하게 이루어진 것도 여기에 그 원인이 있다. 시인은 이러한 동화의 세계를 통해서 현실의 어두움을 헤쳐 나아가려 한 것으로 보인다. 동화란 그렇지 못한 세계에 대한 대안적 모색의 결과이기 때문이다. 따라서 이 동화적 세계가 현실과 밀접한 길항관계에 놓여 있음은 자명한 일이다. 그 현실이란 바로 민족의 현실이다. 그는 동화적 상상력을 통해서 왜곡된 현실이 주는 모순을 극복하고자 했다. 동화적 상상력이 눈이나 북으로 표방되는 변경의 이미지, 혹은 영광스런 과거에 대한 재현의 인식과 동궤에 놓이는 것은 이 때문이라 할 수 있다.

4. 민족모순에 대한 인식의 시사적 의미

김동환의 시에 대한 기왕의 평가는 하나의 단선적 결론으로 그치지 않고 다양한 갈래로 이어져 온 편이다. 그는 일제 강점기에 다른 어떤 시인보다도 조국의 암울한 현실과 민족에 대한 투철한 자각을 보여준 시인으로 인식되기도 했고, 일제와 야합하여 친일의 세계로 나아간 시인으로 간주되기도 했다. 이러한 양극단의 길은 시인 자신에게도 매우 낯선 것이고,

그의 작품을 읽는 독자들에게도 매우 당황스럽게 다가오는 부분이기도 하다. 이 편차를 해명하고 변명해줄 매개가 존재하지 않는다면, 그를 문단의 시류에 편승한 시인으로, 아니면 문학적 세계관이 투철하지 못한 시인으로 그냥 단순히 평가절하해야 한다. 김동환의 애국시들을 접하면서 느끼는 감동과 당혹감이란 이런 것을 두고 말하는 것이었다.

그러나 김동환의 애국시들은 시류에 편승한 것도, 문학적 세계관의 허약성에서 비롯된 것도 아니라는 것이 옳다고 할 수 있다. 그는 작가생활을 영위하는 동안 경향을 달리하는 여러 문학단체에 전전하였을지언정 식민지 현실에 대한 소위 '민족모순'에 대한 자각만큼은 다른 시인에게서도 볼 수 없을 만치 투철하게 보여준 시인이다. 이는 앞서 살펴 본 것처럼 다음 두 가지 근거에 의해서 그러하다. 하나는 김동환이 카프에 가담하면서 이 이데올로기에 입각한 시를 창작하지 못했다는 것과, 이와 반대되는 민족주의적 입장을 견지했다는 것이 나머지 다른 하나이다. 그리고 그가 20년대를 풍미한 전통지향적 색채를 가미한 민요조 서정시를 쓴 것도 그 연장선에 놓여 있다. 이는 카프라는 이데올로기가 어떻게 민족주의와 결합될 수 있는가하는 문제와 밀접한 상관관계를 갖는 것이라 할 수 있다.

사회주의 혁명의 초기 단계에는 민족적 특수성의 요소들이 가미될 수 있다는 레닌의 언급처럼, 식민지 조선의 변혁운동에 민족적인 요소를 제외시킨다는 것은 사실상 불가능한 일이었다. 그럼에도 카프 구성원들은 민족적인 요인들은 무조건 제외시켜 놓고, 계급모순에만 매달리는 기계적 오류를 범해왔다. 이러한 맹점들이 북한문학사에서 카프가 제외되는 원인이 되었음은 잘 알려진 일이거니와 실상 일제 강점기 가장 중요한 변혁의 근본 동인은 민족모순에 있었다. 계급이 아니라 민족에 대한 투철한 자각이야말로 이 시대 가장 과학적인 현실인식이었던 것이다. 그렇기 때문에 김동환의 '민족'에 대한 자각과 그에 대한 지속적인 문학적 형상화는 가장 선진적이며 과학적인 것이었다고 할 수 있을 것이다. 그가 카프의 구성원들과 달리 이데올로기에 입각한 시를 쓰지 않은 것도 여기에 그 원인이 있다. 이것이 김동환 시가 한 단계 나아간 면이라 할 수 있다.

다음으로는 김동환이 보여주었던 친일 문학으로의 경도이다. 이는 그의 시사적 맥락에서 볼 때 매우 당혹스러운 부분이면서 낯선 영역이다. 특히 '민족'에 대한 인식과 과학적 현실인식을 담보한 김동환에게서 이런 부분이 발견된다는 것 자체가 어불성설일지 모른다. 문학은 단절성이 아니라 연속성의 국면을 갖는 것이 일반적이다. 시인의 세계관이나 자의식의 변화가 어느 일순간의 계기에 의해 이루어지는 것은 더더욱 아닌 까닭이다. 이런 맥락에서 김동환에 대한 변명 아닌 변명의 자리를 그의 시에서 추출해보는 것이 가능하지 않을까 한다[16].

①문이 좁아서 못 들어갑네다
문이 낮아서 못 들어갑네다
문에 맞춰 이 몸을 굽히고 깎기 싫어
저는 마지막 날까지 못 들어가는 몸이 되는가 보외다

이 몸이 세상에 맞춰 살아가기보다
세상을 이 몸에 맞춰 꾸며볼까 생각하면서
오늘도 헛되이 살아갑네다
그러나 어느 날은 새 문턱에 내 발길 들여놓고야 말걸요

「문」 전문

---

16) 김동환을 친일 시인으로 보는 것은 그가 후기에 쓴 작품을 염두에 두고 규정한 한 것이다. 그러나 귀결점으로 앞의 모든 업적을 모두 뒤집어 씌우는 것은 순환의 오류에 불과할 뿐이다.

②섣불리, 사내 대장부로 왜 태어났던고
선골 산구석 촌각시 되어서
나물 캐다 보리 베다 죽었더라면,
뜻 맞는 세상에 맘 맞게 살아갔을 것을

「촌각시 되어」 전문

김동환의 시들은 세상에 대해 열린 시각을 보여주었다. '민족'에 대한 투철한 인식도, '민족'에 대한 해방의지도 이런 개방성에 의해 가능한 것이었다. 그러나 세상으로 나아가는 문은 시 ①에서 보는 것처럼 매우 협소한 것이어서 시적 자아가 감당하기에는 무리가 있었다. 그럼에도 시적 자아는 "이 몸이 세상에 맞춰 살아가기보다/세상을 이 몸에 맞춰 꾸며볼까 생각하면서" 열린 세상으로의 모색을 끊임없이 시도한다. 이 부분에서 시인은 세상에 타협하지 않고 살겠다는("세상을 이 몸에 맞춰 꾸며볼까 생각하면서") 강한 의지를 갖고 있긴 하지만, 그러나 그러한 의지가 이내 헛된 삶임도 깨닫게 된다("오늘도 헛되이 살아갑네다").

이러한 회의는 곧바로 존재 자체에 대한 부정으로 이어지기 쉬운 바, 시 ②는 김동환의 그러한 자의식을 잘 보여주는 작품이다. '사내 대장부'에 대한 부정이야말로 일상에 대한 처절한 자기회의일 것이다. 이러한 자의식에 이르게 되면, 그가 그토록 갈망했던 '민족'에 대한 인식은 한갓 물거품에 지나지 않는 것이 된다. 현실에의 지나친 관심과 그에 대한 자의식이 오히려 김동환으로 하여금 그 굴레로부터 헤어나오지 못하게 한 것이다. 그의 친일에의 경도는 현실의 응시에서 빚어지는 이러한 역설에서 온 것이라 할 수 있다. 그것이 그의 문학의 한계이자 식민지 현실이 갖는 한계이기도 하다.

과학에의 경도와 유토피아 의식
— 김기림론

1. 김기림 문학 속의 과학

1930년대 이미지즘 시 및 모더니즘 시론과 관련하여 김기림은 누구보다도 뛰어난 독보적인 위치를 차지하고 있다. 그는 가장 먼저 이미지즘 및 모더니즘 시론을 우리 문단에 도입하였고 의욕적으로 그 이론들을 정립해 나갔다. 사조로서의 이미지즘을 도입하고 근대 문명과 관련한 모더니즘의 진술들을 전개했기 때문에 우리는 김기림과 모더니즘의 동일성 여부의 차원에서 그를 이해하곤 했다. 즉 김기림의 모더니즘은 어떠한 것이며 그것이 어떤 의미를 지니는지, 김기림이 서구의 모더니즘을 어느 정도로 수용하였는가를 논하는 것들이 그것이다[1]. 지금까지의 논의가 이러한 범주에

1) 이의 대표적 연구로는 송욱, 「한국 모더니즘 비판」, 『詩學評傳』, 일조각, 1963.
한계전, 「모더니즘 詩論의 수용」, 『한국현대시론연구』, 일지사, 1983.
오세영, 「韓國 모더니즘 詩의 展開와 그 特質」, 『20세기 한국시 연구』, 새문사, 1989 등이 있음.

서 이루어졌기 때문에 김기림 문학의 의의 또한 모더니스트로서의 김기림의 공과가 무엇인가를 중심으로 평가된 것은 어쩌면 당연한 일이었을 것이다.

그러나 이러한 측면에서 김기림에 접근할 경우 그의 담론 가운데 상당 부분은 주변으로 밀려나야 하고 이 주변적인 것들과 중심적인 담론이 서로 상충되어 논리적인 이음새를 찾지 못하는 경우도 빈번하게 발생한다[2]. 그리고 이렇게 되면 김기림의 모더니즘은 서구의 그것과 차이를 노정한 유사 모더니즘일 따름이라는 평가에 노출되기 마련이다. 가령, 서구에서의 모더니즘이 근대 문명의 완성기에 그에 대한 비판의 형식으로 제출된 반담론의 성격을 띤 것이라면 김기림의 모더니즘이 근대 문명 예찬의 성격을 담고 있다는 것[3]은 어떻게 논리화할 것인가, 그 연장선상에서 서구의 모더니즘이 분명 근대 문명에 대한 회의와 반성의 계기로 등장한 것인 반면 근대 문명을 이상적으로 여겼던 김기림의 경우 근대 문명의 태동을 알리는 르네상스기에까지 예찬의 입김을 드리우는 것은 심각한 모순이 아닌가, 반담론으로서의 모더니즘과 김기림의 이미지즘은 어떻게 만날 수 있는

---

2) 지금까지의 김기림 연구를 통해 조명된 부분은 시의 경우 이미지즘과 시론의 경우 이미지즘과 관련된 내용 및 전체시론으로 상당히 국한되어 있는 형편이다. 이미지즘 시에 관한 연구로는 김용직의 「모더니즘의 시도와 실패」(『서울대 교양과정부 논문집6』, 1964), 「새로운 시어의 혁신성과 그 한계」(『문학사상』, 1975.1) 등이 있으며 시론에 관한 연구로는 김윤식의 「모더니즘의 限界」(『한국근대작가론고』, 일지사, 1974), 김유중의 『한국모더니즘문학의 세계관과 역사의식』(태학사, 1996) 등 참조.

3) 조선의 근대 문학을 검토하는 자리에서 김기림은 조선이 추구하였던 신문학이 부분적인 수정과 반성의 요소를 내포한 것이지 전체적 방향 자체에 문제가 있는 것으로 보지는 않는다. 오히려 김기림은 신문학이 지향한 정신이 과거 조선에 뿌리깊이 존재하던 '봉건적, 유교적 구사상'을 척결하는 강력한 도구가 되었다고 강조하면서 '르네상스'와 우리의 근대정신과의 일치점에 대해 적극 표명하고 있다. 김기림, 「우리 신문학과 근대의식」, 『전집2』, 심설당, 1988, pp.43-5.

가 하는 문제들은 김기림을 규정하던 기존의 틀이 그를 이해하는 데에 한계를 안고 있었던 까닭에 다른 차원에서 접근할 것을 강제하는 부분이다. 김기림의 모더니즘에 나타난 모순은 그의 경박성에서 혹은 우연에 의한 것도 아니며 서구 문화에 대한 몰이해에서 비롯된 것도 아니다. 그의 담론은 당시의 우리 문제로부터 촉발되어 우리의 문제를 해결하기 위해 제출된 것이다. 때문에 김기림을 이해하고자 한다면 우리가 서야 할 출발점이 어디인가를 재검토하는 작업이 선행되어야 할 것이다.

김기림의 담론에는 생각보다 복잡한 의미의 층위들이 있다. 그리고 이 의미의 층위들은 단편적으로 제시된 것도 서로 상충되는 것도 아니라 전체적인 짜임을 이루고 있다. 이들을 모두 논리적인 체계에 맞게 재구성하는 일은 그리 간단한 일이 아닐 것인데 이를 위해서는 무엇보다도 먼저 김기림에 대해 기존에 가졌던 선입견을 버려야 할 것이다. 이미지즘이나 모더니즘이라는 사조가 담고 있는 내포들은 그의 담론의 본질적인 형태를 파악하는 데 오히려 장애가 될 뿐 실질적으로는 큰 도움이 되지 않는다는 것이다.

김기림에 관한 기존의 편협한 틀을 넘어서서 그의 담론의 총체적인 면모를 파악하고자 할 때 가장 중요한 열쇠를 제공해 주는 것이 '과학'이다[4]. 김기림의 담론에서 등장하는 '과학'은 흔히 초기 시의 '汽車'나 '貨物

4) 김기림 담론에는 '과학'에 대한 언급이 상당히 자주 나타나고 있다. 그러나 지금까지의 연구에서 '과학'은 모더니즘의 하위 개념으로 인식된 경향이 크다. 모더니즘을 추구하였던 까닭에 이를 위한 지성과 절제의 방법으로 '과학적 태도'가 채택되었다는 관점 등이 그것이다. 본고의 문제의식은 지금까지의 접근 태도로는 김기림 문학의 본질을 밝힐 수 없다는 데에 있다. 이에 본고는 과학과 모더니즘의 의미 수준을 서로 바꿀 것을 제안한다. 즉 김기림이 중점적으로 지향한 것은 '모더니즘'보다는 '과학'이라는 것이다. 김기림의 담론의 체계 속에서 '과학'을 상위 개념으로 볼 경우 '모더니즘'은 '과학'의 한 계기에 해당되며 이에 대한 수정도 보다 합당한 '과학'을 위한 차원에서 이루어지게 된다.

自動車'와 같은 근대 문물을 매개로 그 의미의 일단을 드러내었으나 '과학'에 대한 김기림의 입장은 피상적으로 이해될 수만은 없는 사상적 근거를 지니고 있다. 김기림이 그의 담론에서 '과학'에 대해 집중적으로 거론한 부분을 든다면 단연 시학 정립을 위해 썼던 「시학의 방법」, 「시와 언어」, 「과학과 비평과 시」, 「비평과 감상」 등의 글이다. 하지만 이외의 글들에서도 김기림은 과학적 태도의 중요성을 틈나는 대로 강조해 왔다. 김기림에게 '과학'은 이기(利器)로서의 문물의 차원에서가 아니라 당대의 사유와 제도를 변혁시킬 수 있는 새로운 패러다임으로 각인되었다.

'과학'에 대해 자주 언급하면서도 김기림은 '과학'에 관한 자신의 생각을 체계화시키지 않았다. 김기림은 자신이 생각한 '과학'의 개념이나 위상을 논리화시켜 제시하기보다는 '기술', '객관', '기계' 등의 하위 용어들을 주로 내세웠고 그 중심에서는 '지성'을 말하곤 했다. '과학'은 고작해야 이들 의미소들 주변에 근대나 과학 정신, 혹은 이성이나 계몽과 같은 르네상스의 문화적 징후들과 함께 배치되곤 했다[5]. 이러한 언급들은 결코 김기림의 담론에서 차지하는 과학의 위상을 한눈에 보여주지 못한다. 김기림은 스스로 과학의 원리나 방법들에 대해 체계적으로 진술하지는 않았던 것이다.

이는 다시 말하면 '모더니즘'이 절대적인 범주가 아니므로 이에 대한 수정과 반성도 상대적으로 융통성있게 이루어질 수 있었음을 암시하는 대목이다. 지금까지의 연구 가운데 김기림의 내면에서 '과학'이 차지하는 의미를 다루고 있는 논문으로는 김윤정의 「김기림 문학의 담론 연구」(서울대 대학원, 2004, pp.27-9)가 있다. 김윤정의 논문에서는 김기림이 행한 예찬의 초점이 '과학'에 놓여 있음을 보이면서 그것이 지니는 내적 동기를 밝히고 있다. '과학' 추구에 대한 내적 동기가 있다는 것은 김기림이 이를 중심으로 특정한 사상을 견지하고 있음을 함의한다 할 수 있다. 본고는 이 논문의 연장선상에서 '과학'을 중심으로 한 사상적 거점과 내용이 무엇인가를 고찰하는 데에 목표를 두고 있다.

5) 김기림, 「우리신문학과 근대의식」(『전집2』, 심설당, 1988, pp.43-52), 「시의 방법」(『전집2』, pp.78-9), 「시의 '모더티니'」(『전집2』, pp.80-5).

그러나 그러한 만큼 김기림이 '과학'을 상당히 탄력적으로 생각하였다고도 볼 수 있다. 흔히 좁은 의미로서의 '과학'이 '자연 과학', 즉 자연 세계를 대상으로 보편적 진리나 법칙을 발견하는 것을 의미한다면 넓은 의미에서 '과학'은 방법이나 체계에서 객관성과 보편성을 지향하는 학문 전체를 가리킨다. 근대 이후 축적된 자연 과학의 성과에 힘입어 방법과 태도로서의 과학의 의의가 여타 분야에도 생산적으로 적용될 수 있었는데 김기림은 바로 이 지점에 서서 자신의 입지를 마련하고 있지 않았나 생각해 볼 수 있다. 김기림이 말한 '기술', '객관', '기계' 등은 모두 과학적 방법과 태도와 관련된 의미소들로서 김기림은 이들을 통해 세계에 접근해갈 때 일정한 결과를 산출할 수 있을 것이라는 계산을 하였던 것으로 보인다. 말하자면 김기림은 세계의 많은 분야에서도 자연 과학적 방법과 태도를 견지함으로써 객관화될 수 있는 긍정적 성과를 얻을 수 있다고 생각하였을 뿐 아니라 여타 학문의 과학화도 달성할 수 있을 것이라고 생각한다. 우리는 단편적이고 비체계적인 김기림의 담론을 통해 일반적 차원에서의 '과학'의 내포와 외연을 엄밀하게 검증할 수는 없을 것이다. 다만 '과학'과 관련된 일련의 의미망들 속에 김기림이 염두에 두었던 '과학'의 비중과 의의가 어떻게 자리잡고 있는지를 짐작할 수 있게 된다.

이글은 김기림의 담론에 나타나는 의미소들의 위치를 고찰하면서 이들 의미소들이 기존의 틀 속에서 지녔던 의미를 비판적으로 점검하고 이를 중심으로 의미의 새로운 관계를 살펴보고자 한다. 이 작업을 통해 기존의 연구 범주에서 작위적으로 소외되거나 배제되었던 담론의 일부를 수용할 것이며 이들을 포용한 후 김기림이 당대에 민감한 문제로 상정한 것이 무엇이었고 이를 해결하기 위해 어떠한 길을 모색하였는지를 확인하게 될 것이다. 이러한 과정을 밟아나갈 때 김기림 담론의 짜임 속에서 '과학'이 어떠한 위치를 차지하며 그의 사상을 형성하는 데에 그것이 어떻게 기여하는가 역시 파악될 수 있을 것이라 판단한다.

2. '새로운 시대'를 이끌어가는 힘

김기림이 모더니즘 문학의 기수이자 문학의 현대적 경지를 개척한 선구적 인물로 평가된 데에는 그가 전개한 비평의 내용들이 기여하는 바가 크다. 그는 문학의 양식이 시대의 '이데', 즉 시대정신에 대응하여 산출된 것임[6]을 강조하면서 새로운 시대의 새로운 문학에 대해 널리 선전하였다. 일본 유학의 체험에서 비롯된 그의 문학 활동은 대체로 그 범위에서, 그러니까 당시 일본에 널리 퍼져있던 모더니즘에 정향지워 이루어졌고 특히 영문학을 전공하였던 까닭에 다른 형태보다 이미지즘에 경도되었음은 잘 알려진 일이다. 그는 그가 처한 시기를 특정한 '에포크'로 설정하기를 주저하지 않았는데 이것이 그의 담론의 새로움을 더욱 부각시켜 준다. 시대를 구분 짓는 시도에 의해 김기림이 추구하였던 문학 양식은 그 전의 것과 질적으로 매우 다를 것으로 기대되었던 것이다.

이미지즘의 새로움은 어디에서 구할 수 있을 것인가? 「시의 모더니티」에서 김기림은 '과거의 시'와 '새로운 시'를 도식화시켜 구분하면서 '감정' 및 '관념'을, '지성' 및 '즉물성'과 대립시킨다[7]. 김기림이 제시한 '지성' 및 '즉물성'은 이미지즘 내에서의 이미지의 원리를 말해주는 것으로, 이는 이미지가 주관적인 감흥을 넘어서서 객관과 주관의 팽팽한 긴장관계에 의해

6) 김기림, 「시와 인식」, 위의 책, p.73.
7) 위의 책, p.84.

형성됨을 보이고 있다. 여기서 이미지의 이러한 속성이 영미에서는 낭만주의적 정형시와 대비되지만 우리 문단에서는 전 시기의 감상주의와 대비되는 것임을 기억할 필요가 있다. 즉 김기림은 자신이 속한 '새로운 시대'를 과거와의 단절 속에 위치시키고자 했고 그러한 시도의 일환으로 시에 '객관'을 도입한 것으로 판단된다. '객관'은 당대 우리 문단에 횡일하던 센티멘탈 주관주의를 견제할 수 있는 일정한 장치가 되는 것이었다. 곧 김기림이 이미지즘에 관심을 둔 데에는 여러 가지 요인이 있지만 그 가운데 이미지즘이 지니고 있었던 '객관'적 측면이 크게 작용했을 것이라는 점이다. 당대의 센티멘탈리즘의 '주관'은 자아를 그 속에 매몰시킬 수 있는 것이었지만, 그로부터 벗어나 현실의 상황을 직시하는 데 장애로 작용하였던 것을 생각하면 김기림이 염두에 둔 '객관'이 가리키는 의미의 일각을 이해할 수 있을 듯하다.

이런 관점에서 보면 이미지즘 역시 김기림이 추구한 목표가 아니라 다른 특정한 목표에 도달하기 위한 수단이었다고 판단된다. 김기림이 '이미지즘'을 내세운 것은 이미지즘이 무엇보다도 당시 문단의 질곡을 벗어날 수 있는 기제를 그 속성으로 지니고 있었기 때문이라는 것이다. 이러한 정황은 김기림이 이상적인 시적 양식으로 여긴 것이 '이미지즘'이 아니었다는 사실에서도 유추할 수 있다. 「객관세계에 대한 시의 관계」에서 김기림은 시적 양식을 1.표현주의 시대, 2.인상주의 시대, 3.과도시대, 4.객관주의라는 네 단계로 구분하고 있는데 김기림은 이미지즘이 이 중 '과도시대'에 속한다고 말하고 있어 주의를 끈다[8]. 이들 도식에 의하면 김기림이 가

8) 김기림이 구분한 네 가지 시적 양식은 1.표현주의 시대–'로맨틱', 상징파, 표현파 2.인상주의 시대–사상파 3.과도시대–초현실파 4.객관주의이다. 이 가운데 이미지즘은 어디에 속할 것인가 하는 것은 관심이 쏠리는 부분이 아닐 수 없다. 이미지즘 시인의 핵심으로 규정되곤 하였던 김기림이 이미지즘을 가

장 이상적으로 여긴 시적 양식은 '객관주의'이다. 김기림이 말하는 '객관주의'는 "사물에 의하여 주관을 노래하거나 또는 사물의 인상을 표현하는 것이 아니고 다시 말하면 시가 주관의 방편이 아니고 시가 사물을 재구성하여 시로서 독자의 객관성을 구비하는 그러한 새로운 가치의 세계를 의미"[9)]하는 것이며 "전연 지금까지의 시의 관념과 대치하는 범주로서 시의 혁명조차를 의미"한다. 또한 이것은 "사람의 사고의 조직에 관련하며 또한 문명의 인식과 비판에 관련되어야 할 것"[10)]이라는 것이다. 김기림의 이러한 언급들은 그가 목표하고 있는 시적 양식이 이미지즘이 아닌 다른 것이며 또한 그가 중심에 두는 사유의 범주가 단순히 시적 양식 차원에 있는 것이 아니라 시대 및 문명과의 관련 지점임을 분명히 해주고 있다. 김기림은 이미지즘보다는 시를 에워싸는 문명과 시대 등으로까지 사유의 폭을 확장하면서 현재의 시가 안주할 수 있는 좁은 경계를 넘어서고자 하는 것이다. 그가 자신이 속한 지점을 '새로운 시대'로 부르짖었던 것도 이와 밀접한 관련이 있다.

문단의 참신한 사조 때문이었든 혹은 근대적 도시의 출현 때문이었든, 김기림은 자신의 시대를 새로운 것이라 지정할 수 있었고 또 새로운 것이기를 소망했다. 새롭다는 것은 다시 탄생한다는 것이고 그것은 무한한 희망이기 때문이다. 김기림의 담론에서 종종 매개가 불분명한 채 제시되는

장 우선시할 것이라는 점을 고려한다면 이미지즘은 4의 객관주의 단계에 속할 것이고 '사상파'의 개념을 고려한다면 그것은 2의 인상주의시대에 속할 것이다. 그러나 김기림은 "「브르통」 등의 초현실주의라든지 「T.S.엘리엇」 등의 「모더니즘」은 4에 이르기까지의 모색의 시대－즉 과도기였다고 생각한다"라고 단언하고 있다. 즉 이미지즘은 그가 나름대로 상정하고 있는 이상적인 시에 다다르기 위한 과정에 놓여있는 것이라 볼 수 있는 것이다. 위의 책, pp.117-8.

9) 위의 책, p.118.

10) 위의 책, p.119.

'원시성'과 '명랑성'도 이러한 관점에서 그 의미가 이해될 수 있다. 예컨대 '원시성'은 「현대시의 표정」에서 김기림이 "원시적인 조야한 야만한 부르짖음이 어디선지 울려와서 그 권태로 찬 분위기를 깨뜨려 주지 않고 우리가 어떻게 견딜 수 있으랴. 그러나 그것은 전연 낡은 문화의 抹消라든지 야만에의 복귀로 생각해서는 아니 된다. 문화의 영역에 있어서의 새 출발 때문에 필요한 아마도 힘의 회복을 위하여서일 것이다"[11]라고 한 데서도 드러나듯 시대에 획을 긋고 새 출발을 할 수 있게 하는 근본적인 힘으로 자리 매김 되는 것이었다.

'새로운 시대'에 대한 김기림의 의지는 자신의 언급에 대한 여러 방법들[12]을 끊임없이 끌어들였던 데에서도 확인할 수 있다. 이 때 도입된 사유의 편린들이 논리적 모순 없이 완벽한 구도로 체계화될 수 있는가 하는 것은 더욱 면밀한 고찰이 요구되는 것이긴 하지만, 분명한 것은 시나 문학에 관한 양식적 성찰들 역시 그러한 구도 속에서 일 부분을 차지하는 것이지 김기림의 담론에서 결코 전체를 이루고 있지는 않다는 점이다. 이미지즘 역시 마찬가지여서 앞서 언급했던 것처럼 특정 목적을 위한 수단이자 방편으로 기능하였을 뿐 그 자체로 완전한 담론으로 구축되지는 않는다.

그렇다면 그의 담론 내에서 가장 근본적이고 본질적인 부분을 차지하는 의미소는 무엇일까? 그것은 '새로운 시대'를 규정짓는 동시에 '새로운 시대'가 진정 새로울 수 있게 하는 동인을 담고 있을 것일 터인데, 여기에서 김기림은 이미지즘이나 본래적 의미의 모더니즘을 뛰어넘는 의외의 의미소를 던진다. 그것은 곧 예찬하는 태도로 일관하는 '르네상스'이다[13]. 「우리

11) 위의 책, p.88.
12) 이미지즘, 모더니즘은 물론이고 원시성, 명랑성, 객관주의, 과학적 태도, 기술주의, 감각, 감성, 즉물주의 등 김기림의 비평적 담론에서 다루어지고 있는 대부분의 의미소들을 가리킨다.

신문학과 근대의식」은 비록 초기에 견지했던 자신의 관념을 반성하는 자리에서 씌어진 것이지만 바로 그러한 점에서 초기 김기림 언술의 핵심적인 내용을 비교적 선명하게 보여주고 있어 주목을 요한다. 그 핵심적 내용이란 반성기[14]에 있는 김기림 자신이 이제까지 "열심으로 「근대」를 추구해왔다"[15]는 사실을 뜻한다. 이는 초기의 김기림이 조선의 신문학 전체와 지향하는 바를 함께 했고, 이때 근대 문명을 최대한 흡수하려 했던 조선 사회의 성격은 "'르네상스'와 부합되는 점이 많다"[16]는 것이다. 근대를 '열심으로' 추구하였다는 것, 그것이 서구 르네상스기의 성격과 일치함을 인정한다는 것은 김기림에게 근대가 어떤 의미를 지니고 있었는가를 극명하게 말해주는 대목이다. 김기림에게 근대는 단순히 주어지는 것이 아니라 적극적으로 취해야 하는 순금과 같은 시대로 각인되었던 것이다. 김기림에게 근대는 서구에서 근대가 처음 태동하였던 르네상스기처럼 정의와 자유가 시대정신을 이루고 있는 시대의 이미지로 다가온다. 같은 부분에서 김기림은 "「르네상스」는 근대정신의 발상이었고 「近代」를 추구하는 후진사회가 우선 「르네상스」의 정신과 방법을 채용한 것은 극히 자연스러운

13) 김기림이 그의 담론에서 '르네상스'를 제시하였던 것은 상당히 문제적이라 판단된다. 모더니스트를 포함해서 우리 근대 문인들 가운데 '르네상스'를 강조한 인물은 거의 없기 때문이다. '르네상스'와 출발선에 선 우리 근대 사이에 공통분모를 찾으려고 했던 것 자체가 낯선 것이다. 일반적인 모더니스트가 근대적 풍물과 제도에 대해 특정한 반응을 보였다거나 근대 초기의 계몽주의자들이 근대화 운동을 펼쳤다 하더라도 '르네상스'를 사상적 지향의 거점으로 삼은 일은 드문 일에 속한다. 이는 김기림 사상의 특수성을 말해주는 근거가 된다. 김기림은 '근대'를 지향하되 단순히 맹목적이고 피동적으로 추구한 것이 아니라 일정한 세계관과 의식을 지니고 그리하였던 것이다.

14) 여기에서 반성기라 함은 초기 문학에 대해 김기림이 회의, 비판하고 이에 일정 정도의 수정 작업을 하게 되는 시점을 뜻하는 것으로 시기적으로 1935년을 전후한 때를 일컫는다.

15) 김기림, 「우리 신문학과 근대의식」, 위의 책, p.48.

16) 위의 글, p.43.

일이었다"고 했으며, 김기림에게 르네상스기로 대표되는 근대는 어떠한 부조리나 모순도 없이 이상적인 면모를 갖춘 것으로 인식된다.

김기림에게 근대를 대표하는 시기가 다름 아닌 르네상스기라는 사실은 의미심장한 면을 지니고 있다. 근대의 완숙기인 현대도 아니고 상승기인 계몽주의 시대와도 달리 르네상스기는 서구의 모더니즘이 발생한 배경과 전혀 상관없는 시대이자, 근대의 태동기인 까닭에 근대의 진행과 더불어 필연적으로 산출되기 마련인 갖가지 해악들로부터 자유로운 시기에 해당되기 때문이다. 르네상스기는 근대 문명의 요람기로서 근대인의 훼손되지 않은 꿈이 남아있는 시기인 것이다. 모더니즘을 수입하면서 서구의 모더니즘이 완숙한 근대를 비판하면서 등장하였다는 사실을 모를 리 없었던 김기림이 그의 담론의 배경에 당대의 근대가 아닌 르네상스기를 펼쳐두고 있었다는 것은 그의 모더니즘이 다른 의미망을 지니고 있음을 말해주는 것이다. 이는 김기림이 목표로 삼고 있었던 것이 서구의 이미지즘이나 모더니즘이 아니라 조선의 시대정신이었음을 뜻한다. 김기림은 이것이야말로 당시의 조선을 이끌어나갈 수 있는 힘이 될 것이라 판단하여 그 힘을 희망과 동경으로 충만했던 근대의 순금 부분인 르네상스의 정신에서 찾았던 것이다. 이러한 선택의 배경엔 르네상스기가 근대가 이식되어 처음으로 개화하려고 한 당시 조선과 시기적으로 일치한다는 생각도 있었을 것이다. 김기림의 초기 진술에 '르네상스'가 이상향으로 그려진 것은 이러한 소이에서 비롯되며[17], 이후 김기림은 '르네상스' 정신에 자신의 정신을 맞

17) 김기림의 담론에는 어느 시기이건 진보와 완성을 향한 강한 추동력이 내포되어 있다. 그것은 초기 이미지즘을 추구하던 담론에서든 반성기의 담론에서든 마찬가지이다. 인간의 의지와 노력, 그리고 합리적 제도 및 절차에 의해 역사적 미래상에 도달할 수 있을 것이라는 신념을 버리지 않았다는 점에서 김기림의 담론에는 유토피아적 상상력이 나타나 있다고 볼 수 있다. 그런데 여기에

추고 이에 따른 하위 의미소들을 계발한다.

'르네상스'의 여러 시대적 특성 가운데 김기림이 가장 주목한 부분은 '세계와 인간의 발견'[18]이다. 인간의 발견이란 르네상스기에 이르러 개인의 천부적 인권과 이성의 절대적 의미를 비로소 확인하였음을 뜻하며 세계의 발견이란 근대 시민사회가 상품과 자본을 매개로 세계화의 과정을 밟게 된 것을 가리킨다. 르네상스에 절대적 가치를 두는 김기림에게 이성의 확립과 세계화는 당시의 조선에서 필연적으로 따라야 하는 패러다임으로 인식된다. 이성의 발견과 세계화의 실천은 근대의 다른 이름이라 할 수 있는데, 김기림의 인식에 의하면 이들이 르네상스의 정신 아래 전개되는 한 어떠한 부조리도 내포하지 않는 것이다. 이 부분에서 우리는 김기림에게 르네상스가 열정을 다해 도달해야 하는 유토피아에 다름 아니었음을 확인하게 된다. 김기림이 근대에 대해 열광적인 모습으로 비쳐졌던 것도 이 때문이다. 즉 김기림에게 근대는 도구화된 이성을 앞세워 인간을 노예화하고 자연을 파괴하는 포악한 얼굴로서가 아니라 억압된 인권과 국가간 불신을 해소하는 자유와 해방의 정신으로 다가왔던 것이다.

김기림이 근대의 이면에 대해 철저하지 못했다고 비판하는 것은 여기서 별반 의미가 없다. 중요한 것은 김기림의 담론의 성격이 무엇이고 그것이 어떠한 지적 배경에서 발생한 것인가를 밝혀나가는 일이기 때문이다. 지금 이곳이 헤어나갈 길 없는 질곡으로 다가왔을 때 등불로 삼을 수 있는 것은 무엇인가. 그 등불이 보이지 않을 때 지금 여기에 시대의 획을 그은

서 유토피아 이미지를 이루는 대상이 무엇인가에 따라 시기적으로 세심한 검토가 요구된다. 그 중 하나로 제시될 수 있는 것이 '르네상스'인 셈이다. 김기림에게 이상향의 이미지가 된 '르네상스'는 초기의 김기림이 생각한 '모순 없는 근대'와 내포를 같이 하면서 제시된다.

18) 위의 글, p.44.

것, 그리고 이 시대가 향해 가야 할 목표를 빛으로 설정한 김기림의 행위는 그 자체만으로 의미 있는 것이라 할 수 있다. 이때 설정된 목표가 현실 정합적이고 타당한가를 논의하는 것은 별개의 문제로, 분명한 것은 김기림의 일련의 행위가 암울한 조선의 현실에 시대정신을 빛내고자 했던 순수한 계몽의 의도를 지니고 있었다는 점이다.

김기림이 인권의 회복과 세계화라는 정언명령에 대한 실천방안으로 제시하는 것이 '무력'이나 '자본'이 아니라는 사실은 김기림 사상의 특수성을 보여주는 부분이어서 주목을 요한다. 지금까지 근대의 주역들은 다양한 힘들로써 세계를 정복해 왔고 그것이 곧 세계 지도를 만들고 역사를 이끌어간 동력이 되었다는 것은 주지의 사실이다. 그 힘들은 시대에 따라 종교라든가 계급, 무력이나 자본 등속의 것들이었으며 때로 이 모든 것들이 뒤엉켜 갈등과 전쟁을, 혹은 타협과 융합을 만들어냈다. 이러한 세계정세와 역사의 소용돌이 속에서 식민지 지식인이 내세울 수 있는 힘이란 무엇이었을까. 프롤레타리아 국제주의에 의해 힘의 논리를 계발한 계급주의자들이나 자본과 무력으로 약소국을 제패해나갔던 제국주의자들과 자신의 자리가 얼마나 다른가를 알고 있었던 김기림이 내세웠던 유일한 힘이 곧 지성과 과학이다.

'아는 것이 힘이다'라고 한 베이컨의 말을 떠올리지 않더라도 지성은, 특히 그것이 보편타당성을 입증할 수 있는 과학이 되었을 때 힘이 될 수 있다. 주지하다시피 과학은 산업 혁명을 일으켜 근대를 탄생시킨 가장 핵심적인 요인에 해당되며 그 보편성으로 인해 인간의 조건과 수준을 개선시킨 힘이 될 수 있었다. 더욱이 지성이 제국주의나 식민지에 상관없이 차별 없이 부여된 것이라면 식민지 지식인은 이를 더욱더 소유하고자 해야 할 것이다. 김기림이 가장 열성적으로 강조한 것이 지성과 과학이요 이의 방법적 원리인 기술주의, 객관적 태도가 담론의 많은 부분을 차지하고 있었던 까닭도 여기에 있다. 김기림에게 과학은 식민지적 조건을 해소하고 인간과 세계를 발견할 수 있는 거의 유일하게 허용된 매개였고 근대의 순수한 정신을 유지해갈 수 있는 유일한 조건으로 간주되었던 것이다.

우리는 사실상 김기림 담론의 거의 대부분이 과학의 원리를 구체화하고 실천하는 데 할애되어 있음을 놓쳐서는 안 된다. 당시 문단의 고질적 양상이라고 할 수 있던 감상을 지성으로써 극복하는 일, 시 창작의 기술적 태도를 주문한 것이라든가 비평에 있어서의 과학적 방법을 모색하였던 일들은 모두 과학적 원리를 추구한 연장선에서 이루어진 것이라 할 수 있다. 이들 언급들은 엄밀하게 말해서 이미지즘이나 모더니즘과 다른 층위에서 제기된 것이다. 예컨대 이미지즘에서 요구하는 사물의 감각적 구현이나 언어 예술의 자의식적 태도들은 김기림 사상의 전체적 구도 속에서 일정 부분 간섭할 따름이지 사상 전체가 되는 것은 아니라는 점이다. 다시 말해 이들 언술은 당시의 유행 사조를 따르기 이전에 과학, 나아가 르네상스라고 하는 유토피아적 근대정신에 그 지향점을 두고 있는 것이다.

이는 김기림 문학이 이미지즘과 같은 기성의 틀로 재단할 수 없는 요소를 많은 부분 지니고 있음을 반증하는 것이다. 그것은 일차적으로 김기림에게 근대는 온갖 병폐를 낳는 괴물로 인식되기보다는 일정한 조건이긴 하지만 인간으로서의 권리와 세계주의를 실현시켜 주리라는 믿음의 실체로 다가왔다는 데에서도 알 수 있다. 실제로 근대의 진행 과정이 개인의 자유를 확대하고 자본과 시장을 매개로 국경의 한계를 무너뜨리는 것과 일치한 것이었기에 김기림의 관점에서 근대는 자신의 유토피아적 기획을 실현하는 것과 배치되는 것이 아니었다. 그리하여 근대의 부정적 결과들에 대해 안티테제를 제시한 모더니즘과 김기림의 문학 사이엔 엄청난 괴리가 있을 수밖에 없었다. 만일 이들 사이의 거리를 외면한다면 우리는 결코 김기림 문학의 본질에 닿을 수 없으며 김기림을 한낱 사이비 모더니스트로 보게 될 위험을 안게 된다.

3. 유토피아의 실천 지침으로서의 과학19)

식민지는 근대가 확장되는 과정에서 타민족의 노동력과 자본을 착취한 결과이며 근대에 내재되어 있는 심각한 폭력의 증거이다. 따라서 근대가 지닌 부조리는 비단 인종을 청소하고 나섰던 파시즘의 도래까지 기다리지 않아도 확연히 드러나는 것이었으며 조선 민족, 그리고 김기림 본인이 모순을 배태한 근대의 피해자였다. 사정이 그러한 까닭에 김기림이 근대를

19) 지금 여기에 없기 때문에 '어디에도 없는' 혹은 '아직 없는'이라는 의미를 지닌 '유토피아'는 낙원 의식이나 천년왕국 등과 다른 유형의 이상론에 해당한다. 낙원 의식이 역사 밖에서, 즉 역사가 시작되기 전 태고의 시공간을 중심으로 형성된 과거지향적인 것이라면 천년왕국은 이와 달리 미래지향적인 의식을 보이는 경우에 해당된다. 이상 사회가 가까운 미래에 실현 가능하다는 입장이 천년왕국설이기 때문이다. 이러한 천년왕국설에 의하면 이상 사회는 신앙의 대상인 메시아에 의해 이루어지지 인간의 이성과 의지에 의해 이루어지지 않는다. 즉 이것은 메시아가 곧 도래할 것이라는 종말론으로 귀결된다. 이들과 비교해보면 유토피아의 성격은 분명해진다. 그것은 낙원 의식과 달리 미래지향적이며 천년왕국설과 달리 인간 중심적이기 때문이다. 유토피아 의식은 지금 이곳에는 없지만 이상 사회가 미래에 실현될 수 있다는 신념을 지니며 이러한 신념에 따라 이성과 과학, 제도와 절차 등의 합리적 수단을 동원할 것을 요구하게 된다. 다시 말해 유토피아 의식은 과학과 기술, 사회 관계의 합리화를 통해 미래에 이 세상에서 이상사회를 성취하는 것이 가능하다는 입장을 보인다(임철규, 『왜 유토피아인가』, 민음사, 1994, pp.12-8). 유토피아의 개념에 비추어보면 김기림의 세계관의 윤곽은 더욱 분명해진다. 유토피아 상상력을 보여준 김기림은 미래지향적이고 합리주의적인 태도를 지니고 있었다고 볼 수 있기 때문이다. 이와 함께 '과학'이 차지하는 의미도 이해 가능하다.

향해 유토피아 의식을 지닌 것은 그것이 아무리 순수한 이상으로 채워졌던 르네상스기를 모델로 하고 있더라도 다소 의아한 일이 아닐 수 없다. 이러한 정황은 김기림이 근대를 현실로서가 아니라 이상으로서 대면하고 있었음을 보여주는 대목이다. 근대는 김기림에게 순수 관념의 차원에 놓여 있었던 것이었으며 또한 그 차원에서 실천 지침도 마련되는 것이었다. 그의 과학 추구나 지성론이 근대의 전시기(全時期)에서 유의미하며 근대의 패러다임이 존재하는 곳에서라면 어떠한 형태로든 살아남을 수 있는 것도 이러한 연유에서이다. 바로 그러하기 때문에 지성이나 과학이 식민지의 처지에서도 별다른 구속 없이 접근될 수 있는 것임은 물론이다. 이는 바꾸어 말하면 전체로서의 근대가 아닌 근대의 특정한 범주는 보편적으로 실현가능하고 가치 있는 것일 수 있으며 식민지에서도 일정 부분 실질적인 의의를 실현할 수 있음을 의미하는 것이다. 김기림의 담론 속에서 과학에 대한 입장이 초기에서부터 반성기를 거쳐 해방이후에도 일관되게 관철되는 것도 이러한 맥락에서 이해될 수 있다. 김기림에게 과학은 언제까지나 당시의 현실을 넘어설 수 있는 힘이자 방법으로서 그 자리가 인식되었다[20].

김기림의 담론에서 과학은 초기의 예찬에서 시작되어 반성기에 이르러서는 분과 학문으로의 안정적 진입을 시도하게 된다. 분과 학문으로의 진입이라는 것은 과학에 대한 김기림의 이상이 실질적인 매개를 통해 구체적으로 실천되었음을 뜻한다. 중기에 이르러 김기림은 과학을 부르짖는 공허한 메아리에서 벗어나 그 원리와 방법을 실현할 수 있는 활로를 개척하게 된다. 그것이 곧 「방법론 시론」이라든가 『詩의 理解』에서 확인할

20) 김윤정, 앞의 논문, p.28.

수 있는 과학적 시학이다. 김기림에게 과학적 시학을 정립하기 위한 시도는 보편적 가치인 지성을 실험하고 구현하는 실천적 행위였다. 이를 계획함으로써 김기림은 과학의 힘과 지성의 가능성을 실질적으로 모색하게 된다.

시학이라고 하는 분과 학문에서의 과학적 실험을 김기림은 리차즈 이론의 도움을 받아 시도하지만 그의 이론에 전적으로 기대는 것은 아니다. 김기림이 도모하고 있는 과학적 시학엔 엄연히 김기림의 창의적인 사고가 중요한 부분을 구성하고 있다. 이는 김기림의 과학적 태도의 씨앗이 근대 학문의 메카니즘 속에서 비로소 열매를 맺기 시작했음을 보여주는 것이었다. 또한 과학이 단순히 일과적인 외침으로 끝나지 않았음을 볼 때 김기림에게 과학이 얼마나 의미있는 비중으로 여겨졌는가를 확인할 수 있다. 김기림은 자신의 이상을 끝까지 추구하여 실천을 통해 그것을 현실화하고자 한 살아있는 정신의 소유자였던 것이다.

과학의 힘을 통찰하고 이를 신념의 차원으로 끌어올렸던 김기림의 의식은 대단히 미래적인 것이었다고 할 수 있다. 당시의 지식인 가운데 김기림은 그 누구보다도 현실적이고 미래지향적인 사고를 보여주었다. 이 점은 우리가 대중적 차원에서 과학을 중시하는 담론을 해방 이후 근대화를 거치면서 비로소 접할 수 있었던 데에서도 확인할 수 있다. 이를 고려하면 지금으로서는 지극히 당연하고 자연스러운 과학에 대한 예찬이 당시에 얼마나 새롭고 획기적인 것이었는가를 짐작할 수 있다. 여기에서 우리는 과학이 근대 식민지의 땅에서 끌어낼 수 있는 거의 유일한 힘이었음을 간파한 김기림의 예지에 새삼 놀라게 된다.

김기림의 담론에서 반성기는 근대에 대한 낙관적 기대를 보였던 초기 언급에 대한 회의에서 비롯된다. 따라서 김기림이 근대에 대해 지녔던 유토피아 의식 또한 이를 계기로 일정 정도 수정된다. 김기림은 '르네상스'를 더 이상 언급하지 않고, 그보다는 파괴와 상처로 점철된 근대적 현실을 어떻게 자신의 담론에 수용할 것인가를 고민하게 된다. 그러나 과학은 오히려 실천적인 활로를 찾아나간 점에서도 알 수 있듯 포기되지 않는다. 근대 계몽의 기획에서 실천 지침의 하나로 제기되었던 과학의 중시가 김기림의 경우 반성기 이후 담론에도 계속되었음은 무엇을 의미하는가? 그의 계몽의 기획은 아직 끝나지 않은 것인가?

이에 답하기 위해 우리는 김기림의 시에 나타나 있는 과학의 의미망 내지 유토피아 이미지를 살펴보아야 한다. 김기림의 시는 이들을 중심으로 하여 시기적인 변모를 드러내며 크게 세 단계로 변별된다. 이를 바탕으로 김기림의 담론을 편의상 초기, 중기, 후기 혹은 초기, 반성기, 해방후 담론으로 명명할 수 있을 것이다. 이들은 1930년대 중반을 기점으로 전과 후, 그리고 해방을 기점으로 전과 후로 나누어 크게 세 시기로 구분되는 것이다.

작은 등불을 달고 굴러가는 自轉車의 작은 등불을 믿는 忠實한 幸福을 배우고 싶다.

萬若에 내가 길거리에 쓸어진 깨여진 自轉車라면 나는 나의 「노-트」에서 將來라는 「페이지」를 벌-서 지여버렸을텐데……

대체 子正이 넘었는데 이 미운 詩를 쓰노라고 벼개로 가슴을 고인 動物은 하누님의 눈동자에는 어떻게 가엾은 모양으로 비췰가? 貨物自動車보다도 이쁘지 못한 四足獸.

차라리 貨物自動車라면 꿈들의 破片을 걷어실고 저 먼- 港口로 밤을 피하야 가기나 할터인데…….

「貨物自動車」전문

같은 시기에 쓰여진 「汽車」와 함께 위의 시는 초기 김기림의 의식을 단적으로 보여준다[21]. 그것은 기계 문명에 대한 김기림의 입장을 통해 드러나는 것인 바, 위 시의 소재인 '화물자동차'에 대해 시적 화자가 동경의 시선을 던지고 있다는 점에서 우리는 김기림이 근대를 도달해야 하는 지향점으로 여기고 있다는 사실을 확인할 수 있다. 김기림의 이러한 의식은 인용시의 의미의 구성상 '나'와 '화물자동차'가 대비되어 형상화되고 있는 데서도 드러난다. 시적 화자에 의하면 '나'는 '화물자동차보다도 이쁘지 못한 사족수'에 불과한 반면 '화물자동차'는 '행복'과 '장래'를 지니고 '꿈들'을 '걷어실고 저 먼－항구로 밤을 피하야 가'는 존재다. 시에 등장한 '화물자동차'는 물론 근대의 기술 문물을 대표하는 것으로 이 시에서 김기림은 근대 문명이 현실의 질곡을 극복하고 우리에게 희망의 미래를 열어줄 것임을 암시하고 있다. 이것이 근대에 대해 지녔던 김기림의 초기 의식이다. 김기림에게 근대는 이곳의 '밤'과 무관한 '먼－항구'에 있는 것이며 기술 문명은 그곳에 도달할 수 있는 매개이자 방법으로 인식된다. 특히 기술 문명을 탄생시킨 본질이 과학임을 고려한다면 이 시를 통해 우리는 김기림의 과학에 대한 신념과 근대를 향한 유토피아 의식을 볼 수 있다.

위의 시는 단순한 대로 초기 김기림의 유토피아 이미지를 나타낸다고 볼 수 있거니와 이때 유토피아는 과학 기술 문명을 통해 도달할 수 있는 근대 자체를 의미함을 물론이다. 그러나 이때의 유토피아 의식은 반성기

21) 이 밖에도 『태양의 풍속』에 실린 초기 시편들 가운데, 「새날이 밝는다」, 「출발」, 「아츰 飛行機」, 「여행」 등의 많은 시들이 기술문명에 대한 지향성을 강하게 드러내고 있다.

담론에서 어느 정도 차별된 모습으로 나타난다.

> 허나
> 이윽고
> 颱風이 짓밟고 간 깨여진 「메트로폴리스」에
> 어린 太陽이 병아리처럼
> 홰를 치며 일어날게다
> 하루밤 그 꿈을 건너다니던
> 수없는 놀램과 소름을 떨어버리고
> 이슬에 젖은 날개를 하늘로 펼게다
> 탄탄한 大路가 希望처럼
> 저 머언 地平線에 뻗히면
> 우리도 四輪馬車에 來日을 싣고
> 유량한 말발굽 소리를 울리면서
> 처음 맞는 새길을 떠나갈게다
> 밤인 까닭에 더욱 마음달리는
> 저 머언 太陽의 故鄕
> 끝없는 들 언덕 위에서
> 나는 「데모스테네스」보다도 더 수다스러울게다
> 나는 거기서 채찍을 꺾어버리고
> 망아지처럼 사랑하고 망아지처럼 뛰놀게다
> 미움에 타는 일이 없을 나의 눈동자는
> 珍珠보다도 더 맑은 샛별
> 나는 내속에 엎드린 山羊을 몰아내고
> 여우와 같이 깨끗하게 누의들과 親할게다
>
> 나의 生活은 나의 薔薇
> 어디서 시작한 줄도
> 언제 끝날 줄도 모르는 나는

꺼질 줄이 없이 불타는 太陽
大地의 뿌리에서 地熱을 마시고
떨치고 일어날 나는 不死鳥
叡智의 날개를 등에 붙인 나의 날음은
太陽처럼 宇宙를 덮을게다
아름다운 行動에서 빛처럼 스스로
피여나는 法則에 引導되어
나의 날음은 즐거운 軌道 우에
끝없이 달리는 쇠바퀴게다

벗아
太陽처럼 우리는 사나웁고
太陽처럼 제빛 속에 그늘을 감추고
太陽처럼 슬픔을 삼켜버리자
太陽처럼 어둠을 살워버리자

다음날
氣象臺의 마스트엔
구름조각 같은 흰 旗폭이 휘날릴게다

「쇠바퀴의 노래」부분

이 시는 『기상도』의 7부에 해당되는 시로 『기상도』가 1935년에 쓰였진 것을 고려하면 반성기 담론에 속한다. 총 7부로 구성된 『기상도』의 이 마지막 부분에는 위에서 살펴볼 수 있듯 갈등과 번민을 이기고 새로운 미래적 세계로 나아가는 유토피아 이미지가 묘사되어 있다[22]. 특히 '벗아 태양

22) 『기상도』의 마지막 7부에 유토피아 상상력이 나타나 있다는 논의는 여러 차례 이루어진 바 있다. 이와 관련하여 김유중은 근대 이후 역사에 대한 전망이 보이되 실제적 가능성에서가 아닌, 상상력의 작용을 통해 형성된 관념적 허구의 수준에 놓이는 것이라 하고 있으며(김유중, 앞의 책, p.92), 김윤정은 여기

처럼 사나웁고 태양처럼 그늘을 감추고 태양처럼 슬픔을 삼켜버리자'라고 말하는 시적 자아에게 '태양'은 온갖 비애와 어둠, 장애를 뚫고 나아갈 수 있는 힘으로 상징된다.

인용 시에서 이후에 도달할 수 있는 미래적 세계의 실체가 무엇인지는 분명하지 않다. 그것은 '하늘'이라든가 '머언 지평선에 뻗힌 탄탄한 대로', '처음 맞는 새길', '태양의 고향' 등의 비유적 이미지로 형상화되고 있기 때문이다. 그곳이 어떤 곳이건 시적 자아가 그곳에 도달하고자 하는 굳은 의지를 보이는 까닭에, 또한 그곳에서 온갖 모순과 갈등을 잊고 천진스런 어린 아이의 모습으로 되돌아갈 수 있음을 시사하는 까닭에 시는 유토피아 이미지를 형상화하고 있다고 볼 수 있다.

그렇다면 이 시에 묘사되고 있는 유토피아는 초기의 그것과 어떻게 다르며 그곳에 도달할 수 있는 매개와 방법은 무엇이라 할 수 있을까? 위의 시에는 초기의 유토피아 의식을 드러낼 때처럼 과학기술문명이라는 직접적인 매개가 나타나지 않는다. 대신 이 시에서 현재의 질곡을 극복할 수 있는 매개로 제시되는 것이 있다면 그것은 '태양'이다. 더 정확히 얘기하면 '태양으로서의 나'이다. 위 시의 2연에 구체화되어 형상화되고 있는 '나'는 '어디서 시작한 줄도 언제 끝날 줄도 모르는', '꺼질 줄이 없이 불타는 태양'이자 '대지의 뿌리에서 지열을 마시고 떨치고 일어날 불사조'이며 '예지의 날개를 등에 붙인' 자이며 '즐거운 軌道 우에 끝없이 달리는 쇠바퀴'이다. 이러한 묘사는 곧 '나'의 힘이 마치 초인처럼 증폭된 상황을 나타내는 것으로 이 힘이 시적 자아로 하여금 미래적 세계에 도달하게 해주는 매개

에 유토피아 상상력이 나타나 있는 것이 근대에 대한 반성을 전제로 하면서 동시에 새로운 역사에 대한 비전을 구축하고 있음을 의미한다고 한다(김윤정, 앞의 논문, p.133).

이자 방법에 해당함을 알 수 있다. 그러나 우리는 여기에서 초인과도 같은 힘을 소유한 '나'의 이미지가 단순히 자아의 모습인 데서 그치는 것이 아니라 힘의 근원이라는 공간적 기능도 하고 있다는 점에 주목할 필요가 있다. 가령 모든 것을 초월하고 극복할 수 있을 힘을 지닌 자아가 '어디서 시작한 줄도 언제 끝날 줄도 모르는', '꺼질 줄 없이 불타는' 모습으로 묘사될 때 여기에는 이미 영원히 순환하고 반복하는 신화적 공간의 이미지가 놓여있는 것이 아닐까. 그러한 점에서 이 부분에서 형상화된 자아는 자아 스스로 힘의 공간이 되는 미래적 자아이고 곧 유토피아라 할 수 있다.

이러한 정황은 초기 담론에 대비해볼 때 매우 다른 지점에 위치하는 것이다. 위의 시에서 유토피아는 근대의 시간 의식처럼 일직선상의 미래에 놓여 있는 대신 '시작도 끝도 없이', 언제까지나 있는, 영원의 지대를 의미하기 때문이다. 그것은 '나'와 더불어 '나'와 동일하게 있는 것이므로 과거나 현재, 미래로 이어지는 순차적인 시간과 상관없이 존재한다. 우리는 이 부분에서 순환적인 시간의식으로서의 근원적 공간이 형성되고 있음을 알 수 있다[23].

위 시에 나타난 반성기 담론의 유토피아 의식은 김기림이 초기의 근대 지향적 의식을 수정하고 있음을 보여주는 것이다. 더 이상 근대는 미래의 극점에 놓이지 않는다. 극점은 오히려 모든 고통과 질곡을 초월할 수 있는 '나'의 정신에 놓이게 되며 영원히 순환하는 '나'의 정신이 도달하는 곳이 곧 미래이자 유토피아가 되는 것이다. 따라서 그곳이 근대이건 근대가 아

---

23) 중기에 씌어진 『바다와 나비』에는 초기와 다른 유토피아 의식이 강하게 나타나고 있다. 이 시기의 지향성은 근대를 향해 있는 것이 아니라 대부분 유년, 고향, 종교적 세계 등 근원적 세계를 지향하고 있다. 가령 「追憶」, 「아프리카 狂想曲」, 「連禱」, 「새벽의 '아담'」, 「東方紀行」 등의 시편들이 바로 그러하다.

니건 그것은 중요한 문제가 되지 않는다. 이는 바꾸어 말해서 근대가 먼 미래에 도달해야 하고 아직 있지 않은 그 무엇이 아니라 지금 이곳에서도 현상할 수 있고 또 이미 현상한 것으로도 볼 수 있음을 뜻한다. 초기에서 전개시켰던 김기림의 목표와 방법에 기대어 볼 때 그것은 과학정신이 구현된 자리에 피어나는 것이라 할 수 있을 것이다. 김기림이 실천적으로 과학을 구현하고자 하여 과학적 시학을 실험하게 되는 것도 이 부분에서이다. 즉 김기림은 자신의 실천을 통해 근대를 현상시키고 있거니와 그것은 분과 학문이라는 협소한 영역에서의 근대이지만 식민지의 조건에서 구할 수 있는 최대치에 해당됨을 기억해야 할 것이다.

여기서 알 수 있듯이 반성기 담론에 이르러 초기에 가졌던 김기림의 근대 지향적 의식은 내면화되었다고 할 수 있다. 근대는 더 이상 열정을 다해 도달해야 하는 먼 미래의 유토피아가 아니라 현재의 조건에서 그것의 가치를 구현함으로써 현실화되고 성숙될 수 있는 것으로 자리 매김 된다. 해방 후에 이르러 김기림의 이러한 의식과 태도는 더 큰 영역으로 확장되어 더 큰 실천을 낳게 된다.

거리로 마을로 山으로 골짜구니로
이어가는 電線은 새나라의 神經
일흠없는 나루외따룬 洞里일망정
빠진곳 하나없이 기름과 피
골고루 도라 다사론 땅이 되라

어린技師들 어서 자라나
굴둑마다 우리들의 검은 꽃무꿈
연기를 올리자
김빠진 工場마다 動力을 보내서

그대와 나 온백성의 새나라 키어가자

山神과 살기와 염병이 함께 사는 碑石이 흔한 마을 마을에 모－터와
電氣를 보내서
山神을 쫓고 마마를 몰아내자
기름친 機械로 運命과 農場을 휘몰아갈
希望과 自信과 힘을 보내자

鎔鑛爐에 불을 켜라 새나라의 心臟에
鐵線을 뽑고 鐵筋을 느리고 鐵板을 피리자
세멘과 鐵과 希望 우에
아모도 흔들 수 없는 새나라 세워가자

녹쓰른 軌道에 우리들의 機關車 달리자
戰爭에 해여전 貨車와 트럭에
벽돌을 실자 세멘을 올리자
애매한 支配와 屈辱이 좀먹던 部落과 나루에
새나라 굳은 터 다져가자

「새나라 頌」 전문

해방 이후 김기림의 시는 시의 미학적 요건보다는 전달 내용에 주력하고 있는 것처럼 보인다. 이 시기의 시에서 시어의 세련된 사용이나 미적 구성은 사실상 찾아보기 힘들다. 대신 시는 본격적인 계몽의 내용과 이를 표현한 '노래'로 이루어진다. 김기림은 '노래'라는 시적 형식을 통해 대중과 자신 사이의 거리를 좁히고 대중을 향한 자신의 기획을 펼친다. 그것은 '나라세우기'와 관련되는 것으로서 김기림은 자신의 이상이던 근대적 국가 건설을 위해 의욕적으로 시 창작에 전념한다.

「새나라 頌」은 그러한 기획에 의해 씌어진 시들 중 가장 앞자리를 차

지한다. 김기림은 위의 시를 통해 그가 꿈꾸던 나라의 구체적인 면들을 세심하게 그려내고 있다. 전기와 철도가 전국 구석구석을 누비는 상황, 공장의 가동으로 근대화의 기간인 산업화가 이루어지는 상황, 미신과 비합리를 극복하고 합리적인 사유가 정착하는 사회, 근대화된 도시 건설 등으로 그려지는 국가의 모습은 말할 것도 없이 근대가 실질적으로 뿌리내리는 양상과 일치하는 것이다. 그리고 근대의 이 모든 국면들을 일으키는 가장 핵심적인 근거가 과학임은 물론이다. 이 시기 김기림은 예술가가 지닐 수 있는 미적 자의식도 고려하지 않고 목청껏 근대를 부르짖는다.

이러한 김기림의 태도는 초기의 그것과 유사한 동시에 차이가 있다. 근대를 이상으로 내세우고 있다는 점에서는 동일하지만 근대가 결코 멀고 먼 꿈으로 여겨지지는 않는다는 점에서는 다른 것이다. 근대는 한걸음만 디디면 다다를 수 있는 목전에 있는 것이고 때문에 현재의 실천이 밑받침이 될 때 더욱 풍요로운 미래가 보장될 것이라고 김기림은 믿어 의심하지 않는다. 이는 김기림이 처한 상황이 초기보다 매우 진전되어 있음을 보여주는 것이 아닐 수 없다. 김기림에게 유토피아는 더 이상 먼 곳에 관념적으로 존재하는 것이 아니라 지금 이곳과의 변증법적 관련에 의해 마주할 수 있는 것이 된다.

한편으로 해방기에 형성된 이와 같은 유토피아 의식은 반성기에 지녔던 태도와 흡사하다고 할 수 있다. 반성기에 김기림은 미래는 멀리 추상적으로 존재하는 것이 아니라 현재의 구체적 실천에 의해, 현재와의 관련 하에 현실화될 수 있다는 생각을 갖게 되기 때문이다. 다만 중기에 김기림이 유토피아 의식을 내면화시켜 근대 지향성이 숨겨져 있는 형국이라면 해방기에는 이 모든 의식들이 전면적으로 드러나 있다는 점에서 차이를 지닌다.

이들 추론을 따른다면 해방기의 유토피아 의식은 초기와 중기가 결합된 형태를 띤다고 말할 수 있다. 초기의 근대 지향성과 중기의 실천적으로 내면화된 태도 양 측면이 변증법적으로 종합을 이룬 것이 해방기 시의 양상인 것이다. 따라서 해방기에는 실천과 지향성이 모두 한 자리에서 표면화될 수 있었다. 김기림에게 근대는 포기할 수 없는 신념이었기 때문에 이를 향한 유토피아 의식은 어느 순간에도 사라지지 않는다. 다만 실천의 방법적 측면에서 차이를 드러내며 김기림의 담론은 이를 중심으로 변모되었던 것이다. 이는 김기림이 보인 변화의 과정들이 서로 분리되고 단절되는 것이 아니라 지속되는 가운데 변모하고 변화의 와중에서 지속되는 궤적과 일치함을 보여준다. 결국 김기림의 근대의 기획은 멈추지 않았으며 이런 점에서 그의 담론은 모두가 계몽의 그것이었다.

그렇다면 우리가 눈여겨보아야 할 것은 근대가 봉착한 문제들 앞에서 김기림이 어떤 자세를 보였는가에 있다. 근대의 가공할 폭력과 억압의 광기에 직면하여 기로에 놓인 김기림이 선택할 수 있었던 길은 여러 가지가 있었을 것이다. 근대에 대한 신념이 허상이었다고 자아비판하며 근대를 향한 유토피아 의식을 포기하든가, 새로운 사상으로 선회하든가 혹은 침묵하든가 하는 것들이 그것이다. 김기림이 선택한 것은 포기가 아니었다. 그는 포기하는 대신 정직하게 모색하고 그 모든 과정을 지양의 변증법의 궤도로 수용한다. 그리고 이 속에서 보다 굳건하고 실천적인 근대의 기획을 마련한다. 김기림은 자신이 봉착한 모순을 극복의 동력으로 삼아 더 넓은 미래로 나아갔던 우리 문단에서 흔하지 않았던 인물에 속한다. 그는 예술과 문학과 학문을 소중히 여겼지만 이들 경계 안에 안주하지 않았다. 그의 의식에는 언제나 시대가 먼저 놓여있었고 시대를 넘어설 수 있는 시대정신이 문제가 되었던 것이다. 이러한 그의 태도가 그를 강인하게 하였고 시대 속에서 살아있는 정신으로 남게 하였다.

4. 김기림 문학에서의 과학의 의미

김기림에게 과학이 어떤 의미가 있는지를 밝히는 것은 몇 가지 선입견을 없앤 후에 가능한 일이다. 먼저 그의 이미지즘과 모더니즘이 사조로서의 함의로 이해되고 평가되는 것을 경계하는 일이 선행되어야 한다. 그가 전개한 담론이 서구 모더니즘을 답습하기 위한 것이었다고 볼 경우 그의 담론 중 상당 부분을 배제시키지 않을 수 없게 된다. 그리 되면 그의 사상적 본질을 밝힐 수 있는 자료가 연구 대상에서 제외되어 결과적으로 김기림은 서구 모더니즘의 아류이거나 사이비 모더니스트로 규정되게 된다. 두 번째 염두에 두어야 할 선입견은 그가 과학을 부르짖는 것이 근대를 지향하는 자가 의례적으로 하는 행위라고 보는 생각이다. 이러한 입장은 김기림의 과학 예찬이 신기성(新奇性)을 추구하는 차원에서 이루어지는 것으로 간주하게 되어 결국 김기림을 경박한 모더니스트라 보게 된다.

김기림은 사조의 틀로 볼 수 없는 독자적인 사상을 지니고 있다. 그것은 시대와 관련되어 형성된 것이며 조선의 특수성에 의해 비롯된 것이다. 그리고 김기림의 사상은 모든 사상이 그러하듯 강한 열정에 의해 추동된다. 김기림에게 초기부터 일관되게 유토피아 의식이 살아숨쉬고 있는 까닭도 여기에 있다. 김기림의 궁극적인 유토피아는 완전한 근대로서 이는 초기에 근대의 훼손되지 않은 영역인 르네상스의 정신을 통해 추구된다. 과학이 중요하게 부각되는 것도 이러한 사상적 본질 속에서이다. 즉 김기림에게 과학은 피상적이거나 관례적으로 사고되는 것이 아니고 자신이 꿈꾸는 유토피아에 도달하기 위한 절실한 방법이자 힘에 해당된다. 근대를 향한 김기림의 유토피아 의식은 중기 담론에서 일정 정도 수정되긴 하지만, 그러나 김기림은 시대를 향한 그의 정신에 힘입어 근대가 내포하고 있는 모순을 지양(止揚)시킨다. 이후 해방기의 담론이 본격적인 근대화를 위한 실천적 행위로 매김될 수 있었던 것도 이 때문이다.

김기림이 밟아온 과정을 볼 때 유토피아 의식은 언제나 강한 빛으로 김기림을 인도하는 힘이 되어주었음을 알 수 있다. 김기림은 미래지향적 태도를 버리지 않았으며 또한 미래를 현재와의 관련 속에서 도출시키기 위한 길을 모색하였다. 이 때 과학은 길 자체였던 동시에 길을 찾을 수 있는 지침이 되어 주었음을 우리는 확인할 수 있다.

『화사』에 나타난 욕망의 근대적 성격 — 서정주론

1. '화사'(花蛇)의 기호적 의미

『화사』는 서정주의 첫 번째 시집이다. 우선 첫 시집이 갖는 상징적 의미는 어느 특정 시인의 시세계나 그 시인의 향후 시세계를 가름하는 방향타 역할에 있을 것이다. 그렇기에 시인들에게 첫 시집이 갖는 의미의 중요성은 아무리 강조해도 지나치지 않는다 하겠다. 한국 현대 시사의 큰 봉우리를 차지하고 있는 서정주에게 있어서도 첫 시집이 갖는 의미는 여느 시인들의 경우와 크게 다르지 않다. 시인을 비로소 시인이게끔 만들어준 도구 혹은 장치로서의 첫 시집, 그것이 『화사』의 존재 가치였기 때문이다.

『화사』가 일구어내었던 문학적 성과들에 대한 찬사는 단지 몇 개의 수사적 장치나 언어적 유희로 치부될 수 없을만큼 실로 대단한 것이라 할 수 있다. 시의 정부(政府)라는 권력적 향취 뿐만 아니라 그를 에두르고 있는 인적, 물적 구심력까지 포함하면 가히 한국 시사의 한 봉우리로 설명해도 부족하지 않을 정도이다. 무엇이 그를 한국 시사에서 핵심적 실체내지는 중심적 인물로 만들어 놓았을까. 그러한 불멸의 평가들이 내려지는 찬탄의 꽃들은 어디에서 피워올려지는 것일까. 이에 대한 답이야말로 서정주의 문학의 본질에 해당될 것이다.

그러한 찬탄에 대한 비밀은 시집 『화사』에 있다. 『화사』는 서정주에게 첫 시집이라는 상징적 의미를 넘어서서 한국 시사에 길이 남을 기념비적 토대를 마련한 시집이다. 인간의 존재론에 대한 규정과 그 의미를 이 시집만큼 적나라하게, 그리고 적확하게 보여준 시집은 없었기 때문이다. 『화사』에는 서정주 자신의 시세계가 모두 담겨있거나 혹은 앞으로 전개될 그의 시세계를 예단하는 징후들이 묻어나 있을 뿐만 아니라 인간의 존재론적 한계와 의미를 구체적 개인의 편린들을 통해서 아주 극렬하게 일반화시켜 보여주고 있다.

『화사』집은 1941년 남만서고(南蠻書庫)에서 간행되었다. 이 출판사는 서정주의 절친한 동료이자 〈시인부락〉 동인이었던 오장환이 경영하고 있었다. 서정주의 첫 시집 간행은 1936년 「벽」이 동아일보 신춘문예에 당선되고 난 이후, 꼭 5년만의 일이다. 이 시집은 내용 뿐만 아니라 잡지의 표지 또한 매우 충격적인 모양새를 띄고 있었다. 시집의 표지에 흔히 유혈목이로 알려진 '꽃뱀' 그림이 장식되어 있었던 까닭이다. 이런 모양은 이전의 시집들과 대비해 보면, 매우 이례적인 것이라 하지 않을 수 없다. 기왕에 간행된 시집의 표지들이 대개는 작가의 사진이나 캐리커쳐 정도가 실리는 것이 전부였기에 더욱 그러했다. 요즈음의 문단적 조류로 말하자면 포스트 모던적 국면에 가까운 모양새를 띄었다. 서정주는 왜 이러한 파격적인 모습을 보이면서 기존의 문단적 관행을 위반했을까.

여기에는 두가지 설명이 가능하다. 하나는 자의식의 과잉이다. 서정시가 일인칭 고백체의 장르임은 잘 알려진 일이다. 그럼에도 기존의 모든 서정시를 이러한 틀로 일반화시키는 것은 어불성설이다. 주어진 세계관이나 대상인식의 정도에 따라 그러한 자의식의 함량들은 얼마든지 달라질 수 있기 때문이다. 자의식의 팽창이나 과잉을 논할 때, 30년대 모더니스트였던 이상의 앞자리에 설 수 있는 시인은 없다. 그에게는 자아만 있을 뿐이고 대상은 없었기 때문이다. 그렇다면 비모더니스트로 알려진 서정주의 경우는 어떠한가. 자의식의 과잉이라는 측면에서 보면, 서정주도 이상 못지 않다는 것이 필자의 판단이다. 젊은 날의 열정과 고뇌를 서정주만큼 적나라하게 보여준 시인도 없기 때문이다. 한 쪽에 이상이 있었다면, 다른 한쪽에 서정주가 있었다고 해도 무리는 아니다. 이러한 자의식의 과잉을 형식이 주도했는 바, 파격적인 노출을 담당한 것이 바로 '꽃뱀'이었다.

그리고 다른 하나는 시대적 국면이다. 서정주는 시를 통해 살아 온, 그리고 시를 위해 살다 간 시인이다. 후술 하겠지만 그의 시에서 시대의 혼돈에서 오는 암울한 의식을 읽어내는 것은 어려운 일이 아니다. 국토 속에서 '피'를 읽어내고[1] 자신의 성장에서 '바람'을 각성한 터이기 때문이다. 그러한 저항적 장치를 회피하기 위해서는 자신의 소박한 캐리커쳐로서는 불가능했을지도 모른다. 그렇기에 서정주에게는 이를 우회하는 수단이란 무엇이었을까에 대한 고민이 있었던 것으로 보인다. 현실의 예리한 칼날을 우회하는 데 있어 우화만큼 효과적인 문학적인 장치가 또 있을까. 시인의 시적 고뇌가 현실적 고뇌와 무관하지 않은 것도 여기에 그 원인이 있었다. 따라서 '꽃뱀'은 현실의 그러한 촉수를 피해가는 기호에 가까운 것이다. 무엇을 의미하는 기호가 아니라 대리하는 기호 말이다.

---

1) 서정주의 그러한 인식을 가장 잘 보여주는 시가 『화사』집의 「바다」이다. 또한 이러한 의식은 두 번째 시집 「귀촉도」에서도 엿볼 수 있다.

2. 신화, 그 영원한 욕망의 꼭지점

『화사』집에는 총 24편의 시가 실려있다. 그의 등단작인 「벽」을 비롯해서 대표작 「화사」, 「자화상」, 「문둥이」 등등이 포함되어 있는 것이다. 24편이라고 하면, 기존의 시집 간행의 관행에 비추어 볼 때, 그렇게 많은 시가 실린 것이라고는 할 수 없다. 그러나 적은 수에도 불구하고 이 각각의 시편들은 어느 하나의 경향으로 묶어내기가 쉽지 않은 것이 사실이다. 그 각각의 작품들이 담지하고 있는 시의 의미역들은 매우 다양한 부채살모양으로 뻗어나가기 때문이다. 이 다양성이야말로 서정주 시의 깊이와 넓이를 보증해주는 단적인 증거라 할 수 있을 것이다.

우선, 『화사』집의 많지 않은 시들 가운데 가장 돋보이는 작품은 「화사」이다. 이 작품에서 간취되는 여러 의미역들을 따라가 보면 서정주 시의 근원이 무엇인가 하는 것을 알게 해준다. 이렇듯 「화사」는 시집 『화사』를 대표하고 있지만, 이 시집에 실린 시를 두고 무엇을 대표작으로 볼 것인가에 대해서는 평자들마다 의견이 맞서 왔다. 시인 역시 이를 두고 고민한 흔적이 엿보인다[2]. 이러한 판단들은 그 나름의 타당한 세계관과 합당한 근거가 있는 것이긴 하지만, 시의 내용과 방법, 그리고 이후 전개된 시인의 시세계에 비춰볼 때, 「화사」를 능가할만한 작품을 찾아보는 것이 쉬운 일은 아니다. 「화사」는 『시인부락』 2호에 실린 작품이자 시집의 제목으로 이름 붙여진 작품이다. 그만큼 시인에게도 이 작품은 매우 의미있는 작품

---

2) 서정주는 초기시들 가운데 대표작으로 「화사」를 꼽는데 주저하지 않는다. 이는 그의 등단이 우연한 기회에 주어진 것이라는 점과 그의 등단작이 두 번째로 선정된 것이라는 내밀한 자의식의 문제와도 무관해 보이지 않는다. 「벽」은 김혜숙의 「밀밭 없는 동리」에 이어 두 번째로 당선되었다.(「동아일보」, 1936.1.11.)

이었다고 할 수 있다. 그렇다면 그 많은 논란에도 불구하고 「화사」가 왜 서정주의 대표작이고 또 그것이 주는 매력은 무엇이며, 이 작품이 지향하는 궁극은 무엇일까.

「화사」가 주는 일차적 함의는 무엇보다도 인간의 존재조건이라는 측면, 좀더 정확하게 말하면 인간에게 내재되어 있는 근원적 욕망이 무엇인가 하는 측면을 보편사의 시각에서 아주 극명하게 보여주고 있다는 점에서 찾을 수 있을 것이다. 인간이 욕망하는 존재라 할 경우, 왜 인간은 그렇게 욕망해야하는 존재일까. 그리고 그러한 욕망의 근원은 어디에서 기원하는 것이고, 그 타당한 이유나 객관적 근거, 합리적 사유 등등을 어디에서 찾아야 할 것인가를, 「화사」는 명쾌하게 말해준다는 면에서 아주 돋보이는 작품이다.

사향 박하의 뒤안길이다.
아름다운 배암－.
을마나 크다란 슬픔으로 태여났기에, 저리도 징그라운 몸둥아리냐

꽃다님 같다.
너의 할아버지가 이브를 꼬여내든 달변의 혓바닥이
소리잃은채 낼룽그리는 붉은 아가리로
푸른 하눌이다. －물어뜯어라, 원통히무러뜯어

다라나거라. 저놈의 대가리!

돌 팔매를 쏘면서, 쏘면서, 사향 방초ㅅ길
저놈의 뒤를 따르는 것은
우리 할아버지의 안해가 이브라서 그러는게 아니라
석유 먹은듯－석유 먹은듯－가쁜 숨결이야

바눌에 꼬여 두를까부다. 꽃다님보단도 아름다운 빛—

크레오파투라의 피먹은양 붉게 타오르는 고흔 입설이다—슴여라! 배암.

우리순네는 스믈난 색시, 고양이같이 고흔 입설—슴여라! 배암.

「화사」 전문

「화사」를 읽으면 숨이 막혀온다. 아니 조여 온다는 편이 옳을 지도 모른다. 읽어가면 갈 수록 그 강도가 더해간다. 이성의 제어는 사라지고 감각의 홍수만이 점점 넘쳐나온다. 도대체 이러한 감수성은 어디에서 오는 것일까. 일단 그러한 감각들은 일차적으로 이 작품에서 구사되고 있는 소재에 그 원인이 있지 않은가 한다. 「화사」의 소재들은 모두 인간의 말초적 감각을 자극하는 것으로 채워져 있다. 시각과 후각, 촉각과 같은 감각적 이미저리들을 동원함으로써 인간의 무딘 감각을 들쑤시고 있는 것이다. 뿐만 아니라 저 깊숙한 곳에 잠재되어 있는 본능의 감각까지 마구 부활시켜 놓기까지 한다. 인간의 심적 재생인 이미지가 가장 잘 반응하는 것은 일차적인 감각적 이미지에 있는 것은 잘 알려진 일이거니와 서정주는 그러한 감각을 이용하여 인간의 말초신경을 아주 효과적으로 자극하고 있다. 이 작품에서 그러한 감각적 이미지 가운데 가장 대표적인 것이 시각적 감각이다. '꽃다님 같은 뱀', '클레오파트라의 붉은 입술', '고양이 같은 고은 입술을 가진 순네' 등등이 바로 그러하다.

우선 '뱀'의 경우, 그것은 신화적으로는 이브를 유혹하여 낙원적 질서를 파괴한 동물로, 그리고 세속적으로는 무한한 욕망을 갖는 동물로 상징된다. 그러나 이 작품에서 '뱀'의 의미는 그러한 관념성에만 함몰되어 있는 것은 아니다. 보다 더 중요한 것은 현실적, 실제적 의미이다. 뱀은 흥분의 객관적 상관물로 더 알려진 동물이다. 길 한가운데 또아리를 틀고 있는 뱀을 보라. 잔잔한 흥분이 아니라 거칠게 뛰는 심장의 박동이 느껴지지 않는가. '뱀'을 지칠줄 모르는 욕망, 끝없는 관능의 실체로 인식하는 것은 여기에 그 원인이 있다.

클레오파트라나 순네의 이미지 역시 뱀의 그것과 분리시켜 논의하기 어렵다. 그것은 클레오파트라가 미의 화신이나 관능의 현신으로 잘 알려진 까닭이다. 그런데 순네의 경우는 사정이 이와 좀 다른 경우에 속한다. 순네는 미라든가 관능성 등등이 어떠하다는 개념적 규정이 없기 때문이다. 도대체 어떤 감각이 있었길래 시적 화자는 그녀에게서 흥분의 감성을 주체할 수 없었던 것이고 억누를 수 없었던 것일까. "고양이 같은 고운 입술"을 가졌기에 그러한 것일까, 아니면 뱀의 관능성이 스며든 존재이기 때문일까. 그러나 이러한 감각이야말로 서정주의 개인사에 관계된 문제이긴 하겠지만, 일차적으로는 순네가 이성이라는 것, 그리고 서정주가 20대 전후에 이 시를 썼다는 것과 무관하지 않을 것으로 생각된다. 이성과 순수성의 길항관계라고나 할까. 가령, 순수성이 온존히 보존된 경우일수록 이성에 대한 감각이 더 강한 것과 마찬가지이다. 첫사랑의 감수성이 육체에 더욱 강하게 반응한다는 사실도 이런 맥락에서 그 설명이 가능하지 않을까 한다.

다음으로는 후각과 촉각이다. 이러한 감각들이 시각의 경우보다 더 감각적이라는 잘 알려진 일이다. 그런데 「화사」에서는 '사향 박하'와 '석유', '고양이 같은 입술'이 바로 그러한 감각들을 대표한다. 냄새는 자극을 유도하고 그러한 자극들은 행동을 유발시킨다. 동물이 다른 동물을 유인할 때, 일명 유혹 향수를 뿌리는 것과 동일한 논리이다. 「화사」에서는 그러한 관능적 유혹을 위해 '사향 박하'라든가 '방초'와 같은 후각적 이미지들을 매우 적절한 시적 장치로 활용하고 있다[3]. 뿐만 아니라 '석유' 역시 그러한 냄새와 촉각을 함께 함유한 매개체라는 점에서 더욱 주목된다. 석유가 이러한 감각을 유발시킨다고 하는 것은 경험론적인 것이긴 하다. 어떻든 석유를 입에 담고 있을 때 일어나는 흥분과 그 휘발적 속성이야말로 인간의 고동을 울리는 매우 강한 자극제가 아닐 수 없는 것이다. 그리고 '고양이 같은 입술'이 주는 촉각적 이미지 역시 성적인 감각을 떠나서는 설명하기 어렵다. 모두 인간의 심장을 때리는, 아니 격하게 고동치는 매개로서의 구실을 아주 훌륭하게 수행내고 있는 것이다.

「화사」가 주는 이러한 감각들이야말로 이 작품을 읽는 독자들의 호흡을 거칠게 만들어버린다. 이 작품을 읽어나갈수록 숨이 막힐 듯한 상황 속으로 빠져드는 것도 여기에 그 원인이 있다. 「화사」에는 인간의 말초신경을 자극하는 감각들로 가득 채워져 있다. 시를 통해서 얻을 수 있는 낭만의 감각이랄까 혹은 정서의 순화랄까 하는 것들을 「화사」는 이렇게 전복시키고 또 위반한다. 그러면 그 위반의 정점에는 놓여있는 것은 무엇일까. 앞서 언급한 것처럼 「화사」가 언표하고자 하는 일차적 의도는 인간의 존재론에 관한 것이다. 인간의 실존보다는 본질에 가까운 존재론이다.

「화사」는 인간에 관한 존재론, 혹은 본질론을 인간의 기본 속성 가운데 하나인 욕망을 통해서 풀어내고 있다. 들뢰즈의 말처럼 인간은 욕망하는 기계라는 것이다. 그것은 마치 거침없이 팽창하는 바이러스와 같으며, 브레이크 없는 기관차와 같다. 서정주는 무한욕망을 보지한 인간 존재론을 신화적 상상력을 통해서 매우 적확하게 그리고 통렬하게 읽어내고 있다.

---

3) 이민호는 이 감각적 이미지에 주목하여 「화사」의 그러한 관능성을 아주 효과적으로 풀이해내고 있다. 「고열한 생명의식과 존재의 타자성」, 『서정주 연구』(김학동 외), 새문사, 2005 참조.

본디 신화란 통합의 세계이지 분열의 세계를 표상하지 않는다. 특히 영원성을 갈망하는 존재에게 신화의 의미는 범상한 의미 영역을 뛰어넘는다. 인식의 완결성을 담지하는데 있어서 신화만큼 좋은 통합적 상상력은 없기 때문이다[4]. 그러한 사례 가운데 대표적인 경우가 모더니스트들에게서 찾을 수 있다. 근대의 제반 모순과 그로부터 파생된 불구화된 의식들은 흔히 모더니스트들에게서 발견되는 공통의 감수성들이다. 모더니스트들이 근대의 모순과 파편화된 의식을 구조체 지향의 모델 속에서 찾아왔다는 것은 잘 알려진 일이다. 그러한 모델을 대표하는 것이 신화적 감수성이다. 신화는 순동시적으로 살아있는 감수성이고 인류의 근원적인 감각을 내재한 통합의 세계이다. 모더니스트들이 신화의 내적 체험을 통해서 인식의 완결성을 이루어낸 것은 거의 공식화된 문법이었다.

그런데 「화사」는 이런 공식화된 문법을 파괴한다. 시인은 파괴된 문법 속에서 작은 하위 문법들을 탐색해 들어간다. 인간이란 근원적으로 욕망하는 존재라는 문법 말이다. 서정주의 이러한 문법은 우리 시사에서 매우 소중한 것이라 하지 않을 수 없다. 시인은 인간이 욕망하는 기계라는 사실을, 자의적 판단이나 주관적 억지가 아니라 신화를 통해서 그 객관적 타당성을 일구어내기 때문이다. 신성(神性)을 상실한, 그리하여 인간인 아담과 이브가 저지른 인류 최초의 사건이 성애적 감수성이라는 사실을 「화사」는 이렇듯 성서적 근거에 의해서 확증해낸다. 인간의 실존이 시작되는 그 순간부터 인간은 욕망하는 존재였다는 것이다. 인간에게 그러한 욕망을 스며들게 하고 견인한 매개는 '화사', 바로 '꽃뱀'이라는 사실과 더불어서 말

4) 이러한 사례들은 영국의 엘리어트가 영국 종교로 회귀했다든가 푸루스트가 잃어버린 과거, 훼손되지 않은 과거를 찾은 데서 찾을 수 있다. 또한 정지용을 비롯한 시인들과 최명익을 비롯한 소설가들 등 대부분의 모더니스트들의 경우도 여기서 예외가 아니다.

이다.

익히 잘 알려진 것처럼, 시인이 '화사'를 보는 시각은 지극히 이중적이다. 한편으로는 증오가 있는가 하면, 그 아름다움에 대한 시새움도 있다. "을마나 크다란 슬픔으로 태여났기에, 저리도 징그라운 몸둥아리냐"가 전자의 감수성이라면, "아름다운 배암", "꽃다님"은 후자의 감수성일 것이다. 시인이 '화사'에 대해서 갖는 이러한 이중성은 대상에 대한 오독이라기보다는 자의식적 혼란에 가까운 것이다. 시인의 인식적 착종은 다음 두가지 요인에 그 원인이 있다. 하나가 선험적 영원성에 대한 갈망이라면, 다른 하나는 현실적 체험성이다. 인간이란 존재론적 고독을 굳이 문제삼지 않아도 영원에 대한 갈망을 숙명적으로 받아들이고 있다. 종교적으로 보면 그러한 희구를 위반시킨 것이 뱀이었다. 뱀의 집요한 유혹만 없었더라도 인간은 반신성화된 존재로서 영원한 유토피아적 삶을 영위했을 것이다. 그런데 뱀에 의해서 그러한 낙원은 영원히 상실되고 인간에게는 원죄의 낙인을 내면 깊숙이 간직하게 되었다. 뱀에 대한 증오는 바로 여기에 그 뿌리를 두고 있는 것이다. 그럼에도 시인은 뱀에 대해 완전한 자기 방화벽을 치지 못한다. "저놈의 대가리!" 하며, "돌 팔매를 쏘면서, 쏘면서, 사향 방초ㅅ길"에 "뱀의 뒤를 따르는 것"은 "우리 할아버지의 안해가 이브라서 그러는게 아니"다. 그럼 무엇 때문에 시적 화자는 이율배반적인 행동을 취할까. 그 핵심은 '쫓아가는 것'이 아니라 '따라가는 것'에서 찾을 수 있다. 시인은 증오의 감정으로 돌을 던지면서 뱀을 죽이려 하지만 별로 내키지 않는다. 만약 그러한 마음이 조금이라도 있었다면 '따라가지 말고', '쫓아가야 했'을 것이다. 그러나 시인은 그저 뱀의 뒤를 '따라가고' 있을 뿐이다. 이 담론은 뱀에 대한 살해의도가 내포되어 있지 않다. 시인 역시 뱀처럼 욕망하고 있고 또 욕망하는 존재이기를 갈망하고 있기 때문이다. 뱀의 뒤를 따르면서 '석유먹은 듯 가쁜 숨결'을 느끼는 감수성도 이와 무관하지 않다. 이 순간 욕망하는 뱀의 존재는 시인에 의해 정당화된다. 왜냐하면 시인 또한 그와 의식적으로 동일한 존재가 되기 때문이다. 뱀은 이렇듯 희구와 희망의 갈림길 속에서 애증의 대상으로 변주되어 나타난다. 그것이 뱀에 대한 시인의 자의식적 혼돈이다.

「화사」가 다루는 영역은 본능이다. 인간의 근원적 욕망이 성애적 충동이라는 프로이트의 도식에도 어긋나지 않는다. 이성의 통제에서 벗어난 욕망의 넘쳐남, 본능에 충실한 육체의 발견, 그러한 육체에 대한 지칠줄 모르는 탐욕 등 이러한 것들에 대한 순일한 집착들은 이 시의 주된 화자 가운데 하나인 순네로 하여금 인간의 영역을 탈각시키는 데에로까지 나아가게 하고 있다. 실상 인간에게 육체만이 남는다는 것은 본능에 충실한 동물의 상태와 별반 다를 것이 없을 것이다. 뱀이 스며든 순네와 뱀을 받아들이는 순네 영역은 거의 동일한 영역으로 묶이게 된다.

서정주에게 있어 욕망의 근원내지 출발은 이렇듯 신화의 영역에서 이끌어온다. 신화가 인식의 통합과 밀접한 관련이 있다는 일반의 통념을 서정주는 전복시킨다. 가령, 근대적 세례나 존재론적 고독을 인식한 자아가 그러한 불구화된 상태를 통합시키기 위해 신화의 영역을 흡수해들어간다. 그러나 서정주는 그 반대에서 시작한다. 서정주의 이러한 대항적 발상은 무척 도발적으로 느껴지긴 하지만, 그럼에도 인간의 욕망이 신화에 그 기원을 두고 있다는, 「화사」에서 펼쳐보인 그의 사유는 아주 타당해 보인다. 이는 낙원의 상실과 더불어 인간의 욕망이 시작되었다는 종교적 발상과 매우 유사하기 때문이다. 서정주에게 아담과 이브의 종교적 신화는 욕망의 봉합이 아니라 그 시작에 불과했다.

3. 관능의 꽃－닭벼슬

욕망의 가장 상징적 표현은 에로티시즘이다. 그것의 출발도, 그것의 종말도 에로티시즘이다. 아담과 이브가 낙원에서 추방된 것도, 프로이트가 인간 욕망의 근원으로 문제삼은 것도 성애적 본능이었다. 그만큼 에로티시즘이란 인간의 삶의 조건과 기본이 되어 왔다. 태초에 인간이 있었다면, 욕망이 있었고, 에로티시즘 또한 있었다. 따라서 인간과 욕망과 에로티시즘이란 어느 하나로 다른 것을 보족하는 관계가 아니라 쌍생아처럼 서로 묶여 있는 관계가 된다고 하겠다. 서정주가 인간의 조건을 문제삼을 때, 주목한 것이 바로 관능이었다. 관능이란 그에게 있어 인간의 존재 조건이었고, 욕망의 근원을 더듬어 올라가는 하나의 시도동기였다.

①따서 먹으면 자는듯이 죽는다는
붉은 꽃밭새이 길이 있어

핫슈 먹은듯 취해 나자빠진
능구렝이같은 등어릿길로,
님은 다라나며 나를 부르고－

강한 향기로 흐르는 코피
두손에 받으며 나는 쫓느니

밤처럼 고요한 끌른 대낮에
우리 둘이는 웬몸이 달어－

「대낮」 전문

②황토 담 넘어 돌개울이 타
죄 있을듯 보리 누운 더위－
날카론 왜낫 시렁 우에 거러노코
오매는 몰래 어듸로 갔나

바윗속 산되야지 식 식 어리며
피 흘리며 간 두럭길 두럭길에
붉은옷 닙은 문둥이가 우러

땅에 누어서 배암같은 계집은
땀흘려 땀흘려
어지러운 나－ㄹ 업드리었다.

「麥夏」 전문

인간이 이성의 통제에서 벗어날 때, 남는 영역은 감성뿐이다. 그 가운데 가장 대표적인 것이 아마도 성애적 본능일 것이다. 인용시들은 『화사』집의 시들 가운데 노골적인 관능적 성향을 보이고 있는 작품들이다. 이 시들을 통해서 우리는 관능의 극한 상태를 본다. 성에 대한 노골성과 그에 대한 열정을 이 작품들만큼 적나라하게 표현된 사례는 아마 찾기 힘들 것이다.

우선 「대낮」의 시적 자아는 마취된 상태에 놓여 있다. 시적 자아가 '핫슈'로 지칭된 마약을 섭취한 까닭이다. 이 작품에서 시인은 관능의 극한적 쾌락을 위해서 마약까지 동원했다. 마약은 이성의 감각을 마비시키는, 그리하여 감성을 극단화시키는 각성제이다. 시적 자아는 이 마약에 취해서 자신을 관능의 끝으로 몰아가고 있다. 그런 다음 온몸이 달아오를 정도의 성적인 도착 상태에 빠지고 만다. 그런데 시적 자아가 성도착증에 이르는 것은 본능을 확인하는 또다른 단계라는 점에서 주목을 요하는 것이라 할 수 있다. 성도착이란 곧 유아의 모양새와 동일한 차원에 놓이는 것인데, 이런 관점에서 본다면 서정주의 성적 도착은 유아로의 회귀라는 근원의식의 또다른 모양새이기 때문이다.

성애적 본능을 충실히 구현하고 있는 「맥하」의 경우도 「대낮」과 별반 다를 것이 없어 보인다. 그러나 앞의 사례보다 상황은 더 구체적이고 세속적이다. 이 작품에는 세 명의 화자가 등장한다. 어매와 계집, 그리고 나이다. 그런데 이들 셋 모두는 성애적 관능에 함몰되어 있다. “날카론 왜낫 시렁 우에 거러노코/오매는 몰래 어듸로” 가버렸다. 그런데 그녀가 사라진 사실에서 어떤 긍정성보다는 부정성이라는 국면이 더 실감있게 다가온다. 우선, 시의 문맥으로 보면 그녀 역시 본능에 충실한 자아를 확인하러 간 것으로 판단된다. 이 시의 또다른 소재인 나와 계집 역시 마찬가지이다. 성에 몰두된 이 작품의 화자들 역시 「대낮」과 마찬가지로 혼돈된 자아들이다. 마약에 의한 마비가 아니라 성에 대한 지나친 몰두로 시적 자아들이 지금 마비되어 있는 까닭이다. 그 결과로 시인의 의식은 착종되어 있고, 매우 “어지러운 상태”에 놓여 있게 된다.

『화사』집의 시적 주체들은 이렇듯 정신보다는 육체에, 이성보다는 감성에 흠뻑 젖어 있다. 이성의 제어에 의해서가 아니라 본능에 충실한 육체들의 향연만이 적나라하게 노출되어 있는 것이다. 서정주의 육체에 대한 이러한 친연성은 인간의 존재조건을 욕망으로 규정한 데서 온 결과이다. 그에게 욕망이 배제된 단순한 육체는 의미가 없었고, 이성에 억눌린 감성 역시 의미가 없었던 것이다. 그의 시선에 붙들린 것들은 초월적 초자아의 세계가 아니라 그러한 자아로부터 간섭받지 않는 본능적 자아뿐이었다.

古代그리이스적 肉體性－그것도 그리이스 神話的 肉體性의 重視, 古代

> 그리이스・로마의 皇帝들이 흔히 느끼고 살았던 바의, 최고로 精選된 사람에게서 神을 보는 바로 그 人神主義的 肉身現生의 重視. 아폴로的인, 디오니소스的인, 에로스的인, 그리이스 神話的 存在意識. 또, 그런 存在意識을 기초로하는 르네상스 휴머니즘.－그러자니 자연 基督敎的 神本主義와는 영 對立하는 그런 意味의 르네상스 휴머니즘.(중략) 그러나 이런 神話的 헬레니즘만이 當時의 내 精神을 추진하고 있는 힘의 全部는 아니었다. 샤를르 보오들레르의 影響을 주로 해서 이루어졌던 '現實의 밑바닥 參與'의 意圖가 있었다[5].

인간을 지배하고 있는 것은 정신이 아니고 육체이다. 적어도 서정주에겐 그러했다. 기독교적 신본주의가 강조하는 것이 건전한 이성과 신성한 정신에 있다면 서정주가 추구하는 것은 그와 정반대의 경우이다. 그러니까 인간을 발견하는 인문주의적 사고가 정신을 중시하는 기독교적 사고태도 위에 있게 되는 것이다. 우선 서정주가 위의 인용문에서 말하고자 하는 바가 바로 육체에의 친근성이다. 서정주는 이 글에서 그리이스적 육체성과 기독교적 신본주의를 대립적 테제로 설정해 놓고, 전자를 그의 정신이 추구하는 힘으로 이해한다. 인간을 지배하는 것은 형이상학적인 정신의 어떤 국면에 있는 것이 아니라 감각적인 육체에 있다는 것이다. 본능의 감각만을 우선시한 서정주로선 기독교적 형이상학주의가 오히려 대단히 비현실적이고 관념적으로 비춰졌을 것이고, 인간의 존재조건을 설명하는데 있어서도 대단히 미흡했다고 판단했을 것이다.

그의 이러한 자의식적 판단은 그의 초기시를 지배한 또다른 축인 보들레르의 영향에서도 살펴볼 수 있다. 서정주는 "정신적 헬레니즘만이 당신의 내 정신을 추구하는 힘의 전부가 아니라 샤를르 보오들레르의 영향을

---

5) 『서정주문학전집』 5권, 1972, 일지사, p.266.

주로 해서 이루어졌던 '현실의 밑바닥 참여'의 의도"가 있었음을 말하고 있다. 이 부분은 서정주의 초기시에서 모더니즘적 경향이나 보들레르와의 상관성을 밝히는 근거로 활용되고 있다. 실상 보들레르라는 서구의 거장 모더니스트를 언급하지 않더라도 서정주의 초기 시에서 모더니즘적 요소를 읽어내는 것은 그리 어려운 일이 아니다. 그것은 몇가지 국면에서 그러하다. 초기 한국 시사에서 모더니즘적 경향의 시들에서 흔히 발견되는 것 가운데 하나가 엑조티시즘적인 경향이다. 이런 성향들은 모더니즘의 정신적 기반과 현실적 기반이 허약한데 따른 당연한 결과일 것이다. 그런데 이러한 경향들은 서정주의 초기시에서도 어렵지 않게 발견해낼 수 있다. 가령 「화사」에서 '아담과 이브', '클레오파트라' 등의 기표나 「수대동시」에서의 '샤알 보들레르' 등이 그러하다. 그러나 중요한 것은 이런 형식적인 국면이 아니다. 특히 서정주 자신도 언급하고 있는 것처럼, '보들레르가 보여준 현실의 밑바닥 참여'가 내포하고 있는 그 숨겨진 함의에 있을 것이다.

모더니즘을 반영론적으로 접급할 경우, 가장 일반화된 해석법 가운데 하나가 주관성의 문제이다. 현실에 대응하고, 그러한 현실에 자의식적으로 반응하는 주체의 양상이야말로 모더니즘 미학을 꿰뚫는 핵심 요인이라 할 수 있을 것이다. 기존 모더니즘을 이해하고 분석한 '주관성의 원리'나 '자율성의 원리' 역시 이러한 세계관과 불가분의 관계에 놓이는 사항들이다. 물론 주관성의 작동원리는 현실과의 교효관계 없이, 이러한 원리에 대한 적당한 근거를 마련해줄 수는 없을 것이다. 모더니즘의 미적 토대가 되는 자의식의 과잉이나 팽창 역시 현실과 분리된, 형이상학적인 어떤 것이 아니다. 문제는 그러한 현실에 반응하는 자의식의 모양새들이다. 근대를 규정짓고 대표하는 자아를 어떻게 드러낼 것인가의 문제인 것이다. 한국 근대 시사에서 그러한 자의식을 가장 명확하게 그리고 강도높게 드러낸 경우는 이상이다. 이상 시문학의 특징을 자의식의 국면에서 설명하자면, 확대와 팽창이라고 할 수 있을 것이다. 심리 속에서 고양되는 무제한적인 자의식의 팽창이야말로 이상 문학의 정점이었던 것이다. 이에 비하면 서정주의 자의식은 어떠한가. 보다 정확하게 그의 표현을 빌어 말하면, '현실의 밑바닥 참여'는 그 자신의 시에서 어떤 모양새를 띄고 나타났는가하는 점이다.

이상의 경우가 자의식의 팽창이라면, 서정주의 경우는 자의식의 몰입에서 그 근대적 속성을 찾을 수 있을 것이다. 전자가 자아의 해체라면 후자는 자아의 흡입이다. 그러나 시간적으로 보면, 이 둘은 동전의 양잎과 같은 것이라 할 수 있다. 모두 시간의 확장이라는 국면에서는 동일하기 때문이다. 실상 근대를 특징짓는 것이 자아에 대한 확연한 혹은 올곧은 인식이라고 한다면, 한국 근대 시사에서 자아에 대해 이렇게 명쾌하게 인식한 경우도 거의 없다고 할 수 있다. 하나가 자아를 부채살처럼 펴면서 점점 확대해나갔다면, 다른 하나는 그러한 부채살을 점점 접으면서 강하게 세워나갔다. 그러나 자아를 인식하는 힘에 있어서는 거의 동일했다고 판단된다.

서정주는 자아를 몰입하면서 스스로를 드러내었다. 그의 이러한 드러냄의 방식은 자아를 해체하면서 드러낸 경우와 정반대다. 한국 시사에서 자아를 몰입시키면서 그것을 드러낸 사례는 없다고 해도 과언이 아니다 그만큼 서정주 시에 있어서의 자아는 절체절명의 힘을 갖고 있는 자아였다. 관능으로 침윤되어 있는 자아말이다. 자아에 대한 이러한 확고한 인식이야말로 근대에 확고한 대응방식 가운데 하나가 아니었을까.

어찌하야 나는 사랑하는자의 피가 먹고싶습니까
「雲母石棺속에 막다라레에나!」

닭의벼슬은 心臟우에 피인꽃이라
구름이 왼통 젖어 흐르나
막다아레에나의 薔薇 꽃다발.

傲漫히 휘둘러본 닭아 네눈에
創生 初年의 林檎이 瀟洒한가.

임우 다다른 이 絶頂에서
사랑이 어떻게 兩立하느냐

해바래기 줄거리로 十字架를 엮어
죽이리로다. 고요히 침묵하는 내닭을죽여—

카인의 쌔빩안 囚衣를 입고
내 이제 호을로 열손까락이 오도도떤다.

愛鷄의 生肝으로 매워오는 頭蓋骨에
맨드램이만한 벼슬이 하나 그윽히 솟아올라—

「웅계(下)」 부분

인용시의 기본 발상 역시 신화를 시적 방법으로 하고 있다는 점에서 「화사」와 동일하다. 십자가라든가 카인의 살해사건 등 성서적 기본 모티브 등이 시적 방법으로 차용되고 있기 때문이다. 그러나 이 시에 넘쳐나는 활력은 성서적 신화가 아니라 색으로 표현되는 감각적 이미저리에 있다고 하겠다. 인용시를 뒤덮고 있는 것은 온통 붉은 색들 뿐이다. 붉은 색이 일차적으로는 사랑과 정열로 표상된다는 사실을 감안하면 이 시에서 펼쳐지고 있는 욕망의 정도나 강도가 어느 정도인가를 쉽게 짐작할 수 있게 된다. 이 작품에서 사랑과 정열을 구현하는 이미지들은 다양한 소재와 대상들로 이루어지는데, 가령, 피라든가, 닭의 벼슬, 심장, 장미 꽃다발 등등이 그것이다. 뿐만 아니라 해바라기, 카인의 쌔빩안 수의, 생간, 맨드램이 등등의 마찬가지의 경우이다. 작품의 온통 붉은 색으로 도색되어 있다고 해도 과언이 아닐 정도로 색채적 감각이 이 시를 지배하고 있다. 그런데 이러한 감각적 이미지들은 모두 사랑과 관능이라는 성애적 본능을 대리하거나 상징한다는 사실과 분리시켜 논의할 수 없다는 사실이다.

시적 자아의 욕망의 정점은 닭의 벼슬에 있다. 이 벼슬은 시적 자아에게 있어 욕망의 절정이라 할 수 있는 두뇌의 끝에 솟아 올라 있다. 시인의 그러한 욕망에의 발상은 「화사」의 경우와 마찬가지로 스밈과 흡수를 통해 이루어진다. 「화사」에서 욕망의 추동이 뱀을 매개로 순네의 가슴으로 스며듦으로써 이루진 것은 이미 보아온 터이다. 이 작품에서 그러한 욕망의 스밈 역시 닭의 벼슬이 시적 자아의 두개골에 솟아오름으로써 가능해진다. 시적 화자는 "나는 사랑하는자의 피가 먹고 싶다"는 욕망에의 강한 자의식을 드러낸다. 그런 다음 닭의 벼슬을 심장위에 핀 꽃으로 규정함으로써 그것이 강렬한 욕망의 상징임을 일깨워준다. 그런데 그 강렬한 욕망이 내 두개골에 스며들어옴으로써 또다른 닭벼슬로 피어나게 된다. 이러한 욕망에의 충만은 제의를 상징하는 십자가가 매개됨으로써 더 극단적인 것이 된다. 침묵하는 닭을 십자가로 죽이는 살해충동이 그러한데, 십자가의 의미는 여기서 매우 심한 의미론적인 굴곡을 겪게 된다. 그것은 희생과 봉사가 아니라 살해를 추동하고 매개하는 수단에 불과하기 때문이다. 십자가에 대한 변주화된 의미화는 매우 예외적인 영역에 속한다. 그것은 본능에 의한 충동이 초자아적인 어떤 질서의 영역도 뛰어넘을 수 있다는 가능성을 암시하기 때문이다. 그만큼 시인에게 욕망에의 무한한 질주는 거칠 것 없는 폭주기관차와도 같은 것이었다. 이를 대표하는 것이 새빨간 벼슬이다.

서정주의 이마엔 원죄와 같은 벼슬이 덧붙여짐으로써 이제 하나의 숙명처럼 다가오게 된다.

4. 방랑의식

『화사』집을 온통 물들이고 있는 것은 「웅계」에서 보아온 것처럼 색채적 이미지이다. 성애적 열정과 관능에의 몰입으로 표상되는 붉은 색의 이미지야말로 이 시집의 근본 특색이라 할 수 있다. 『화사』에서 성애적 상징이나 이미지들을 꼼꼼히 탐색하지 않더래도 시에서 뿜어져 나오는 관능성들을 쉽게 읽어낼 수 있는 이유도 그 붉은 색의 이미지가 주는 강렬성 때문일 것이다. 그러한 붉은 이미저리들은 "붉게 타오르는 붉은 입술"(「화사」)이나 "붉은 옷 입은 문둥이"(「맥하」), "사랑 사랑의 석류꽃"(「입맞춤」), "입술이 붉어 온다"(「가시내」) 등등으로 변주되어 나타된다. 이러한 이미지들은 한결같이 관능이나 욕망, 혹은 본능의 영역을 벗어나서는 설명할 수 없는 것들이다.

『화사』집에서 그러한 붉음의 이미지들은 이 시집의 기본 방향과 시인의 시세계를 일러주는 방향타 역할을 하고 있다. 그러한 방향이란 거침없는 욕망에의 질주로 표상되는 것임은 앞에서 지적한 바 있다. 그런데 그러한 질주를 더욱 선명하게 각인시켜 주는 것이 그 대항적 이미지도 나타난다. 이는 매우 색다른 것인데 가령, 푸른 색의 이미지가 그러하다. 『화사』집에서 푸른 색의 이미지들은 아주 미약하게 나타나지만, 그러나 그것이 함의하고 있는 의미는 매우 다대하다는 것이다. 그것은 다음 두가지 의미에서 그러하다. 하나는 색채 이미지의 조응에 의한 선명성의 부각과 관능적 의미의 강렬을 보조하는 매개로서의 의미이다.

> 속눈섭이 기이다란, 계집애의 年輪은
> 댕기 기이다란, 붉은 댕기 기이다란, 瓦家千年의銀河물구비－푸르게만 푸르게만 두터워갔다.
>
> 어느 바람속에서도 부끄러운 열매처럼 부끄러운 계집애.
> 靑蛇.
> 뽕나무에 오디개 먹은 靑蛇.
> 天動먹음은,
> 번갯불 먹음은, 소내기 먹음은,
> 검푸른 하늘가에 草籠불달고－
>
> 고요히 吐血하며 소리없이 죽어갔다는 淑은,
> 유체 손톱이 아름다운 게집이었다한다.
>
> 「瓦家의 傳說」 전문

이 작품은 『화사』집에 실린 시들과는 여러 면에서 상이하다. 우선 감각적인 이미지의 사용에서부터 시작하여 이 작품이 함의하고 있는 내용에 이르기까지 여타의 작품들과 사뭇 다른 까닭이다. 우선, 이미지 자체가 푸른 색을 지향함으로써 『화사』집의 다른 시들에 비해 차분한 느낌을 준다. 그런데 이러한 비열정적인 이미지들은 역으로 이 시집의 다른 시들을 더욱 열정적인 것으로 만드는 촉매 역할을 한다. 청일점이 주는 효과라고나 할까. 그러나 보다 중요한 것은 이 작품이 지향하는, 푸른 색의 이미지가 내포하는 의미일 것이다.

인용시는 푸른 색의 감각적 이미지가 주는 색다른 느낌과 더불어 『화사』의 다른 시들과 많은 상이점들을 던져준다. 여기서 관능의 이미지는 매우 약화되어 있다. 아니 그러한 이미지들은 완전히 거세되어 있다는 편이 옳을 정도로 관능성은 거의 묻어나지 않는다. 『화사』집의 다른 시들에서 관능의 주체였던 여자가 이 시에서도 나타나기는 한다. 그런데 이 여성은 붉게 물든, 관능의 불꽃으로 타오르는 그런 여자가 아니다. "붉은 댕기 기이다란" 여자이긴 하지만 "와가천년의 은하물구비" 속에서 "푸르게만 푸르게만 두터워간" 여인이기 때문이다. 또한 부끄러움에 젖어들 줄 아는 순수한 여인이기도 하다. 이 여성적 화자가 『화사』집의 다른 여성처럼 관능에 물들지 않은 대상임은 '피'의 기능적 의미를 통해서 알 수 있다. 익히 알려져 있는 것처럼 『화사』의 여성화자들은 '피'에 젖은 여자, 곧 관능의 화신들이었다. 『화사』 뿐만 아니라 서정주의 초기시에 '피'의 배출이란 곧 관능의 발산과 동일한 의미역을 갖는 것이었다. 이 작품에서도 '피'의 방출이란 국면에서는 다른 시들과 마찬가지이다. 그러나 그것이 내포하는 의미는 앞의 사례들과 정반대의 경우이다. 이 작품에서의 '피'의 배출은 관능의 확산이 아니라 죽음의 의미에 가깝다. 여성 화자는 "검푸른 하늘가에 초롱불"달고 "고요히 토혈하며 소리없어 죽어갔기" 때문이다. 이는 욕망의 닫힘이자 소멸이다. 서정주의 시에서 '피'가 붉은 이미저리와 만나면 관능의 확산으로 나타나고 푸른 이미저리들과 만나면 관능의 소멸로 나타난다.

서정주의 시에서 이러한 대립은 그의 시세계를 이해하는 또다른 축이 된다. 그의 시들의 관능의 무한한 확산으로 일관했다고 한다면 젊은 날의 열정, 그 이상도 그 이하도 아니었을 것이다. 그러나 그의 시들은 그러한 열정으로만 이해하기에는 완전하지 않는데, 가령 「와가의 전설」과 같은 차분함이 이를 증명한다. 이 부분이 그의 시에서 방랑의 근거와 의미를 이해하는 하나의 전거가 될 수 있을 것이다. 한편으로는 불타는 욕망이 다른 한편으로는 소멸시키려는 욕망이 있었던 바, 시인은 이 양끝을 오가는 끊임없는 줄타기를 하고 있었다. 그의 초기시를 대표하는 또다른 이미지인 '바람'은 위험한 줄타기를 하고 있는 시인을 한번은 이 끝으로 다른 한번은 저 끝으로 계속 밀쳐내고 있었다.

애비는 종이었다. 밤이기퍼도 오지 않았다.
파뿌리같이 늙은 할머니와 대추꽃이 한주 서 있을 뿐이었다.
어매는 달을두고 풋살구가 꼭하나만 먹고 싶다하였으나 — 흙으로 바람벽한 호롱불밑에
손톱이 깜한 에미의아들.
甲午年이라든가 바다에 나가서는 도라오지 않는다하는 外할아버지의 숯많은 머리털과
그 크다란눈이 나는 닮었다한다.
세상은 가도가도 부끄럽기만하드라
어떤이는 내눈에서 罪人을 읽고가고
어떤이는 내입에서 天痴를 읽고가나
나는 아무것도 뉘우치진 않을란다.

찰란히 티워오는 어느아침에도
이마우에 언친 詩의 이슬에는
멧방울의 피가 언제나 서꺼있어
볓이거나 그늘이거나 혓바닥 느러트린
병든 숫개만양 헐덕어리며 나는 왔다.

「자화상」 전문

서정주의 시에서 근대성을 읽어낼 경우, 가장 대표적인 것이 자의식의 부분일 것이다. 그의 자의식은 이상과 비견되는 것임은 이미 지적한 바 있거니와 「자화상」 역시 예외가 아니다. 이러한 격렬한 자의식들은 우리 시사에서 매우 소중하고 예외적인 영역이라 하지 않을 수 없을 것이다. 이와

더불어 이 시의 기본 특징으로 들 수 있는 것이 방랑의식이다. 한국 근대 문학의 기본 화두 가운데 하나가 부권상실이다. 이는 단순히 '아비없음'이라는 개인사적 차원을 넘어서 국권 상실이라는 공적인 영역과 불가분의 관계에 놓인다. 「자화상」에서 가장 먼저 이해되는 부분이 바로 부권상실에 관한 것이다. 시인의 가족에 대한 인식적 상상력은 통상의 유교적 질서라든가 전통적인 기존 통념을 전복시킨다. 시적 자아의 가계도는 아비의 혈통에서 시작되지 않는다. "갑오년이라든가 바다에 나가서는 도라오지 않는다하는 외할아버지의 숯많은 머리털과 그 크다란 눈"과 나는 닮았기 때문이다. 게다가 "애비는 단지 종이었다"는 격렬한 자기 모멸의식은 또 어떤가. 사실 애비가 전기적 국면에서 종이었다고 해도 이런 자의식으로 드러내지 않는 것이 통념이다. 부권의 부정과 혈통에 대한 이러한 외연적 확대야말로 시인의 방랑의식의 근원과 뿌리가 어디에 가 닿아 있는가를 잘 말해준다 하겠다. 그렇기에 시인은 "볓이거나 그늘이거나 혓바닥 느러트린/병든 숫개만양 헐덕어리며" 사는 방랑의 존재가 된다.

그리고 이 시의 또다른 특색은 반성적 사유이다. 욕망에 물든, 그리하여 그러한 욕망의 늪에서 허우적거리던 시인에게 남는 것은 그 극한이 주는 허전함과 쓸쓸함이었을 것이다. 이를 두고 젊은 날의 열정이나 방랑 정도로 해석할 수도 있고, 식민지 조국에 대한 상실감의 표현으로 해석할 수도 있다. 그것이 어떠한 것이든 시인에게 남겨진 것은 욕망의 발산과 제어라는 피할 수 없는 선택뿐이었다. "세상은 가도가도 부끄럽기"만한 자기인식에 도달한 때문이다. 그러나 시인의 안주할 수 없는 의식의 세계는 반성적 사유에 의해 정점에 이르지는 못한다. "나는 아무 것도 뉘우치지 않을란다"하는 의식의 반전 뿐만 아니라 "병든 숫캐마냥 또다시 헐덕거리며" 사는 자신을 발견하기 때문이다. 시인에게 방랑은 숙명이었다. 안정이 있으면, 진행이 있고, 열정이 있으면 차거움이 있고, 붉음이 있으면 푸름이 있었다. 그렇기에 그에게 어느 한 곳에 정주하는 것은 불가능에게 가까웠다. 시인은 '바람'처럼 왔다가 '바람'처럼 다시 가야 했던 것이다.

> 복사꽃 피고, 복사꽃 지고, 뱀이 눈뜨고, 초록제비 무처오는 하늬바람우에 혼령있는 하눌이여. 피가 잘 도라 – 아무病도 없으면 가시내야. 슬픈일좀 슬픈일좀, 있어야겠다.
>
> 「봄」 전문

시인에게 방랑은 천형과 같은 숙명으로 다가온다. 자연의 이법과 질서가 완벽한 하나의 유기적인 체계로 묶여 있을 때에라도 시인의 발걸음은 멈추지 않는다. 특히 아무병이 없는 가시내에게도 슬픔이 있어야 한다는 것은 그 바랑의 끝이 어디에 가 있는가 잘 말해주는 대목이 아닐 수 없다. 『화사』집에서 가시내는 욕망의 화신이었음은 익히 보아온 터이다. 가령, 붉게 물든 가시내이거나 클레오파트라의 붉은 입술이 스민 순네라든가 자꾸만 자꾸만 보리밭으로 날 유혹하는 가시내 등등이 관능의 표상이었다. 그런데 인용시에서의 가시내 모습은 관능이라든가 욕망과는 거리가 먼 존재이다. 그런데도 시인은 평온에 안주하는 것이 아니라 "슬픈일좀 슬픈일좀 있어야겠다"고 그러한 감각에 대해 오히려 적극적으로 찾으려 한다. 즉 시인은 열정과 차분함, 욕망과 비욕망, 관능과 비관능의 틈에서 피이드백하고 있는 것이다.

그렇기 때문에 『화사』집에서 서정주의 방랑의식을 문제삼을 경우 간과해서는 안될 문제 가운데 하나가 있다. 비로 현실인식에 관한 것이다. 시인의 방랑을 젊은 날의 열정이나 존재론적 불안, 식민지 지식인의 고뇌 등등에서 이해할 경우, 시인과 현실의 문제는 의도적으로 회피되어 왔다. 이는 시인의 전기적 사실에 그 원인이 있는 것이긴 하지만, 객관적 현실에 대한 인식까지 폄하되는 것은 곤란하지 않은가 한다.

귀기우려도 있는 것은 역시 바다와 나뿐.
밀려왔다 밀려가는 무수한 물결우에 무수한 밤이 往來하나
길은 恒時 어데나 있고, 길은 결국 아무데도 없다.
(중략)
아-스스로히 푸르른 熱情에 넘처
둥그란 하늘을 이고 웅얼거리는 바다,
바다의깊이우에
네구멍 뚤린 피리를 불고-청년아.
애비를 잊어버려
에미를 잊어버려
兄弟와 親戚과 동모를 잊어버려.
마지막 네 게집을 잊어버려.

아라스카로 가라 아니 아라비아로 가라
아니 아메리카로 가라 아니 아프리카로
가라 아니 沈沒하라. 沈沒하라. 沈沒하라!
오-어지러운 心臟의 무게우에 풀닢처럼 흣날리는 머리칼을 달고
이리도 괴로운 나는 어찌 끝끝내 바다에 그득해야 하는가.
눈뜨라. 사랑하는 눈을뜨라-청년아,
산 바다의 어느 東西南北으로도
밤과 피에 젖은 國土가 있다.

「바다」부분

인용시를 압도하고 있는 정서는 우선 고독감과 적막감이다. 귀기우려도 있는 것은 '나'혼자라는 인식 뿐이기 때문이다. 그의 그러한 인식은 파도의 무수한 물결과 대비되면서 더욱 극단화된다. 시인의 이러한 고독은 "길은

항시 어데나 있고, 길은 결국 아무데도 없다"는 뿌리뽑힌 자의식의 결과에서 온 것이다. 시인은 '바람'에 실려 그것이 옮기는 대로 유동하는 존재일 뿐이고, 격렬한 자의식을 보인 「화사」의 열정처럼 방랑의식 또한 대단히 격렬한 모습을 보인다. 그는 주체를 똑바로 인식하기도 하지만, 그것을 곧추 세울만한 열정도 그리 많아 보이지 않는다. "애비를 잊어버려/에미를 잊어버려/兄弟와 親戚과 동모를 잊어버려./마지막 네 게집을 잊어버려"는 철저한 고독의식이 그 단적인 예라 할 수 있다.

자의식의 과잉 노출과 수습되지 않는 또다른 자의식의 방황이라는 이 모순을 무엇으로 설명할 수 있을까. 그 가운데 하나가 객관적 현실의 열악성에 그 원인이 있지 않은가 한다. "아라스카로 가고", "아라비아로 가고", "아메리카로, 아프리카로" 떠나고자 하는 도피 욕망이야말로 현실에 뿌리를 두고 있는 몸부림이 아닐 수 없기 때문이다. 이런 맥락에서 이 시에서 주목해야 할 부분이 바로 "침몰하라"의 의미이다. 침몰은 일차적으로 세정(洗淨)의 의미를 갖는 것으로써 시인의 인식적 변모는 여기서 이루어진다. 바다를 매개로 시인의 방랑이나 뿌리뽑힌 의식은 새로운 대상으로 전이되어 나타나기 때문이다. 그것이 바로 국토에 대한 인식이다. 시인은 바닷물의 정화를 통해서 사랑에 비로소 눈을 뜨게 된다. 그런데 그 사랑의 대상은 다름아닌 국토였던 것이다. 시인은 "산 바다의 어느 東西南北으로도/밤과 피에 젖은 국토가 있다"고 함으로써 소위 애국의 영역을 자의식으로 끌어들이게 된다. 국토를 '밤'과 '피'에 젖은 모양으로 인식할 수 있다는 것이야말로 일제 강점기의 시대적 암울을 표현해낸 극적 담론이라 하지 않을 수 없을 것이다[6].

---

6) 서정주의 조국에 대한 적극적 인식은 실상 「귀촉도」에도 잘 나타나 있다. 1943년에 씌어진 것으로 알려진 이 시는 '촉나라로 가는 길'이라는 서사적 이

5. 회복의지

『화사』집은 서정주의 초기 시세계를 결산하는, 아니 이후의 시세계를 가늠하는 방향타를 역할을 하고 있다는 점에서 아주 의미있는 것이라 했다. 그것은 서정주의 시가 영원성으로의 나아가는 과정을 모범적으로 제시하고 있는 바, 그러한 과정의 단초들을 『화사』집에서 탐색해낼 수 있기 때문이다. 이를 테면 여러 다양한 경향들이 하나의 정점으로 수렴되듯이, 『화사』의 여러 열정의 갈래들이 결국 영원성이라는 단선적 축으로 수렴되는 모양새를 간취해낼 수 있기에 그러하다. 가령, 서정주의 시에서 세속적 관능적인 '피'가 다스려지고 걸러져서 영원한 '물'로 정화된다든가, '신라'나 '자연'등의 영원성으로 나아가는 과정이라고 할 때, 『화사』집에는 그 실마리들이 뭉게뭉게 피어오르기 때문이다. 서정주의 시세계에서 『화사』집이 중요한 것도 이 때문일 것이다.

서정주의 시세계에서 그러한 과정을 '－에 대한 다스리기'로 규정하는 것이 가능하지 않을까 한다. 물론 그러한 '다스리기'는 무엇보다 욕망에 대한 '다스리기'임은 두말할 필요도 없을 것이다. 『화사』에서 욕망의 표상은 '피'와 '여자'였다. 이제 그러한 욕망들이 서정주의 시에서 어떻게 내재화되고 소멸하는가 하는 그 단초들을 탐색해 보도록 하자.

> 바람뿐이드라, 밤허고 서리하고 나혼자 뿐이드라.
>
> 거러가자, 거러가보자, 좋게 푸른 하늘속에 내피어 익는가. 능금같이 익는가. 능금같이 익어서는 떠러지는가.

야기를 담고 있는 것에서 알 수 있는 것처럼 '나라 잃은 슬픔'을 은유적으로 읊고 있기 때문이다.

오－그 아름다운날은－내일인가. 모렌가. 내명년인가.

「단편」 전문

비교적 짧은 시이긴 하지만 이 작품이 서정주 초기시에서 갖는 비중은 아무리 강조해도 지나치지 않을 것으로 판단된다. 우선 이 작품에는 『화사』집에서 펼쳐보인 서정주 시의 여러 갈래들이 모두 담겨 있다. "바람뿐이드라, 밤허고 서리하고 나혼자 뿐이드라"라는 고독의식, "거러가자, 거러가보자"하는 방랑의식, 욕망과 관능의 상징인 '피', 원죄의 근원적 매개이자 역시 욕망의 상징인 '능금' 등등이 있는 까닭이다. 이 시의 주제랄까 함의랄까 하는 것은 "오－그 아름다운날은－내일인가. 모렌가. 내명년인가"라는 기원내지 희구에 있을 것이다. 이러한 감수성은 방랑과 욕망, 관능의 열정으로 점철되는 『화사』의 다른 시들과는 매우 다른 감수성이다. 어떻게 하여 이러한 감각에 이르렀을까.

이 작품에서 '피'는 열정이나 관능, 욕망과는 일단 거리를 두고 있다. 그 피는 좋게 푸른 하늘 속에 이미 익었기 때문에 열정과는 무관해보인다. 그리고 다음 행에서는 곧바로 '능금'으로 치환되어 나타난다. 성서의 신화에 비추어보면, '능금'은 욕망의 상징이면서 인간이 에덴동산으로부터 추방케 한 매개 가운데 하나이다. 일종의 소비충동의 직접적인 대상인 셈이다. 통상적으로 행해지는 금식기도란 이 소비충동에 대한 경계에서 비롯된 것임은 익히 알려진 사실이다. 그런데 이 '능금'이란 소비의 대상이 아니다. 시인이 관능의 늪에서 허우적거릴때의 '능금'과는 전혀 다른 것이다.

눈물이 나서 눈물이 나서
머리깜어 느리여도 능금만 먹곺어서
어쩌나－하늬바람 울타리한 달밤에

한집웅 박아지꽃 허이여케 피었네
머언 나무 닢닢의 솟작새며, 벌레며, 피릿소리며,
노루우는 달빛에 기인 댕기를.
山봐도 山보아도 눈물이 넘처나는
蓮順이는 어쩌나－입술이 붉어 온다.

「가시내」 전문

이 작품의 '능금'의 의미는 「단편」의 '능금'의 의미와 썩 다르다. 시적 화자는 욕망의 결정체인 '능금'만이 먹고 싶을 따름이다. 일종의 소비충동인 셈인데, 그러한 충동은 "蓮順이는 어쩌나－입술이 붉어 온다"에서 보듯 자연스럽게 관능과 연결된다. 그러나 「단편」의 '능금'은 「가시내」의 '능금'과 달리 익어갈 뿐이고 그것이 소비충동과 관계되지 않는다. 따라서 욕망과는 당연히 거리가 있다. 그보다는 오히려 익어서 떨어짐으로써 '성숙'이나 '원숙'의 의미에 가까워진다. 이러한 원숙의 이미지는 '피'의 다스림 때문에 가능했다. 그러한 까닭에 이 '피'에서 색채적 이미지가 선명하게 각인되지 않는다.

흰 무명옷 가라입고 난 마음
싸늘한 돌담에 기대어 서면
사뭇 숫스러워지는 생각, 高句麗에 사는듯
아스럼 눈감었든 내넋의 시골
별 생겨나듯 도라오는 사투리.

등잔불 벌서 키어 지는데－
오랫동안 나는 잘못 사렀구나.
샤알·보오드레르처럼 설ㅅ고 괴로운 서울女子를
아조 아조 인제는 잊어버려,

仙旺山그늘 水帶洞 十四번지
長水江 뻘밭에 소금 구어먹든
曾祖하라버짓적 흙으로 지은집
오매는 남보단 조개를 잘줍고
아버지는 등짐 서룬말 젔느니

여긔는 바로 十年전 옛날
초록 저고리 입었든 금女, 꽃각시 비녀하야 웃든 三月의
금女, 나와 둘이 있든곳.

머잖어 봄은 다시 오리니
금女동새을 나는 얻으리
눈섭이 검은 금女 동생,
얻어선 새로 水帶洞 살리.

「水帶洞詩」전문

인용시는 시간구성상 과거지향적이다. 과거의 시간이 새삼 중요한 것은, 그것이 성찰과 불가분의 관계에 있다는 점에 있다. 욕망의 과잉이나 관능으로부터 거리를 둔 다음 시인에게 새삼 떠오른 것이 방랑이전의, 욕망이전의 감수성이다. '시골'과 '사투리'의 세계가 펼쳐졌던 기억의 세계가 바로 그것이다. 그 기억의 회로에서 시인은 "오래동안 나는 잘못 사러왔구나"하는 직정적인 토로에 이르게 된다. 그 연장선에서 그는 "샤알 보오드레르처럼 설ㅅ고 괴로운 서울女子를/아조 아조 인제는 잊어버리"자고 거듭거듭 다짐하게 된다. 서정주가 잊어버리자고 맹세하는 서울여자란 무엇인가. 이는 두가지 의미에서 그 해석이 가능하다고 본다. 하나는 관능의 상징으로서의 여인이다. 시인에게 욕망의 징표인 능금은 익어서 스며들지 못하고 떨어졌다. 그런한 까닭에 여인이란 이제 시인 앞에서 욕망을 추동하는 매

개가 되지 못한다. 반성적 주체에게 더 이상 욕망도, 관능도, 여인도 생기를 불어넣어주지 못한다. 따라서 당연히 잊혀져야 하고 잊을 수밖에 없다. 그리고 다른 하나는 근대적 제반 현상으로서의 여인의 의미이다. 서정주 시의 근대성은 강렬한 자의식에 있음은 앞에서 지적한 바 있거니와 그러한 자의식을 추동했던 관능은 이제 그로부터 멀리 놓여 있게 된다. 따라서 샤알 보들레르로 표상되는 근대적 성향들로부터 시인은 한걸음 물러 서게 된다. 시인에게 '잊는다는 것'은 '벗어난다는 것'이 되는 것도 이 때문이라 할 수 있다.

「수대동시」에는 근대와 욕망으로 표상되는 '서울 여자' 대신에 새로운 여인 하나가 등장한다. 바로 '금녀'이다. 그런데 금녀는 『화사』집의 여인들과 달리 관능이나 욕망을 표상하지 않는다. 설사 그 여인과 시적 화자의 공존의 관계는 「맥하」, 「대낮」의 경우처럼 온 몸이 서로 달아서 불타오르는 그런 성애적 관계가 아니다. 「맥하」등의 여인이 붉은 색으로 채색된 관능의 여인이라면, 「수대동시」의 여인은 '초록 저고리'를 입은 모성적 여인이다. 따라서 금녀는 나를 욕망의 늪으로 밀어넣는 여인이 아니라 그 늪을 빠져나오게 하는 여인이다. 인식적 분열이 아니라 인식을 통일시키는 여인인 것이다. 따라서 '금녀'는 '수대동'과 더불어 시인의 욕망과 열정을 '다스리는' 매개가 된다고 하겠다. 그리하여 『화사』는 열정과 욕망의 '피'와 '능금'을 버리고 따스한 '금녀'를 새로이 맞이하게 된다.

6. 『화사』의 근대문학사적 성격

『화사』는 서정주의 초기시집이긴 하지만 이후 시인의 시세계의 원형이

된다는 점에서 매우 중요한 의미를 갖고 있다. 가령 분열과 인식, 그리고 통합으로 나아가는 그의 영원성에 대한 지난한 여정이 시집 『화사』에 고스란히 남겨져 있기 때문이다. 그러나 『화사』의 문학사적 성격은 서정주 개인의 전기적 국면이나 문학적 이력의 중요한 단서에 있는 것은 아니다. 이 시집은 인간의 욕망을 신화적 국면에서 이끌어내기도 하고, 근대의 징후적 특징을 욕망의 과잉, 혹은 자의식의 과잉에서 풀어내기도 한다. 특히 후자의 국면은 모더니스트들이 성취해낸 자의식의 해체 현상과 더불어 근대를 특징짓는 또다른 축이라는 점에서 매우 중요한 시사적 의미를 갖는 것이라 할 수 있다.

『화사』의 전략적 이미지 가운데 하나인 신화는 통상 인식의 완결성이라는 뜻을 함의하고 있다. 가령, 근대적 주체들이 인식적 완결성을 위해서 신화적 방법을 차용해 온 것 등등이 그 좋은 본보기들이었다. 그런데 서정주는 신화의 그러한 통상의 관념을 위반하면서 시작한다. 시인은 신화를 인식의 완결을 위한 매개로 활용하는 것이 아니라 인식의 분열을 정당화하기 위한 방법으로 차용한다. 서정주의 이같은 방법적 위반은 신화의 의미를 전복시키는 것 같지만 실상은 전혀 그렇지가 않다. 인간이 왜 욕망하는 존재인가, 만약 인간이 그러한 존재라면 언제부터 그러했는가를 문제삼을 경우 신화만큼 그 합리적 근거를 제시해주는 것도 없기 때문이다.

서정주는 욕망하는 개인을 신화로부터 인유한 다음 이를 근대적 인간형의 전범적 모델로 활용한다. 근대란 자아에 대한 명확한 인식을 근본 특징으로 한다. 생각하는 자아야말로 근대를 풍미한 기본 명제이다. 근대 시사에서 자아에 대한 명확한 인식은 모더니스트들에게서 이루어졌다. 그 대표적인 경우가 이상이다. 자아의 해체나 확장과 같은 주관성의 원리가 근대를 특징짓는 징표라면, 이를 가장 대표하는 작가가 이상이다. 그런데 자의식의 과잉이라는 측면에서 보면, 서정주의 경우도 이에 못지 않다는 사실이다. 관능과 욕망, 자기 격멸과 같은 자의식을 통해서 자아를 규정해나가는 시인의 방식은 이상의 그것과 좋은 대조가 되기 때문이다. 시인은 그러한 자의식의 노출을 관능에서 직조해내고 있다. 실상 성애적 담론이 우리 시사에 편입되어 나타난 사례도 매우 예외적인 것이라 할 수 있지만, 그것을 인간의 본능과 연결시켜 시적 담론으로 풀어낸 사례도 거의 찾아보기 어렵다. 그만큼 관능과 욕망의 시적 어우러짐이야말로 서정주만의 득의의 영역이었던 것이다.

요컨대, 관능이 매개된 자의식의 과잉은 『화사』가 이루어낸 최고의 문학사적 성과라 할 수 있다. 특히 그것이 근대에 대응하는 하나의 방식이라 할 경우, 이상이 표방한 자의식의 해체와 맞서는 또다른 축이기에 더욱 그러하다.

난초 향기의 마취력과 근대적 대응 — 이병기론

1. 가람과 『문장』

1930년대말의 문학을 논의하는 자리에서 잡지 『문장』을 떼어놓고 운위하는 것은 불가능한 일이다. 그리고 『문장』과 동일한 시기에 창간되었던 『인문평론』 역시 논외로 놓을 수가 없다. 그만큼 이 잡지들이 지향했던 문화사적 의미는 매우 큰 것이었다. 점점 열악해지는 객관적 상황과 그에 따른 민족문화의 말살과정에서 이들 잡지들이 올곧게 자기자리를 지키고 있었다는 사실만으로도 의미있는 일이었기 때문이다. 게다가 『문장』지가 지향했던 고전의 감각이 이 시대를 통과하고 인내하는 마지막 보루수단이었다는 점은 아무리 강조해도 지나치지 않을 것이다. 고전에의 향수란 탈근대적이고 보수적이란 부정적인 국면에도 불구하고 일상성으로부터 한걸음 멀리 벗어날 수 있다는 긍정적 국면을 함의하고 있었던 까닭이다. 특히 현실과의 길항관계가 매우 예민할 수밖에 없었던 일제 말기에 그것은 아주 유효한 저항적 전략으로 비춰질 수 있었기에 더욱 그러했다.

고전이란 과거의 퇴영물이다. 그것은 어느 한 시기의 고유한 질과 가치로 형성되는 것이 아니라 시간적, 계기적 축적에 의해서 만들어진다. 그러한 퇴적의 집적물이기에 개성이라든가 주관성의 감각과는 무관할 수밖에 없다. 전통이 집단의 기억과 불가분의 관계에 놓여 있다는 것은 이를 두고 한 말일 것이다. 또한 그것은 지나간 어느 시점에서 형성되어 현재로 면면히 이어지는 어떤 것이기에 지금 여기의 일상성과도 거리가 멀다. 현재 벌어지고 있는 현실의 예민한 장으로부터 한걸음 비껴설 수 있는 기능성을 필연적으로 내재하고 있는 것이다.

따라서 고전이란 현재의 일상성과는 화해불가한 요소를 내재하고 있다. 그런데 그러한 불협화음을 딛고 고전의 감각이 현재의 일상성으로 틈입해 들어오는 것은 매우 이례적인 국면으로서, 이는 사회적 혹은 문단적으로 어떤 변화가 일어났다는 것을 의미한다. 이를 두고 지속 속의 단절 현상으로 설명할 수 있거니와 문단사적으로는 전환기가 이에 해당한다. 실상 전환기란 그것을 배태한 요인들이 매우 다기한 것이어서 어느 하나의 국면으로 설명하는 것은 불가능하다. 그러한 시기를 추동한 에네르기들의 질과 양은 각각의 경우마다 다르기 때문이다.

우리 근대 문학사에서 전환기와 그에 따른 고전의 수면화(水面化) 현상은 모두 세 번에 걸쳐 이루어졌다. 1920년대와 1930년대, 그리고 1950년대가 그러하다. 시기는 다르지만, 이때는 사회, 문단적으로 전환기라는 점, 일상성의 단절이 현저히 이루어진 시기라는 점, 그리하여 문화적, 정신사적 지속의 필요성이 필연적으로 요구받던 시기라는 점에서 비슷한 궤적을 갖고 있다. 이 중 식민지 시대에 이루어진 1920년대와 1930년대의 전통부활논의가 특히 주목을 끌었는데, 이는 두 시기가 모두 일제강점기 하라는 사실 때문이었다. 그리하여 이 두 시기의 질을 규정짓는 상이한 에네르기가 무엇인가 대한 측면에서의 연구가 활발히 이루어진 바 있다. 그 결과 1920년대의 시기는 민족주의, 혹은 국수주의라는 이데올로기항이 고전주의를 추동한 주요 계기가 되었고, 후자의 시기는 개인적인 국면에서 유발된 측면이 크다는 데로 모아졌다. 전자의 고전부흥운동이 일제 강점기라는 대타의식, 곧 집단적 대응양식 속에서 길러진 것이라면, 후자의 경우는 비집단적, 비이데올로기적인 성격을 갖는다. 갈수록 제국주의화하는 현실에서 문인들이 하나의 군집으로 뭉쳐지기는 난망한 일이 아닐 수 없었으며, 이는 카프의 해체와도 무관하지 않다고 하겠다. 그만큼 제국주의와 이에 맞대응하는 집단의 운동은 반비례의 관계에 놓여 있었던 것이다. 1930년대 후반의 고전 부흥이나 그에 대한 관심이 개별적 국면에서 진행되지 않으면 안되었던 소이가 여기에 있었다. 『문장』이라는 잡지를 중심으로 비슷한 성향을 보인 문인들이 모이긴 했어도 그것이 범문단적인 것으로 볼 수 없음은 여기에 그 원인이 있다고 하겠다. 익히 알려진 대로 『문장』이 어떤 이념적 문화 좌표를 표나게 제시하지 않은 이유도 이와 무관하지 않다. 이들의 문학적 언표는 대단히 개인적인 국면에서 촉발된 것이다. 문제는 이러한 개인적 동기가 과연 무엇일까 하는 것과 그것이 갖는 전통적인 요소와의 함수관계에 있을 것이다.

30년대 후반은 어떤 이즘(主義)에서 흔히 발견되는, 특히나 어떤 징후적 현상들이 말기에 이르렀을 때 드러나는 속성들이 아주 잘 드러난 시기가 아닌가 한다. 말기란 이성적 절차나 합리적 과정이 중요한 것이 아니라 광폭하게 획일화 특성만이 중요시되는 시기이다. 바로 1930년대 후반이 그러하다. 이때는 '내선일체'나 '대동아 공영'과 같은 환상적 리얼리즘이 한반도를 압도하던 시기이다. 이러한 때 작가가 할 수 있는 일이란 오직 강요의 담론만이 있을 뿐 그 이외의 것은 허락되지 않는다. 그렇다면 선택할 수 없을 때 나아갈 수 있는 길은 무엇일까. 이럴 경우 다음 두가지 길이 가능하지 않을까 한다. 하나는 붓을 던지는 일이고, 다른 하나는 일상을 초월하는 일이다. 앞의 경우를 제외하고[1], 후자의 경우를 놓고 보면, 그것은 관념의 세계로 빨려들어가는 일과 관련이 깊을 것이다. 현실을 초월한 비일상의 세계가 그것인데, 바로 『문장』지에 소속된 작가들의 경우가 그 단적인 본보기가 아닐까. 『문장』지의 작가들이 추구했던 고전의 정신이 개인적 동기, 궁극적으로는 개인적인 생존방식에 의해서 선택되었음은 이와 무관하지 않을 것이다. 자율적인 선택이 아니라 타율적인 선택, 그것도 생존의 길목에서 받아들여진 것, 그것이 『문장』지 구성원들의 이념선택이었다.

다음으로는 이들이 나아간 정신, 소위 '상고주의'(尙古主義)에 관한 것이다. 이 정신이란 범박하게 말하면 고전의 세계관이다. 고전이란 집단적인 것이고 개인적인 것은 아니다. 반면 『문장』지에서 표명된 고전주의는 강요된 선택에 의한 것이고, 또 개인적 국면에서 직조된 것임은 이미 지적한 바와 같다. 고전이란 집단성을 그 주요한 질로 내재시키는 속성을 갖고 있기에 그 군집적 성격은 집단 이데올로기와 분리시켜 논의하기 어렵다. 그러나 고전이 그 집단성을 상실하게 되면, 그것은 개별적 속성과 별반 다를 것이 없는 개성적인 어떤 것이 된다. 『문장』지의 고전적 속성이란 우선 여기서 찾아진다. 이병기를 비롯한 이태준, 정지용 등은 고전을 집단의 이데올로기성에서 받아들인 것이 아니라 개인적 속성에서만 받아들였다. 그렇기에 이들은 고전을 통해서 민중을 계몽한다든가, '조선혼'이나 '조선심'과 같은 거대담론을 염두에 두거나 기획하지도 않았다. 순전히 삶의 생존

1) 몇몇 작가들을 여기에 포함시킬 수 있으나 여기서 이들을 거명하거나 그 문학적 성격을 이해하는 것은 차후로 미루기로 한다.

적 차원, 생리적 차원에서만 고전을 이해했고 받아들였다. 외세에 의해 강요된 개인의 선택과 집단성을 상실한 고전이 서로 변증법적으로 맞물리면서 『문장』지의 '상고정신'이 개화하게 된 것이다. 이것이 30년대만이 보지하는 고전주의의 특성이고, 『문장』지만이 갖는 세계관적 특성이다.

그러한 다의적 내포를 지녔던 『문장』지였기에 이를 이끌었던 가람이 주목의 대상이 되었음은 당연한 일이다. 특히 그가 주도적으로 개척한 시조장르와 그것의 현대적 가능성에 대한 탐색들은 연구의 주된 대상이 되었다. 물론 시조의 현대적 가능성 여부가 논의되던 것은 이때만의 문제는 아니었다. 20년대도 그러했고, 30년대에도 그러했다. 뿐만 아니라 현 시대에도 똑같이 제기되는 문제이다. 시조는 아직도 그 태생적 발생 조건 여부를 떠나서 계속 창작되고 있는 현재 진행형의 장르이기 때문이다. 그럼에도 가람 시조학이 문제시되는 것은 그 현재성 여부에서 그러한 것이 아니다. 문제는 가람 시조학이 담아내고 있는 내용에 있다.

성리학을 토양으로 자라난 시조가 현시대에도 가능한가에 대한 논의는 쉽게 결론이 날 문제는 아니었다. 가람이 이런 첨예한 문제점에 대한 무지했을 리가 없다. 그 고민의 일단이 「시조를 혁신하자」나 「시조의 개설」과 같은 논설의 형태로 표출된 바 있다. 여기서 가람이 도달한 결론은 크게 두가지로 모아진다. 하나는 현대의 시조가 존립하고 성장하기 위해서는 실감감정(實感感情)을 가져야 한다는 것과, 그리고 다른 하나는 짧은 형식의 시조가 근대의 복합적 감수성을 담아내기는 어려우므로 연시조의 형태로 나아가야 한다는 것이었다. 전자는 전시대의 시조가 흔히 보여주었던 사실적, 풍경화적 묘사를 지양해야 한다는 것이고, 후자는 구시대의 어투나 어법 혹은 획일화된 이념 등은 현시대의 정서에 맞게 갱신되어야 하기 때문에 반드시 개선되어야 한다는 것이다. 이 가운데 후자의 경우는 별반 주목의 대상이 되지 못했다. 현대의 복합적 감수성을 반영하기 위해 시조가 현대적 어법과 말을 구사해야 되고, 또 장형화되어야 한다는 것은 비단 이 장르에만 국한되는 문제는 아니기 때문이다. 문제는 실제의 정서나 실제의 감수성을 시조 속에 담아내야 한다는 전자의 논리이다. 실상 가람 시조학에서 가장 주목을 요하는 대목이 이 부분이라 해도 틀린 말이 아닐 것이다.

성리학을 그 발생적 배경으로 하고 있는 시조는 이 이념과 불가분의 관계에 놓이는 장르이다. 특히 구심적 힘이 지배하던 봉건 시대에 집단의 이념을 구현하는 데 시조만큼 유효한 장르도 없었을 것이다. 말하자면 시조는 집단의 이념성을 구현하고 사회를 구심적으로 끌어모으는 데 그 기능적 가치가 있었던 것이다. 시조의 그러한 논리적 존립 근거와 비교해보면, 1920년대의 시조부흥운동은 과거의 맥락으로부터 조금도 나아가지 못한 제자리 걸음의 수준으로밖에 비춰지지 않는다. '조선주의'라든가 '조선혼'이라는 담론 자체가 집단의 이념과 분리하기 어려운 거대담론인 까닭이다. 그렇다면 실정실감(實情實感)을 강조한 가람의 시조학은 이들과 어떻게 구별될 수 있는가.

앞서 언급한 것처럼 1930년대 후반의 전통주의나 고전부흥운동은 집단의 이념과는 거리가 먼 것이었다. 단지 『문장』이라는 잡지를 중심으로 비슷한 성향을 보인 사람들이 동일한 경향의 작품을 발표한 것일 뿐이다. 그렇기 때문에 이들은 하나의 주의(主義)로 나아갈 만큼 집단화, 이념화하는 것에는 이르지 못했다. 이러한 국면들은 1920년대의 그것과 크게 다른 경우이다. 이때의 고전부흥운동은 전문단적, 혹은 전문화사적인 흐름으로 이루진 것이고, 또 이들이 부르짖은 '조선주의'라는 것도 집단화의 성격을 갖는 것이었다. 작가마다의 성향은 조금씩 다르긴 하지만 『문장』지의 구성원들은 이런 집단주의와는 애초부터 거리를 두고 있었다. 그런데 가람의 경우는 이와 더욱 거리를 두었다. '상고주의'라는 말로 묶이긴 했어도 가람이 이로부터 어떤 집단의 이념이나 거대담론을 모색한 경우는 거의 발견되지 않는다. 순전히 생리적인 동기, 개인적인 동기에서 촉발된 것이었다[2].

2. 향의 마취력과 근대적 대응

가람의 등단은 1925년『조선문단』10월호에「한강을 지나며」를 발표하면서 이루어진다. 해방 이후를 제외하면, 긴 시기에 걸쳐 이루어진 그의 시조 창작은 세 단계의 변모를 거치면서 진행된다. 첫 번째 단계는 20년대 후반까지인데, 이때에는 고시조의 정형성을 그대로 유지하고 있는 경우이다. 1927년『신민』에「야시」,「두견지기」를 발표하면서 시작된 두 번째 단계는 형식의 다양화를 꾀했던 시기라 할 수 있다. 이 무렵 가람은 사설시조와 같은 형식적 실험에 관심을 기울이기도 하고, 현실적 문제들에 대해 주목하기 시작한다. 세 번째 단계는『문장』지 시절에 해당한다. 이때 가람은 난초와 매화 등을 시조의 주된 소재로 삼아 이들 제재가 단순히 자연의 일부가 아니라 정신의 어떤 영역임을 알리게 된다[3]. 오랜 동안에 형성된 가람 시조학에서 특히 주목의 대상이 된 시기는 세 번째 단계에서이다. 이 시기 가람 시조의 특성들은 도와 예로 설명되기도 하고[4],

2) 가람 시조를 생리적인 차원으로 설명한 사례가 김윤식의 경우이다. 김윤식,『한국근대문학사상비판』, 일지사, 1987, pp.161-185.
3) 송기한,『시의 형식과 의미의 유희』, 새미, 2006, p.50.
4) 김윤식, 앞의 책, pp.161-163.

자아와 세계가 통일한 서정적 주체의 회복으로 보아지기도 한다[5]. 뿐만 아니라 가람의 고전적 시조 세계를 근대와 역행하는 반근대의 시각으로 응시하는 관점도 있다[6]. 이러한 시각들은 그 나름의 장점에도 불구하고 가람 시 전체를 조망하기에는 어느 정도 한계가 있는 것이 사실이다. 가람의 시를 전반적으로 다루고 있는 연구들도 예외는 아니다. 가람의 시조에 대해 생명성이란 잣대로 연구한 사례가 있긴 했지만[7], 그의 작품을 꿰뚫는 일관된 시각도 부족했고 어떤 유기적 흐름에 의해서 그 정신사적 맥락을 정확히 짚어내지도 못했다[8]. 근대적 대응주체로서의 자격, 곧 회복된 서정적 주체라는 시각외에 가람 시조가 포지하고 있는 미적 의미에 대해서 지금까지 심화된 연구는 없었던 셈이다. 점증하는 근대의 위협과 그것에 맞대응하는 서정적 주체의 미적 의식들에 대해서 면밀한 고찰이 미흡했다고 하겠다. 이는 30년대 말을 풍미한 고전의 정신과 자연의 궁극적 의미가 무엇이었는가하는 문제와 동일한 관계항에 놓이는 것이기도 하다.

가람 시조의 핵심이 난과 예도에 있음은 잘 알려진 일이다. 난의 고고한 모습에서 선비적 자태를 읽어내거나 그것에서 생리학적 즐거움을 찾는 것이 가람 시조의 본령이라는 것이다. 가람이 이해한 난의 속성을 보면 이러한 평가가 전혀 틀린 것은 아니다. 가람은 다른 어떤 사람보다도 난의 본질에 대해 잘 알고 있었고, 또 이를 문학적으로 훌륭하게 형상화냈기 때문이다. 가람의 생존 방식에서 난을 떠나서는 이해될 수도 설명될 수도 없

5) 최승호, 「이병기, 근대에 대한 서정적 대응방식」, 『서정시의 본질과 근대성 비판』(최승호편), 다운샘, 1999.
6) 황종연, 「한국문학의 근대와 반근대」, 동국대 대학원, 1992.
7) 최승호, 『한국 현대시와 동양적 생명사상』, 다운샘, 1995.
8) 김재홍, 「이병기, 시조의 예술성과 현실인식」, 『한국현대시인연구(2)』, 일지사, 2007.

을만큼 그것은 절대적인 비중을 차지하고 있었다.

蘭을 蘭을 나는 캐어다 심어도 두고
좀먹은 古書를 한옆에 쌓아도 두고
만발한 야매와 함께 八 九年을 맞았다

다만 빵으로서 사는 이도 있고
영예 또는 신앙으로 사는 이도 있다
그러나 나는 이 세상을 이러하게 살고 있다

「蘭과 梅」 전문

인용시조는 다소 직설적으로 가람 자신의 삶의 방식을 제시하고 있는 작품이다. 이 시조의 중심 소재는 난과 매, 그리고 고서이다. 이른바 가람에게 가장 중요한 세 개의 소재가 모두 등장하고 있는 셈이다. 2연에 나타나 있는 것처럼 이 소재들은 서정적 주체에게 멀리 사물화된 대상이 아니다. 그것은 곧 시인 자신의 삶과 더불어 있는 존재, 하나로 어울려 있는 존재이고, 삶을 살아가는 근본 수단이 된다. 따라서 난과 매화, 고서 등속은 삶을 지탱하는 물질적 조건이면서 다른 한편으로는 그러한 물질성을 초월하는 어떤 것이기도 하다. 세상을 '이러하게' 산다는 뜻은 '저러하게' 살지 않겠다는 것과 맞물린다. 여기서 '저러하게'가 의미하는 것은 '빵'이나 '영예', '신앙' 등이다. 이런 맥락에서, 난과 고서는 대단히 높은 정신의 어떤 영역임을 알 수 있게 된다.

물질을 초월한, 그리하여 고매한 정신으로 표상되는 가람의 시 세계를 이끄는 두 축은 서권기(書卷氣)와 난으로 알려져 있다[9]. 먼저 서권기란

9) 최승호, 「이병기, 근대에 대한 서정적 대응방식」, 앞의 책, 참조.

가람 자신의 말을 빌면, 독서의 힘이요 교양의 힘이다.

> 書卷氣란 즉 讀書의 힘이요, 教養의 힘이다. 이것이 어찌 書道에 뿐이리요. 文章에도 없을 수 없다. 위대한 천재는 위대한 書卷氣를 흡수하여서 발휘될 것이다. (중략) 창작에 쏠릴 때 흔히 空想, 妄想에 떨어지고 그 原動力은 기를 줄을 잊기가 쉽다. 요컨대 그 원동력이란 다른 게 아니라 書卷氣다. 우리의 經路에는 실지로 하는 것과 讀書로 하는 것이 있는바, 한 사람으로서 실지로는 일일이 다 겪을 수 없다. 그러면 독서로나 할 수밖에 없다. 한데 실지로도 독서로도 결핍하다면 그 무엇을 운운할까. 한 사람의 지혜와 상상력이란 무한한 것이 아니다[10].

인용문은 서권기를 독서 등으로 정의하면서, 그것이 창작의 원천이 된다는 다소 일반론적인 진술을 보여준다. 창작을 하기 위해서는 많은 경험을 해야 한다는 것, 그리고 그러한 경험들은 직적접인 것과 간접적인 것으로 나눌 수 있는데, 독서는 후자의 경우에 속한다는 것이다. 거의 창작 시론에 가까운 글이긴 하지만, 그러나 이 글은 시인이라면 흔히 가져볼 수 있는 혹은 써 볼 수 있는 그러한 창작시론과는 다소 거리가 멀다. 여기에는 즐김의 도, 깨달음의 도(悟道)가 내재되어 있는 까닭이다. 가람은 책을 단순히 지식의 전달 수단이나, 창작의 소재 정도를 끌어내는 도구로 이용하지 않았다. 그는 독서체험, 곧 서권기를 통해서 즐거움(樂), 법열(法悅), 해탈(解脫)[11]의 경지에 이르고 있기 때문이다. 가람에게 서권기는 글을 쓰게 하는 힘이고, 나아가 삶을 완상케하고 즐기게하는 원동력이다. 더 정확하게 말하면, 책에서 피어오르는 향기인데, 이른바 서향(書香)이다. 가람은 서향 속에서 자아를 잃어버리고 이에 취해서 글쓰기를 감행한다.

---

10) 이병기, 『가람문선』, 삼중당, 1980, p.164.
11) 위의책, p.163.

서권기에 대한 가람의 이러한 자세는 그의 작품 세계의 또다른 축인 난의 세계에도 동일하게 적용된다. 난에 대한 가람의 사유를 보여주는 다음의 글은 이를 분명하게 보여준다.

> 나는 난을 기른 지 이십여 년, 이십여 종으로 삼십여 盆까지 두었다. 동네 사람들은 나의 집을 화초집이라기도 하고 蘭草 병원이라기도 하였다. 화초 가운데 蘭이 가장 기르기 어렵다. 蘭을 달라는 이는 많으나 잘 기르는 이는 드물다. 蘭을 나누어 가면 죽이지 않으면 병을 내는 것이다. 蘭은 모래와 물로 산다. 거름을 잘못하면 죽든지 병이 나든지 한다. 그리고 볕도 아침 저녁 외에는 아니 쬐어야 한다[12].

가람에게 있어 난을 기르는 것은 재배의 수준을 넘는다. 단지 기르고 키우는 것이 목적이라면, 난과 같은 식물은 적당하지가 않다. 난을 키우기 위해서는 그 이상의 어떤 노력이 첨가되어야 하기 때문이다. 난은 기르는 주체에게 식물적 차원 그 이상의 것이며 가벼운 완상조차 허용하지 않는다. 그렇기 때문에 난을 재배하는 것은 어떤 기능적 수준 혹은 경지를 요한다. 그리고 경우에 따라서 그 일은 심혼(心魂)의 영역을 요구하기도 한다. 그러한 속성을 갖는 것이기에 난은 가람에게 수평적 개체군으로 설명할 수 없는 특수한 물상으로 다가오게 된다. 이러한 상태를 가람은 오도(悟道)라 했거니와 그것은 일상인이 도달할 수 있는 최고의 영역이 아닐까 한다. 즉 난과 더불어 지내는 동면의 겨울이야말로 가람에게는 법열(法悅)이었으며 오도(悟道)였던 것이다[13].

고서에 심취하는 것과 난을 기르는 일은 실상 별개의 일처럼 보일 수

12) 위의책, p.153.
13) 위의책, p.147.

있지만, 가람에게 있어 이 두가지 일은 매우 의미있는 행위일 뿐만 아니라 거의 동일선상에 놓여 있는 것이기도 하다. 여기에 이르면, 고서와 난의 상관관계란 어떤 것일까하는 의문이 자연스럽게 떠오르지 않을 수 없게 된다. 양자 사이를 맺어줄 끈이란 사실상 불가능한 까닭이다. 일단 그러한 동일성을 '향기'에서 찾아보는 것이 가능하지 않을까 한다. 고색창연한 고서에서 우러나오는 향과 은은히 피어오르는 난의 향이야말로 이 둘을 매개하는 본질이고, 또 그것이 가람 시조학의 원동력이 되는 것은 아닐까.

한 손에 책을 들고 조오다 선뜻 깨니
드는 볕 비껴가고 서늘바람 일어오고
난초는 두어 봉오리 바야흐로 벌어라

「난초1」 전문

오늘은 온종일 두고 비는 줄줄 나린다
꽃이 지던 난초 다시 한 대 피어나며
孤寂한 나의 마음을 적이 위로하여라

나도 저를 못 잊거니 저도 나를 따르는지
외로 돌아앉은 冊을 앞에 놓아두고
張張이 넘길 때마다 향을 또한 일어라

「난초3」 전문

가람의 시조에서 책과 난초는 상호 불가분의 관계에 놓여 있다. 한손에 책이 있다면 다른 한손에는 난초가 있는 형국이다. 먼저 「난초1」의 경우를 보면 시적 자아를 혼돈의 늪으로 몰아넣은 것은 책이다. 시인은 한 손에 그것을 들고 졸고 있기 때문이다. 책이란 시인에게 마취제로 작용했던 것인데, 시인의 감각과 자아를 이렇듯 마비시킨 것은 책에 함의된 내용에서가 아니다. 바로 책에서 피어나오는 향기 때문이다. 반면 난초는 어떠한가. 책과 더불어 서정적 주체가 혼돈의 늪을 헤매일 때, 난초는 바람의 도움을 받아서[14] 꽃봉오리를 피우는 매개적 존재이다. 인식 주체의 감각과는 무관한, 독립된 생명체의 자연스런 행위인 셈이다.

이러한 관계들이 「난초3」에 이르면, 전연 다른 모습으로 변하게 된다. 관조의 대상이던 난초는 서정적 주체의 예민한 감각을 무디게 하는 주연으로 떠오르기 때문이다. 1연의 표현대로 비가 온종일 내리는 날, 서정적 주체는 고적한 심사에 젖어있다. 그런데 생명수인 비에 기대어 난초가 다시 피어나고, 고적한 서정적 주체의 마음을 위로하게 된다. 이러한 위무는 단순한 벌충관계에서 이루어지는 것이 아니다. 그 관계는 상호 틈입하는, 곧 주체가 대상이 되고, 대상이 주체가 되는 변증법적 통일에 의해서 이루어진다. 그런데 주체와 대상이 상호 합일하는 질의 변화로 나아가게 한 것이 책의 기능적 역할이다. 특히 책장을 넘길 때마다 불어오는, 그리하여 난초의 향기를 실어나르는 바람이야말로 서정적 주체의 의식을 무화시키는 결정체라 할 수 있다.

새로 난 난초잎을 바람이 휘젓는다
깊이 잠이나 들어 모르면 모르려니와
눈뜨고 꺾이는 양을 차마 어찌 보리야

산듯한 아침 볕이 발틈에 비쳐들고
난초 향기는 물밀듯 밀어오다
잠신들 이 곁에 두고 차마 어찌 뜨리아

「난초2」 전문

---

14) 권두환, 「가람의 시정신과 난초의 향기」, 『난초』(미래사, 1991) 해설.

「난초2」의 중심 테마 역시 향기이다. 그 향기를 실어나는 것 역시 바람이다. 「난초3」에 비해 바람이 다소 격렬한 면을 보이긴 하나 어떻든 서정적 주체에게 향을 실어날으는 매개는 바람이다. 서정적 주체는 바람이 나르는 난초 향기에 몰입되어 그 곁을 차마 떠나지 못하는 경지에 이른다. 이런 현상을 이병기는 오도(悟道)라 불렀고, 이를 가능케 하는 과정을 예(藝)라고 한 것이다. 그러나 그것이 오도이든 예이든 혹은 반근대적인 사유에서 그러한 것이든 간에 생리적 차원에서 촉발된 것임은 아무도 부정하지 않는다. 즐기는 것과 멋스러움의 경지인데, 실상 이러한 감각들이 생리적 차원을 떠나서 설명되지 않음은 당연한 일이다. 이는 인위적인 취향의 문제와는 전혀 다른 차원의 것이다. 가령 『문장』지의 또 다른 구성원이었던 이태준의 인위적인 골동취미와는 대비할 수 없는 국면인 것이다[15].

가람 시조의 본질인 생리적인 차원이란 무엇을 말하는 것인가. 그리고 이런 생리적인 것들은 근대의 제반양상에 어떻게 편입되고 또 사유될 수 있는 것인가. 이런 질문이야말로 가람 시조의 근대성을 묻는 일일 것이고 『문장』지의 근대성에 다가가는 일이 될 것이다.

가람 시조의 핵심은 서권기로 대표되는 책과 향기로 표상되는 난초, 그리고 그 향기를 매개하는 바람이다. 이러한 것들이 어우러져 가람의 시조들은 소위 생리적인 차원과 불가분의 관계에 놓이게 된다. 이런 맥락에서 보면, 생리적인 것이란 의식의 혼돈, 곧 자아의 소실과 밀접한 상관관계를 맺는 것이라 할 수 있다. 그러한 혼돈을 가져오게 한 동인은 앞서 지적한 대로 향기였다. 가람의 시조에서 서정적 자아는 지금 향기에 대단히 취해

---

15) 김윤식, 앞의 책, p.170.

있다.

어두운 깊은 밤을 나는 홀로 앉았노니
별은 새초롬히 처마 끝에 내려보고
애연한 瑞香의 향은 흐를 대로 흐른다

밤은 고요하고 天地도 한맘이다
스미는 서향의 향에 몸은 더욱 곤하도다
어드런 술을 마시어 이대도록 취하리

「瑞香」 전문

이 시조를 보면 마취된 서정적 자아가 일으킨 의식의 혼돈이 무엇인가를 잘 말해준다. 우선, 이 작품의 내용을 따라가 보면, 시적 자아는 어두운 밤에 홀로 앉아 있고, 서향의 향은 흐를 대로 흐른다. 이러한 때 밤은 고요하고 세상도 고요하지만, 자아와 밤, 곧 천지는 한맘으로 변하게 된다. 자아와 우주를 이렇게 쌍생아로 만든 매개는 서향의 향기이다. 이 향기는 너무 강해서 "어드런 술을 마시어 이대도록 취할까"하는 의구심이 들 정도이다. 의식의 혼미란 이런 것이고, 또 이 상태란 자아와 비자아의 구별이 없어지는 경지이다. 그렇다면, 이러한 경지가 근대의 제반 양상과 어떤 함수관계가 있는 것일까.

근대를 지탱하는 축은 이성의 견고함이고 합리성의 강화현상에서 찾을 수 있다. 이러한 감각과 분리된 사유들은 비이성적인 것으로 치부되어 부당하게 억압되어 왔다. 오직 합리적인 자아들만이 객관의 지지를 받으며 성장해왔다. 그 당연한 결과로 직관이나 자연과 같은 문명이전의 것들은 자아와 간극을 더욱 확장시켜왔다. 근대가 도전받지 않은 이상, 자아와 자연, 혹은 우주가 합일하는 것은 불가능해 보였다. 그러나 근대는 종언을

고하기 시작했고, 이성은 도전을 받았고, 자아 역시 의심스러운 대상이 되었다. 이를 극복하기 위해서는 자아와 우주의 거리감을 좁힐 필요가 있었고 궁극적으로는 하나가 되어야 했다.

자아와 자연이 하나가 되는 과정, 그리하여 자아를 완전히 멸각하여 자연의 일부가 되는 과정을 우리는 정지용의 「백록담」에서 명백히 확인할 수가 있었다. 정지용은 한라산의 등반과정을 거치면서 자아가 궁극적으로 자연의 일부로, 아니 자연과 동화되는 과정을 탁월하게 보여주었던 것이다. 정지용의 그러한 시적 흐름을 근대성의 사유와 떼어놓는 것은 불가능한 것이라 하겠다.

『문장』의 정점에 있었던 가람의 경우는 어떠한가. 향기에 몰입되어 서정적 자아를 상실해가는 가람의 시조들을 들여다보면, 「백록담」의 사상적 근원이 어디에 있었는가를 알게 해 준다. 정지용에 앞서 가람은 근대를 우회하고 이를 초월하는 방법적 자각을 해 온 터이다. 따라서 「난초」 연작 시조에 나타난 가람의 '취하기'는 근대의 제반양상과 분리시켜 논의하기 어렵게 된다. 향기에 취한 서정적 자아는 근대 이전의 원시적 자아이며, 소위 문명과 맞서는 자아, 일종의 통합된 자아이기 때문이다.

3. 향기의 소멸과 일상에의 복귀

난초 향기에 취하는 가람의 시조는 근대를 우회하는 방법적 자각이었다. 그의 자연시들은 30년대 말의 겨울과 불가분의 관계에 놓이는 것이었다. 가람은 자아를 내세우지 않고 이를 거두어들임으로써 일상에서 벗어나고자 했다. 일상성이 소멸한 세계, 곧 자연의 중심에서 가람은 올곧게서 있었던 바, 이를 가능케 했던 것은 난초의 향기였다. 「난초」연작을 포함한 그의 자연시들이 자연과의 완전한 합일을 지향한 것은 이런 이유 때문이다.

담머리 굴참나무 그늘도 짙을러니
높은 가지 끝에 한두 잎 달려 있고
소소리 바람이 치는 벌써 가을이구려

지는 잎 너도 어이 갈 바를 모르고서
바람에 흩날리어 이리저리 헤매느냐
그러다 발에 밟히어 흙이 되고 마느냐

날아드는 잎이 뜰앞에 가득하다
바람이 자고 달은 고이 비쳐들고
밤마다 서리는 내려 하얗게도 덮는다

「낙엽」 전문

대충 일별해서 보면 별반 특색이 없는 시조이고, 특히 가람 시조학에 견주어보면 더욱 그러하다고 할 수 있다. 그러나 이 시조를 꼼꼼히 읽어보면, 혼연일체가 되어 있는 자연의 완벽한 세계를 어렵지 않게 파악해낼 수 있다. 생명없는 낙엽조차 다시 되살려내려는 가람의 솜씨를 알 수 있거니와 그 생명조차도 완벽한 조화의 세계로 이끌리게 하는 의지를 읽을 수 있다. 이 시조의 주된 대상은 낙엽, 바람, 달이다. 하늘과 땅의 대표적 소재들이 어울려서 하나의 화음이 이루어진 다음, 하얀 서리에 의해 그것이 덮혀짐으로써 그 균형감각은 완성된다. 이 작품에서 시적 주체는 관조의 대상으로 처리되어 사물시 내지는 정물화적 상상력으로 일관된 듯 보이지만 실상은 그렇지가 않다. 그러한 자연의 엄숙한 광경을 응시하는 시적 주체 역시 그 세계로 자연이 몰입되기 때문이다.

가람의 시조 세계에서 자연으로의 몰입은 마취의 감각없이는 불가능하다. 가람은 그러한 마취력을 난초의 향기에서 얻었다. 따라서 그의 자연시에서 대상과 분리된 서정적 자아를 인지해내는 것은 불가능한데, 난초향기와 어우러진, 감각이 마비된 자아를 인지하고 구별해내는 것 자체가 쉽지 않은 일이 아닌가. 가람에게 있어 오도(悟道)란 깨달음의 감각도 아니고, 자아를 곧추 세우는 상상력도 아니다. 자연과 서정적 자아는 오직 하나라는 우주적 통일체로서만 기능한다. 이러한 비일상적 사유야말로 현실 너머의 세계이고, 열악한 현실을 뛰어넘는 징검다리가 아니었을까. 이를 가능케 한 것은 앞서 언급대로 향기의 마취력이었다.

가람에게 향기란 근대를 뛰어넘는 마술이었다. 이것이 있었기에 일상을, 근대를, 일제 강점기의 열악한 현실을 뛰어넘을 수 있었다. 그러나 해방이라는 열린 사회는 가람으로 하여금 그러한 향기에 마취된 상태로 머물지 못하게 했다. 향기의 마취로부터 벗어나 자신만의 자아, 현실적인 자아의 모습을 갖추지 않을 수 없었던 것이다. 그러한 향기로부터의 탈출은 현실에의 자각, 곧 일상에의 복귀를 의미했다. 해방직후 가람의 일련의 사회참여시들에서 이를 확인할 수 있다. 그러나 가람의 그러한 향기의 소멸 가능성은 이미 해방이전의 시조들에서 어느 정도 나타나고 있었다. 가령 다음의 작품의 경우가 그러하다.

눈 눈. 싸락눈 함박눈 펑펑 쏟아지는 눈

연일 그 추위에 몹시 볶이던 보리
그 참한 포근한 속의 문득 숨을 눅여 강보에 싸인 어린애마냥 고이고이 자라노니

눈 눈 눈이 아니라 보리가 쏟아진다고 나는 홀로 춤을 추오

「보리」 전문

이 작품에서 서정적 자아를 마취시켜왔던 향기를 찾아보는 것은 어렵다. 눈뜬 서정적 자아는 냉철한 이성으로 보리를 관찰하고 있고, 이 보리와 서정적 자아는 완벽하게 분리되어 있다. 차가운 눈은 쏟아지고, 그 냉혹한 현실을 견디고 있는 보리에 대한 인식은 과학적 근거 없이는 불가능하기에 그러하다. 그런 인과적 상상력을 딛고 감각되는 보리이기 때문에, 그것에 동화되지 않고 자아는 "홀로 춤을 추게"되는 것이다.

일제 강점기의 혹독한 시절을 보냈던 가람이기에 그렇지 않은 일상들은 어쩌면 머나먼 이상의 세계였는지도 모른다. 마취된 감각 이전의 세계에 대한 그리움도 그 연장선에 놓여 있는 것이다. 가람에게 낭만주의적 면모를 읽을 수 있는 근거도 여기에 있다. 근대의 탈을 벗어던진 그 아련한 현실은 다가갈 수 없는 공간 혹은 이루어질 수 없는 꿈의 세계였기 때문이다. 마취된 자아의 이면에서 감각되던 낭만적 꿈의 세계는 일제강점기 가람 시조의 또다른 모습을 우리에게 제시해준다.

바람이 서늘도 하여 뜰앞에 나섰더니
西山 머리에 하늘은 구름을 벗어나고
산듯한 초사흘 달이 별과 함께 나오더라

달은 넘어가고 별만 서로 반작인다
저 별은 뉘 별이고 내 별 또한 어느 게오
잠자코 호올로 서서 별을 헤어보노라

「별」 전문

이 작품에서 보이는 이상세계에 대한 그리움은 거의 낭만적인 것에 가깝다. 난초의 향기에 완전히 기투된 가람이지만, 그리하여 그 스스로가 자연에 완벽하게 합일되었다고 생각했지만, 현실은 그러한 완전성과 거리가 있었다. 가람의 이러한 괴리는 낭만주의자들의 이념적 지향과 거의 비슷한 것이라해도 무방하다. 즉 낭만주의자들의 문학에서 흔히 발견되는 낭만적 아이러니와 동궤에 있기 때문이다.

가람은 난초 향기를 맡으며 냉혹한 현실을 견뎌냈고 더러는 별을 쳐다보는 낭만적 동경의 세계도 헤매었다. 그리고는 해방을 맞이했다. 난초 향기에 취해 자아를 잃어버린 가람에게 해방이 주는 의미는 무엇이었을까. 선비자적인 은둔의 미덕과 달관의 세계를 향유하던 가람에게는 식민지 시대에 꿈꾸었던 별과 같은 세계였을 것이다. 그것은 가능태로서의 꿈이 아니었고, 곧바로 현실로 육박해오는 실질이기도 했다. 현상이 사라지고 본질이 다가오는 것이었던 셈인데, 이럴 경우 그 본질을 감싸고 있던 현상의 세계가 사라지는 것은 당연한 일이었다. 난초 향기의 마취력은 더 이상 그를 에워쌀 필요가 없었던 것이다. 가람은 해방직후 문학가동맹에 가입하고 그곳에서 활동하게 된다. 이념 선택의 적절성 여부를 떠나 해방된 현실은 가람에게 또다른 문학적 기회였다.

> 어느날 내 방을 치우다 휴지 뭉텅이를 풀어 본즉 문학가동맹서 그 회관 소재지를 도면까지 붙여 출석해 달라고 온 편지가 수두룩하고, 그중에는 그 동맹에 가입하라는 신청서도 온 것이 여러번 인데 최후 독촉장엔 "어느날까지 신청서를 아니 내면 선생은 이를 거부하는 것으로 인정하고 당연 처리하겠다"는 것과 동봉한 별지 신청서가 그냥 백지로 있다. 이것도 혹시 학용이 될까 하여 그냥 보관하여 두었다[16].

---

16) 이병기, 「해방전후기」, 『가람문선』, 앞의 책, p.173.

가람의 이같은 언급은 일종의 포즈에 불과하다. 정치 상황의 전개에 따른 심경의 변화일 수도 있고 그렇지 않은 것일 수도 있다. 중요한 것은 그가 현실에 관심을 갖게 되고, 그 현실을 통해서 자신의 문학적 외연을 넓히고자 한 것은 틀림없는 사실이었다는 점이다. 그리고 가람이 현실에 관심을 갖게 된 것은 유학자들의 출(出)의 사상에서 온 것일 수도 있고, 사(士)의식의 발현에서 온 것일 수도 있다. 오도(悟道)에 경지에 든 선비가 젖어들 수 있는 최고 이상 가운데 하나가 현실정치의 참여에 있기 때문이다.

가람의 현실 정치 참여가 조선조 선비들의 행태와 전연 무관한 것이었다고는 생각하지 않는다. 그러나 가람은 근대인이었고, 이를 누구보다도 깊이 자각했으며, 또 이를 우회하는 방법적 자각도 뛰어났던 시인이었다. 그 자각의 일단이 난초향기에 있었음은 이미 지적한 바 있다. 그 향기란 그가 세상을 지탱하는 것이었고, 현상 뒤에 가려진 본질에 다가가는 방식이었다. 그러나 해방된 현실에서 그 향기란 더 이상 필요치 않게 되었다. 말하자면 자아가 곧바로 세상 밖으로 나오게 된 것이다. 그러한 자아이었기에 세상에 대한 올곧은 인식이 가능하지 않았을까. 해방직후 변모된 가람의 시세계는 일단 여기에서 그 원인을 찾아야 한다. 이 말은 난초와 같은 고고한 세계, 또 거기서 우러나오는 마취력 강한 향기란 더 이상 의미가 없었음을 뜻한다고 하겠다.

밝아 오는 이날 새로운 이 뫼와 이들
도는 그 기운 가을도 봄이어라
시들던 나무도 풀도 도로 살아나누나

일찍 님을 여의고 이리저리 헤매이다

버리고 던진 목숨 이루 헬 수 없다
웃음을 하기보다도 눈물 먼여 흐른다

다행히 아니 죽고 이날을 다시 본다
낡은 터를 닦고 새집을 이룩하자
손마다 연장을 들고 어서 바삐 나오라

「나오라」 전문

가람의 이 작품은 해방 직후에 씌어진 것이다. 해방의 감격을 읊고 있다는 점에서 행사시에 가까운 시조이다. 그러나 이 작품은 식민지 시대 가람의 세계관에 비춰볼 때, 주목을 요하는 작품이라 할 수 있다. 그것은 근대주의자 가람의 새로운 면모를 볼 수 있는 때문이다. 해방직후 나라만들기가 이념적 국면에 치우쳐 있었음은 잘 알려진 일이다. 근대의 계보로 치자면 마르크시즘적 사유에 가까운 이념들이 우세했던 시기이다. 반면 모더니스트들의 경우는 어떠했던가. 김기림의 「새나라 건설」에서 알 수 있는 것처럼, 이들에게는 계몽의 계획이 최우선의 과제였다. 이런 두가지 첨예했던 나라만들기의 방식에서 가람은 후자의 입장을 유지하고 있었다. 이는 가람이 문학가동맹에서 활동한 경력과는 거리가 있는 세계관이다. 우리는 가람이 「나오라」는 시조에서 모더니스트들의 계몽의 계획과 비슷한 의식을 지니고 있었음을 읽어낼 수 있다. "낡은 터를 닦고 새집을 이룩하자"나 "손마다 연장을 들고 어서 바삐 나오라"라는 사유는 미몽(迷夢)에 대한 자각없이는 불가능한 사유이기 때문이다.

가람의 이러한 현실인식은 난초의 향기와 길항관계에 있는 것이다. 서정적 자아는 이제 자연의 침잠에서 벗어나 현실에 예민한 촉수를 들이대고 있는데, 이는 가람이 후각이 지배하는 마취의 세계에서 벗어나 시각의 세계, 곧 응시의 세계로 되돌아 온 것을 의미한다. 가람의 후기 시조들이 현실의 문제들에 대해 더욱 강력히 발언하기 시작한 것은 이런 시각적 영향이 매우 크게 작용한 결과로 풀이된다.

> 丘陵 丘陵 丘陵 그 사이 사이 마을
> 金萬頃 회마밋들 한편엔 臨益平野
> 진실로 南國의 沃土 第一穀倉 아닌가
>
> 잔디 비알 이뤄 갓 배추 심어두고
> 진펄이라도밀 보리 밭을 삼고
> 말만한 큰 아기들이 똥오줌을 이고 온다
>
> 쌀값은 떨어지고 賦斂은 더럭 붙어
> 풍년이 들어도 벼 한 섬 둘 것 없고
> 새봄만 돌아온다면 도로 주릴 뿐이라네
>
> 「農村畵帖2」 전문

인용 시조는 현실에 대한 가람의 시선이 무엇이었던가를 잘 말해주는 작품이다. 특히 피폐해진 농촌과 그 척박한 현실에서 살아가는 농민들의 모습을 아주 직정적으로 읊고 있다. 민중민주운동이 활발히 전개되던 70-80년대의 작품이라고 해도 무방할 정도이다. 그러나 가람의 이러한 현실인식은 민중성과 같은 이념적 정향에서 설명되는 것은 아니다. 그의 작품들이 어떤 연대성의 사유도 없고 미래적 전망에 대한 미세한 의식도 드러나지 않는 까닭이다. 또한 가람이 그런 피폐화된 현장을 굳이 찾은 것도 아니다. 가람은 어째서 이런 류의 작품을 쓴 것일까. 한가지 단서를 찾는다면, 가람에게 그러한 현실들이 단지 '보였을' 뿐이라는 점일 것이다. 현실이 자연스럽게 들어온 것이기에 어떤 이념적, 계급적 색채와 전연 상관이 없다. 이런 결과를 두고 명쾌한 어떤 답을 얻어내기란 쉽지가 않지만, 하나의 가설이 허락된다면, 그것은 난초 향기와 관련되는 것이 아닐까. 난초의 마취에서 풀려났을 때, 가람에게 남은 것은 자연으로부터 벗어난 독립된 자아, 그리고 현실을 똑바로 응시할 수 있는 분별적 자아만이 남아 있었을 것이다. 그것이 현실을 응시하고 이를 작품화한 근본 동인이었을 것이다.

4. 가람 시조의 근대적 성격

1930년대말 한국 문단의 마지막 끈은 『문장』지였다. 한글로 표기되는 잡지나 신문의 희소성이라는 차원에서도 그러했지만, 이 잡지가 추구한 세계관의 독특성 때문이었다. 이 세계관을 흔히 고전 탐구의 정신으로 설명되곤 했지만 더 중요한 것은 그것이 근대성의 사유나 작동원리로부터 자유로운 것이 아니었기 때문이다.

『문장』을 이끌고 그 정신적 지주 노릇을 한 것은 이병기였다. 그가 등단한 시기는 20년대 중반이다. 이때는 공교롭게도 가람이 필생의 장르로 간직했던 시조 장르와 밀접한 관련이 있는 고전부흥운동이 일어났던 시기이다. 그럼에도 가람이 본격적으로 활동했던 시기인 30년대말은 20년대의 그것과 판이하게 달랐다. 『문장』지의 고전에 대한 감각들이 집단주의에서 시작된 것이 아니라 순전히 개인적인 동기에서 촉발된 것이었기 때문이다. 가람의 그러한 문학적 삶을 생리적인 것이라 했고, 오도(悟道) 혹은 풍류라고 했다. 어떤 경우는 멋과 즐김의 가락으로 설명하기도 했다. 가람 시조의 내면을 천천히 살펴보면, 이러한 평가들은 적절한 것이었다고 할 수 있다.

그러나 가람의 이러한 고전주의나 풍류의 감각이 어떤 사상적 기반을 갖는 것이고, 미학적으로는 어떤 의미가 있는 것인가에 대한 연구들은 미진한 편이었다. 근대란 이런 회고적 감상들과는 어느 정도 거리를 두고 있기에 그의 시조들은 흔히 반근대적인 것으로 치부되기도 했다. 그러나 이는 단견에 불과하다. 가람 시조에 접근해 들어가기 위해서는 근대의 사유구조를 떠나서는 설명될 수 없다는 사실이다. 가람의 근대에 대한 인식은 철저한 것이었다. 특히 자아를 감추고 자연과 합일해가는 솜씨는 아주 선구적이다. 그는 우주와의 합일된 자아를 통해서 근대를 우회하고 또 이를 초월할 줄 알았다.

우주와 합일하는 자아만들기를 가람은 서권기와 난초의 향기를 통해 이루어내었다. 그는 고서(古書)와 난초 향기에 마취되어서 자아를 상실하고 마는 아주 드문 영역을 우리에게 보여주었다. 이런 맥락은 우리 시사에서 매우 소중한 것이었는데, 특히 그의 반근대적 사유는 정지용의 「백록담」과 떼어놓을 수 없기에 더욱 그러하다. 「백록담」은 근대적 자아가 자연의 자아로 합일되는 과정을 한라산의 등산을 통해 탁월하게 보여준 바 있다. 한국 모더니즘이 지향하는 통합의 사유가 자연에 있는 것이라면, 정지용은 이런 면에서 거의 교과서적인 면모를 보여주었다. 그런데 그 앞에 가람이 있었던 것이다. 서권기와 난초의 향에 취해서 가람은 자아를 잃어버리고, 자연의 일부가 되어버렸다. 생리적인 것과 오도의 경지를 뛰어넘어서 가람은 근대의 저 건너편을 응시하고 있었던 것이다. 이런 경지를 가능케 한 것이 향기의 마취력이었다.

그러나 가람으로부터 향기가 빠져나갈 때, 가람은 철저하게 일상으로 복귀하게 된다. 해방직후 가람이 보여주었던 현실지향적인 시조, 그 이후 더욱 심화된 사회시들이 이를 말해준다. 이런 맥락에서 고서와 난초의 향기는 가람 시조의 근원이고 가람 시를 이끄는 원동력이었다고 할 수 있다.

일상성의 초월과 근대로의 여정 — 박목월론

1. 목월 시의 위치

한국 현대 시사에서 박목월의 시사적 위치는 매우 각별하다. 일제 강점기 말에 등단하여 끊어질듯 하던 순수시의 맥을 이은 공적도 큰 것이지만, 이를 해방공간의 현실에까지 연장시켜 나아간 공적 역시 시사적 의미에서 제외될 수 없기 때문이다. 그 연장선에서 박목월에게 붙여진 레테르 또한 매우 의미심장한 것들뿐이다. '북에는 소월, 남에는 목월'이라는 담론이 그러하고, 자연의 시인이라든가 나그네의 시인이라든가 하는 것들이 그 본보기들이다. 이러한 것들이 어우러져 박목월은 한국 시단에서 하나의 신화가 된다.

박목월이 우리 시사에서 기린아로 우뚝 서게 된 계기는 잘 알려진 대로 해방직후 간행된 『청록집』(1946)의 영향 때문이다. 『청록집』은 해방공간의 어수선한 현실에서 나온 동인시집이긴 했으나 그 반향은 매우 큰 것이었다. 이제 막 출발선상에 있는 이때의 시단에서 최초로 동인지 형태로 간행되었다는 점, 좌익이 득세하던 시기에 우익중심의 문단 그룹이 등장했다는 점, 그럼으로써 해방 전후를 잇는 시사적 흐름을 연계할 수 있었다는 점[1] 등등이 시사적 의의로 지적되고 있다.

『청록집』은 삼인시가집 형태의 동인지로서 각 시인마다 독특한 개성과 세계관을 보여준 특색있는 시집이긴 했지만 목월의 영향이 여타의 시인들보다 좀더 짙게 묻어나오는 것이 사실이다. 시집의 제목이 목월의 시에 기초해 있을 뿐만 아니라 시집의 그림 또한 그 영향 하에 놓여 있었기 때문이다. 뿐만 아니라 『청록집』이 풍기는 자연의 규율적 의미에서 볼 때, 그것이 좀 더 목월적이라는 점에서도 그의 영향이 크게 느껴진다. 조지훈이 탐색한 자연의 세계가 고전의 색채가 짙게 우러나오는 것이라면 박두진의 자연은 이와 대척점에 있는 서구적 의미의 자연에 좀더 가깝기 때문이다. 반면 목월의 자연은 향토적인 자연에 근접해 있다. 그러나 이것은 어디까지나 표면적인 자연의 세계일 뿐이고 보다 본질적인 것은 이들이 추구한 자연의 궁극적 의미에 있을 것이다. 일제 강점기나 해방공간의 혼돈된 현실과 불가불 함수 관계에 놓이는 자연의 의미는 목월이 추구한 자연의 의미가 보다 현실정합적이다.

박목월은 '자연'의 시인이고 '나그네'의 시인이다. 목월 시를 연구한 대부분의 연구자들 역시 여기에 동의한다. 그리하여 시인의 자연의 의미를, 향토적 자연이나 동화적 자연, 혹은 이상화된 자연, 관념적이며 초월적 자연, 근대적 사유구조에 편입된 자연으로 해석해낸다[2]. 그리고는 그러한 자연의 의미를, 생활의 고뇌가 스민 중기시와 신앙의 세계로 침잠한 후기

---

1) 송기한, 「해방공간의 서정시의 형성과 전개」, 『시와정신』21, 2007년 가을, p.20.

2) 최승호, 「존재에의 향수와 반근대의식」, 『박목월』(박현수 편), 새미, 2002. 최승호를 비롯한 많은 시인들이 이에 대해 언급했다.

시로 연결시킨다. 모두 그 나름의 객관적 근거와 탁월한 주관적 해석으로 문학사적 의미망을 확보하고 있다. 그럼에도 목월 시에서 드러나는 자연의 의미가 모두 명쾌하게 해명되었다고 보기는 어렵다고 할 수 있다.

박목월의 시는 크게 세시기로 나뉘어 설명되는 것이 일반적이다. 그런데 시인의 정신사적 흐름을 천착해 들어갈 때, 초기시의 자연의 궁극적 의미와 중기시의 생활 시에 대한 연결고리에 대해서는 객관적 타당성이 매우 결여된 듯한 느낌을 받는다. 그리하여 박목월의 정신사적 흐름을 문제삼을 경우 초기 시와 후기 시를 곧바로 연결시켜 어떤 근원의식에 대한 여정이나 종교적 흐름과 같은 통합적 상상력으로 단선화시켜 해석하는 오류를 범해왔다. 이럴 경우 초기 시의 자연의 의미들은 개념화의 수준에서 제시될 뿐 시인의 정신사적 흐름이라든가 중기시의 생활시들에 대한 진정한 의미들을 밝혀내는 데 필요한 객관성을 얻는 것이 쉽지 않게 된다. 박목월의 시들, 특히 초기 시들은 삶과 생활 속에 깊이 뿌리내리지 못했다거나 수동적인 순응주의에 함몰된 시, 곧 현실과 유리된 시세계를 구가한 것으로 알려져 왔다[3]. 그가 추구한 자연세계에 대한 탐구가 현실과 전연 유리된 동화적 자연이라는 평가도 이와 마찬가지의 경우이다[4].

그러나 박목월의 시는 오히려 현실과의 지독한 교합관계 속에서 창작되었다는 것이 필자의 판단이다. 그것은 다음 몇 가지 이유에서 그러한데, 우선 목월 스스로가 자신의 시에서 드러나는 관념성이라든가 추상성을 배제시키기 위해서 줄곧 항변해 왔다는 사실을 들 수 있다. 목월은 자신의

3) 김재홍, 「목월시의 성격과 시사적 의미」, 『박목월』(박현수엮음), 새미, 2002, p.91.
4) 박목월 자신도 자신의 시에 대해 현실과 유리된 '화조풍월'(花鳥風月)의 시로 평가되는 것에 대해 상당한 불만을 표시한 바 있다. 박목월, 「청록집의 자작시 해설」, 박현수 앞의 책, p.260.

시에 대해 자작시 해설이라는 방식을 통해 이를 증거하려고 했다. 자작시 해설이란 작가들에게 비교적 낯선 영역에 속하는 일이다. 그것은 다양성을 담보하는 문학이 자칫하면 일면적으로 단순화되는 오류를 범할 수 있기에 그러하다. 그럼에도 목월은 많은 지면을 할애해서 자신의 시의 탄생 배경과 그 의미를 아주 자세하게 밝힌 바 있다[5]. 이는 신비평에서 흔히 말하는 의도의 오류와 감정의 오류를 모두 배제하는 일이기도 하거니와 그만큼 자신의 시들이 현실과 분리될 수 없는 어떤 필연성을 갖고 있다는 점을 밝히기 위한 자기 고뇌의 소산으로 이해되는 것이다.

다음은 박목월 시에서 드러나는 미적 특수성에 관한 문제이다. 목월의 자연시들은 대단한 명편으로 알려져 있다. 연구자들뿐만 아니라 일반 독자들의 경우에도 목월의 시편들을 접하게 되면, 그의 시들에서 일별되는 깊은 정서와 감칠맛나는 서정에 금방 압도된다. 그만큼 목월의 시들은 훌륭한 문학성을 간직하고 있는 경우이다. 그런데 그러한 목월의 시편들이 일제 강점기라는 열악한 상황 속에서 현실적 고뇌 없이 유유자적하는, 관념의 유희에서 직조된 것으로 치부할 경우 목월의 시가 자리할 공간은 거의 없어지고 만다. 이는 목월의 역사성에 대한 인식뿐 아니라 우리 시사의 불행한 단면이 아닐 수 없다. 그리고 또 다른 하나는 목월 시에서 드러나는 정신사적 흐름이다. 앞서 언급대로 목월의 시들은 형이상학적인 관념의 영역에서 중기로 내려옴에 따라 생활의 영역이 시에 침투해 들어오기 시작한다. 이 경우 전혀 이질적인 두 영역의 상관관계를 설명하는 데 있어서 단순히 시세계의 변화라든가, 세월의 낙차에서 오는 인식상이 차이로 설명하기에는 그 간극의 폭이 매우 넓고 깊다. 이러한 변화의 저변에는 어

---

5) 박목월은 자신의 초기 시들을 해설한, 『자작시 해설 보랏빛 소묘』를 1958년에 단행본으로 출간해내었다.

떤 굳건한 단선적 흐름이 존재할 수밖에 없는데, 그것이 곧 현실이라는 영역이라고 생각된다. 목월은 등단이후 단 한번도 현실의 영역을 떠나지 않았다. 일제 강점기 때도 그러했고, 해방이후 그리고 50-60년대, 그리고 말년까지도 그는 현실의 끈들을 자신의 의식 내부에서 포기한 적이 없었다. 목월 시의 보증수표인 자연의 영역이 그러하고, 그의 강력한 레테르 가운데 하나인 '나그네' 의식 또한 그러하다[6]. 현실과의 관련양상이 없이 목월 시의 자연이나 나그네의 의미를 해석하는 것은 불가능하다는 뜻이다. 이 글은 이런 인식하에서 출발한다.

2. 묘사된 자연과 창조된 자연의 변증법

박목월이 그려낸 자연이란 익히 알려진 것처럼, 창조된 자연이다. 문학이 허구라는, 문학원론적인 시각에 기대지 않더라도 목월이 구현해낸 자연이 비현실적인 토대위에 기초해 있다는 것은 재론의 여지가 없다. 그럼에도 왜 목월의 시에서 자연의 의미를 탐색해 들어갈 때, 재현된 자연인가 혹은 창조된 자연인가하는 것이 계속 문제시되는 이유가 무엇일까.

많은 연구자들이 동의하듯 목월의 자연은 재현된 자연이 아니다. 사실이나 현존하는 자연이 아니라 시인의 의식 속에서 만들어진 인공의 자연이다. 우선, 시인의 대표작 가운데 하나인 「청노루」를 보자.

6) 박목월의 시에서 '나그네'를 표상한 시는 그의 대표시 「나그네」가 거의 유일하다. 그럼에도 이 시가 갖는 의미는 너무 중요해서 이를 한편의 작품으로 단순히 평가절하하는 것은 쉽지가 않다.

머언 산 청운사
낡은 기와집

산은 자하산
봄눈 녹으면

느릅나무
속잎 피어가는 열두 구비를

청노루
맑은 눈에

도는
구름

「청노루」 전문

인용시는 삼인시가집의 제목이 된 작품인 만큼 시인이 지향했던 의식 세계를 다른 어느 작품보다도 잘 드러내고 있다. 이 시의 핵심 이미지는 청운사, 자하산, 청노루 등인 바, 어느 것 하나 사실적 소재나 대상에서 끌어오지 않고 있다. 흔히 목월시에 구현된 자연이 한국적 자연이라는 단서를 주기도 했던 '낡은 기와집' 역시 생성된 것이라는 점에서는 마찬가지이다. 왜냐하면 '낡은 기와집'이 한국적 정서를 환기한다기보다는 '머언 산 청운사'라는 초월적 정서 속에 내포되는 대상이기 때문이다. 목월 스스로도 「청노루」 등에 구현된 자연의 의미가 모사된 것이 아님을 굳이 밝힌 바 있다.

청운사는 내 판테지(Fantasy)의 산에 있는 절이다.(—)나는 그 무렵에 나대

> 로의 지도를 가졌다.(—) 〈마음의 지도〉 중에서 가장 높은 산이 태모산·태웅산, 그 줄기 아래 구강산·자하산이 있고 자하산 골짜기를 흘러내려와 잔잔한 호수를 이룬 것이 낙산호·영랑호, 영랑호 맑은 물에 그림자를 잠근 봉우리가 방초봉, 방초봉에서 아득히 바라뵈는 자하산의 보라빛 아지랑이 속에 아른거리는 낡은 기와집이 청운사다[7].

이글은 청운사가 환상 속의 절이라는 것, 그리고 그의 시에 나타났던 구강산이라든가 자하산 역시 초월적 실체라는 것을 밝히고 있다. 따라서 목월 시에 구현된 자연의 궁극적 원형질은 현실에서는 존재하지 않는 것, 곧 생성된 것이라는 사실을 알 수가 있다. 시인은 사실 속에서, 즉 있는 자연 속에서 어떤 형이상학적 의미 탐색이나 초월적 의미를 읽어내는 것이 아니라, 존재하지 않는 자연 그 자체 속에 의미의 그림을 만들어내고 있다.

가공된 자연에 대한 시인의 도취는 어디에 그 원인이 있는 것일까. 오히려 도취라기보다는 몰입에 가까운 시인의 자연의 의미는 크게 두 가지 인식 모형으로 그 설명이 가능할 것으로 보인다. 하나는 인간의 근원적인 고독, 곧 존재론적 고독에 관한 문제이다. 신과 같이, 신과 더불어 살 수 없는 것이 세계 속에 피투된 존재의 운명이기에 인간은 끊임없이 완전성을 추구할 수밖에 없는 숙명성을 갖게 된다. 그리하여 에덴동산에 대한 회귀나 이상향으로서의 유토피아를 끊임없이 추구하게 된다. 목월 시에서 불구화된 존재와 불가분의 관계가 있는 낭만적 동경의 의미를 읽어낼 수 있는 근거가 바로 여기에 있다. 그리고 다른 하나는 사회적 맥락이다. 앞에서 목월 시는 현실과의 밀접한 상동성에 의해 직조되어 있다고 했다. 특히 일제 강점기라는 규율적 힘을 도외시 한 채 목월 시의 미학적 특성을

7) 박목월, 「청록집의 자작시 해설」(위의 책).

밝히는 것은 아무런 의미가 없다. 이런 뜻에서 목월의 다음 진술은 시사하는 바가 크다고 할 수 있다.

> 나는 「청노루」를 쓸 무렵, 그 어둡고 불안한 시대에 푸근히 은신할 수 있는 〈어수룩한 천지〉가 그리웠다. 그러나, 한국의 천지에는 어디에나 일본 치하의 불안하고 바라진 땅이었다. 강원도를, 혹은 태백산을 백두산을 생각해 보았다. 그러나 그 어느 곳에도 우리가 은신할 한 치의 땅이 있는 것 같지 않았다. 그래서 나 혼자의 깊숙한 산과 냇물과 호수와 봉우리와 절이 있는 〈마음의 자연〉 지도를 간직했던 것이다[8].

이 글의 중요한 키포인트는 '불안한 시대에 푸근히 은신할 수 있는 〈어수룩한 천지〉'이다. '어수룩한 천지'는 문맥에서 알 수 있듯이 뭔가 정교하고 복잡한 곳이 아니다. 또 불안한 현실에 대응하는 어떤 멋진 자연을 드러내기 위한 시적 의장과도 무관하다. 현재의 불합리한, 일상의 피로에서 탈출하여 그저 편안하게 안주할 수 있는 공간이면 족한 그런 곳이다. 시인에게 필요한 것은 자연의 궁극적 의미라든가 역사철학적 사유내에서 편입되는 형이상학적 의미의 자연 역시 아니다. 불구화된 현실에 대한 대타의식적인 영혼의 평화만 있으면 그만이었다. 따라서 목월의 자연들이 복잡성과 이미지의 현란한 구사가 별반 필요 없다는 것은 이와 밀접한 상관관계를 갖고 있다고 하겠다[9]. 「청노루」의 시적 함축성이나 형식의 단순성 역시 '어수룩한 천지'와 불가분의 관계에 놓인다. 이 작품의 시적 의장들은

---

8) 위의글.

9) 박현수, 「초기시의 기묘한 풍경과 이미지의 존재론」, 『박목월』(앞의 책), p.245. 박현수는 이 글에서 박목월의 자연이미지가 한정적인 범위내에서 몇 가지 자연이미지만 반복적으로 사용되고 있다는 점과, 그런 자연 이미지들이 모두 자연대상의 구체적인 성격과는 무관한 관념적인 성격을 지난다고 했다.

매우 단순화되어 있다. 우선 이 작품의 리듬의 경우, 개화기 이후 거의 전통적 율조로 알려져 있는 7・5조의 리듬을 갖고 있다. 정형성을 갖춘 리듬이 개성보다는 집단의 단순성과 연계된다는 점을 감안하면, 정형성에 가까운 「청노루」의 리듬은 시인의 즉자적인 영혼의 해방과 밀접한 연관성을 갖고 있다고 해도 큰 무리는 아니다.

그리고 다음은 종결어의 문제이다. 종결어가 명사형으로 끝나는 것은 목월 시의 일반적인 특성이긴 하지만, 「청노루」의 시어들 역시 명사형으로 제시되고 있다. 이는 시의 맛을 감칠맛나게 하는 효과를 자아내게 하거니와 무엇보다 중요한 것은 이런 종결어들이 시를 단순화시키는 데 아주 효과적인 기능을 하고 있다는 점이다. 시의 내용 또한 마찬가지의 경우이다. 목월의 시들은 매우 단순한 내용을 함의하고 있다. 시의 내용이 단순하다고 해서 그 시가 담아내고 있는 철학적 사유나 깊이가 일천하다고는 할 수 없을 것이다. 중요한 것은 그러한 내용이 사회적 의미망이나 정신적 사유의 틀에서 어떤 기능적 역할을 하고 있느냐에 있을 것이다. 목월시의 단순성은 우선 그의 자연 시들에서 드러나는 시적 주체의 부재에서 기인한다. 「청노루」에 구현된 자연은 인간의 세계 혹은 시적 주체와의 교감이 없이 노출된다. 낡은 기와로 지어진 청운사가 있고 눈이 녹을 정도의 따뜻한 봄이 되면 느릅나무에 잎이 필 뿐이고, 그런 따뜻한 계절 속에서 청노루가 뛰놀고 그것의 맑은 눈에 하얀 구름이 도는 세계일 뿐이다. 서정적 자아에 의해 대상이 직조되거나 해석되는 실체가 없거니와 철저하게 객체화된 자연만이 존재할 뿐이다. 자아와 교감이 없거나 인식적 사유가 녹아들지 않는 자연이란 그 자체로 매우 단순화된 자연이 아니겠는가. 그렇기 때문에 이 작품에서는 우주의 이법이라든가 섭리와 같은 자연의 보편화된 이미지를 읽어내는 것은 불가능하다. 항구무변한 우주의 질서라든가 영원성과 같은 형이상학적인 자연의 의미는 이 시에서 애초부터 차단되어 있기 때문이다. 이러한 단순한 시적 울림들은 초기시의 한 특색인데, 다음의 시도 동일한 경우이다.

방초봉 한나절
고운 암노루

아랫마을 골짝에
홀로 와서

흐르는 냇물에
목을 축이고

흐르는 구름에
눈을 씻고

하얗게 떠가는
달을 보네

「삼월」 전문

인용시 역시 시적 주체가 사상되어 있기는 마찬가지이다. 「청노루」와 똑같은 동일한 상상력과 시적 구성을 갖고 있기 때문이다. 이 시에서도 시적 주체는 철저하게 배제되어 있다. 수채화같은 풍경이 동화처럼 그려져 있을 뿐이고, 자연하면 흔히 떠올리려지는 이법이나 질서와 같은 통어적 상상력이 부재한다. 이는 목월을 등단시켰던 정지용의 자연시들과는 사뭇 다른 영역에 속한다. 가령 정지용의 빼어난 산수시인 「백록담」의 경우와 대비해 보면 그 차이가 명백하게 드러난다. 이 작품에서 시적 자아는 백록담 정상에 오르면서 자연의 내재적 질서 속에 소멸해가는 모습을 보여준다. 곧 인간의 영역이 자연의 영역에 포섭됨으로써 인간과 자연이 하나로 되는 통합의 질서를 구현해내고 있는 것이다. 그러나 「삼월」에서의 시적 자아는 그 실체가 거의 감각되지 않는다. 자연과 인간의 교감이라든가 상호간의 역동성 등이 철저히 배제되고 있는 까닭이다. 현실의 복잡한 실타래와 무관한 관념적, 동화적 그림만이 저 멀리서 약동하고 있는 것이다. 이럴 경우 자연의 묘사라든가 재현이라든가 하는 미학적 장치들은 거의 의미가 없게 된다. 현실과 이반한 관념의 작용이란 재현의 의장보다는 창조의 의장이 더 유효하기 때문이다.

리듬의 단순화와 명사형 종결어, 자연에 대한 시적 주체의 배제, 동화적 상상력의 추구 등은 박목월이 펼쳐보인 초기 자연시의 특색들이다. 목월시의 단순화된 시적 장치들은 시인의 언급처럼, 불안한 시대에 푸근히 은신할 수 있는 〈어수룩한 천지〉에 대한 그리움 없이는 그 설명이 불가능하다. 시인의 존재론적 고독의 은신처이자 시대의 피난처인 이 공간은 따라서 복잡하거나 구체적인 장소일 필요가 없었다. 불구화된 정신을 단선화시키는 편안한 공간이면 되는 것이고 일제 치하의 흔적만 없으면 되는 것이다.

그런데 목월의 이러한 동화적 상상의 공간들은 이미 1920년대 소월을 비롯한 낭만주의자들에 의해 시도된 바 있다. 가령 '강변'이라든 '남촌'과 같은 단순화된 공간들이 그러한데, 우선 이들이 직조해낸 시 형식 역시 목월의 시처럼 정형에 가까운 리듬과 짧은 시 형식이었다. 다만 이상화된 공간을 구현하는 방식에 있어서는 약간의 차이점을 갖고 있었다. 낭만주의자들은 그러한 공간을 '강변'과 같은 개념화의 방식을 통해서 직조한 반면, 목월은 그러한 공간이 펼쳐지는 상상적 묘사를 통해서 풀어내었다.

3. 상상적 자연과 자아와의 관계

목월이 창조해낸 자연은 이상화된 자연이다. 시인이 관념 속에서 창조해낸 정물화의 세계이다. 이제 목월이 창조해낸 시적 세계가 시인과 어떤 서정적 관계를 맺고 있는가 하는 점을 탐색해 보아야 한다. 앞서 지적한 대로 목월의 자연시에는 자연과 서정적 자아간의 교감 뿐 아니라 정서적 통합 역시 드러나지 않는다. 따라서 자연하면 흔히 연상되는 질서라든가 이법과 같은 형이상학적 사유를 목월 시에서 간취해내는 것이 쉽지 않다. 시인의 시에서 자연은 저 멀리 유리되어 있는 까닭이다.

그럼에도 목월의 시가 자연의 질서를 부정하거나 우주의 이법과 같은 형이상학적 관념들을 모두 와해시키는 일그러진 자연의 모습을 제시하는 것은 아니다. 목월의 자연시에서도 내재적으로 충실히 구동되는 자연의 질서는 얼마든지 확인할 수 있기 때문이다. 가령, 「삼월」을 보면, 상상의 공간인 방초봉에 고운 암노루 한 마리가 살고 있고, 이 노루는 아랫마을 골짝에 와 흐르는 냇물에 목을 축인다. 그런 다음 흐르는 구름에 눈을 씻고, 하얗게 떠가는 달을 보게 된다. 「청노루」에서도 그러하지만 「삼월」에서도 시의 맛을 살리는 것은 노루라는 역동적 실체이다. 고요한 풍경과 노루의 생생한 역동적 동작이야말로 이 시의 시적 긴장을 높이는 효과를 가져오기 때문이다. 그리고 이 동물은 하늘과 땅을 매개하는, 소위 동양적 조화의 매개물이 되기도 한다. 음양오행의 조화와 천지인 삼위법이 가장 안정적인 동양의 조화감이라 할 때, 지상적 존재인 노루는 땅(냇물)과 하늘(구름과 달)을 연결시키는 고리가 되기 때문이다. 이렇듯 목월 시에 있어서의 자연은 하나의 완벽한 실체로 구현된다. 그럼에도 그의 자연은 우주의 이법이라든가 자연의 섭리와 같은 형이상학적 사유를 드러내지 않는다.

시인은 그러한 자연을 그려놓을 뿐 그것을 내재화시키거나 자기화시키지 않는 것이다. 그 단적인 원인이 자연과 자아의 분리에 있음은 앞서 지적한 바 있거니와 실상, 목월의 시에서 시적 자아는 그 동화적 자연의 세계를 마냥 그리워하는 고립자로만 현현된다.

①송화가루 날리는
외딴 봉우리

윤사월 해 길다
꾀꼬리 울면

산지기 외딴집
눈먼 처녀사

문설주에 귀 대이고
엿듣고 있다

「윤사월」 전문

②내사 애달픈 꿈꾸는 사람/내사 어리석은 꿈꾸는 사람//밤마다 홀로/눈물로 가는 바위가 있기로//기인 한밤을/눈물로 가는 바위가 있기로//어느 날에사 /어둡고 아득한 바위에/절로 임과 하늘이 비치리오//

「임」 전문

①의 시가 「청노루」 등의 시세계와 닿아 있음은 새삼 설명할 필요가 없다. 이 시에 구현된 리듬과 내용을 「청노루」의 그것과 비교할 때, 거의 차별되지 않는 까닭이다. 그럼에도 「윤사월」은 앞의 시들과 몇가지 측면에서 확연히 다른 모습을 보여준다. 우선 이 시에는 세속의 국면이랄까 인간의 국면이랄까 하는 것이 어렴풋이 드러나고 있다. '산지기 외딴집'이라

든가 '눈먼 처녀'가 바로 그것이다. 이런 세속화된 배경의 등장은 「청노루」나 「삼월」에서 보이는 동화적이고 환상적인 면들을 희석시키는 기능을 한다. 이를 테면 덜 신비화된 공간의 구현이라고나 할까. 그것이 어떠하든 간에 목월 시의 자연에 세속적인 공간이 틈입하면 할수록 그의 시들은 신비적인 자연의 모습을 잃어가게 된다.

그리고 이 시의 또 다른 특징은 '눈먼 처녀'로 표상되는 퍼스나의 등장이다. 이런 가면의 등장 자체가 목월 시의 탈환상성을 말해주는 것인데, 그의 시에서 자아가 보다 분명한 모습을 보일 때, 관념화된 자연의 공간은 일탈하기 시작한다. 그의 자연들은 저멀리 있는 자연이 아니라 지금 여기에 있는 자연, 접근 가능한 자연으로 바뀌게 된다. 이는 목월의 시에서 아주 주목을 요하는 대목이 아닐 수 없다. 목월의 시에 있어서 자연이 시적 자아로부터 얼마나 먼 곳에 떨어져 있는가하는 것은 「청노루」를 보면 금방 알게 된다. '청노루 맑은 눈에 도는 구름'의 세계는 잘 알려진 것처럼 환상적인 공간이다. 그런데 그곳에 이르려면, 곧 우아한 환상적 공간으로 들어가기 위해서는 "느릅나무 속잎 피어가는 열두 구비"를 되돌아가야 한다[10]. 그만큼 목월이 창조해낸 동화적이고 환상적인 공간은 세속의 잣대로 쉽게 잴 수 없는 머나먼 거리에 있었던 것이다. 그러나 그러한 거리들은 환상적인 공간들이 일상으로 틈입하면서 좁혀지게 된다. 따라서 그의 시에서 세속적인 시적 자아는 관념의 심연 속에 그려진 환상적 자연을 일상의 자연으로 바뀌게 하는 매개 역할을 한다고 하겠다. 이제 시적 자아는 환상의 자연을 상상 속에 만들어 놓고 저 멀리서 관조하는 것이 아니라 이를 엿듣는 적극적 주체로 바뀌게 되는 것이다.

---

10) 박목월, 「청록집의 자작시 해설」.

시 ②는 목월의 초기 시 가운데 몇 안되는, 1인칭 자기 고백의 시이다. 이 시에 구현된 자연은 이상화된 것이라거나 환상적인 것도 아니고 동화적인 것은 더더욱 아니다. 서정적 자아가 보다 분명한 모습을 띠고 등장함으로써 가상의 자연은 이렇듯 그 본연의 모습을 잃게 된다. 서정적 자아는 가상으로 존재할 듯한 환상적 자연에 대해 "애달픈 꿈꾸는 사람"이나 "어리석은 꿈꾸는 사람"으로 현현된다.

목월의 자연시가 〈어수룩한 천지〉에 대한 그리움으로 생성된 것임은 이미 살펴본 바와 같다. 그는 일제 강점기라는 현실 속에서 그 대항 담론으로 환상적 자연을 만들어내었다. 이는 시인의 말대로 현실에서는 불가능한 초월적 공간이다. 어쩌면 근대의 제반 사유가 미치지 못하는 야생적 사유가 만들어낸 희대의 관념적 공간에 가까운 것이었다. 이성이 탈각된 사회, 몰개성이 휘날리는 원시적 야만의 공간일 수도 있다. 그런데 개성이 개입하면서, 곧 서정적 자아가 틈입하면서 그러한 환상의 공간들은 일상의 공간으로 점점 탈바꿈하게 된다. 목월의 시가 일상의 영역으로 넘어올 때, 관념의 영역은 또 다른 주목을 받게 되는 바, 그것은 곧 그리움이라는 정서이다. 실상 목월의 시에서 동화적 공간에서 어떤 그리움의 정서를 읽어내는 것은 거의 불가능하다. 이미 구현된 자연 자체가 완벽한 질서를 갖춘 동화의 세계라는 점에서도 그러하고, 시적 자아와 세계와의 갈등이 존재하지 않는 점에서도 그러하다. 그러나 그의 시들이 일상의 영역으로 넘어오면서, 곧 시적 자아가 분명한 모습을 띄면서 그의 자연 시들은 새로운 국면을 맞게 된다. 그리움의 정서가 바로 그러한데, 이 정서는 목월의 시들이 식민지라는 외적 현실과 얼마나 깊게 맞물려 있는가를 하는 사실을 아주 잘 보여주는 단적인 근거가 된다. '기인 한밤'이라든가 '어둡고 아득한'이 환기해주는 정서 역시 그러한 시대의 불행과 불가분의 관계에 놓여 있는 기표들이다.

이러한 그리움들은 시대의 고민과 역사의 번뇌에서 오는 것이라는 데에는 재론의 여지가 없다. 그럼에도 목월의 시들이 세속의 낙차 속에 침잠해 들어오는 경우, 그의 시세계는 다시 그 완벽한 자연의 세계에 대한 회귀의지가 가열차게 드러나지 않는 한계를 가지고 있는 것이 사실이다. 가령, "임과 하늘"을 그리워 한 「임」의 경우를 보면, 서정적 자아는 그러한 임과 하늘의 조우를 위해 "밤마다 홀로 눈물로 갈"고 있다. 그런데 그러한 해후가 서정적 자아의 지난한 탐색과 노력보다는 "어느 날에사 절로 비추리라"에서 보듯 다분히 수동적인 입장을 취하고 있다. 이러한 소극적 자세는 「윤사월」의 경우도 동일하다. 이 작품에서 서정적 자아인 눈먼 처녀는 자연이 주는 환상적인 소리를 그저 엿듣고 있는 것으로 만족해하고 있는 것이다. 이를 테면 적극적인 자아라든가 탐색하는 자아의 역동적인 모습을 도출해내기 매우 힘들다는 뜻이다. 그의 대표작 「나그네」도 이와 비슷한 사유구조를 보여준다.

강나루 건너서
밀밭 길을

구름에 달 가듯이
가는 나그네

길은 외줄기
남도 삼백리

술 익은 마을마다
타는 저녁놀

구름에 달 가듯이
가는 나그네

「나그네」 전문

박목월의 초기 시를 몇 가지 연관관계와 구조적 통일성에 비춰볼 때, 「나그네」는 예외적인 영역에 속하는 작품이다. 우선 '나그네'라는 소재가 그러하다. 나그네를 사전적 의미로 풀이하면, 일정한 주거조건을 갖추지 않고 이리저리 떠돌아다니는 자로 규정할 수 있을 것이다. 이를 작품의 맥락과 연관시켜도 사정은 크게 달라지지 않는다. 무엇인가를 끊임없이 탐색해 들어가는 구도자의 자세나 시적 모색이 주게 되는 경우에 나그네의 이미지는 생생한 실체로 살아 숨쉬게 된다. 그런데 목월 시에서 어떤 역동적인 실체를 감각하거나 탐색해 들어가는 것이 거의 불가능하다. 그의 시들은 잘 알려진 것처럼, 정적인 세계를 다루고 있다. 특히 재현된 자연이 아니라 상상된 자연을 다루고 있다는 점에서 더욱 그러하다. 뿐만 아니라 목월이 생산해낸 자연들은 민화 수준의 영역을 뛰어넘지 못한다. 목월의 자연 시들은 원근이 뚜렷하게 드러나는 풍경화가 아니기에 역동성과는 거리가 멀다. 따라서 그의 시들에서 역동적인 나그네의 이미지를 찾고 그것에 의미를 부여하는 것이 쉬운 일만은 아니다. 그럼에도 「나그네」는 목월의 시 가운데 대표작에 속한다. 이 시가 목월의 우수작이 된 데에는 시대적 배경과는 전혀 관련이 없다. 감칠맛나는 정서와 한국적 체취가 이 시를 명시의 반열에 올려 놓았기 때문이다. 우리 근현대 시사를 통틀어서 이 시만큼 그런 정서들을 잘 표방한 시를 찾는 것이 어렵기에 더욱 그러하다.

「나그네」는 동화적 상상으로 환상적 자연을 창조해낸 목월의 열정과는 약간의 거리를 두고 있는 시이다. 시의 문면에 드러나 있는 것처럼 이 작품에서의 서정적 자아는 어떤 실체를 치열하게 탐색하지 않는다. "구름에 달 가듯이 가는" 유유자적하는 나그네의 모습인 것이다. 이는 「임」의 '절로'와 비슷한 사유 모형으로서 대상에 대한 인식의 깊이라든가 이상화된 세계에 대한 기투의지와는 무관하다. 박목월의 이러한 나그네 의식은 청록파로 함께 활동했던 조지훈의 그것과 여러 모로 비교가 된다. 조지훈 시에서 나그네의 의미는 매우 동적으로 나타난다. 이 의식은 그의 시에서 분열된 서정적 자아를 완결시키기 위한 동기 역할을 한다. 조지훈은 나그네로 표방되는 유랑의 과정을 거쳐 자연의 의미를 새롭게 발견한다. 즉 그는 인간의식과 우주의식의 완전 일치의 체험이 시의 구경(究竟)이라는 결론에 도달하는 것이다. 이러한 순일한 조화의 정점에서 그의 나그네 의식은 종결되는데, 조지훈의 나그네 의식은 한편으로는 우주와 일체화되는 만남이면서 다른 한편으로는 건강한 현실과 만나는 예비된 의식이었다[11].

박목월의 나그네는 조지훈의 그것과 달리 절대적 대상을 희구하지 않는다. 그는 그러한 현실에 대해 구름에 달 가듯이 비껴간다. 동화적 자연을 창조해 놓고 이에 기투해들어가기 보다는 이를 우회할 따름이다. 박목월의 시에서 자연과 자아가 분리되었다거나 상상속의 자연이라고 부르는 것은 이 때문일 것이다[12].

산이 날 에워싸고
씨나 뿌리며 살아라 한다
밭이나 갈며 살아라 한다

어느 짧은 산자락에 집을 모아
아들 낳고 딸을 낳고

---

11) 송기한, 「조지훈 시의 유랑의식 연구」, 『한중인문학회』, 2008, p.211.
12) 이희중, 「박목월 시의 변모과정」, 『박목월』(2002), p.141.

흙담 안팎에 호박 심고
들찔레처럼 살아라 한다
쑥대밭처럼 살아라 한다

산이 날 에워싸고
그믐달처럼 사위어지는 목숨
그믐달처럼 살아라 한다
그믐달처럼 살아라 한다

「산이 날 에워싸고」 전문

산으로 표상되는 자연과 서정적 자아는 원천적으로 분리되어 있다. 서정적 자아로부터 원거리에 있는 절대적 존재인 산은 명령자일 뿐이고, 서정적 자아는 그러한 자연의 준엄한 명령을 여과없이 수용해야만 하는 수동적 존재이다. 이렇듯 목월의 시에서 자아가 자연으로부터 분리되어 있다는 것은 일견 타당한 이야기이긴 하지만 그렇다고 그가 생산해낸 자연의 의미가 희석되는 것은 아니다. 목월은 현실 속에서 동화적 자연을 만들어놓고 이를 희구했다. 그리고 그러한 자연 속에 일상적 자아가 틈입해 들어감으로써 환상 속의 자연이 일그러질 때에도 그 그리움의 정서는 변하지 않았다.

시인에게 자아와 자연의 상호 교융이란 애초부터 존재하지 않는다. 마찬가지로 동화적 자연이 깨지고 일상의 현실이 밀려올 때에도 그리움의 정서는 있을지언정 현실과 자연, 자아와 자연을 융화시키려는 어떠한 노력도 보이지 않았다. 그 명확한 본보기가 그의 나그네 의식이다. 시인이 견디어내야 하는 현실이란 그만큼 어떠한 타협의 여지도 없는 난공불락의 성채였던 셈이다.

4. 자연과 현실의 길항관계

『청록집』이 간행된 것은 해방직후이다. 그러나 여기에 수록된 목월의 시들은 거의 일제 강점기에 씌어진 것들이다. 목월 자신의 말을 빌면, 불구화된 현실 속에서 어디에도 기투할 수 없는 정신적 불모감들을 이상적 자연을 직조해냄으로써 이를 초월하려 했다. 그러니까 현실로부터 초월된 자연, 상상의 자연은 현실의 어떤 실타래로도 연결할 수 없는 절대적 거리를 갖고 있었다. 말하자면, "느릅나무 열두고비"를 지나야만 도달할 수 있는 초월적 세계였던 것이다. 일제 강점기라는 열악한 현실에 대한 대항담론으로 제기된 공간이기에 일상의 접근이 거의 불가능한 곳이다. 이곳은 절대적 만족의 세계이기에 어떤 복잡성이나 심오한 형이상학적 사유들을 드러내거나 읽어낼 필요가 없었다. 그리하여 서정적 자아는 철저히 격리될 수밖에 없었고, 서정시가 일인칭 자아의 표현이라는 장르적 특성조차 무화시키는 미적 특성에까지 이르렀다. 서정시의 특성인 주관성의 원리까지 완벽하게 배제시키는 세계였다.

그런데 목월이 창조해낸 동화적 자연 속에 자아가 개입되면 될수록 그 속성은 일그러지고 일상의 요소들이 부각하기 시작한다. 이를테면 그리움의 정서 등이 그 단적인 예이다. 목월의 자연 시에서 서정적 자아의 개입은 그리움의 정서와 불가분의 관계에 놓인다. 그럼에도 목월은 자신의 그려놓은 동화적 세계에 적극적인 개입을 유보한다. 시인은 구름에 달 가듯이 그러한 세계에 대한 가열찬 탐색을 우회내지는 회피하고 있기 때문이다.

그러나 해방이란 목월에게 그러한 정신적 불모성에 대한 근본적 의문이 더 이상 필요치 않는 환경을 제공해준다. 서정적 자아를 강제하던 외적 현실이 비로소 사라지게 된 것이다. 이와 맞물려 상상 속에 창조해낸 동화적 자연도 더 이상 필요치 않게 되었고, 또 그 현실에 대한 그리움의 정서도 더 이상 의미화할 필요가 없게 되었다. 올바른 현실이 온전한 모습으로 자아 앞에 현시되었을 때, 목월이 발견한 것은 적나라한 스스로의 모습이었음은 당연한 것이라 할 수 있다. 현실 속에 노출된 자아가 바로 그것이다. 따라서 중기 시세계를 대표하는 그의 생활시들은 이런 맥락으로 이해해야 한다.

지상에는
아홉 켤레의 신발.
아니 현관에는 아니 들깐에는
아니 어느 시인의 가정에는
알전등이 켜질 무렵을
文數가 다른 아홉 켤레의 신발을.

내 신발은 十九文半.
눈과 얼음의 길을 걸어,
그들 옆에 벗으면
六文三의 코가 납작한
귀염둥아 귀염둥아
우리 막내둥아.

미소하는
내 얼굴을 보아라.
얼음과 눈으로 壁을 짜올린
여기는 지상.
연민한 삶의 길이여.
내 신발은 十九文半.

아랫목에 모인
아홉 마리의 강아지야
강아지 같은 것들아.
굴욕과 굶주림과 추운 길을 걸어
내가 왔다.
아버지가 왔다
아니 十九文半의 신발이 왔다.
아니 지상에는
아버지라는 어설픈 것이
존재한다.
미소하는
내 얼굴을 보아라.

「가정」 전문

목월 시의 자연은 현실 초월적인 공간이다. 반면 자아는 그러한 자연과 대항관계에 있다. 뿐만 아니라 이 자아는 현실의 끈끈한 힘과 불가분의 관계를 형성한다. 일제 강점기의 객관적 열악성에 동화적 자연이 대응한다면, 해방된 조국의 현실 속에 일상적 자아가 대응된다. 자연과 현실의 길항관계 속에 있는 자아를 발견한 것이다.

그렇기에 목월의 생활시들은 나와 가족과 같은 지극히 협소한 단위에 머무를 수밖에 없게 된다. 사회적 의미망이나 정치적 발언과 같은 소위 참여적 성격의 생활들의 세계와는 거리가 멀다는 뜻이다. 「가정」이라는 작품을 보면, 우선 시의 제목도 그러하지만, 이 시에서 표명하고자 하는 것 역시 시인 자신이나 가족과 같은 지극히 미세한 사회적 단위들뿐이다. 시인의 시선은 절대적 거리에 존재하고 있었던 동화적 세계가 아니라 '지상'에 놓인다. 이곳에는 소시민으로 살아가는 자신뿐 아니라 자기에게 부속된 가족이 존재한다. 이 가족은 철저하게 자신에게 구속된 존재이고 자신을 벗어나서는 의미화되지 않는 존재들이다. 목월의 이러한 시적 전략들은 초기 시의 자연의 의미를 벗어나서는 설명되지 않는다. 일제 강점기라는 열악한 현실에서 출발한 것이 그의 자연시들이다. 그런데 해방이 되면서 그의 자연의 근간이 되었던 불합리한 현실이 사라졌다. 그의 자연시들에서 움츠려들었던 자아들이 비로소 활동할 수 있는 계기가 마련된 셈이다. 이 때, 가장 먼저 압도되어 온 것이 소시민의식이다. 그의 생활시들은 여기에 기반을 두고 탄생한 것이다. 따라서 그의 중기 생활시들이 초기 자연시들과 분리하여 논의하기 어려운 까닭은 여기에 그 원인이 있다고 하겠다.

5. 결론

목월의 자연시들은 기존의 자연시들이 보여주지 못한 특성 때문에 많은 논의의 대상이 되어 왔다. 목월의 시 속에 묘사된 자연이 재현된 자연이 아니라 생성된 자연이라는 측면 때문이다. 목월 자신의 말과 일부 연구자의 지적대로 그가 만들어낸 자연은 현실 속에는 불가능한, 그리하여 상상이 만들어낸 주관적 열정의 표명 정도로 해석되었다. 특히 청노루나 자하산과 같은 비현실적 대상을 소재로 시화했다는 것 때문에, 일제 강점기라는 현실을 회피했다는 지적 역시 받아 온 것이 사실이다. 그러나 목월 스스로가 언급했던 것처럼, 그의 자연시들은 철저하게 현실의식에 입각하여 씌어졌다는 것이 필자의 판단이다.

이는 두가지 관점에서 그러하다. 하나는 목월 자신의 말이다. 물론 일제 강점기를 살았던 대부분이 시인이나 지식인들이 자신들이 살았던 삶들에 대해 어느 정도 자기 합리화를 하는 것은 당연한 일일지도 모른다. 이런 맥락에서 보면 『청록집 자작시 해설』에서 보여준 목월의 말들을 전부 수용하는 것은 어불성설일 것이다. 특히 「나그네」같은 시들은 더욱 그러한 혐의를 짙게 만들어준다. 그러나 목월의 자연시들을 꼼꼼하게 살펴보면 목월의 말에 일견 수긍이 가는 측면이 있다. 이는 목월이 탐색해낸 자연이 아주 단순하고 동화적이라는 사실에서 증명된다. 현실과 대항관계에 있는 유토피아가 심오한 형이상학적 함의나 복잡한 시적 장치를 필요로 하지 않기 때문이다. 목월의 자연시들이 정형에 가까운 단순한 리듬, 명사형 종결어, 짧은 형식적 특성이 있는가 하면, 시 속에 구현된 자연이 우주의 이법과 같은 형이상학적 진리가 아니라 천진무구한 동화의 세계에 가깝다는 점이 이를 증거한다.

목월 시의 현실성은 중기 시의 생활시를 통해서도 파악하는 것이 가능하다. 단지 생활을 인식했다해서 현실적이라는 뜻이 아니라 초기 시의 자연시가 주는 함의에서 오는 현실의 의미에서 그러하다. 목월 시의 그러한 특성들은 소시민의식을 통해 이루어지는데, 이 의식은 초기의 자연시의 맥락을 떠나서는 그 설명이 불가능하다. 객관적 열악성에 의해 떠받들어지고 있던 것이 초기의 자연시이다. 그런데 그러한 외적 조건이 무화되면서 목월의 시들은, 그가 창조해낸 상상의 자연을 잃게 된다. 그 빈자리를 뚫고 들어온 것이 자아이다. 목월 시에서 자아의 유동은 매우 중요한데, 가령 절대적 거리에 위치해 있던 자연시도 자아가 개입되면서 '그리움'의 정서가 표출되고 있음을 보아온 터이다. 이 정서는 절대적 거리에 있는 자연의 세계와는 변별되는 일상의 감수성이라 할 수 있다. 어떻든 불리한 현실이 사라지고 이를 대신하는 현실, 해방이라는 현실의 아우라가 서정적 자아를 휘감을 때, 목월은 소시민으로서의 자기를 발견하는 시적 변신을 하게 된다. 그의 생활시들이 모두 소시민으로 일관하고 있는 것은 여기에 그 원인이 있다. 요컨대 목월 시에서 현실은 시의 출발이면서 종점에 해당된다고 할 수 있다.

유랑 의식에 나타난 근대에의 사유
— 조지훈론

1. 정(靜)과 동(動)의 미적 긴장

청록파의 한 사람이자 우리 시단에 뚜렷한 족적을 남긴 조지훈이 사거한지도 벌써 40년의 세월이 흘렀다. 그 오랜 세월만큼이나 그에 대한 연구 역시 많이 축적되어 왔다. 조지훈하면 떠올려지는 것들이 한두 가지가 아니어서 그에 대한 꼬리표는 다양하게 그리고 많이 붙여져 있다. 정지용의 추천을 받은 『문장』파 출신의 시인, 박목월, 박두진 등과 함께 해방직후에 펴낸 『청록집』의 시인, 「승무」의 작가, 그리고 「지조론」으로 대표되는 지사적 풍모 등등이 그를 에두르고 있는 대표적 목록들이라 하겠다. 그는 시인으로서, 학자로서, 지성인으로서 많은 발자취를 남겼지만, 고전의 감각을 현대적 맥락 속에서 되살려낸 「승무」의 시인이라는 사실은 너무 큰 것이어서 다른 어떤 연상적 틀로 대신하기는 어려운 것 또한 사실이다. 실상 조지훈은 해방직후 한국 서정시단을 대표하는 시인이었다. 정치와 사상, 사회를 배제한 순수성이 시의 구경적 형식이라는 그의 논리는, 해방직후 시를 사상적 도구나 현실의 기계적 반영으로 치환시키려는 리얼리즘 계통의 시단에 맞서는 주요 이론적 거점이 되었다. 비록 그의 순수 시론이 현실을 우회해서 그것을 초월하려는 안일한 도피주의나 현실추수주의라는 비판이 있긴 하지만, 요동치는 해방 공간의 혼돈 속에서 시의 서정성을 지켜낸 중요한 논리적 전거가 되었다는 사실은 부인하기 어려울 것이다.

지금까지 조지훈의 시나 산문을 검토한 대다수의 연구자들이 주목한 부분도 바로 이 지점이다. 사상과 이념이 배제된 조지훈의 순수시와 순수시론에 대한 분석이 있는가 하면, 그가 등단한 『문장』지와, 이 잡지의 구성원인 정지용 등이 보여준 자연시와의 연관성을 검토한 경우도 있다. 뿐만 아니라 시인의 성장 배경과 그 사상적 관련 양상에 주목하여 조지훈 시에서 드러나는 유가적 면모 등을 분석한 글 역시 상당 부분을 차지하고 있다. 조지훈의 시에 은둔적인 포즈와 탈속의 세계가 짙게 배어있다는 측면에서 보면 이러한 연구들은 어느 정도 타당성을 가지고 있다. 특히 그의 시의 궁극적 지향이 자연과 인간의 통합 혹은 조화이기 때문에 더욱 그러하다.

그럼에도 여기에는 몇 가지 문제점이 있다. 우선 이러한 분석들은 조지훈의 시를 지나치게 환경결정론으로 귀결시켜 그의 시에서 드러나는 자생적인 내면구조를 등한시하게끔 하는 결과를 가져왔다. 조지훈의 시들은 그러한 국면들이 덧씌워져 여러 가지 굴곡을 겪어온 것으로 보이는데, 가령 다음과 같은 것들이 그 주요 요인이다. 첫 번째는 그의 등단과정이다. 『문장』지의 추천을 받을 무렵 조지훈은 모더니즘 계통의 시와 소위 전통주의로 분류할 수 있는 계열의 시를 제출한 것으로 되어 있다. 그런데 추천자인 정지용에 의해서 전자 계열의 시들은 배제되고 이후 전통주의 계통의 시들만이 추천의 대상이 되었다는 것이다. 말하자면 조지훈의 시에서 드러나는 전통지향적 성향은 자율적 선택이 아니라 타율적 요인에 의해 만들어졌다는 논리인 것이다[1]. 다음으로는 조지훈의 성장배경이다. 그는 영남 유생의 자제출신으로 신학문보다는 주로 서당교육을 받았다. 그가 받은 재래식 교육은 조지훈으로 하여금 서구 근대적 학문과는 거리를 두게 만들었다. 이러한 이유로 조지훈은 근대적 경험에 바탕을 둔 모더니즘 계통의 시보다는 전통지향적인 시를 제작하기에 이르렀다는 것이다. 거의 타율인 선택에 의해서 말이다. 그리고 이후 그의 시를 탐색한 대다수의 연구자들 역시 그러한 영향관계로부터 자유롭지 못했다. 조지훈의 시에서 동양적 사유인 정(靜)이나 선(禪)의 가락을 읽어내거나 자연의 은일한 미덕을 찾아내는 태도들은 모두 조지훈의 전기적 사실에 주목한 연구들이었다. 이를 한마디로 규정한다면 정(靜)의 미학이라 할 수 있다[2].

조지훈의 시가 정(靜)의 미학에 근거를 두고 있는 것은 틀림없는 사실이지만, 그럼에도 그의 시들을 단선적인 틀로 묶어내기에는 몇 가지 한계점이 노정된다. 그의 시에서 은둔이나 정의 미학으로만 설명할 수 없는 어떤 역동적 국면들이 분명 내재되어 있기 때문이다. 이는 다음 두 가지 측면에서 그러하다. 우선 조지훈이 모더니즘 계통의 시를 창작해내었다는 사실을 주목해야 할 것이다. 비록 타율적 요인에 의해 전통지향적 경향의 시로 경도되긴 했지만 그의 사유의 저변은 점증하는 근대의 세례로부터 자유롭지 못했을 것이라는 점이다. 습작기의 그는 서구 여러 시인들의 시와 사상가들의 서적을 탐독[3]했을 뿐만 아니라 등단을 전후해서는 근대식 교육을 받았기 때문이다. 실제로 조지훈은 등단 초기뿐만 아니라 그 이후

1) 김용직, 「시와 선비의 미학」, 『조지훈』(최승호편, 2003), 새미 참조.
2) 오세영, 「조지훈의 문학사적 위치」, 위의 책.
3) 조지훈, 『시와인생』, 신흥출판사, 1959. 조지훈은 이 글에서 습작기시절 보들레르나 랭보 등 비롯한 프랑스 모더니즘이나 상징주의 계통의 시를 탐독했다고 말하고 있다.

에도 모더니즘 계통의 시를 꾸준히 창작한 것으로 되어 있다[4]. 물론 한 시인의 시세계가 어느 하나의 국면으로 고착되어서 단일한 경향의 시만을 담아낼 수만은 없을 것이다. 그럼에도 조지훈의 경우, 이 두 가지 상반되는 시세계의 공존이야말로 그의 시세계를 새롭게 탐색해 들어가게 하는 좋은 단서라 할 수 있다. 그것은 그의 시가 정(靜)의 세계에만 머물 수 없는 역동적 측면을 담고 있었다는 점에서 그러하다. 점증하는 근대의 불안과 갈등으로 말미암아 동양적 고요를 뒤흔드는 시적 고뇌가 조지훈의 내면속에서 끊임없이 요동치고 있었던 것이다. 이른바 정의 미학과 대비되는 동(動)의 미학이 조지훈의 시에 자리할 근거가 마련되는 순간이다. 다른 하나는 조지훈의 존재론적 고독이다. 물론 이 고독은 조지훈 혼자만의 고유한 것이라 할 수는 없을 것이다. 그것은 이 세상에 피투된 존재라면 누구나 감내하고 겪어야 하는 것이기 때문이다. 그럼에도 조지훈에게 이러한 고독의 의미는 매우 각별한 것으로 보인다. 동양적 은일이나 침잠의 세계에는 존재에 대한 고독이나 끈끈한 삶의 욕망이 느껴지지 않는 것이 보통이다. 조지훈의 시들이 초기부터 동양적 침잠이나 무위자연과 같은 비욕망적 사유로 폐쇄되어 있었다면, 존재에 대한 내적 물음은 애초부터 없었을 것이다. 그러나 조지훈의 시를 읽어보면 금방 알 수 있는 것처럼, 그의 시들에는 내면에의 고독과 헤매임의 의식들이 촘촘히 박혀 있다. 이는 그의 시들이 지극히 동적이라는 사실과 무관하지 않는 단면들이다.

문학은 상상력을 기반으로 하고 있는 자율적 체계이다. 어느 특정 이념이나 영향에 크게 좌우되지 않는 그 나름의 독특한 내적 구조를 작품 속에 담아내고 있는 것이다. 이런 논리에 설 경우, 조지훈의 시를 보는 시각

4) 엄성원, 「조지훈의 초기시 연구」, 『한국문학이론과 비평』 35집, 한국문학이론과 비평학회, 2007, 6.

에 약간의 변화가 필요하다. 그는 처음부터 동양의 정적 세계에 머물러 있지만은 않았다는 사실이다. 그에게는 근대에 대한 모색과 존재에 대한 끊임없는 고민을 자신의 시 속에 담아내고 있었던 것이다. 특히 그의 시에서 그러한 역동성은 어떤 흐름과 움직임의 이미지로 나타나는데, 그것이 곧 '나그네'로 표상되는 유랑의식이다. 이는 조지훈 시를 규정지어 왔던 동양적 완미의 세계라든가 선의 가락과 같은 정적 이미지와는 거리를 두고 있는 경우이다. 그러한 동적 이미지에 대한 문제의식이야말로 조지훈 시의 본질에 새롭게 접근하는 방식이 될 것이다.

2. 자아의 모색과 '나그네' 의식

조지훈의 시를 유랑의식으로 접근하는 것은 매우 낯설어 보인다. 그것은 그의 시가 어떤 정적인 이미지와 너무나도 깊이, 그리고 견고하게 결합되어 있다는 느낌을 주고 있었기 때문이다. 그러나 앞서 언급한대로 조지훈은 초기부터 근대적인 것과 전통적인 것 사이에서 많은 시적 갈등을 느끼고 있었다. 비록 정지용의 타율적 선택에 의해서 전통적인 성향의 시세계로 나아갔어도 조지훈은 근대의 여러 영향으로부터 자유롭지 못했던 것으로 판단된다. 이는 조지훈이 모더니즘의 경향의 시를 끝까지 포기하지 않고 후기까지 계속해서 창작해내었던 사실과도 무관하지 않은 일이다[5]. 조지훈의 그러한 시적 자의식은 근대의 부산물인 자아에 대한 인식에서 쉽게 발견된다. 어느 곳에서도 안주할 수 없었던 자아, 그리하여 실존적

---

5) 엄성원, 위의 논문 참조.

안주를 위해 끊임없이 자기모색을 해야 했던 자아는 결국 시인으로 하여금 한곳에 머물지 못하게 하는 유랑의식을 표출하게끔 만든다.

근대는 자아에 대한 발견을 특징으로 한다. "나는 생각한다 고로 존재한다"라는 데카르트의 코기토는 근대를 상징하는 대표적인 담론이거니와 그러한 자아에 대한 지나친 강조가 역으로 인간 자신을 파멸로 몰아간 하나의 계기가 되었다. 자아의 인식과 자아에 대한 반성적 재인식이라는 이 역설이야말로 근대의 슬픈 자화상이 아닐 수 없었던 것이다. 이렇게 인간을 파탄시킨 자아에 대한 새로운 관계설정이야말로 근대가 제기한 반성적 과제의 하나였다. 자아에 대한 지나친 강조와 그러한 자아를 어떻게 멸각시킬 것인가에 대한 문제는 이렇듯 근대라는 삶의 터전에 뿌리를 내리고 있던 인간들에게 당면한 최대 고민거리였다.

물론 이러한 과제에 직면할 때, 가장 쉬운 모색점은 자아를 멸각시키거나 자아를 사상시키는 방법을 찾아내서 그에 기투하면 그만일 것이다. 그런데 그 방법과 매개가 무엇일까하는 것에 직면하게 되면 문제는 매우 복잡해진다. 나라마다 시대마다 처해진 상황에 따라 그 방법적 인식들은 얼마든지 달라질 수 있는 것이기 때문이다. 그럼에도 그러한 인식적 여로들은 어떤 공통성을 보여 왔는데, 가령 우리의 경우는 자연이 그 대표적 사례로 사유되어 왔다. 모더니즘의 역사적 전통이 미흡하고 그 인식적 사유가 깊지 않은 우리의 현실에서 아마 자연만큼 적절한 매개도 찾아보기 힘들었을 것이다. 그러나 서구의 경우는 우리와 매우 다른 인식적 사유를 보여주었다. 가령 모더니스트였던 엘리어트가 영국 정교에서 인식의 완결성을 찾은 것에 알 수 있듯이 서구인들은 주로 역사적인 맥락에서 찾아왔다. 그러한 역사적 전통에서 자아모색의 사례를 찾기 힘들었던 우리의 경우는 주로 자연이 그 방법적 대상이 되어 왔던 것이다. 자연은 그만큼 쉽게 대면할 수 있는 대상이었고, 근대적 인식구조에서 자연만큼 완벽한 인식체계를 보지한 경우도 드물었다. 또 자연이라는 거대한 마법 속에서 작동되는 자아야말로 가장 비인간화되고 비개성화된 자아이기에 그러했다. 한편 만물의 질서와 우주의 이법을 표상하는 자연을 어떻게 받아들이느냐에 따라 시적 자의식은 여러 갈래로 분기되어 왔다. 가령 비교적 근대 초기의 작가였던 소월의 사례를 보면, 그는 이러한 자연을 완전히 자기화시키지 못하고 '저만치' 그저 바라만보고 있었다. 소월 시의 특색인 '한'의 미학적 근거도 그러한 거리에서 찾고 있긴 하지만 어떻든 그는 '자연'을 자신의 내적 근거로 받아들이지 못하고 '저만치' 떼어 놓고 있었다.

그런데 소월에 의해 분리된 자연은 이후 다른 면모를 띠고 나타난다. '문장'파에 이르면 그 사정이 매우 달라지기 때문이다. '문장'파는 소월과 달리 자연을 본연 그대로의 모습으로 회복시켜 놓았다[6]. 정지용은 자신의 명편 「백록담」에서 자아멸각의 뛰어난 감수성을 너무도 잘 알려주고 있지 않은가.

그러면, 정지용의 추천으로 등단한 조지훈의 시세계는 어떠한가. 조지훈에 대한 연구는 크게 두 가지 시각으로 진행되어 왔던 바, 고전 혹은 전통에 관한 것이 그 하나라면[7], 자연에 관한 것이 다른 하나이다. 후자의 경우 연구자들은 조지훈의 자연이 선적인 것이라거나 관조적인 것이라는데 대부분 동의하고 있다[8]. 즉 주관이 배제된 자연을 마치 풍경화처럼 읊고 있다는 것이다. 조지훈 시에서 드러나는 자연의 의미가 시적 정서가 배제된 객관적 포즈를 취하고 있다는 측면에서 보면 이들의 판단이 크게 틀

6) 최승호, 『서정시와 미메시스』, 역락, 2006, p.112.
7) 박호영, 「조지훈의 전통주의」, 앞의 책(최승호 편).
8) 최승호, 『한국 현대시와 동양적 생명사상』, 다운샘, 1995.

린 것이라고는 할 수 없을 것이다. 조지훈의 시에서 자연은 일차적으로 응시의 대상, 관조의 대상이기 때문이다.

닫힌 사립에
꽃잎이 떨리노니

구름에 싸인 집이
물소리도 스미노라.

단비 맞고 난초잎은
새삼 치운데

볕바른 미닫이를
꿀벌이 스쳐간다.

바위는 제자리에
옴찍 않노니

푸른 이끼 입음이
자랑스러라.

아스럼 흔들리는
소소리바람

고사리 새순이
도르르 말린다.

「山房」 전문

인용시는 봄이 오는 산의 변화 모습을 사실적으로 묘사하고 있다. 어떤 규범이나 직관, 통찰에 의해서가 아니라 봄이 다가올 때 변화해가는 산의 모습을 카메라의 눈으로 그리고 있는 것이다. 그런데 주관이 배제된 이러한 자연에 대한 묘사는 우리 시사에서 매우 예외적인 것이라 할 수 있다. 자연묘사의 시들에서 흔히 발견되던 '자아'의 모습을 인용시에서 찾아보기란 쉽지 않기 때문이다. 인용시는 자연을 벗하며 그것과 더불어 유유자적하던 강호가도의 세계나 소월의 경우처럼 비애에 젖은 자연의 모습과는 거리를 두고 있는 것이다[9]. 이를 두고 자연에 대한 관조나 새롭게 창조된 자연이라고 평가하는 것은 당연한 귀결이고, 어느 정도의 정당성 또한 확보하고 있다고 하겠다. 봄에 대한 이러한 인상적 묘사는 박목월이 탐색하고 발견해낸 자연과 상호 불가분의 관계에 놓여 있는 것이기도 하다.

조지훈의 시에서 자연이 이렇게 거리화되어 있다는 것은 그의 작품 세계를 이해하는 데 몇 가지 시사점을 제공해준다. 우선 자아에 대해서 극명한 자기인식을 하고 있다는 것이 그 하나이다. 이러한 자아 인식 행위는 작품 속에서는 거의 감각되지 않는다. 자연은 저기 있고 나는 여기에 있을 뿐이다. 그러한 자연의 무감각화는 '자연'과의 융합에 의한 소멸도 아니고, '자아'와 '대상' 사이의의 팽팽한 긴장관계를 통해 얻어진 자연스런 합일도 아니다. 가령 「백록담」의 경우처럼, 등산을 하면서 서서히 잃어가는 자아의 모습은 여기서는 찾아 볼 수 없다. 이 작품 속에 자아란 애초부터 존재하지 않는다. 자연을 보는 시선만이 있을 뿐이고 이에 걸맞게 자연의 풍경을 있는 그대로 제시해주고 있을 뿐이다. 따라서 이 작품에서 자연은 원거리화된 대상 이상의 의미를 갖고 있지 못한 셈이다.

---

9) 조지훈 초기시의 자연과 소월의 자연은 거리화라는 측면에서 어느 정도 동질성을 갖고 있다. 그러나 소월의 자연이 다가갈 수 없는 비애의 자연이라면, 조지훈의 자연은 소월처럼 감상성에 젖은, 거리화된 자연이라기보다는 감정이 절제된 관조화된 자연이라는 점에서 차이가 있다.

다른 하나는 그렇게 타자화된 자연에 자아가 언제든지 틈입할 수 있는 개연성을 열어놓고 있다는 점이다. 자아는 자연과 거리를 둔 채 올곧게 자기 울타리를 치고 있다. 근대화된 인식구조 속에 편입되는 자연이 아니라고 한다면, 자아 역시 그러한 사유의 틀 속에서 운동하지 않을 것이다. 그러나 조지훈은 이미 근대의 세례를 흠뻑 받은 터였다. 서구 모더니스트들의 시를 접해왔고, 또 그 영향 하에서 모더니즘 경향의 시를 제작해낸 바 있다. 그러한 경험성들로부터 그는 자유롭지 못했을 것이다. 근대적 체험을 도외시한 채 문학사적으로 자리매김되는 시의 경우도 자아의 성격적 측면에서는 마찬가지이다. 정(情)과 경(景)의 융합이나 그 교융(交融)으로 귀결되는 조지훈의 '전체시' 역시 자아의 영향은 거의 절대적이라 할 수 있을 것이다.

자연에 대한 거리화는, 어쩌면 조지훈의 시를 역동적 실체로 나아가게 하는 하나의 단초 역할을 했을 것으로 판단된다. 그는 소월처럼 자연을 '저만치' 두면서 감상성에 젖지도 않았고, 정지용의 경우처럼 자연을 관념적 초월의 형상으로 받아들이지 않았다. 정지용의 자아가 '고향', '가톨릭시즘', '자연'과 같은 관념의 단위들로 널찍널찍하게 건너뛰면서 백록담 깊은 곳으로 함몰되어 갔다면, 조지훈의 그것은 좀더 구체적인 경험의 틀 속에서 재구성시키면서 자연을 탐색해 들어갔다. 그것이 시인으로 하여금 유랑의 기나긴 여행길에 오르게 만들었던 것으로 보인다. 그러한 의식들은 조지훈의 시에서 '나그네' 의식으로 표상된다.

①차운산 바위 우에 하늘은 멀어
산새가 구슬피 울음 운다.

구름 흘러가는

물길은 칠백리

나그네 긴 소매 꽃잎에 젖어
술 익는 강마을의 저녁노을이여.

이 밤 자면 저 마을에
꽃은 지리라.

다정하고 한 많음도 병인 양하여
달빛 아래 고요히 흔들리며 가노니－

「완화삼」 전문

②외로이 흘러간 한 송이 구름
이 밤을 어디메서 쉬리라던고,

성긴 빗방울
파초잎에 후두기는 저녁 어스름

창 열고 푸른 산과
마주앉아라.

들어도 싫지 않은 물소리기에
날마다 바라도 그리운 산아

온 아침 나의 꿈을 스쳐간 구름
이 밤을 어디메서 쉬리라던고.

「파초우」 전문

①은 박목월과 상호 화답한 시로 유명한 「완화삼」이다. '흘러가는', '물길', '흔들리며', '가노니' 등등의 시어에서 알 수 있듯이 여기에는 동적인

흐름이 나타나고 있다. 이를 대표하는 시어가 '나그네'이다. 이러한 시어들은 조지훈 시하면 흔히 떠올려지는 정적 이미지들과는 무관하다. 이 작품에서도 자연은 비교적 멀리 떨어져 있다. "차운산 바위 우에 하늘은 멀어"에서 보듯 자연은 시적 화자와 근거리에 있지 않은 까닭이다. 그렇다고 「산방」의 경우처럼 완전히 관조된 자연이라고는 할 수 없다. "달빛 아래 고요히 흔들리며" 가는, 어느 정도 자연 가까이에 있는 자아이기 때문이다. 「산방」의 거리화된 자연과는 다른, 인접된 「완화삼」의 자연은 어떤 의미가 있는 것일까.

'나그네' 의식이란 범박하게 말하면 떠돌이 의식이고, 어느 한곳에 정주하지 못할 때 발생하는 의식이다. 자아와 합일할 대상, 인식을 통합할 대상을 만나지 못한 의식이기에 강한 주관성 내지 욕망으로부터 자유롭지 못하다. 그런데 이러한 의식이 성립되기 위해서는 다음 두 가지 전제가 필요하다. 하나는 역동적 힘이 덧붙여져야 한다는 것이고, 그에 걸맞는 목적성이 부가되어야 한다는 것이다. 만약 그러한 목적과 힘이 없는 나그네라면, 단순한 여행자 혹은 무기력한 산책자의 이미지에서 벗어나지 못할 것이다. 즉 쉽고 안온한 감수성만으로는 나그네 의식을 설명하는 것이 불가능하다는 뜻이다. 사실 「완화삼」은 목월과의 교우라는 구체적 사실과 더불어 시 자체에서 드러나는 한가한 감수성 때문에 매우 낭만적으로 받아들여지기 쉬운 시이다. 특히 "술 익는 강마을의 저녁노을"이나 "달빛 아래 고요히 흔들리며 가노니"라는 구절들이 더욱 그러하다. 그저 목적없는 방랑객 정도의 나그네 이미지를 강하게 풍기고 있는 것이 사실이다. 그런데 이 시를 그러한 낭만적 한가함 정도로 해석하고 나면 이 시의 존재의의는 더욱 무력화된다. 이 시가 씌어진 때가 일제 식민지 시기라면 더더욱 그러하다. 압제의 사슬을 하루 속히 벗어나야할 절체절명의 강점기에 한가하게 '술익는 마을'을 배회하거나 '구름에 달 가듯이' 사뿐사뿐이 갈 수는 없기 때문이다. 그러나 이 작품은 그러한 평가로부터 벗어날 수 있는 근거를 작품 속에 내재시키고 있다. 그것은 화자가 "다정하고 한 많은 병"을 가진 자아이기 때문이다. 그러한 한이 직접적인 현실의 질곡에서 오는 것인지, 아니면 '저만치' 떨어진 자연에 다가갈 수 없는 소시민적 비애에서 오는 것인지는 알 수 없지만, 어떻든 이 작품 속에 구현된 자아는 자연을 조용히 완상하는 그러한 자아는 아니다. 이 작품의 자아는 어떤 '한'의 실체를 찾아서 떠도는 자아이다.

이렇게 유동하는 자아는 시 ②에 이르면 좀더 구체적인 모양새를 띠고 나타난다. 이 작품은 「완화삼」의 경우보다 떠돌이 의식이 보다 분명하게 나타나는 경우이다. "외로이 흘러간 한 송이 구름"이나 "이 밤을 어디메서 쉬리라던고"와 같은 담론들에서 보듯 나그네 의식이 강화되어 나타나는 것이다. 특히 그러한 방랑의식들은 객수감과 단절감이라는 하강적 이미지에 덧붙여져서 더욱 비애스러운 것이 된다.

그리고 이 작품은 그의 방랑의 원인이 무엇이고 그 뿌리가 무엇인지에 대해 어떤 실마리를 제공해주고 있다는 점에서 주목을 요하는 시이다. 자아는 왜 유동하면서, 흔히 정적으로 알려진 조지훈의 시세계와는 정반대의 입장에 서 있는 것일까.

우선 작품 속의 자아는 정주할 곳을 발견하지 못하고 어느 산골 마을의 저녁에 잠시 머물면서 휴식을 취한다. 그런 다음 "창 열고 푸른 산과 마주 앉"는다. 자연을 자아의 내면 공간으로 끌어들임으로써 그것과의 합일을 꾀하고 있는 것이다. 자연과의 그러한 마주함은 조지훈에게 있어 매우 소중한 것이라 할 수 있다. 시인 역시 점증하는 근대의 세례로부터 자유롭지 못했고, 또 그에 합당한 자신의 내밀한 인식적 통일을 완성하지 못한 터였다. 여기에다 세계 내에 던져진 피투된 존재들이 가져야 할 근원적인 고독 역시 그의 주변을 맴돌고 있었다. 그러한 자의식적 충동이 시인으로 하여금 유랑으로 유도했거니와 그에게는 그에 대한 대항담론 또한 필연적으로 요구되고 있었던 까닭이다. 인용시에서 자연과의 조우는 그 연장선에 놓여진 것이라 할 수 있다.

이 작품에서 시적 자아는 의도적으로 "창을 열고" 산을 마주한다. 그러한 자연은 언제 들어도 싫지 않은 물소리이며, 날마다 바라보아도 그리운 산으로 표상된다. 그럼에도 이 작품에서 시적 자아의 자연과의 교통은 시도 동기 그 이상의 의미를 갖고 있지 못하다. 그리움과 기대, 희망과 예찬의 대상인 자연은 시인에게 아직도 저멀리 존재하고 있기 때문이다. "이 밤을 어디메서 쉬리라던고"에서 알 수 있듯 시적 자아의 인식적 완결성은 꿈으로 남아있을 뿐이다.

嶺 넘어 가는 길에
임자 없는 무덤 하나
주막이 하나

시름은 무거운데
주머니 비었거다

하늘은 마냥 높고
枯木가지에

서리 까마귀 우지짖는
저녁 노을 속
나그네는 홀로 가고

별이 새로 돋는다

嶺 넘어 가는 길에
산 사람의 무덤 하나
죽은 이의 집

「枯木」 전문

「枯木」은 조지훈 시의 나그네 의식이 가장 극렬하게 드러난 작품이다. 시인의 작품 가운데 유랑의식을 읽어낼 수 있는 단어들이 가장 많이 발견되기 때문이다. 가령, '嶺'과 '임자없는 무덤'이 그러하고, '주막', '시름'이 그러하다. 또한 '서리 까마귀'나 '저녁 노을', '나그네' 뿐만 아니라 '홀로', '별' 등등도 마찬가지이다. 조지훈의 시에서 유랑적 의미나 동적 이미지들이 이 작품만큼 세세하게 그리고 포괄적으로 드러낸 사례도 없을 것이다.

시인의 이러한 '나그네' 의식은 물론 근대적 자아를 소멸하고 그러한 불안을 희석시켜보려는 지난한 자기열망에서 온 것이다. 자아와 세계가 합입되지 않고 점점 고양되는 자아의 확고한 의식이야말로 근대적 불안의 가장 큰 요인이었을 것이다. 게다가 이 작품에는 시대적 의미도 덧붙여진다. 가령 "산 사람의 무덤"이나 "죽은 이의 집" 등은 시대나 현실을 우회해서는 설명하기 어렵기 때문이다. 게다가 시인의 그러한 나그네 의식은 시인의 전기적 경험에서도 찾아볼 수가 있다. 시인은 두 번에 걸쳐 은거를 한 것으로 알려져 있다. 첫 번째 은거는 1942년 월정사 불교강원에서 이고, 두 번째 은거는 해방직후까지 보냈던 고향에서이다. 그가 은거한 것은 시대적 불운과 환경에 의한 것이긴 하지만 이러한 육체적, 정신적 방황은 그의 시에 어느 정도 영향을 미친 것으로 생각된다.

이렇듯 쉽게 정주하지 못하는 시인의 유랑의식은 매우 복합적인 것이어서 어느 하나의 국면만을 문제삼을 수는 없을 것이다. 그 가운데에서도 인식을 완결하고자 하는 시인의 의도를 어렵지 않게 읽어낼 수 있다. 주체를 소멸시키려는 의지, 비인간적인 것을 인간적인 것으로 되돌리려는 노력, 욕망을 희석시키고자 하는 희구, 순간성을 넘어 영원성으로 나아가려는 열망 등등이 근대적 인식 구조 속에서 작동하는 사유라면, 그러한 사유체계 속으로 편입하려는 조지훈의 나그네 의식이야말로 시대에 부합하는 매우 정합적인 것이라 할 수 있을 것이다. 그러나 그러한 도정이 당위적인 것임에도 불구하고 쉽지만은 않다. 그렇기에 그 나그네 길은 고독하고 서러울 수밖에 없다. "흰 수염 바람에 날리며/서러운 나그네 홀로 가야"(「율객」)하고, "바람이 부는 벌판을 가야"(「풀밭에서」) 한다. 비주체화를 위한 길, 인간적인 길, 영원성으로 가는 길이기에 숙명처럼 받아들이고 가야만 하는 것이다.

3. 유동하는 자아와 세계와의 대응

시를 자아와 세계의 갈등이나 화해할 수 없는 모순이라 정의할 경우, 가장 문제시되는 것이 자아의 문제이다. 이때의 자아는 그러한 간극을 좁힐 수 있는 대상이나 매개와 조우하기 위하여 가열찬 탐색을 전개한다. 그러한 길에의 도정을 흔히 시정신의 치열이나 시의식의 투철로 설명한다. 시를 읽거나 감상할 때 느껴지는 팽팽한 긴장감이란 흔히 여기서 기인한다. 자의식적 팽창을 미적 특징으로 하는 모더니즘 계통의 시에서 이러한 감수성이 더욱 강하게 느껴지는 것도 이와 무관하지 않다. 그만큼 대상과의 팽팽한 긴장관계야말로 시의 역동성을 살리는 근본 매개가 아닐 수 없는 것이다.

조지훈 시의 긴장도 그 연장선에 놓인다. 그의 나그네 의식 역시 근대라는 제반 모순 속에서 편입되고 길러진 미적 자의식이기 때문이다. 그럼에도 조지훈의 시에서는 자아와 대상 사이에 일어나는 치열한 갈등 양상을 간취해내기가 쉽지 않다. 그의 시들은 유유자적 하는 강호가도의 자연시나 목가적 상상력에 의한 전원시가 아님에도 불구하고 치열한 시의식이 표출되지 않기 때문이다. 적어도 표면적으로는 그렇다는 뜻이다.

앞의 분석에서처럼, 조지훈 시의 특색은 일차적으로 동적인 것에 있다. 그의 시를 두고 정적이니 고요한 것이니 하는 것은 결과론적인 해석에서 온 것일 따름이다. 조지훈의 시에서 자아와 세계의 갈등이나 현대성에 대한 탐색들은 다른 어떤 시인 못지않게 치열하게 나타난다. 그런데 그러한 모색들이 모두 동적인 흐름으로 뒤엉켜져 있다. '나그네' 의식이 그러하지 않은가. 이렇듯 정신적 긴장들이 모두 행동의 이면에 드리워짐으로써 긴장의 강도가 매우 약화되어 있다. 조지훈의 시에서 어떤 팽팽한 시적 긴장감을 느낄 수 없는 것은 바로 이 때문이다.

조지훈의 시에서 정신의 치열성이 감각되지 않는다고 해서 시인의 방랑이 폄하되어서는 안된다. 시인이 옮기는 발걸음 속에는 역동적 힘이 표출되기 때문이다. 이 힘들은 근대라는 틀 속에 편입된 사유구조에 그 뿌리를 두고 있다. 그래서 조지훈의 시에서는 안온 속에 긴장이 있고, 평화 속에 갈등이 느껴진다. 이러한 미적 긴장의 끝에 자연이 놓여져 있다. 이 자연은 완상의 자연, 저멀리 떨어진 자연이 아니라 근대의 사유 속에 편입된 자연이다. 시인의 길고 긴 여정은 그곳으로 나아가고 있다.

실눈을 뜨고 벽에 기대인다 아무것도 생각할 수가 없다

짧은 여름밤은 촛불 한 자루도 못다 녹인 채 사라지기 때문에 섬돌 우에 문득 석류꽃이 터진다

꽃망울 속에 새로운 우주가 열리는 波動! 아 여기 太古적 바다의 소리 없는 물보래가 꽃잎을 적신다

방안 하나 가득 석류꽃이 물들어온다 내가 석류꽃 속으로 들어가 앉는다 아무것도 생각할 수가 없다

「花體開顯」 전문

인용시는 이미 많은 사람들이 언급한 바대로 조지훈의 명편에 속하는 작품이다. 시인이 행해 온 유랑의 끝이 여기가 아닐까 생각될 정도로 이 작품에서는 근대적 주체로서의 자아의식이 거의 감각되지 않는다. “내가 생각하기에 존재한다”는 근대적 주체관이 허무하게 무화되어 나타나 있다. “아무것도 생각할 수 없기에” 나는 존재하지 않는 것이다. 그러한 자아 소멸은 입몽과 각성, 그리고 다시 입몽의 형식으로 이루어진다. 다시 말하면 무의식 → 의식 → 무의식의 과정을 거치고 있는 것이다. “실눈을 뜨고 벽에 기대이는 것”은 가수(假睡) 상태이다. 이는 반쯤 잠든 상태로서 의식과 무의식의 경계에 놓인 상태이다. 그러나 판단이 제거된 것이기에 거의 무의식에 가깝다. 무의식이란 의식이 거세된, 반자아의 상태이다. 근대가 만들어 놓은 자아나 주체, 의식 등이 희석됨으로써 개체적 감각이 사라지게 되는 형상이다. 이러한 정점에서 시적 자아는 자연과 자연스럽게 만나고, 자연과 교융하며, 결국은 자연의 일부로 회귀하게 된다.

이 시의 진행은 이렇게 구성된다. “석류꽃이 섬돌 위에 떨어지는 행위”나 “물보래가 꽃잎을 적시는 행위”는 의식에 가까운 것이지만 그러나 곧 그러한 의식적 장치들은 무의식 속에 묻히고 만다. “방안가득 석류꽃이 들

어오고 내가 석류꽃 속에 묻히면서" 다시 "나는 아무것도 생각할 수 없"는 상태가 되기 때문이다. 시인은 그러한 열락의 상태, 황홀경을 "우주가 열리는 파동"과 "태고적 바다"로 인식하고 있다. 곧 모든 사물들이 개체분화를 하지 않은 상태인 원시의 모양으로 되돌아가는 것이다. 자연과 인간의 이러한 교합, 우주 속의 하나됨, 개체 발생 이전의 태고의 모습으로 환원되는 이러한 서정적 황홀의 정점이야말로 조지훈의 시의 구경적 정점이라 할 수 있다. 이곳에 이르러 비로소 시인의 유랑적 발걸음은 멈추게 된다. 치열한 고민과 방황이 자연이라는 대상 속에 완전히 틈입하면서 완전히 종결되는 것이다.

> 아무리 깨어지고 부서진들 하나 모래알이야 되지 않겠습니까. 석탑을 어루만질 때 손끝에 묻는 그 가루같이 슬프게 보드라운 가루가 되어도 한이 없겠습니다.
>
> 촛불처럼 불길에 녹은 가슴이 굳어서 바위가 되던 날 우리는 그 차운 비바람에 떨어져나온 분신이올시다. 우주의 한 알 모래 자꾸 작아져도 나는 끝내 그의 모습이올시다.
>
> (중략)
>
> 나는 자꾸 작아지옵니다. 커다란 바윗덩이가 꽃잎으로 바람에 날리는 날을 보십시오. 저 푸른 하늘가에 피어있는 꽃잎들도 몇 萬年을 닦아온 조약돌의 화신이올시다. 이렇게 내가 아무렇게나 바려져 있는 것도 스스로 움직이는 생명이 되고자 함이올시다.
>
> 출렁이는 파도 속에 감기는 바위 내 어머니 품에 안겨 내 태초의 모습을 환상하는 조개가 되겠습니다. 아－나는 조약돌 나는 꽃이팔 그리고 또 나는 꽃조개.
>
> 「念願」 부분

인용시 역시 자아의 소멸이라는 방법적 탐색의 측면에서 보면 「花體開顯」과 별반 다를 것이 없다. 이 작품에는 자연과의 자연스러운 합일이 아니라 의식적으로 자아를 소멸시키고자 하는 시인의 강렬한 열망만이 담겨져 있을 뿐이다. 시인은 스스로를 자꾸 낮추고 있다. 자신을 '조약돌', '꽃잎', '꽃조개'로 축소시키는가 하면, '모래알'과 '가루'와 같은 미세한 단위로 치환하기도 한다. 하지만 그 궁극의 목적은 '나를 작게 만드는 것', 그리하여 '인간이라고 하는 계몽적 주체, 이성적 주체'를 비인격적 주체로 환원시키는 데 있다. 가령, "내 태초의 모습을 환상하는 조개"와 같은 것이 바로 그것이다.

조지훈의 시에서 우주와 자아의 완전한 동화는 어머니의 품과도 같은 태초의 상태에서 이루어진다. 「花體開顯」에서의 태고와 동일한 상상력인데, 이러한 정점은 두 가지 시사점을 제공해준다는 점에서 그 의미가 있다. 하나는 미적 긴장의 문제이다[10]. 조지훈의 시는 정적이면서 동적인 특성을 갖고 있다. 그러한 긴장은 나그네 의식이라는 역동적 국면이 자연이라는 정적 국면을 찾아가는 여로에서 생성된 것이다. 이러한 긴장 관계는 우리 시사에서 매우 드문 경우이다. 그것은 어떤 동적 흐름 속에서 정적 상태를 탐색해가는 사례를 문학사에서 찾아보기가 매우 힘들기 때문이다. 그리고 다른 하나는 근원주의에 대한 것이다. 특히 일반 서정시인 뿐 아니라 대다수 모더니스트들이 나아가는 곳이 이 근원주의이다. 그것은 존재론적 고독에의 완성이나 인식론적 통일을 매개해주는 것이 이 인식소이기 때문이다. 따라서 조지훈의 경우도 여기서 예외일 수는 없다. 다만

---

10) 조지훈의 시를 전반적으로 다루면서 한 장을 미적 긴장으로 분석한 경우로 김재홍을 들 수 있다. 김재홍, 『한국 현대 시인 연구』, 일지사, 1986, pp.436-441.

그 방법적 인식에 있어서 차이가 있을 뿐인데, 조지훈은 그것을 자연 속에 틈입되는 자아의 몰입 속에서 찾고 있다. 시인은 그러한 자연과 인간의 온전한 결합을 시의 궁극적 목적이자 생명으로 파악하고 있다.

> 생명은 자라려고 하는 힘이다. 생명은 지금에 있을 뿐 아니라 장차 있어야 할 것에 대한 꿈이 있다. 이 힘과 꿈이 하나의 사랑으로 통일되어 우주에 가득 차 있는 것이 우주의 생명이 아니겠는가. 우주의 생명이 분화된 것이 개개의 생명이요, 이 개개의 생명의 총체가 우주의 생명이라고 볼 것이다. 그러므로, 나는 '시는 자기 이외에서 찾은 저의 생명이요, 자기에게서 찾은 저 아닌 것의 魂'이라고 한다. 다시 말하면, '대상을 자기화하고 자기를 대상화하는곳에 생기는 통일체 정신'이 시의 본질이라고 나는 믿는다. '인간의식과 우주의식의 완전 일치의 체험'이 시의 究竟이라고 믿어진다는 말이다[11].

인용문은 자연과 인간을 하나의 통일체로 파악하는 조지훈의 문학관이 잘 드러나 있는 글이다. "대상을 자기화하고 자기를 대상화하는 곳"에서 생기는 것이 '통일체 정신'이고, 그것이 곧 시의 본질이 된다는 것이다. 그리고 조지훈은 그 구체적인 사례로서 인간과 우주의 완전한 통일을 들고, 그것이 시의 존재 의의라고 인식한다. 곧 "인간의식과 우주의식의 완전 일치의 체험"이 시의 구경이라는 것이다. 물론 이러한 사유는 「花體開顯」 등의 작품에서 보여준 인식과 동일한 것이다. 자아를 축소시켜 대자연의 일부로 보는 사고, 그 극점이 태초라는 시원적 사고야말로 조지훈 시가 지향했던 궁극의 형식이었던 것이다.

다음으로 조지훈의 시의 다른 한축을 차지하고 있는 참여시의 문제를 검토해 보아야 한다. 실상 조지훈의 현실비판적인 시도 그의 긴 시적 여정

11) 『조지훈전집』3권, 일지사, 1973, p.15.

에서 보면, 외따로 존재하는 것으로 생각되지 않는다. 이러한 시들 역시 그의 나그네 의식의 연장선으로 보아야 하기 때문이다. 조지훈의 시세계에서 중요한 것 가운데 하나가 모색하는 자아이다. 이 자아는 근대의 세례로부터 자유롭지 못한 자아이든 보편적 인간들이 공유하는 존재론적 자아이든 간에 조지훈의 시에 있어서 근간에 해당되는 시도 동기에 해당된다. 그것이 유랑의식으로 표출된 것임은 두말할 필요도 없는 것이거니와 이 내적 방랑이야말로 외적 동기들과 언제든 합일할 수 있는 여지 또한 갖고 있었다. 그 하나가 앞에서 살펴 본 것처럼 근원주의였다. 근대적 주체를 사상하고 자연이라는 본원적 주체와 하나되는 것이 바로 근원주의로의 회귀의식이다. 조지훈의 자아는 기본적으로 모색하는 자아이다. 그러한 가열찬 탐색이 인식적 완결체인 자연을 만나고 그것과 합류했다. 조지훈의 표현대로 "인간의식과 우주의식의 완전 일치의 체험"이었다. 그의 참여시들 이런 맥락에서 이해해야 하리라고 본다.

너희 그 착하디착한 마음을 짓밟는
不義한 권력에 저항하라.

사슴을 가리켜 말이라 하는 세상에
그것을 그런 양하려는
너희 그 더러운 마음을 고발하라.

보리를 콩이라고 짐짓 눈감으려는
너희 그 거짓 초연한 마음을 침 뱉으라.
모난 돌이 정을 맞는다고?
둥근 돌은 굴러서 떨어지느니―

병든 세월에 포용되지 말고
너희 양심을 끝까지
小人의 칼날 앞에 겨누라.

먼저 너 자신의 더러운 마음에 저항하라.
사특한 마음을 고발하라.

그리고 통곡하라.

「箴言」 전문

조지훈은 이승만 정권 말기부터 현실지향적인 의식을 강하게 드러냈다. 「지조론」 등과 같은 산문 형식을 통해서 독재에 맞서 항거했다. 이때부터 그의 글쓰기는 시 양식보다는 산문 양식으로 현저히 경도된다. 현실에 대응하기 위해서는 아마도 율문보다는 산문이 보다 적합한 것으로 판단한 듯싶다.

인용시는 객관적 현실의 열악한 상황을 읊은 시이다. 현상의 혼란을 본질의 순수로 극복하고자 하는 의지를 강렬히 표출한 작품인 것이다. 그런데 이 작품은 참여시 일반에서 흔히 볼 수 있는 작품과 좀 색다른 구석이 있다. 추악한 현상보다는 정의롭지 못한 내밀한 자아에 더 초점이 맞추어져 있기 때문이다. 이는 조지훈이 비참여시 계열에서 보여주었던 갈등하고 모색하는 자아와 분리시켜 논의하기 어렵게 만드는 부분이다. 전일적 자아와 통일시키기 위하여 근대적 자아를 사상시키려 했던 것과 동일한 차원에 놓이는 것이 아닐 수 없다. 고민하고 갈등하는 자아가 우주의식과 일체화되는 상태를 갈망했다면, 「箴言」의 자아는 건강한 현실과의 화해를 희망한다고도 볼 수 있겠다. 요컨대 모색과 갈등으로 점철된 조지훈의 나그네 의식은 한편으로는 우주와 일체화되는 자아로 나아가고, 다른 한편으로는 건강한 현상에의 희구로 나아갔다고 생각된다. 그러한 합일체에의 지향들이 그가 탐색해 온 나그네 의식의 구경이 아니었겠는가.

4. 유랑의 구경적 의미

조지훈의 시는 정적인 것으로 알려져 있다. 그를 이렇게 규정하게 된 배경에는 여러 가지 원인이 있겠으나 무엇보다 그의 시들이 자연을 완상하고 관조했다는 데에서 기인한다. 뿐만 아니라 그의 성장배경이 유교적 전통과 밀접하게 관련이 있는 지역이라는 사실도 한 몫을 했다. 조지훈 시에 대한 이러한 평가나 이해들이 전혀 근거가 없는 것은 아니다. 조지훈을 비롯한 청록파에 이르러 비로소 자연이 근대적 사유 구조 속에 편입되기 시작했기 때문이다. 특히 청록파 시인들의 시가 근대성을 거부하고 철저하게 반근대 지향적인 면모들 드러내고 있다는 데에서 그러한 의미화들은 더욱 공고히 되었다.

그럼에도 조지훈의 시들이 정적 세계에만 머물러 있었던 것은 아니다. 자연에 대한 막연한 관조나 예찬에서 머물지 않고 그것을 끊임없이 자기화하려고 노력했기 때문이다. 그것이 그의 시에서 드러나는 유랑의식이었다. 조지훈에게 있어 이러한 유랑의식은 보편적으로 사유되는 존재론적인 것이기도 하지만, 근대의 세례를 받은 자의 불구화된 의식이기도 하다는 것이다. 조지훈은 자신의 시세계를 확립하는 첫걸음인 습작기뿐만 아니라 후기에 이르러서도 꾸준히 모더니즘 계통의 시를 쓴 것으로 알려져 있다. 이는 단순한 습작의 차원에 머무르는 것이 아니라 시인에게는 방법상의 문제였던 것으로 판단된다[12]. 어떻든 모더니즘 계통의 시를 끊임없이 붙들고 있었다는 사실은 그의 시정신의 여로가 완결지향적인 것이 아니었다는 단적인 증거라 할 수 있다. 그것이 조지훈 시에 있어서의 나그네 의식이다.

조지훈 시에서 나그네가 주는 의미는 여러 가지이다. 우선 이 의식은 그의 시들이 정적인 멋에 머무르지 않았다는 하나의 예가 될 뿐만 아니라 그의 시의 특색 가운데 하나인 정의 시학과 긴장을 불러일으키는 매개 역할도 했다. 그러나 무엇보다 중요한 것은 그러한 유랑의식이 분열된 인식을 완결시키기 위한 동기였다는 사실이다. 조지훈은 그 여로에서 새롭게 사유되는 자연의 의미를 발견한다. 근대의 사유 속에서 편입되는 새로운 자연을 자신의 분열된 의식으로 끌어들인다. 그리하여 조지훈은 인간의식과 우주의식의 완전 일치의 체험이 시의 究竟이라는 결론에 도달한다. 이러한 순일한 조화의 정점에서 그의 유랑의식은 종결된다.

조지훈의 참여시 역시 자아와 대상의 완전한 합일이라는 논리로 그 설명이 가능하다. 그것은 모색하는 자아와 건강한 현실의 자연스런 만남이지 어느 한순간에 표출된 자의식의 과잉이 아니었다. 결국 모색과 갈등으로 점철된 조지훈의 나그네 의식은 한편으로는 우주와 일체화되는 만남이면서 다른 한편으로는 건강한 현실과 만나는 예비된 의식이라 생각된다. 그러한 합일체에의 지향들이 그가 지향해 온 나그네 의식의 구경이라 할 수 있을 것이다.

---

12) 이런 측면에서 조지훈의 모더니즘 계통의 시 단지 형식상의 방법이 아니라 정신상의 방법이었다는 점이 강조되어야 할 것으로 판단된다. 이승원은 이를 단지 형식상의 방법으로만 규정했다. 이승원, 『20세기 한국 시인론』, 국학자료원, 1996 참조.

산문적 표현과 근대적 자연관의 길항관계 —박두진론

1. 산문성의 시적 근거

박두진의 시적 특색은 여러 면에서 우리의 주의를 끈다. 우선 그가 『문장』지의 추천을 받은 시인이라는 점과, 해방 직후 박목월, 조지훈 등과 더불어 『청록집』을 간행했다는 점 등에서 그러하다. 또한 박두진은 청록파의 일원 가운데 유일하게 장수함으로써 이들이 보여주었던 문학적 지향과 그 정신사적 가치를 오래도록 환기시키는 매개역할을 했다는 점에서도 주목을 요한다. 단기적 유행에 따라 명멸되는 것이 문단사의 보편적 흐름이라 한다면, 이러한 사실은 아무리 강조해도 지나치지 않을 것이다.

그리고 다른 하나는 박두진 등이 추구했던 자연의 의미이다. 물론 자연이 시의 방법적 장치와 의미로 구현되기 시작한 것은 어제 오늘의 일이 아니다. 강호가도라는 시적 오브제의 절대성이 말해주는 것처럼, 자연은 기나긴 봉건시대에 언제나 궁극적 가치로 기능해 왔다. 자연의 그러한 강력한 파장은 탈봉건적인 근대기에 이르러서도 그 긴 명맥을 이어왔다. 근대성의 안티테제로서 그것은 이전과는 또 다른 형식과 가면으로 그 내밀한 얼굴을 디밀고 있었기 때문이다. 비연속적 흐름의 사유들에 대한 대타성의 관념들을 만들어낼 때마다 자연은 생명의 거울처럼 기능해 왔다. 그런데 이러한 관념에 집착하게 되면 자연은 단순히 객체화된 물상이 아니라 하나의 절대적 실체로 다가올 뿐이다. 그러한 까닭에 자연은 계몽주의 이전의 시기나 이후의 시기에 있어 그 가치라는 측면에서는 그 우열을 논하기 매우 어려운 것이 사실이다. 시대마다 고유한 질과 가치로서 자연은 그 나름대로 순기능과 역기능을 해왔기 때문이다.

우리 시단에서 자연이 주는 그러한 가치에 대해서 선편을 쥔 것은 '청록파'의 경우이다. 이들의 시사적 의미는 모더니즘의 비연속적인 삶의 태도를 넘어서기 위한 대항담론으로서의 자연의 새로운 발견에서 찾아진다. 실상 근대와 맞서는 자연의 의미는 리얼리즘의 절대 봉우리라 할 수 있는 '노동'의 의미와 비견할 만한 것이다. 근대를 이어가는, 역사의 객관적 필연성을 추종하는 것이 '노동'이라면, '자연'은 그와 반대되는 자리에 있기 때문이다.

자연의 속성은 발전법칙이 아니라 순환법칙을 그 내적 특징으로 한다. 단절이라든가 필연성과 같은 진행적 사유나 전향적 담론들을 자연에서 읽어내는 것은 불가능한 일이다. 역사의 필연성을 부정하는 근대시의 담론체계들이 자연을 불가분의 실체로 자기화하는 것도 이와 무관하지 않다. 그러한 자연의 궁극적 의미를 청록파들이 선편을 쥔 것이고, 그 시사적 가치들은 박두진을 매개로 길고 긴 생명성을 이어 왔다.

그리고 이들 앞에 『문장』파가 있었다는 사실 또한 잊어서는 안 된다. 상고적 취미와 세속적 일상을 초월한 곳에 문장파들의 세계관이 놓여 있음은 잘 알려진 일이다. 따라서 그들이 추구한 시적 오브제 가운데 하나가

'티끌도 가까이 하지 않는 자연'이었음은 당연하다고 하겠다. 청록파는 문장파의 연장선에 놓이는 것이어서 이들의 시적 작업이 '문장파'들의 그것과 분리하여 논하기 어렵다.

이러한 입론에 설 때, 비로소 박두진 시에 나타난 자연의 의미를 탐색할 근거를 갖게 된다. 여기에 한 가지 더 추가되어야 할 것이 있다. 청록파의 일원인 박두진의 시에서 자연의 의미를 읽어내기 위해서는 몇 가지 전제가 필요하다는 것이다. 하나는 청록파의 다른 구성원들인 박목월, 조지훈의 자연과 박두진의 그것이 어떻게 차질되는가 하는 것이고, 다른 하나는 박두진의 문학적 세계관과 『문장』파의 그것과 놓여 있는 함수 관계일 것이다. 이는 문학 내적 문제이기도 하면서 시사적 문제이기도 하다.

박두진의 시들은 호방하고 남성적이며[1], 매우 넓은 시야를 느끼게 해준다[2]고 알려져 있다. 전자는 한국시의 고질 가운데 하나인 여성편향성에 걸리는 문제일 것이고 후자는 서정시의 특질인 자아폐쇄성과 관련되는 문제일 것이다. 이 모두를 넘어서는 곳에 박두진의 시가 자리한다면, 이는 한국시의 일대 변혁에 해당될 터이다. 물론 이와 같은 성향을 보인 시인이 우리 시사에서 전연 예외적인 경우였다고는 할 수 없을 것이다. 가령, 이육사의 시들이 이러한 성향을 보이는데, 남성적인 톤과 대륙적 울림을 그 시적 특성으로 하고 있기 때문이다. 그럼에도 그의 시들은 박두진의 시 세계와 몇 가지 점에서 구별된다. 이는 현실의 제반 조건에서 오는 차이이긴 하지만, 우선 이육사의 시들에서는 강렬한 메시아 사상을 발견하기 어렵다는 점을 들 수 있다. 가령, 육사의 시에서 '백마타고 오는 초인'이나 '가난한 노래의 씨'의 경우처럼 선지자에 대한 대망의식이 전혀 없는 것은 아니

1) 최승호, 『서정시의 이데올로기와 수사학』, 국학자료원, 2002, p.21.
2) 김용직, 『한국현대시사』(下), 한국문연, 1996, pp.530-531.

지만, 역동적 힘들이 제대로 뒷받침되지 않아서 그 추동력이 저하되는 것이 사실이다. 그리고 다른 하나는 시적 오브제에 관한 문제이다. 이는 시대의 제약에서 오는 것이긴 하지만, 육사의 시에서는 역동적 힘들을 추동할 대상이 거의 나타나지 않는다는 점이다. 육사 시의 대상들은 대단히 관념화된 형태들로 나타난다. 이것이 메시아 사상이나 남성적 힘에 추동되는 박두진의 시와 현저히 다른 육사 시의 특성이 아닌가 한다.

박두진 시에서 드러나는 남성성이나 개방성들은 방법적 자각에서 오는 것으로 판단된다. 특히 시인이 즐겨 애용한 시적 방법인 산문성과의 관련 여부이다. 이는 문학 원론상의 문제이기도 하다. 산문성이란 개방성과 동일한 뜻이고, 그만큼 현실에 대해 예민한 촉수를 들이대기에 좋은 방법적 특성을 갖고 있다. 시가 현실을 외면할 수 없고, 또 그래서는 안된다는 신념을, 시인이 평생 가질 수 있었던 것도 시의 산문화라는 방법적 자각과 분리해서 논의하기 어려울 것이다. 산문성이란 그만큼 박두진의 시를 이끌어가는 매개였고 추진체였다. 이는 박두진의 시들이 혼의 영역에서 초월을 노래한 것이 아니라 정신의 영역에서 현실을 노래했던 점과 관련된다. 즉 그의 시들은 순간의 황홀에 의한 초월의 형식이 아니라 논리의 흐름을 쫓는 제시의 형식을 취해온 것이다. 박두진 시의 특성이 된 그러한 제시의 형식들이 박두진을 청록파라는 횡의 축으로부터 차별화시키고, 또한 종의 축으로 문장파들에게로 이을 수 있는 근거를 마련할 수 있었던 것으로 판단된다. 이 글은 산문성을 방법적 자각으로 한 박두진의 시들이 그러한 판과 틀에서 어떻게 시사적으로 자리매김되는가를 탐색하는데 그 목적이 있다.

2. '해'와 자연의 상관관계

박두진의 초기 시에서 가장 두드러지게 나타나는 심상 가운데 하나는 '해'이다. 그것이 갖는 상징성과 의미에 대해서는 이미 다양한 평가가 내려진 바 있다. 소재적 특이성에 착목한 경우가 있는가 하면[3], 어둠의 질서를 무화시켜 통일적 질서를 희구하는 정치적 의미로 해석한 경우[4]도 있다. 이런 평가들에서 보듯 여성 화자 일색인 한국 시가에서 강렬한, 그리하여 남성적인 힘을 포지하고 있는 '해'의 등장은 매우 예외적인 것이라 하지 않을 수 없다. 비탄과 울분, 한으로 표백되는 것이 한국 시의 특징적인 단면이라 할 경우, 해는 그러한 자장을 뛰어넘는 독특한 곳에 위치하고 있는 것이라 할 수 있다. 박두진 시에서 드러나는 자연의 의미와, 청록파의 다른 시인들과 구별되는 자연의 의미란 우선 이런 요인에서 찾아야 할 것으로 판단된다.

> 해야 솟아라. 해야 솟아라. 맑갛게 씻은 얼굴 고운 해야 솟아라. 산 넘어 산 넘어서 어둠을 살라먹고, 산 넘어서 밤새도록 어둠을 살라먹고, 이글 이글 애뙨 얼굴 고운 해야 솟아라.
>
> 달밤이 싫여, 달밤이 싫여, 눈물 같은 골짜기에 달밤이 싫여, 아무도 없는 뜰에 달밤이 나는 싫여－,
>
> 해야, 고운 해야. 늬가 오면 늬가사 오면, 나는 나는 청산이 좋아라. 훨훨훨 깃을 치는 청산이 좋아라. 청산이 있으면 홀로래도 좋아라.

---

3) 김봉군, 『한국현대시인작가론』, 민지사, 1989, p.313.
4) 윤종영, 「박두진의 '해'에 나타난 상징성 연구」, 『어문논총』5, 2006, p.193.

> 사슴을 따라, 사슴을 따라, 양지로 양지로 사슴을 따라 사슴을 만나면 사슴과 놀고.//칡범을 따라 칡범을 따라 칡범을 만나면 칡범과 놀고,─
>
> 해야, 고운 해야. 해야 솟아라. 꿈이 아니래도 너를 만나면, 꽃도 새도 짐승도 한자리 앉아, 워어이 워어이 모두 불러 한자리 앉아 애띠고 고운 날을 누려보리라.
>
> 「해」 전문

산문적 리듬 속에 '해'의 서정화와 그 궁극적 가치가 박두진 시인의 대표 작품 「해」에서만큼 잘 드러난 사례도 없을 것이다. 그러하기에 "이 한 편으로써 어쩌면 박두진은 자기가 부르고 싶은 모든 것을 다 노래해 버리고 말아 버린 감이 없지 않을 만큼 절정에까지 도달해버리고 말았다"[5]는 말은 지나친 평가가 아닐 듯싶다. "한 인간이 부를 수 있는 최고의 경지가 노래 불리워지고 있다"는 데서 그렇다는 것인데, 그렇다면 인간이 지향할 수 있는 그 절대의 경지란 무엇을 말하는 것일까.

이 작품에서 '해'의 상징성은 '어둠'을 그 안티테제로 한다. '해'와 '어둠'의 이원적 대립은 자연의 현상적 대비이기도 하고, 시대적 맥락에서 오는 대비이기도 하다. 이 시가 발표된 시기가 해방공간이기에, 이때의 어수선한 현실과 이에 대한 지양의식으로 이 작품을 해석할 필요는 없다고 본다. 인간이라면 궁극적으로 지향해야 할 바가 예외없이 이런 경지이기 때문이다.

'해'는 절대자이며 힘이고 이성이다. 또한 만물의 중심이고 생명의 근원이다. 그렇기에 그것은 거의 신과 같은 절대자의 위치에 올라서서 만물의 주재하는 역할을 한다. 실상 '해'에 대한 이러한 갈망들은 박두진의 시를

---

5) 조연현, 「박두진」, 『박두진』(박철희편), 서강대 출판부, 1996, p.18.

기독교적 메시아 사상과 분리시켜 논의하기 어렵게 만드는 요인이 되기도 한다. 작품 「해」에서 그러한 기능적 속성들을 이해하는 것은 어려운 일이 아닌데, 가령 '해'가 떠서 서정적 자아에게 혹은 지상에 도래하면 청산이 제구실을 하고, 그곳에서 온갖 만물이 축제의 장을 만들며 살아가기 때문이다.

통상 '해'는 수직적 상승적 이미지를 갖는 것이 보통이지만, 작품 「해」에서는 그러한 거리나 장소적 이미지들과는 거리가 멀다. '해'는 단순히 상징적 존재에서 그치는 것이 아니라 변화시키는 주체이기 때문이다. 박두진의 '해'는 대상을 질적 변화로 외화시키는 역동적 실체가 됨으로써 '해'가 갖는 통상적 의미의 아우라를 벗어던지는 것이다. 해는 "산 넘어 산 넘어서 어둠을 살라먹고, 산 넘어서 밤새도록 어둠을 살라먹"는 존재로 표상된다. 어둠으로 상징되는 대상을 소멸시키고 밝음의 세상을 가져오게 하는 변화의 주체가 바로 '해'의 이미지이다. '해'의 이러한 화학적 속성은 그의 데뷔작인 「香峴」에서도 그대로 나타난다.

> 아랫도리 다박솔 깔린 山 넘어 큰 山 그 넘엇 山 안 보이어, 내 마음 둥둥 구름을 타다.
>
> 우뚝 솟은 山, 묵중히 엎드린 山, 골 골이 長松 들어 섰고, 머루 다랫넝쿨 바위엉서리 얽혔고, 샅샅이 떡갈 나무 억새풀 우거진 데, 너구리, 여우, 사슴, 山토끼, 오소리, 도마뱀, 능구리 等 실로 무수한 짐승을 지니인,
>
> 山, 山 山들! 累巨萬年 너희들 沈默이 흠뻑 지리함즉 하매,
>
> 山이여! 장차 너희 솟아난 봉우리에, 엎드린 마루에, 확 확 치밀어오를 火焰을 내 기다려도 좋으랴?

> 핏내를 잊은 여우 이리 등속이, 사슴 토끼와 더불어 싸릿순 칡순을 찾아 함께 즐거이 뛰는 날을, 믿고 길이 기다려도 좋으랴?
>
> 「香峴」 전문

인용한 작품은 정지용의 추천을 받은 박두진의 초기작에 속한다. 이 작품에서도 '해'의 일차적 이미지는 소멸의 함의를 갖는다. 작품 「해」에서 '해'의 의미가 어둠 등과 불활성적인 것들을 태워없애는 일종의 '녹이기' 였다면, 「香峴」의 '해'는 침묵의 '없애기'에 있다. 이 작품에서 산은 산 자체의 고유한 기능을 상실한 것으로 제시된다. 심심산골에 온갖 짐승과 식물 등속이 자리하고 하고 있지만 이 자연물들은 장구한 시간 동안 그 기능적 역할과 자율적 힘들을 잃어 왔다. 그러한 상황들을 이 작품은 '침묵'으로 인식하고 있는 바, '해'의 기능적 역할은 그러한 침잠의 상태에 활력을 불어 넣는 데 있다. "너희 솟아난 봉우리에, 엎드린 마루에, 확 확 치밀어오를 火焰"에 대한 대망의식이야말로 그러한 침묵의 소실과 더불어 가능한 것이 아니겠는가.

이렇듯 박두진 시에서 '해'는 생명의 근원이고 우주의 중심이다. 그것은 그의 시에서 어둠을 녹이고 새로운 생명의 단계로 나아가게 하는 인식수단이다. 통상 해는 우주의 중심이기에 강렬한 추동력을 갖고 있다. 박두진의 시에서 남성적 울림이나 근육적 힘이 용솟음치는 역동성이 느껴지는 것은 '해'가 갖는 그러한 격렬한 이미지의 탓이다. 박두진의 시에서 추동하는 이런 강력한 파장들은 실상 우리 시에서 예외적인 것이 아닐 수 없다. 박두진의 시를 생성케 한 배경이 일제 강점기이든 해방공간의 혼란한 현실이든 간에, 박두진이 그러한 현실에 소극적이거나 은둔하지 않고 거칠게 대응해나갔다는 것 자체가 문제적이다. 또한 영탄조의 슬픔이나 비애의 감상에 함몰되지 않고 이를 태양과 같은 강렬한 힘으로 분출시킬 수 있었던 것도 박두진만이 가졌던 고유의 영토이다. 그 근본 토양은 '해'로 상징되는 남성성과 산문정신이 빚어낸 비판성의 결과라 할 수 있다.

> 해를 보아라. 이글대며 솟아 오는 해를 보아라. 새로 해가 산 넘어 솟아 오르면, 싱싱한 향기로운 풀 밭을 가자. 눈 부신 아침 길을 해에게로 가자.
>
> 어둠은 가거라. 울음 우는 짐승같은 어둠은 가거라. 짐승같이 떼로 몰려 벼랑으로 가거라. 햇볕 살 등에 지고 벼랑으로 가거라.
>
> 보라. 쏘는 듯 향기로히 피는 저 산꽃들을, 춤 추듯 너훌대는 푸른 저 나뭇잎을. 영롱히 구슬 빛듯 우짖는 새소리를. 줄줄줄 내려 닫는 골 푸른 물소리를.－아, 온 산 모두 다 새로 일어나, 일제히 수런수런 빛을 받는 소리들.－
>
> 「해의 품으로」 부분

'해'를 소재로 한 박두진의 또 다른 작품이다. 이 시에서도 시인의 여느 작품과 마찬가지로 '해'는 소멸과 소생의 이미지를 갖는다. "어둠은 가거라. 울음 우는 짐승같은 어둠은 가거라. 짐승같이 떼로 몰려 벼랑으로 가거라. 햇볕 살 등에 지고 벼랑으로 가거라"가 전자의 사유를 대변한다면, "아, 온 산 모두 다 새로 일어나, 일제히 수런수런 빛을 받는 소리들"은 후자의 몫이다. 즉 '해'의 소멸과 생성은 '없애기'기와 '부활하기'라는 화학적 변화를 유발시키는 매개항인 것이다. 서정적 자아는 이 매개항의 중심에서서 부활의 축으로 이동한다. 실상 박두진 시에서의 핵심은 그러한 서정적 자아의 이동축에 있을 것이다.

'해'는 어둠에 대항하는 메신저이기도 하지만 '생명'을 예비시키는 또 다른 메신저이기도 하다. 그런데 이 둘은 쌍생아여서 어느 한쪽으로 의미의 중심축이 기울지는 않는다. 중요한 것은 시적 자아의 움직임이다. 시적 자아는 태양의 현시라든가 그 강렬한 힘에 추동되는 존재라기보다는 태양이 열어보인 축제의 광장을 응시하고 그곳에 이동하려는 존재이다.

> 해야, 고운 해야. 늬가 오면 늬가사 오면, 나는 나는 청산이 좋아라. 훨훨훨 깃을 치는 청산이 좋아라. 청산이 있으면 홀로래도 좋아라.
>
> 「해」 부분

> 아랫도리 다박솔 깔린 山 넘어 큰 山 그 넘엇 山 안 보이어, 내 마음 둥둥 구름을 타다
>
> 「香峴」 부분

> 새로 해가 산 넘어 솟아 오르면, 싱싱한 향기로운 풀 밭을 가자
>
> 「해의 품으로」 부분

인용한 부분들은 서정적 자아의 이동축과 지향점을 알 수 있게 해 주는 시행들이다. '해'는 지상의 어둠이라는 부정성들을 사상하고 밝음으로 표상되는 긍정성들을 열어보이는 매개역할을 한다. 그러한 긍정성들이란 인용 부분에서 알 수 있는 것처럼 바로 자연과 관련된다. '해'의 건너편에 자연으로 표상되는 '산'이 있었던 것인데, 이 산의 의미를 묻는 것이야말로 박두진 시의 본질에 이르는 길일 것이다. '해'와 '산'의 빈번한 융합이나 상호관계는 그만큼 그의 시세계의 핵심적인 요소[6]가 된다는 뜻이다.

---

6) 신동욱, 「시에 있어서 저항과 그 지속적 의미」, 『박두진』(박철희 편), 서강대 출판부, 1996, p.159.

3. 현실의 배음으로서의 자연

박두진의 시에서 '해'는 대상을 소멸시키는 매개이면서 또한 부활의 매개이다. 전자가 부정성과 관계된다면, 후자는 긍정성과 관계된다. 시적 자아의 시선과 중심은 당연히 후자에 가 있는데, 이것이 바로 '산'으로 표상되는 자연의 세계이다. 청록파 시인들의 중심 소재가 자연이고, 이들이 추구한 자연의 궁극적 의미가 근대성의 사유구조나 식민지 현실과의 함수관계에 놓여 있는 것이라는 사실은 잘 알려진 일이다. 이는 박두진의 경우도 예외는 아니어서, 그의 시들 역시 '자연'이라는 큰 아우라를 벗어나서 설명하는 것이 불가능하다. 박두진에게도 청록파의 다른 시인들과 마찬가지로 '자연'이라는 소재가 그의 작품세계에서 핵심적인 소재인 것이다.

박두진의 시에서 '자연'은 '해'의 뒤편에 자리한다. 이 말은 그의 시에서 전략적으로 드러나는 '해'의 의미역을 떠나서는 자연의 의미가 제대로 드러나지 않는다는 뜻과도 같다. "해가 오면 청산이 좋다"(「해」)라거나 "아랫도리 다박솔 깔린 山 넘어 큰 山 그 넘엇 山 안 보인다"(「香峴」)의 '해'에 대한 향일적 의지, "새로 해가 산 넘어 솟아 오르면, 싱싱한 향기로운 풀밭을 가자"(「해의 품으로」)라는 역동적 태도 등은 시적 자아가 '산'에 이르는 도정에서 거쳐야 하는 '해'의 기능적 가치를 잘 보여는 구절들이다.

해와 불가분의 관계를 맺고 있는 시인의 자연 탐색은 구체적 공간에서 출발한다. 그만큼 그의 시에서 드러나는 자연은 관념적이지가 않다. 여기서 그의 자연이 구체성을 갖고 있다는 뜻에는 다음 두 가지 함의가 있다. 하나는 관념화된 자연이 아니라는 점이고, 다른 하나는 청록파의 자연을 대표하는 목월적 자연과의 상관성이다. 그는 자연이 내포하는 통합의 원리라든가 우주의 이법과 같은 형이상학적 관념을 시의 방법적 의장으로 제시하지 않는다. 생명적 사유를 존중하되 이를 동경의 형태나 이상화된 관념의 방식으로 표현하는 것이 아니라 지금 여기의 구체적 현실에서 출발한다. 근대성의 사유구조에서 작동되는 자연의 모습들이 환상성을 배제하지 못하는 것에 비하면, 이는 매우 독특한 방법적 자각이 아닐 수 없는 것이다. 그리고 다른 하나는 목월적 의미의 자연관과의 관련성이다. 목월이 펼쳐보인 자연은 청록파의 그것을 대표한다고 할 만큼 아주 독특한 것이었다. 몇 가지 단조로운 자연 이미지의 제시와 동화적 자연으로 구현되는 것이 목월시에서 드러나는 자연의 풍경이었다. 목월은 그러한 자연의 경치와 그림을 마음의 지도[7]에서 찾은 것으로 알려져 있다. 그가 「청노루」를 쓸 무렵, 시인은 그 어둡고 불안한 시대에 푸근히 은신할 수 있는 어수룩한 천지가 그리웠지만, 당시 한국은 그 어디에도 일본 치하의 불안하고 버려진 땅이어서 찾을 수가 없었다는 것이다. 그리하여 새로운 공간을 찾게 되는데, 그것이 바로 청노루 등이 뛰노는 상상 속의 자연이었다는 것이다. 그러한 까닭에 목월의 자연은 비실재적인 것이다. 반면 박두진의 자연은 목월의 그것과는 매우 다른 곳에 위치한다.

> 우뚝 솟은 山, 묵중히 엎드린 山, 골 골이 長松 들어 섰고, 머루 다랫넝쿨 바위엉서리 얽혔고, 샅샅이 떡갈 나무 억새풀 우거진 데, 너구리, 여우, 사슴, 山토끼, 오소리, 도마뱀, 능구리 等 실로 무수한 짐승을 지니인, 山, 山 山들!
>
> 「香峴」 부분

인용한 부분을 보면 목월의 자연과 어떻게 다른가 하는 것이 대번에 판명된다. 박두진이 표현한 자연은 우뚝 솟은 산, 묵중히 엎드린 산이라든가

---

7) 박목월, 「청록집의 자작시 해설」, 『박목월』(박현수편), 새미, 2002, p.261.

장송, 머루, 다랫넝쿨, 떡갈나무, 억새풀 등 객관적 사실에 기초해 있다. 시인의 자연은 식물뿐만 아니라 너구리, 여우, 사슴, 토끼, 오소리 등 동물의 영역의 묘사일 경우에도 동일한 사유를 보여준다. 박두진의 자연은 마음의 지도 속에서 일구어진 목월의 자연과는 이렇게 사뭇 다르게 구상화된다. 상상 속에 목월의 자연이 있었다면, 현실 속에 박두진의 자연이 있었던 것이다.

상상 속에 그려진 마음의 지도가 목월의 자연이었기 때문에, 목월은 그러한 인위적 자연의 창조를 객관적 현실의 열악성 탓으로 돌렸다. 자연은 일종의 안주의 공간이었던 셈인데, 이러한 상상력은 우리 시사에서 일반화되어 있는 모성적 상상력으로부터 그리 멀리 떨어진 사유는 아니다. 그렇다면 박두진의 경우는 어떠할까. 시인이 찾아헤맸던 자연의 궁극적 가치도 실상은 목월의 그것과 크게 다르지 않다는 사실이다. 그에게도 자연의 가치는 일차적으로 모성적인 상상력에서 촉발된 것이기 때문이다.

1

부여 안은 치맛자락, 하얀 눈바람이 흩날린다. 골이고 봉우리고 모두 눈에 하얗게 뒤덮였다. 사뭇 무릎까지 빠진다. 나는 예가 어디 저 북극이나 남극 그런데로도 생각하며 걷는다.

파랗게 하늘이 얼었다. 하늘에 나는 후－입김을 뿜어 본다. 스러지며 올라간다. 고요－하다. 너무 고요하여 외롭게 나는 太古! 太古!에 놓여 있다.

2

왜 이렇게 자꾸 나는 산만 찾아나서는 겔가?－내 영원한 어머니－.내가 죽으면 白骨이 이런 양지짝에 묻힌다. 외롭게 묻어라.

> 꽃이 피는 때, 내 푸른 무덤엔, 한포기 하늘빛 도라지꽃이 피고, 거기 하나 하얀 산나비가 날러라. 한 마리 멧새도 와 울어라. 달밤엔 杜鵑! 杜鵑도 와 울어라.
>
> 언제 새로 다른 태양, 다른 태양이 솟난 날 아침에, 내가 다시 무덤에서 부활할 것도 믿어본다.
>
> 「雪岳賦」 부분

박두진의 시에서 '산'은 '해'의 매개항을 통해서만 그 의미화가 가능했다. '해'의 강렬한 에너지가 주입되지 않으면, '산'의 기능성은 떨어지게 되고, '자연'의 형이상학적 가치는 무의미한 것이다. 이는 '해'의 에너지를 머금은 다음에야 '산'의 궁극적 존재 의의가 발휘된다는 뜻이다. 즉 그의 시에서 '해'가 매개항이 되어야만 '산'은 비로소 부활하고, 생명의 무대로서 기능하게 되는 것이다.

시인의 산에 대한 그러한 애착은 어디에 그 근원이 있는 것일까. 박두진이 산을 찾아나서는 가장 근본적인 동기는 "왜 이렇게 자꾸 나는 산만 찾아나서는 겔가?－내 영원한 어머니"라는 표현에서 보듯 일단 모성적인 것에서 찾아진다. 그러한 산에 이르기 위해서 서정적 주체는 척박한 상황을 헤쳐 나아간다. 그리하여 마침내 태고의 순연한 이념을 뒤집어쓰고 있는 산에 도달하게 된다. 위의 시에는 근대적 주체에게는 매우 낯설고 도달하기 힘든 산에의 도정이 다소 거칠고 직접적인 표현으로 제시되어 있긴 하지만, 통합과 생명에 대한 굳건한 의지만큼은 매우 가열찬 것이라 할 수 있다. 이는 근대를 넘어서려는 혹은 초극하려는 의지의 표백과 무관하지 않다고 하겠다.

박두진이 찾아나선 자연의 절대적 가치가 모성적인 것에 있다면, 자아와 그것의 합일 모형은 어떠한 것일까가 궁금하지 않을 수 없게 된다. 그에 대한 해답은 근대적 주체를 다스려나가는 하나의 유형적 근거를 마련하는 토대가 될 것이다. 또한 문장파의 감각에 대한 어떤 실마리를 찾아내는 좋은 매개가 되기도 할 것이다. 여기서 문장파의 감각이라 한 것은 정지용을 두고 한 말이다. 왜 정지용인가 하는 것은 두 가지 사유를 필요로 한다. 하나는 시사적인 맥락에서 그러하고 다른 하나는 미학적 맥락에서 그러하다. 「雪岳賦」에서 그 일단을 확인할 수 있는 것처럼 서정적 자아가 자연에 회귀하는 방식은 일차적으로 그것과 동화하는 데 있다. 내가 죽으면 대지에 묻히게 되고, 꽃이 피게 되면 내 무덤가에도 도라지 꽃이 핀다. 뿐만 아니라 산나비도 날고, 멧새와 두견도 운다. 이를 테면 서정적 자아와 자연은 죽음을 매개로 해서 자연과 혼연된 일체가 되는 것이다. 실상 자연과의 이러한 혼융이나 합일의 방식은 그리 새로울 것이 못된다. 자연에 대한 표피적 예찬조차도 이런 범주를 벗어나지 않기 때문이다. 자연과의 완벽한 조화를 일구어나간 조지훈의 「화체개현」을 연상시키는 다음의 작품도 마찬가지이다.

하늘이 내게로 온다.
여릿 여릿
머얼리서 온다.

하늘은, 머얼리서 오는 하늘은,
호수 처럼 푸르다.

호수 처럼 푸른 하늘에,
내가 안긴다 온 몸이 안긴다.

가슴으로, 가슴으로,
스미어드는 하늘,
향기로운 하늘의 호흡.

따거운 볕,
초가을 햇볕으론
목을 씻고,

나는 하늘을 마신다.
작고 목 말러 마신다.

마시는 하늘에
내가 익는다.
능금처럼 내 마음이 익는다.

「하늘」 전문

이 시의 기본 발상은 자연과 내가 어떻게 합일되어서 일체화되어가는가에 있는데, 그러한 과정은 "하늘이 내게로 온다. 내가 기투하려고 하는 하늘은 머얼리서 여릿 여릿 옴으로써" 가능해진다. 하늘이 멀다는 뜻은 서정적 자아와 자연의 동일화의 길이 만만치 않은 과정을 말해주는 것이긴 하지만, 호수처럼 푸른 하늘에 내가 안겨 들어감으로써 동화의 과정은 완성된다. 자연과의 그러한 융합과정을 이 작품은 감각적인 이미지로 구상화시키고 있는데, 이 이미지들이 인간 오감의 정서에 호소한다는 사실을 염두에 두면, 그 시적 전언의 효과는 매우 큰 것이라 하겠다. 박두진의 자연에 대한 합일화과정은 매우 강렬하다. 특히 그러한 과정을 감각에 호소됨으로써 더욱 정서적 깊이를 느끼게 해준다. 자연에 대한 시인의 그러한 융합과정이 별로 신선한 자극을 주지 못하긴 해도 정서에 의존한 시의 형상화방법은 매우 예외적인 국면을 갖는다. 특히 그것이 정지용의 그것에 가깝다는 점에서 더욱 그러하다. 어째서 그러한가.

청록파의 시세계를 문장파의 그것과 분리시켜 논의할 수 없다는 데에는 모두가 동의해온 터이다. 이들이 추구한 자연의 궁극적 의미가 무엇인가를 물을 때마다, 이들의 상관관계는 더욱 주목을 받아왔다. 그럼에도 그 구체적인 근거가 무엇이었는가에 대한 의문에는 시원한 답이 마련되지 못한 것이 사실이다. 가령 똑같이 근대성의 사유구조 속에서 작동되는 자연의 의미라든가 현실의 부정성을 초월하고자하는 데서 오는 관념적인, 형이상학적인 의미 정도만을 부각시켜 왔을 따름이다. 정지용의 자연관이 청록파의 그것과 직접적인 상관관계가 있다거나 적어도 불가피한 영향정도가 있었다든가, 그리하여 청록파의 자연시들에서 정지용이 추구한 자연의 의미들이 추출된다든가 하는 해석들이 그 좋은 본보기였다. 이는 미학에 관계되는 것이어서 쉽게 속단할 수 문제는 아니지만, 적어도 자연을 구상화하는 방식에 있어서는 어떤 동일성은 탐색해낼 수 있지 않은가 한다.

정지용의 빼어난 산수시인 「백록담」은 근대적 주체인 서정적 자아가 어떻게 자연과 일체화되어가는가를 산문적 리듬을 통해 잘 보여준 작품이다. 서정적 자아는 백록담 정상에 이르는 과정을 통해서 '나'를 기각하고 자연의 한 구성원으로 변모하게 된다. 가령, 나와 자연이라는 점이지대라든가 의식과 무의식이라는 영토의 무화과정을 거쳐서 서정적 자아와 자연은 그 완전한 통합에 이르게 되는 것이다. 「하늘」의 시적 발상 역시 정지용의 그것과 크게 다르지 않다. 푸른 하늘에 내가 안기는 과정이라든가 향기로운 하늘을 호흡하고 따뜻한 햇볕으로 손을 씻으며 하늘을 마시는 과정이 「백록담」이 보여준 시적 발상과 유사하기 때문이다. "졸다 깨다 기도조차 잊은 세계"(「백록담」)나 "마시는 하늘에 능금처럼 익은 내 마음"(「하늘」)의 세계는 결국 동일한 것이 아니겠는가.

4. 다층적 총체로서의 자연의 의미

박두진이 찾아나선 자연의 의미는 매우 다층적이다. 이는 청록파 구성원이었던 박목월이나 조지훈의 자연과도 다른 부분이다. 목월의 자연이 마음속의 지도에서 그려진 허구화된 자연이라면 조지훈의 그것은 비허구화된 자연이다. 이런 뜻에서 보면 박두진의 자연의 의미와 조지훈의 그것은 일정 정도 상관관계를 갖는 것이 사실이다. 불구화된 의식의 저변에서 길러진 분열된 자아가 통합의 감수성으로 나아가는 매개항으로 자연이 인유된 것이기에, 이들이 탐색한 자연은 쌍생아에 가까운 것이라 할 수 있기 때문이다. 그러나 궁극적 이념이 같다 하더라도 박두진의 자연은 다양한 꼭지점을 갖는다. 부활의 의미로서의 자연이 있는가 하면(「해」의 경우), 인식의 통일성을 가져오는 형이상학적 의미의 자연(「하늘」)이 있기도 하고, 또 '내 영원한 어머니'라고 외치는 함성이 알려주듯 모성적인 의미의 자연(「설악부」)도 있기 때문이다. 자연에 대한 이러한 다양한 의미화는 박두진만이 갖는 고유의 영역일 것이다. 이는 박목월에게도 조지훈에게서도 찾을 수 없는 부분이고, 그를 시단에 발 디디게 한 정지용에게도 찾아볼 수 없는 부분이다.

그러나 박두진의 시에서 드러나는 자연의 의미는 이런 것이 전부가 아니라는 데 그 시적 특성이 있다. 우선 목월은 안주할 공간을 위해 자하산이라는 가공의 자연을 찾아낸 바 있다. 그리고 그 근본 동기는 불구화된 현실에서 기인한 것이었음은 그의 자작시 해설에서 이미 보아온 터이다.

자연을 시화한 배경과 동기가 사회적 맥락에 있다는 측면에서 보면 박두진은 목월에 가깝다. 조지훈이나 정지용에게 있어서 시와 사회의 함수관계를 찾는 일은 매우 난감한 까닭이다. 목월의 자작시해설이 해방 이후에 이루진 것이어서 그가 말한 담론의 참뜻을 전부 받아들이긴 힘들다해도 어느 정도의 진정성은 담보하고 있다고 할 수 있다. 그러나 박두진의 사정은 목월의 그것과 매우 다르다. 그의 시에 나타난 사회적 의미들은 목월의 그것과 달리 직접적으로 규정되어 나타나 있기 때문이다.

> 내게로 오너라. 어서 너는 내게로 오너라. –불이 났다. 그리운 집들이 타고, 푸른 동산, 난만한 꽃밭이 타고, 이웃들은, 이웃들은, 다 쫓기어 울며울며 흩어졌다. 아무도 없다.
>
> 이리들이 으르댄다. 양떼가 무찔린다. 이리들이 으르대며, 이리가 이리로 더불어 싸운다. 살점들을 물어 뗀다. 피가 흐른다. 서로 죽이며 작고 서로 죽는다. 이리는 이리로 더불어 싸우다가, 이리는 이리로 더불어 멸하리라.
>
> 처참한 밤이다. 그러나 하늘엔 별–별들이 남아 있다. 날마다 아직은 해도 돋는다. 어서 오너라. –황폐한 땅을 새로 파 이루고, 너는 나와 씨앗을 뿌리자. 다시 푸른 산을 이루자. 붉은 꽃밭을 이루자.
>
> 정정한 푸른 장생목도 심그고, 한철 났다 스러지는 일년초도 심그자, 잣나무, 오얏, 복숭아도 심그고, 들장미, 석죽, 산국화도 심그자. 싹이 나서 자라면, 이어, 붉은 꽃들이 피리니–
>
> 새로 푸른 동산에 금빛 새가 날아오고, 붉은 꽃밭에 나비 꿀벌떼가 날아들면, 너는, 아아, 그때 나와 얼마나 즐거우랴, 쉽게 흩어졌던 이웃들이 돌아오면, 너는 아아 그때 나와 얼마나 즐거우랴. 푸른 하늘, 푸른 하늘 아래 난만한 꽃밭에서, 꽃밭에서, 너는, 나와, 마주, 춤을 추며 즐기자. 춤을 추며, 노래하

며 즐기자. 울며 즐기자. — 어서 오너라. —

「푸른 하늘 아래」 전문

이 작품의 구도는 두 가지 대립테제로 되어 있는데, 이러한 요소들은 실상 서정시의 영역을 벗어나는 것이다. 즉 그것은 산문성을 시의 또 다른 계기로 인정하는 경우에만 유효성을 갖는 경우들이다. 이 작품의 산문적 갈등은 두 가지 대립 축에서 촉발된다. 하나가 폐허라면 다른 하나는 이에 대한 무화이다. 전자를 대변하는 말들이 '불'과 '이리'이고, 이들의 준동은 삶의 존재 조건을 어렵게 만드는 요인들이 된다. 반면 그 건너편에 있는 것이 '별'과 '해'이다.

이러한 산문 정신과 이항대립의 요소들이 시인의 시세계에서 사회적 요소들과 분리시켜 논의하는 것을 어렵게 만든다. 시인 역시 그러한 시대적 의무를 굳이 부정하지 않는다. 박두진은 어느 대담에서 시인의 사명에 대해 이렇게 말한 바 있다.

> 시인이 현실을 도피하는 것은 반대예요. 시 자체가 정의, 진리, 신뢰의 길이며, 정서적인 아름다움을 통해 인간을 높은 세계로 보내는 건데 신선노름만 하고 있다면 민족이라든지 인간을 살릴 수 없잖아요?[8)]

현실을 도피하지 않는 곳에 그의 시정신이 있었고 산문정신이 있었다. 그의 그러한 비판성은 현실에 대한 올곧은 직시에서 온 것이다. 또한 그의 자연의 의미들이 관념적으로 다가오지 않는 것도 여기에 그 원인이 있었다. 사회성에 기초한 자연의 궁극적 의미란 무엇인가? 박두진의 자연시들이 사회에 기반을 둔 것이라는 사실은 앞의 인용에서 확인할 수 있었다.

---

8) 「시와 시인을 찾아서」, 『시와시학』, 1994년 봄, p.32.

시인의 시작 행위가 객관적 현실의 열악성에 촉발한 것이라면 그 반대편에 놓여있는 건강성들은 박두진이 탐색해 들어간, 자연의 의미일 것이다. 이에 대한 답이야말로 박두진 시에서의 자연의 궁극적 의미일 것이다. 그것은 일종의 축제의 세계라고 판단된다. 인간과 자연이 어우러지는 축제의 장, 그것이 박두진 일구어내 자연의 궁극적 의미가 아닐까. 「푸른 하늘 아래」에 표현된 다음의 구절을 보면, "새로 푸른 동산에 금빛 새가 날아오고, 붉은 꽃밭에 나비 꿀벌떼가 날아들면, 너는, 아아, 그때 나와 얼마나 즐거우랴, 쉽게 흩어졌던 이웃들이 돌아오면, 너는 아아 그때 나와 얼마나 즐거우랴. 푸른 하늘, 푸른 하늘 아래 난만한 꽃밭에서, 꽃밭에서, 너는, 나와, 마주, 춤을 추며 즐기자. 춤을 추며, 노래하며 즐기자. 울며 즐기자"라는 표현이 있다. 황폐한 동산이 푸르러 지고, 쫓겨 갔던 이웃이 다시 돌아오는 세계. 그 푸른 하늘 아래에서 너와 나는 춤을 추고 노래하며, 울기도 하고 즐기는 세계가 펼쳐진다. 얼마나 황홀할 카타르시스의 세계인가. 축제란 위계질서가 없는 평화의 장이고, 욕망의 모든 극점이 터져 나오는 황홀경의 상태이다.

박두진의 자연시에서 드러나는 축제에 대한 이러한 예비된 기대치들은 메시아적 관점에서 설명할 수도 있고, 그만의 고유한 선지자적 판단에 의한 것일 수도 있다. 그러나 어느 경우이든 역사 너머의 세계에 의한 것이 아니라는 점이다. 이는 정지용의 자연과도 다르고 목월의 자연과도 다른 부분이다. 이러한 자연관은 문장파의 세계관과 비교해볼 때, 미학적으로 가장 가까운 것이기도 하고 또 가장 멀리 있는 것이기도 하다.

> 사슴을 따라, 사슴을 따라, 양지로 양지로 사슴을 따라 사슴을 만나면 사슴과 놀고. 칡범을 따라 칡범을 따라 칡범을 만나면 칡범과 놀고
>
> 「해」 부분

> 핏내를 잊은 여우 이리 등속이, 사슴 토끼와 더불어 싸릿순 칡순을 찾아 함께 즐거이 뛰는 날을, 믿고 길이 기다려도 좋으랴?
>
> 「香峴」 부분

앞에서 박두진의 시에서 드러나는 자연과 자아의 동일화과정은 미학적 국면에서 정지용의 그것과 매우 유사한 것이라고 했다. 이러한 유사성들은 인용한 시들에서도 마찬가지로 드러난다. 정지용은 자연과 인간의 거리를 경계의 소멸에서 찾았다. 가령 「백록담」에서 인간과 말(馬)이 만나는 과정이라든가 망아지가 어미소를 따르고 송아지가 어미말을 따르는 등 계통(系統)의 해체 속에서, 즉 개체(個體)들의 자연스러운 어울림 속에서 인간과 자연의 완전한 동화를 이루어낸 것이다. 인용시의 기본 발상 역시 정지용의 그것으로부터 멀리 벗어나 있지 않다. 서정적 자아가 사슴을 만나면 사슴과 놀고, 칡범을 만나면 칡범과 자연스럽게 어울리는 세계야말로 개체구분이 따로 없었던 「백록담」의 세계와 동일한 것이기 때문이다. 이러한 사유는 「香峴」의 경우도 마찬가지이다. "핏내를 잊은 여우 이리 등속이, 사슴 토끼와 더불어 싸릿순 칡순을 찾아 함께 즐거이 뛰는" 세계는 양육강식과 같은 수직적 계열화가 불가능한 곳이기에 그러하다[9].

그러나 이러한 유사성에도 불구하고 박두진의 그것은 정지용의 그것과 매우 다르다. 가장 큰 차이점은 박두진의 자연이 사회와 불가분의 관계에 있다는 점일 것이다. 익히 알려진 대로 정지용의 시에서 사회적 의미망을 읽어내는 것은 어렵다. 정지용의 시들이 근대적 사유구조 속에 편입된 자

---

9) 최승호는 이러한 세계를 성경에서 말하는 유토피아의 세계로 보고 있다. 창세기에 의하면, 모든 동물들은 애초에 푸른 풀을 먹고 살도록 창조되었다는 것, 곧 양육강식의 성격이 없었다는 것이다. 그러한 수직적 계열화가 없는 사회가 성경에서 말하는 진정한 유토피아 사회였다고 한다. 최승호, 앞의 책, p.23.

연이기 때문에 사회성보다는 형이상학적 관념과 가깝기 때문이다. 물론 사회성이 없는 시들이란 불가능하다. 그러나 여기서 말하는 사회란 좀 더 비판성이 전제된 사회를 뜻한다. 그렇기에 그 의미화과정이 상징인가 혹은 알레고리인가에 대한 시의 방법적 의장이 중요한 것은 아니다. 박두진이 탐색한 것은 사회의 자장 안에서 길러지는 자연의 궁극적 의미였다. 그러하기에 사회에 대한 유현한 꿈이 펼쳐지는 다음과 같은 시가 가능한 것이 아니었을까.

봉우리엘 올라서면 바다가보이리라.
찬란히 트이는 아침이사 오리라.

가시밭 돌사닥 찔리는 길에,
골 마다 울어예는 굶주린 짐승. —

서로 잡은 따사한 손이 갈려도,
벗이여! 우린 서로 불르며 가자.

서로 갈려 올라 가도 봉우린 하나,
피 흘린 자욱마단 꽃이 피리라.

「새벽 바람에」 부분

언제 새로 바라는 하늘이 열려
찬란히 트이는
아침에사 피리라.

다섯 뭍과 여섯 바다에
일제히 인류가 합창을 불르는 날.

그때사 마저 내 또 머언 곳에
외로히 설지라도,

나의 시 아끼는 나의 눈물은,
스스로의 장미 위에.
영롱히 다시 이슬지어 빛나리라.

「장미의 노래」 부분

박두진의 자연시들에는 어떤 전언적 함의들이 강하게 내포되어 있다. 시인은 그러한 자연의 함의 속에서 축제의 의미를 읽어내기도 하고 메시아적 유토피아를 암시받기도 한다. 그리고 그의 자연시들의 또 다른 특색은 자연의 일부 국면만을 편협하게 자신의 시 속에 끌어들여서 이를 의미화하는 것이 아니라 자연을 전면적으로 받아들인다는 데 있을 것이다. 박두진 시의 이러한 특색을 열린 시야로 불러도 무방할 듯하다. 시인의 이런 자신감은 메시아적 구원에 대한 자신감 없이는 불가능한 의식이다. 따라서 자연에 대한 시인의 개방적 자세들이 인용시들의 경우처럼 열린 사회나 열린 세계로 나아가는 것은 어쩌면 자연스러워보인다. 특히 그러한 의식들이 남성적인 톤과 자신감에 찬 선언적 담론들에 얹혀짐으로써 더욱 극대화되는 형국을 보인다. 이는 박두진만이 가지고 있는 고유한 자연관이라 할 수 있을 것이다.

이러한 공동체에 대한 희구의식은 정지용적 관점에서는 불가능하다. 척박한 현실에서 그러한 의식이 길러지는 것도 어려운 일이지만 내부적 인식의 완결성에 갇혀있는 근대주의자에겐 더더욱 가능하지 않기 때문이다.

5. 산문적 자연의 근대적 성격

청록파의 일원으로 자연 서정의 한 축을 올곧게 이어온 박두진의 시들은 한국 현대시의 큰 줄기라고 해도 큰 무리는 없을 것이다. 박두진의 시들은 다른 청록파의 시인들의 경우에 비해 보다 적절한 평가를 받지 못한 것이 사실이다. 여기에는 두가지 원인이 있을 것이다. 하나는 목월의 자연시에 가려져 그 올바른 자리매김의 기회를 갖지 못했다는 점이다. 잘 알려진 것처럼, 청록파를 운위할 때, 박목월과 조지훈이 앞에 있었고, 박두진은 그 뒤에 있었다. 이러한 서열화는 연구자들의 연구 순위와 그대로 연결되는 결과를 가져왔다. 여기에는 박두진 시들이 가지고 있는 산문적 속성들에 가장 큰 원인이 있지 않았나 생각된다. 그리고 이것이 박두진의 시에 대한 올바른 평가를 비켜가게 한 또 다른 이유이다. 산문성하면 흔히 비시적이라는 선입견을 갖는 것이 일반적인데, 이러한 선판단이 그의 시를 폄하하게 만든 요인이 되었다.

그러나 박두진의 시에서 보이는 산문성은 오히려 그만의 시세계를 형성하게 하는 특징적 요소이다. 박두진 시의 현실지향성은 모두 그 산문정신에서 온 것이다. 뿐만 아니라 그의 산문정신은 목월의 자연시와 구분짓게 하는 잣대가 된다. 압축과 생략에 의해서 만들어진 자연, 마음속의 지도에서 만들어진 비현실적 자연이 목월의 그것이라면, 박두진의 자연은 객관적 현실에 기초해 있는 자연 그대로의 자연이다. 그런데 이러한 자연관은 『문장』의 세계관과 어느 정도 상관관계를 갖고 있다는 점에서 주목을 요하는 것이다. 청록파를 태동케 한 것은 정지용이다. 청록파와 『문장』의 세계관의 상호불가분의 관계에 놓일 것이라는 추정은 여기서 비롯되는 것이지만, 그러나 이들의 상호관계가 미학적으로 규명된 경우는 거의 없었다. 정지용이 구현한 자연과 서정적 자아의 통합은, 개체들만의 자연스러운 어울림을 통해서 가능했다. 계통을 구분하지 않은 이러한 축제는 박두진의 시에서도 그대로 재현된다. 양육강식이 없는 자연이라든가 온갖 자연 존재들이 하나로 어우러지는 축제야말로 가장 정지용적인 것이었기 때문이다. 자연에 대한 이러한 의미화는 박목월의 자연시에도, 조지훈의 자연시에도 없는 것이었다. 박두진의 자연시들이 갖는 시사적 의의는 바로 여기에 있는 것이 아니었을까.

후반기 동인과 근대성의 추구

1. 전후 모더니즘의 특징

1950년대 시의 출발과 그 정신사적 궤적은 한국전쟁과 분리하여 논의할 수 없다. 한국 전쟁은 정치, 경제, 문화뿐만 아니라 한국인의 전반적인 삶과 의식구조를 송두리째 바꾸어 놓았다. 전화로 기성의 모든 것이 부정되었으니 관행대로 내려온 문학이나 이념들 또한 변화의 대세로부터 자유로울 수 없었다. 특히 문학에는 객관적 현실에 조응하는 세계관보다는 추상을 넘나드는 관념의 세계관들이 넘쳐나게 되었다. 따라서 1950년대의 시문학은 전쟁이라는 현실이 가져온 관념과 추상의 굴레로부터 벗어날 수 없는 운명을 태생적으로 안고 있었다고 하겠다. 다변화된 전후의 현실이 가져온 이러한 상황적 요건들은 기존의 일체의 것을 딛고 나아가는 전위(前衛)의 이념과 맥락을 자연스럽게 받아들이게 하는 계기가 된다.

흔히 전위(avant-garde)란 앞에 나서서 호위한다는 군대식 용어로서 기성의 예술 형식과 관념 · 유파를 부정하고 새로운 것을 만들려 했던, 입체

파, 표현주의, 다다이즘, 초현실주의 등을 가리키는데 쓰이는 용어이다[1]. 그러나 통상적으로는 기존의 예술과 이념을 부정하는 모더니즘 문학 전반을 지칭한다고 보는 편이 옳을 듯하다. 모더니즘이 있는 곳에 전위가 있고, 전위가 있는 곳에 부정이 있는 것이다. 따라서 한 시대를 특징짓는 모더니즘을 문제삼을 경우, 무엇을 부정하고 있는가 하는 그 '무엇'이야말로 전위의 핵심일 뿐만 아니라 시대정신의 요체라 하지 않을 수 없을 것이다.

1950년대는 민족 분단, 전쟁으로 특징지워진다. 전쟁은 한국 사회를 어느 하나의 잣대로 규정지을 수 없게 하는 복잡다기한 문제점들을 야기시켰다. 특히 그것은 한국만의 특수한 이데올로기적인 성격을 강하게 띠기도 했지만 근대의 제반 특징을 읽어낼 수 있는 징후 역시 가지고 있었다. 따라서 50년대를 문제 삼을 경우 이 두 가지 요인이 고려되지 않는다면, 1930년대가 그러했듯이 모더니즘 문학을 설명해내는 데 있어서 또 다른 관념을 만들어 내는 과오를 범하는 일이 될 것이다.

50년대의 문학은 일단 표면적인 드러남, 곧 현상에서 찾아진다. 그러한 50년대를, 본질의 상실로 파악하여 50년대의 시가 모더니즘 위주로 전개될 수밖에 없었던 정신적 근거를 여기서 찾아내기도 한다. 그러나 이러한 견해는 매우 일면적인 것이고 현실의 역동적인 상황을 전혀 고려되지 않는 기계론적 사관에 따른 것이라 하지 않을 수 없다. 본질이 고려되지 않는 현상이란 초월적 관념에 불과하기 때문이다. 모더니즘은 발생론적인 것이다. 자본주의적 생산관계가 염두에 두어지지 않는 모더니티야말로 가장 불구적인 것이다. 1930년대의 모더니티가 그러하지 않았는가. 생산관계가 고려되지 않은, 가공의 허구 속에서 헤맨 자의식의 결과가 1930년대

---

1) 좀 더 자세한 전위의 의미에 대해서는 뷔르거(Burger,P.,)의 『미학이론과 문예학방법론』(김경연 역), 문학과 지성사, 1991을 참조할 것.

에 펼쳐진 모더니즘이기 때문이다. 반면 1950년대의 모더니즘은 지금 여기의 현실이 반영된 결과태들이다. 이러한 차질은 모더니즘의 본질과 특수성을 설명해내는 데 매우 중요한 것이다.

1950년대의 모더니즘은 지금 여기의 현실에서 출발했다. 과거의 경우처럼, 관념 속에서 가공되고 표현되던 모더니즘이 아니다. 1930년대의 모더니즘이 도시화에 따른 근대의 제반 문화들을 표피적으로 반영했던 까닭도 여기에 있다. 이때의 모더니즘 문학은 모더니즘의 본질과 그 부정정신이 없었기에 도회적 감수성이나, 엑조티시즘 등과 같은 밝고 명랑한 요소들, 곧 긍정적인 부분들을 표현하는 데 머무를 수밖에 없었다. 즉 모더니즘의 발생론적 근거와 그 비판적 정신작용에 대해서는 둔감했던 것이다. 반면 1950년대의 모더니즘은 근대화가 초래한 부정적 현상들, 특히 전쟁이 초래한 문명적, 정신적 폐해와 그에 따른 위기의식의 소산이었다.[2] 있을지도 모를, 혹은 가능할지도 모를 현실에 기반을 두고 있는 것이 1930년대의 모더니즘이었다면, 있는 현실, 당위의 현실에 기반을 두고 있는 것이 1950년대의 모더니즘이었던 것이다.

50년대의 모더니즘은 이렇듯 현실과 그 현실 속에서 길러지는 제반 모순이 문제가 된다. 본질이 떨어져나간 현상의 결과가 50년대 모더니즘의 특징이라고 해도 현실과 분리된 모더니즘적 특성을 이 시기에 탐색해 들어가는 것은 거의 불가능하다. 지금 여기의 현실에 대한 올바른 응시와 비판적 시각이야말로 전후 모더니즘의 특성을 밝히는 기본 잣대가 될 것이다.

---

2) 박윤우, 『한국 현대시와 비판정신』, 국학자료원, 1999, p.24

2. 이미지즘의 기능과 전후 모더니즘에서의 그 의미

전후라는 극단의 현실은 모더니즘을 배양케 하는 좋은 토양을 마련해주었다. 도구화된 이성의 산물인 전쟁과 그 반성적 사유인 모더니즘, 분단에서 빚어진 본질의 상실과 그에 따른 현상 세계로의 경사 등이 바로 그러하다. 뿐만 아니라 전쟁에 의한 부정정신과 반문명적 사유태도 역시 모더니즘의 생성과 불가분의 관계를 맺고 있다. 그런데 전후 모더니즘을 생성케 한 이러한 토양들은 아이러니컬하게도 모두 현실에 그 뿌리를 두고 있다. 흔히 발전론적 시각에서 비판되고 운위되던 모더니즘과는 거리를 두고 있는 것이다.

그렇다면, 관념 속에 재구성되던 30년대의 모더니즘과 구별되는 전후의 모더니즘이란 무엇일까. 관념이나 추상과 구별되는 사유는 현실이다. 아니 현실에서 길어 올려지는 사유가 더 정확한 표현일지 모른다. 50년대의 모더니즘의 특징을 현실 속에서 구성되는 모더니즘이라고 했다. 30년대의 모더니즘이 관념 속에서 가공되는, 곧 추상이 만들어낸 것이었다면 전후의 모더니즘은 현실 속에서 만들어지는 모더니즘이라 할 수 있다. 이러한 특징이 이 시기 모더니즘을 탐색해 들어가는 틀이 되어야 한다. 그 연장선에서 50년대 모더니즘을 규명하는데 있어서 현실은 특별히 강조되어야 할 것이다. 현실을 어떻게 볼 것인가, 그리고 그러한 현실이 주는 부정정신은 무엇이고, 그에 바탕을 두고 있는 기성의 것을 어떻게 부정할 것인가야말로 이 시대 모더니즘의 최대 과제라 할 수 있다. 그러한 현실 바로보기가 어떤 형태의 모더니즘을 낳았는가 하는 것이 전후 모더니즘의 핵심이 된다고 하겠다.

이미 많은 연구자들이 언급한 것처럼, 50년대 모더니즘은 주로 이미지즘적인 경향을 보였다. 그런데 이미지즘의 생성과 전개에 대한 미학적, 역사적 고찰없이 50년대의 이미지즘은 30년대의 그것으로부터 한걸음도 앞으로 나아가지 못했고, 그 정신적 사유도 매우 허약한 것으로 비판받아 왔다. 다만 시대정신의 차이에 의한 발생론적 차별성만을 부각시켰을 뿐이다. 50년대의 모더니즘은 30년대의 그것과 불가분의 연장선에 있는 것이 사실이긴 하지만, 문학사적으로나 사조적으로 동궤에 놓이지는 않는다. 따라서 30년대의 틀로 50년대의 모더니즘을 조망하거나 50년대의 잣대로 30년대의 모더니즘을 재단하는 것은 불가능한 일이 아닐 수 없다.

50년대의 모더니즘은 분명 이미지즘적인 편향을 보이고 있는 것이 사실이다. 왜 그러한가에 대해서는 지금까지 어떤 연구자도 명쾌한 해답을 내어놓지 못했다. 이에 대한 답이야말로 50년대 모더니즘을 규명하는 핵심이 될 것인데, 나는 그것을 '현실에 대한 올바른 응시'에서 찾고자 한다. '현실'이야말로 50년대 모더니즘의 인식축이며, 근대적 사유의 틀을 좌우하는 매개이다. 그리고 그것은 이미지즘의 전개와 그 정신적 구조를 떠받치는 동인이라 할 수 있다.

이미지즘이 현실에 기반을 두고, 현실 속에서 사유된다는 사실을 잘 알려진 일이다. 게다가 이미지즘은 모더니즘의 갈래 가운데 가장 앞서 나온 사조이다. 실상 모더니즘이란 이미지즘에서 시작되어 신고전주의, 그리고 다다와 초현실주의와 같은 아방가르드에까지 그 역사적 순서를 밟아서 진행되어 왔다. 그만큼 이미지즘은 모더니즘의 뿌리에 해당된다고 해도 무방할 만큼 오랜 역사적 깊이를 갖고 있는 것이다.

잘 알려진 것처럼, 이미지즘은 낭만주의에 대한 반동에서 시작되었다. 이미지즘의 발생은 낭만주의자들의 전일적 세계관이 아니라 불연속적인 세계관에 그 뿌리들 두고 있는데, 이 세계관에 주목한 사람은 흄(T.E.Hulme)

이다[3]. 그는 낭만주의자들의 전일적 세계관이, 중세의 신처럼 무한한 능력을 갖고자 한 르네상스의 인문주의적 세계관에 그 토대를 두고 있는 것으로 파악한다. 르네상스가 촉발시킨 인간중심의 세계관은 인간으로 하여금 원죄의식을 말소케 하여 인간을 신과 같은 위치에 오르게 했다고 보는 것이다. 이러한 세계관에 젖어들게 되면, 이 세상에 존재하는 모든 대상은 신의 능력을 부여받은 인식 주관에 의해 전유할 수 있게 된다. 그리하여 대상에 대한 감정의 자유로운 분출이나 몽환스러운 이미지같은 것들이 만들어진다. 이 이미지들은 바로 신비주의의 늪에 잠긴 낭만적 주체가 만들어낸 결과들이다. 흄의 불연속적 세계관은 그러한 전일성에 대한 반동이었고, 르네상스가 말소한 인간의 원죄의식의 복구에 있었다.

인간이 기본적으로 불완전하다는 인식은 인간의 유한성에 대한 사유이며, 그것은 인간을 어떤 절대자에 기투하는 몸부림으로 나아가게 했다. 그 노력의 일환이 어떤 모범적 대상에 대한 모델링화의 작업으로 나타난다. 그런데 흄의 고전주의는 어떤 대상을 그대로 모방하거나 답습하지 않고, 있는 대상을 좀더 새롭게 그리고 인식하려 한다. 흄의 이러한 태도는 고전주의에 가까운 것이긴 하지만, 단순한 모방이 아니라 창조가 내재되어 있는 까닭에 이전의 고전주의와 구분하여 신고전주의로 부른다.

흄의 고전적 태도는 사실과 대상을 매우 중요시 한다. 그것은 일상의 현실에 대한 꼼꼼한 관찰과 새로운 인식태도에서 극명하게 드러난다. 낭만주의가 대상을 지극히 주관화하거나 몽환적 형상을 그리는 것, 혹은 심지어 그로테스크한 심연으로 빠지게 한다면 고전적 태도는 대상을 혹은

---

3) 흄의 이러한 이론들은 「휴머니즘과 종교적 태도」에 잘 나타나 있다. 자세한 것은 T.E.Hulme, *speculations,* London:Routledge &Kegan Ltd., 1960에 잘 나타나 있다.

일상의 현실을 지극히 객관화시킨다. 그런데 후자에서 길러지는 일상의 현실은 기존의 것을 그대로 모방하거나 답습하는 것이 아니라 전혀 새로운 방식으로 사유하고 인식한다. 일상의 사물을 이전의 것과 다르게 전혀 새롭게 보는 것이다. 지금까지 어떤 시적 주체나 인식 주체도 보지 못한 새로움, 그것이 시의 근본 목적이 되는데, 이에 부합하려면 시는 이미지가 되어야 한다는 것이다. 따라서 일상어를 사용한 언어의 농축과 압축이야말로 이미지즘의 최대 목표가 된다.

이미지즘은 시어와 일상의 견고한 결합을 근간으로 하고 있다. 따라서 이미지즘을 추구한다는 것 자체가 일상이나 현실과 분리되는 사유가 아니다. 이러한 인식에 서게 되면 본질과 분리된 현상에의 유희가 모더니즘으로 나아갈 수밖에 없었다는 것은 재론의 여지가 있다. 50년대의 시인들은 모더니즘 가운데 이미지즘을 적극적으로 받아들이고, 그 방법적 자각과 정신을 매우 충실히 수행해나갔다. 이들이 이미지즘을 적극적으로 받아들인 데에는 전후의 현실, 특히 근대가 파생한 문명적 위기와 그 정신적 폐해를 타개하기 위한 방법의 소산이었다.

> 그러나 나는 여전히 우리 시단을 지배해 온 낡은 센티멘탈 로맨티시즘의 분류와 상징주의의 완고한 잔재적 요소에 저항하여 전력을 다한 싸움을 감행할 수밖에 없는 비통한 운명속에 있었던 지난날을 추억하여 기쁨과 그리움의 미소를 금치 못하는 심정 속에 있음을 솔직히 고백하였다(중략). 이러한 기류 속에서 우리들은 세계와 역사 또는 현실과 생활과의 관련에 항상 바른 통찰과 통일을 뜻하며 나아가서는 자신의 인생 태도를 결정짓는 일에 노력을 바침으로써 현대문명의 정황에 대한 정당한 비판을 계획했어야만 옳았을 것이다.
>
> 청품명월만을 노래하는 너무나 주관적인 태도와 동양적인 정적에의 귀의는 그러므로 혼란, 격동의 새 세대에 대한 예의가 아니었으며, 새 시대가 던지는 문명의 인상과 끊임없이 변모해 가는 사회 현상의 옳은 파악이야말로 시인의

카메라에 부여된 고귀한 소재가 아닐 수 없다.

김규동, 「시집 『나비와 광장』에 부치는 시론」 부분

이 글은 김규동이 '후반기'동인으로 활동하던 시절에 펴낸, 『나비와 광장』의 서문에서 발췌한 것이다. 김규동은 이 글에서 한국 시단 전반에 대해 비판하면서 기존의 한국시가 보여주었던 문제점을 다음 세 가지로 제시하고 있다. 첫째는 낡은 센티멘탈리즘, 둘째는 상징주의의 완고한 잔재, 세째는 청풍명월에 기반한 주관적인 태도와 정적에의 귀의 등이 바로 그러하다. 그리고 우리 시의 가능성을 '현대문명의 정황에 대한 정당한 비판'에서 찾음으로써 모더니즘적인 사유태도를 뚜렷이 드러내고 있다. 그런데 김규동이 진단한 우리 시의 문제점 가운데 주목해 보아야 할 것이 첫 번째 항목과 마지막 항목이다.

센티멘탈과 주관성이야말로 낭만주의적 사유태도를 가장 잘 보여주는 것이면서 이미지즘의 방법과는 가장 먼 거리에 있는 사유들이다. 흄이 현상적인 이 세계를, 세 가지 층위로 나누고 이 층위들이 단절되어 있다고 표나게 강조한 것도 모호한 주관성 때문에 그러한 것이었고, 일상의 현실을 정확히 응시하자고 한 것도 감상적 태도에 대한 부정 때문이었다. 객관적 일상에 대한 올바른 인식과 그것의 새로운 이미지화야말로 이미지즘이 추구한 최고의 시적 의장이다. 김규동이 인용문의 마지막에서 "새 시대가 던지는 문명의 인상과 끊임없이 변모해 가는 사회 현상의 옳은 파악이야말로 시인의 카메라에 부여된 고귀한 소재"라고 한 것 역시 그러한 맥락의 일환이다.

전후 시인들에게 주어진 모더니즘은 당위이자 필연이었다. 또 다른 방법이나 정신적 사유구조가 침투해 들어오거나 선택될 수 있을 만큼 전후의 현실은 넉넉하지 못했다. "새 시대가 던지는 문명의 인상과 변모해 가는 현상의 옳은 파악"이라는 그 필연의 임무가 시인들로 하여금 일상에 대한 올바른 응시로 내몬 것으로 판단된다. 전후 모더니즘에 주어진, 현실에 대한 정확한 응시라는 당위의 의무는 흔히 초현실주의자로 알려진 조향의 시론에서도 그대로 반영되어 나타난다.

> 현대시, 아니, 넓게는 현대예술의 혁명기에 있어서 제일 먼저 실천된 것이 19세기적 합리주의, 객관주의에 대한 화려한 반란이었다. 시에 있어서는 합리주의적(현실주의적)으로 때묻은 말(언어)에 먼저 불을 질렀다. 그리하여 말을 '순수언어'로 환원시켰다. 미래파의 '자유어', 다다이즘에 있어서의 '다다어', 이러한 방화사건은 드디어 언어에 있어서의 일상성을 파괴해 버리고 시에다가 하나의 불연속선, 다시 말하면 연속된 단층의 행렬을 구성해 놓는다. 그 단층마다에서 이마아쥬의 섬광은 생리된다. (중략)이리하여 시는 '의미'가 아니고 '이마아쥬', '현실'이 아니고 '신화'라는 설이 일단 확립되었다[4].

조향은 〈후반기〉 동인의 주요 멤버이면서 50년대의 대표적 초현실주의자이다. 이상 이후 아방가르드의 방법과 정신을 조향만큼 모범적으로 실천해온 시인도 없을 것이다. 그만큼 조향은 전후의 시단에서 예외적인 존재로 비춰지고 있다. 조향이 인용 글에서 현대시의 시어를 합리주의에 물든 언어에 대한 반란으로 진단한 것, 그리고 그 말은 '순수의 언어'로 환원되어야 한다는 것은 아방가르드적인 사유태도에서 온 것이다. 초현실주의가 도구적 이성에 대한 안티와 그 대항담론으로서의 절대 순수 언어를 주장하고 있기 때문인데, 이때의 순수 언어란 사물성을 삭제한 언어, 곧 사물이 부재하는 언어이다. 통상적으로 사물의 부재란 의미의 부재이며, 그

---

4) 조향, 「현대시론(초)」, 『조향전집』2, 열음사, 1994, p.143.

현실적 의미내용은 언어의 불순성이고 언어의 저차원성이다[5]. 곧 의미가 제거된 언어의 해방상태인 것이다.

조향은 도구적 이성의 때가 묻은 기존의 언어를 새롭게 하기 위하여 의미와 의미의 연속성을 제거하려 든다. 논리에서 파급되는 인과율이 정신과 자아를 억압하기에 어떠한 의미적 결합도 있어서는 안된다는 것이다. 그런데 조향의 인용글을 꼼꼼히 읽어보면, 초현실주의에서 추구한 해방의 논리와는 다른 어떤 차이점이 발견된다. 조향은 의미나 인과율을 부정하기 위한 시적 방법으로 언어의 순수성을 찾긴 하지만 궁극에 있어서는 언어를 공간화시키는, 곧 또 다른 차원의 이미지를 구해오고 있기 때문이다. 초현실주의의 시적 의장이 현실(定立) → 전도(反定立) → 초현실(綜合)이라는 세가지 인식단계를 거치면서 어떠한 가상도 만들지 않음에 비하여 조향은 '이미지의 섬광'을 만들어낸다. 조향이 이렇게 초현실주의의 방법과 정신을 부분적으로 도입하고 있음은 다음의 글에서도 쉽게 확인할 수 있다.

> 말은 비유로 돼 있다. 그 말을 써서 창조를 하는 시도 비유로 돼 있다. 비유는 말의 본질이자, 시의 본질이다. 훌륭한 시인이란 새로운 말을 만들어 내는 neologist를 말하는 게 아니고, 새로운 비유를 창조해내는 사람을 말하는 것이다. 언어결부방식을 새롭게·놀랍게 하는 사람이 곧 시인인 것이다.(중략) 게다가 이 (원관념과 보조관념－인용자)양자(유사성·상이성)의 작용하는 힘이 강하면 강할수록, 곧 상이성이 원거리이면 원거리일수록, 비유표현의 효과는 높아만 가는 것이다[6].

말이 비유로 되어 있고, 그 말을 이용하여 창조를 하는 시도 비유로 되

5) 정귀영, 『초현실주의문학론』, 의식, 1987, p.110.
6) 조향, 「시어론」, 위의책, p.312.

어 있다는 인식은 시학에서 흔히 원용되는 시적 의장이다. 초현실주의가 지향하는 궁극적 지향점은 의미의 추방에 있다. 이성에 물든 의미야말로 정신을 구속하고 억압하는 가장 강력한 기제이기 때문이다. 따라서 아방가르드적인 측면에서 비유란 원칙적으로 불가능하다. 게다가 의미를 생산해내는 비유는 아방가르드적인 정신과 방법에 비춰볼 때, 더더욱 모순이 된다. 그런데 인용글에서 보이는 조향의 논리는 다분히 신비평적인 논리에 가까운 인식을 보여준다. 신비평에서 말하는 직유나 은유와 같은 비유들을 만들어내는 방식은 원관념과 보조관념의 역동성과 시적 의장에서 이루어진다. 조향이 언급한 비유의 논리도 이와 유사한데, "원관념과 보조관념 사이에 작용하는 힘이 강하면 강할수록, 곧 상이성이 원거리이면 원거리일수록, 비유표현의 효과는 높아만 가는 것"이라는 것이 바로 그것이다. 이같은 견해는 두 관념 사이의 시적 긴장(poetic tention)의 효과는 거리화(distance)에 좌우된다는 신비평의 논리와 매우 흡사한 것이다.

그러나 주지와 매체 사이에 이루어지는 상이성이 원거리이면 원거리일수록 비유의 효과가 높아만 간다는 조향의 논리는 초현실주의에서 말하는 '우연한 사물의 결합'이라는 비유의 논리와 상당한 거리가 있는 것이다. 신비평에서 원관념과 보조관념의 긴장 관계는 인접한 유사성의 관계에 의한 거리화라면, 초현실주의에서의 비유란 원관념과 보조관념의 관계가 유사성, 인접성, 상이성 등 어떤 연결고리도 없는, 말 그대로 우연한 결합의 산물들이기 때문이다[7]. 이렇듯 조향은 초현실주의를 전면적으로 받아들인 것이 아니라 그 방법과 정신의 일부만을 차용하고 있음을 알 수 있다. 그는 오히려 의미를 만들어가고 새로운 이미지를 창출해내는 이미지즘에 가

---

7) 김윤정, 『한국모더니즘 문학의 지형도』, 푸른사상, 2005, p.244.

까운 사유태도를 보이기까지 한다[8].

기성 시단을 전면적으로 부정하고 등장한 전후 시단의 전위적 그룹들이 이미지즘에 경도된 데에는 앞서 언급처럼 그 나름의 이유가 있다. 근대의 제반 모순과 그 폐해 속에서 새로운 인식 사유에 대해 고민하던 그들에게 일상을 기저로 현실 속으로 천착해 들어가는 이미지즘의 시적 방법과 사유야말로 가장 적절한 시대인식의 수단이었기 때문이다. 게다가 이미지즘에 내재된 질서로 대표되는, 신고전주의의 구조체 지향 모형들은 이들에게 그러한 인식구조를 더 단단히 쌓아가게 하는 디딤돌 역할을 했을 것이다. 이미지즘에의 경도와 초현실적 오브제를 자신의 시적 방법으로 삼았던 조향에게서조차 조형적 이미지들의 생산을 시의 궁극적 목표로 제시했다는 점들이 그 단적인 증거가 된다.

3. 시창작상의 이미지즘

"새 시대가 던지는 문명의 인상과 끊임없이 변모해 가는 사회 현상의 옳은 파악이야말로 시인의 카메라에 부여된 고귀한 소재"라는 김규동의 말처럼, 전후 시단의 당면 임무는 새 시대가 던지는 문명의 인상을 어떻게 붙잡아낼 것인가에 있었다. 시인은 문명사의 여러 현상들을 카메라적 시

8) 이기철은 조향이 모더니즘의 한 가운데에서 초현실주의를 부분적으로 도입한 절충적 모더니스트로 보고 있다. 그는 조향의 그러한 아방가르드적 특징을 '주지적 초현실주의'로 부르고 있는 것이다. 이기철, 「한국 초현실주의 시의 전개과정 고찰」, 『한국시학연구』3, 한국시학회, 2000, p.218. 그러나 주지적이라는 말 자체가 일본식이고, 그 용어의 애매성 때문에, 이미지즘적 초현실주의라고 하는 편이 더 적당하다고 생각된다.

선으로 시의 소재를 찾아내고, 그것을 시화해서 문명이 던지는 진정한 의미들을 시사적으로 자리매김해야 했다. 일상의 사물에 대한 정확한 관찰과 그 새로운 의미부여를 통해 근대화가 초래한 여러 문명적, 정신적 폐해와 위기의식들에 대한 통찰과 탐색, 그리고 그 대안모색을 시도해야 했던 것이다.

여기서 새 시대란 물론 전후의 현실을 말한다. 그런데 새 시대라고 해서 문명의 신선한 감각이나 이전 시대에 대비되는 질적인 근대성의 문제들을 굳이 이야기할 필요는 없다고 본다. 전후의 현실은 이미 있는 현실이고 존재하는 현실이며, 이전의 현실이란 가공의 현실, 허구의 현실이다. 이전의 모더니티가 이렇게 관념 속에서 이루어지는 사유구조였던 까닭에, 그것을 불구화된 모더니티라든가 기형의 모더니티로 지칭했다면, 전후의 모더니티는 일제강점기만큼 파행화된 모더니티란 말을 굳이 듣지 않아도 될 것이다. 게다가 전후의 모더니티를 흔히 과학의 명랑성에서가 아니라 과학의 비극성에서 찾으려 한 것도 이와 무관하지 않다. 비극이란 말 자체에 이미 근대성의 안티테제로서의 모더니즘의 존립근거가 충분히 성립되고 있기 때문이다.

현기증 나는 활주로의
최후의 절정에서 흰 나비는
돌진의 방향을 잊어버리고
피 묻은 육체의 파편들을 굽어본다.

기계처럼 작열한 심장을 축일
한 모금 샘물도 없는 허망한 광장에서
어린 나비의 안막을 차단하는 건
투명한 광선의 바다뿐이었기에—

진공의 해안에서처럼 과묵한 묘지 사이사이
숨가쁜 Z기의 백선과 이동하는 계절 속
불길처럼 일어나는 燐光의 조수에 밀려
흰 나비는 말없이 이즈러진 날개를 파닥거린다.

하얀 미래의 어느 지점에
아름다운 영토는 기다리고 있는 것인가
푸르른 활주로의 어느 지표에
화려한 희망은 피고 있는 것일까

신도 기적도 이미
승천하여버린 지 오랜 유역—
그 어느 마지막 종점을 향하여 흰 나비는
또 한 번 스스로의 신화와 더불어 대결하여본다.

—김규동, 「나비와 광장」 전문

전쟁 중에 씌어진 것으로 되어 있는 이 시는 흔히 김기림의 「바다와 나비」 등과 비교하여 많은 논의의 대상이 된 작품이다. 나비라는 소재도 그러하고, 그것이 근대로 표상되는 대상(김기림의 경우에는 그것이 매우 소략된 형태로 나타나지만)과 대결하고 있다는 구조도 그러하다. 뿐만 아니라 사물의 선명한 대조를 통해서 재생되는 이미지의 조형성 역시 비슷한 요소를 많이 갖고 있다. 그러나 그 상상력을 어디서 이끌어왔던 이 작품은 김기림의 그것과 대비하여 몇 가지 나아간 면 또한 보여주는 것이 사실이다. 우선, 김기림의 작품과 비교해 볼 때, 이 작품은 근대의 제반 모순과 그 문명사적, 정신사적 폐해에 대해 적극적으로 대처하고 있다는 점을 들 수 있다. 김기림의 '나비'가 바다를 청무밭으로 착각하고 내려갔다가 다시 되돌아오는데, 나비의 그러한 행동은 근대에 대한 일종의 패배의식으로 비춰진다. 반면 김규동의 나비는 근대문명에 대해 큰 상처를 입었어도 좌절하지 않고 끝끝내 대결하고자 하는 적극성을 보인다. 그리고 무엇보다 중요한 것은 이 작품이 다음 사례에서 보듯 근대와 거기서 파생되는 여러 모순들을 전후의 현실에 맞게 아주 정확히 읽어내고 있다는 점일 것이다.

50년대의 모더니즘 시에서 근대를 상징하는 가장 일반화된 말 가운데 하나가 '속도'이다. 이 속도는 박인환의 시에서도, 김경린의 시에서도 쉽게 발견할 수 있는데, 가령, "전신처럼 가벼웁고 재빠른/불안한 속력은 어디서 오나"(박인환, 「기적인 현대」)나, "오늘도 성난 타자기처럼 질주하는 국제열차"(김경린, 「국제열차는 타자기처럼」)가 그러하다. 이들 시에서 '속도'란 근대 문명의 상징이면서 그 정신사적 위기감의 표현이라는 이중적 의미를 갖는다. 거침없이 달리는 기차가 근대 문명의 팽창을 상징하는 것이라면, 빠른 속력이 주는 공포감이야말로 그것을 감내해야하는 근대인의 정신사적 불안이기 때문이다.

「나비와 광장」은 그러한 근대의 불안을 '피묻은 육체의 파편', '숨가쁜 Z기의 백선', '푸르른 활주로'와 같은 시각적 이미지의 조응 속에 매우 탁월하게 그려내고 있다. 곧 청(靑), 홍(紅), 백(白)의 이미지의 선명한 대조 속에서 파괴자로서의 근대와 이를 담당해나가는 주체, 그리고 그 대항담론을 밀도있게 묘사하고 있는 것이다.

太陽이
直角으로 떨어지는
서울의 거리는
푸라타나스가 하도 푸르러서
나의 心臟마저 染色될가 두려운데

외로운
나의 投影을 깔고
疾走하는 軍用추럭은
과연 나에게 무엇을 갖어 왔나.

〈비둘기처럼
그물을 헤치며 지나 가는
당신은 나의 過去를 아십니까〉
그리고
〈나와 나의 親友들의
未來를 保障하실 수 있습니까〉

한때
몹시도 나를 괴롭히던
華麗한 影像들이
결코 새로울 수는 없는
〈모멘트〉에 서서

大學敎授와의
對談마저가
몹시도 권태로워지는 오후이면
하나의 〈로지크〉는
바람처럼
나의 皮膚를 스치고 지나 간다.

—김경린, 「太陽이 直角으로 떨어지는 서울」 부분

김경린의 대표작인 이 작품 역시 이미지즘의 기법으로 씌어진 것이다. 그런데 여기서 구사된 이미지들은 시의 유기적 질서를 무너뜨릴 정도로 이미지즘의 시적 의장들이 현란하게 구사되어 있기까지 하다. 이러한 요인들이 이 작품이 함의하고 있는 정신상의 진정성까지 흔들어 놓을 정도인데, 가령 "푸라타나스가 하도 푸르러서/나의 心臟마저 染色될가 두려운데"라는 표현 등이 그렇다. 김경린은 전후 문단에서 이미지즘의 시적 방법과 정신을 다른 어느 작가보다도 충실히 수행해 내었다. 시론뿐만 아니라 창작상의 측면에서 김경린만큼 이미지즘에 대한 이해와 실천을 일구어낸 모더니스트를 찾는 것은 쉬운 일이 아니다.

인용시에서 김경린이 탐색해 들어간 것은 근대성의 제반 모순과 거기서 사유되는 자의식의 양태이다. 근대적 인식체계에서 사유되는 시인의 그러한 자의식은 "질주하는 군용추럭"에 잘 나타나 있다. '질주'는 거침없이 나아가는 근대의 문명이며, '군용추럭'은 그것이 야기한 정신사적 폐해와 문명사의 위기를 표상한다. 조화될 수 없는 불가역적인 역설 속에서 시인이 느끼는 자의식은 '두려움'과 '외로움'이다. 그는 진행과 좌절이라는 근대의 이중성 속에서, 곧 그러한 감수성들이 착종된 의식의 극점인 '모멘트'에 올라서서 어떤 자의식적인 해방감에 젖어든다. 그러나 그 상승과 하강이 교차하는 순간의 극점들은 이내 현실의 냉혹한 논리 속에 묻혀버린다. 이성의 상징인 '대학교수와 대담'이 '권태로워지면서', 로지크(논리)는 '바람처럼 나의 피부를' 비껴가기 때문이다.

김규동이나 김경린의 시작에서 볼 수 있는 이미지즘들은 현실에 대한 정확한 응시와 사물에 대한 새로운 묘사에 그 방법적 특징이 있다. 여기에다가 근대가 주는 문명사적 폐해와 정신의 위기라는 역사철학적 맥락 또한 담아내고 있다. 그 연장선에서 이들은 미래에 대한 희망내지 기대를 '소망'이나 '기원', '바램'의 차원에서 갈망하고 있다. 예를들어, 김규동의 "하얀 미래의 어느 지점에/아름다운 영토는 기다리고 있는 것인가/푸르른 활주로의 어느 지표에/화려한 희망은 피고 있는 것일까"(「나비와 광장」)나

김경린의 "거울처럼/그리운 사람아/흐르는 기류를 안고/투명한 아침을 가져 오리"(「국제열차는 타자기처럼」) 등이 그 본보기이다. 이미지즘의 궁극적인 목표는 감상에 대한 배제와 객관의 성립, 그리고 사물에 대한 새로운 관찰 등으로 요약된다. 그런데 초기에 가졌던 이들의 이러한 방법적 탐색들은 철학의 부재라는 약점과 더불어 몇가지 정신적 의장들이 추가되는데, 그 하나가 전통이나 역사성 혹은 질서관의 도입과 같은 문제들이다. 이는 이미지즘이 사물의 해체와 새로운 조합이라는 형식논리를 벗어나서 전범적인 구조체 지향이라는 철학적 틀을 내재하는 계기가 된다. 이를 대표하는 이가 영미모더니스트를 대표하는 엘리어트이다. 이미지즘을 아방가드르드와 구분하여 구조체를 지향하는 신고전주의와 동일한 맥락에 놓는 것도 이 때문이다. 그리하여 영미 이미지스트들이 받아들인 질서의 사유들은 그들이 과거로부터 전해받은, 그들만이 보지하고 있는 다양한 전통들이다. 가령, 신화나 자연, 중세의 종교 등과 같은 형이상학적인 관념들이 여기에 해당된다[9].

그러나 김규동 등이 펼쳐 보인 이미지즘에는 영미 이미지스트들이 자신들의 시적 의장에 받아들인 견고한 자기확신의 구조가 없다. 가령 영국정교라든가 성서의 신화, 혹은 목가적 낙원인 자연의 통합된 세계와 같은 전일적 감수성을 발견하거나 받아들이지 못한 것이다. 그들은 막연한 기대 차원에 머물렀을 뿐, 엘리어트 등이 보여주었던, 어떤 견고한 영원주의같은 사유들을 받아들이는 데 실패한 것으로 보인다. 이들의 그러한 역사철학적 허약성들은 다른 '후반기' 동인들인 박인환, 조향 등의 시적 의장이나 정신사적 맥락과 불가분의 관계에 놓여 있는 것이기도 하다.

---

9) 오세영, 「모더니즘, 아방가르드, 포스트모더니즘」, 『문학과 그 이해』, 국학자료원, 2003, pp.21-60. 참조.

'후반기' 동인의 중심 멤버였던 박인환의 문학에 대한 공과는 아주 상반된다. 해방공간과 전후의 현실에서 점증하는 근대의 산물들을 아무런 여과없이 유행병적으로 받아들였다는 평가가 있는가 하면, 근대의 제반 모순을 온몸으로 고민하며 이에 부과된 자의식을 과감하게 노출했다는 평가도 있다[10]. 박인환의 문단활동은 1949년 『새로운 도시와 시민들의 합창』이라는 사화집을 펴낸 것을 계기로 이루어진다. 제목의 단어인 '도시'와 '시민'에서 알 수 있듯이 이 사화집은 모더니즘의 정신과 지향성을 뚜렷이 드러내었다. 그럼에도 박인환의 작품들은 그러한 모더니즘의 세계와 정신과는 어느 정도 거리가 있는 것이었다. 오히려 모더니즘과 상반되는 리얼리즘적 경향을 내재시키고 있었다. 그럼에도 해방공간에 펼쳐진 박인환의 산문시들은 산문이라는 장르상의 특징에서 그 의미를 찾을 수 있을 것이다.

산문 정신이란 열린 정신이고, 분산된 정신이며, 원심적인 정신이다. 이는 율문정신이 구심적이고 폐쇄된 정신이라는 사실과 비견된다. 따라서 산문정신은 현실에 대한 밀착된 응시나 반응, 분석이 없이는 불가능한 의식이다. 그런데 박인환의 그러한 정신들이 전후 시단에서 그가 보여주었던 시의 의장이나 방법과 일정 정도 상관관계에 놓여 있다는 점일 것이다. 박인환도 김규동 등의 경우처럼, 이미지즘에 가까운 시작 태도를 보여주었다는 점에서 공통점을 갖고 있다. 물론 박인환이 지향한 시정신은 상이한 것이었지만, 시의 방법적 모색은 이들과 일견 상관된 면을 가지고 있었던 것이다. 산문정신이란 현실에 대한 이해와 상세한 분석에서 출발한다. 이미지즘은 또 어떠한가. 이런 맥락에서 보면 전후 박인환의 시가 해방공간

---

10) 박인환에 대해 부정적 평가를 내린 사람 가운데 대표자가 이동하이다. 그러나 대부분의 경우는 긍정적인 평가를 내리고 있다. 이동하편저, 『박인환』, 문학세계사, 1993 참조.

시절 그가 수행해내었던 산문시의 정신이나 방법과 무관하지 않음을 알게 된다.

불이 보이지 않아도
그저 간직한 페시미즘의 미래를 위하여
우리는 처량한 목마 소리를 기억하여야 한다
모든 것이 떠나든 죽든
그저 가슴에 남은 희미한 의식을 붙잡고
우리는 버지니아 울프의 서러운 이야기를 들어야 한다
두 개의 바위 틈을 지나 청춘을 찾은 뱀과 같이
눈을 뜨고 한잔의 술을 마셔야 한다
인생은 외롭지도 않고
그저 잡지의 표지처럼 통속하거늘
한탄할 그 무엇이 무서워서 우리는 떠나는 것일까
목마는 하늘에 있고
방울 소리는 귓전에 철렁거리는데
가을바람 소리는
내 쓰러진 술병 속에서 목메어 우는데

—박인환, 「목마와 숙녀」 부분

박인환의 출세작인 「목마와 숙녀」이다. 이 작품에서 우리는 모더니스트로서의 박인환의 면모와 그 지향점을 충분히 엿볼 수 있다. “두 개의 바위 틈을 지나 청춘을 찾은 뱀과 같이”나 “내 쓰러진 술병 속에서 목메어 우는”이라는 표현은 박인환에게 주어졌던, 엑조티시즘이나 유행병적인 멋이라는 비아냥으로부터 멀리 비껴서 있게 한다. 그럼에도 불구하고 박인환의 시들이 모더니스트로서의 정신과 방법을 올바르게 수행했다고는 생각되지 않는다. 많은 사람들이 지적한 것처럼, 이 작품은 센티멘탈한 감수성으로부터 자유롭지 못하고, 의미론적으로도 연속적이지가 않기 때문이다. 뿐만 아니라 이미지즘 등의 시가 지향하는 유토피아 사상과도 거리가 멀다. 이 작품은 미래에의 전망이 닫혀 있을 뿐만 아니라 그러한 미래로 틈입하기 위한 어떤 정신적 사유도 발견할 수가 없다. 자포자기한 듯한 감수성을 담고 있는 '그저'[11)]의 남발, '가슴에 남은 희미한 의식', '서러운 이야기', '목적지 없는 공간으로의, 미래로의 막연한 떠남' 등이 이 시를 감싸고 있는 우울한 감수성들이다. 박인환의 그러한 비극적, 센티멘탈한 정신 세계들은 후기에 올수록 더욱 염세적으로 굳어진다. 특히 '절대적인 신'의 부정과 다가올 미래에 대한 부정은 그러한 세계관의 정점에 해당된다.

오늘 나는 모든 욕망과
사물에 작별하였습니다.
그래서 더욱 친한 죽음과 가까워집니다.
과거는 무수한 내일에
잠이 들었습니다.
불행한 신
어디서나 나와 함께 사는
불행한 신
당신은 나와 단둘이서
얼굴을 비벼대고 비밀을 터놓고
오해나
인간의 체험이나
고절된 의식에
후회하지 않을 것입니다.

－박인환, 「불행한 신」 부분

11) 박현수, 『한국 모더니즘 시학』, 신구문화사, 2007, p.256. 박현수는 '그저'의 사전적 의미가 "아무 생각없이"라는 의미에 주목하여, 박인환의 시에서 드러나는 우연성, 무목적성 등을 설명해내고 있다.

'욕망'은 현재적 감정이긴 하지만, '미래'와 연결되지 않으면 성립될 수 없는 감수성이다. 따라서 '욕망'과 그 외화인 '사물'에의 작별이야말로 미래라는 시간과 필연적으로 단절될 수밖에 없다. '과거'가 '무수한 내일' 속에서 현재 시간 속에 '잠'이 든다는 것은 욕망의 거세에 따른 미래의식의 소멸이다. 박인환은 여기서 더 나아가 신의 부재를 선언한다. 신은 구원의 표상이고 영원성의 상징이다. 그런데 그러한 신의 부재는 현재의 아포리아를 타개할만한 의지, 곧 미래의 유토피아를 만들거나 갈구 할 수 없는 시인의 처지를 보여주는 단적인 예가 된다. 이렇듯 박인환에게 남겨진 것은 오직 지금 여기의 현재 뿐이다. 박인환의 현재라는 의식으로의 이러한 몰입은, 김규동 등이 보여주었던 미래에 대한 막연한 예기조차 없는 닫힌 전망일 뿐만 아니라 근대의 인식 체계를 뛰어넘는 어떤 것이기도 하다.

미래에로의 폐쇄적 전망과 의미의 불연속적 세계관은 '후반기'동인 이었던 조향의 작품에서도 찾아볼 수 있다. 조향은 전후시단에서 일체의 것을 부정하는 전위적 사유와 방법을 적극적으로 실천해나간 대표적 모더니스트이다. 그런데 조향의 작품들은 시론에서 펼쳐보였던 그의 사유구조와 무관하지 않은게 특징이다. 이를 이미지즘적 초현실주의라고 불렀거니와 작품에서도 시인의 그러한 착종된 시의식들은 쉽게 발견된다.

낡은 아코오딩은 대화를 관뒀습니다.
— 여보세요?
폰폰따리아
마주르카
디이젤-엔진에 피는 들국화
— 왜 그러십니까?
　　모래밭에서

수화기
　여인의 허벅지
　　　낙지 까아만 그림자
비둘기와 소녀들의 랑데-부우
그 위에
손을 흔드는 파아란 깃폭들
나비는
기중기의 허리에 붙어서
푸른 바다의 층계를 헤아린다.

－조향, 「바다의 층계」 전문

앞서 언급처럼, 조향 시론은 크게 두가지로 요약된다. 하나가 단어와 단어의 논리적 결합을 방해해서 의미를 추방시키는 초현실주의 이론을 충실히 수행하는 것이고, 다른 하나는 원관념과 보조관념의 충격적인 결합을 통해서 시의 긴장을 높이는 것이다. 물론 후자의 경우, 그러한 결합의 과정을 통해서 논리의 세계를 지향하거나 어떤 의미를 도출해낸다는 뜻은 아니다. 조향이 초지일관 관심을 가졌던 것은 이미지이다. 조향이 시작과 정상의 필요에 의해 만든 오브제 역시 이미지의 구현과 밀접한 상관관계가 있다. 실상 초현실주의 맥락에서 오브제란 거의 의미가 없는 것이다. 순수 주관에 의해 구성되는 것이 초현실주의의 오브제인 까닭에 그것이 따로 존재하거나 개념화된다는 것 자체가 모순이기 때문이다. 그 의미가 어떠하든 조향에게 오브제는 이미지를 만들어내는 매개이며, 시작상의 중요한 대상이 되기도 한다.

「바다의 층계」는 제목에서부터 조향의 시적 방법이 잘 드러나 있는 작품이다. 실상 '바다'와 '층계'는 전연 연관성이 없는 사물들의 결합이다. 이는 "원관념과 보조관념 사이에 작용하는 힘이 강하면 강할수록, 곧 상이성이 원거리이면 원거리일수록, 비유표현의 효과는 높아만 가는 것"이라는 그의 시론과 매우 부합되는 요소이다. 또한 1행의 '낡은 아코오딩'과 '대화' 역시 마찬가지로 서로 다른 층위의 사물들의 결합이다. 이 작품은 이 두 대상에서부터 각각의 독자적인 이미지의 층위들이 만들어지면서 전개된다. 가령, '대화'에서부터 시작된 연상의 층위들은 '여보세요'로, '왜 그러십니까'에까지 이르고 결국은 '수화기'로 연결되고 있는 것이다. 또한 '낡은 아코오딩'의 경우도 마찬가지이다. 여기서 시작된 연상의 층위들은 '폰폰따리아', '마주르카', '디이젤-엔진에 피는 들국화'까지 이어지며 계속 진행된다. 물론 이러한 연상적인 층위들에서 어떤 특별한 의미를 읽어내는 것은 불가능하고 또 그럴 필요도 없다. 이 이미지들은 어떤 의미를 생산하는 것이 아니라 수직적 연결고리로만 매개된 채 나열되고 흩어져 있을 뿐이고 또 그것이 목적이기 때문이다. 게다가 이 이미지들은 연상적인 층위들에서 '모래밭'이나 '여인의 허벅지', 혹은 '낙지 까아만 그림자' 등의 이미지와 아무런 연결고리를 갖지 못한채 분산되어 그곳에 빨려들어가기도 한다. 작품의 의미작용을 추출해내거나 읽어내는 것을 더 어렵게 만들고 있는 것이다. 조향은 이미지를 만들되, 그것으로부터 어떤 의미를 추출해내고 있지는 않다. 조향은 단지 '의미없는 이미지 만들기'에만 주력하고 있을 뿐이다.

5. 전후 모더니즘 시의 시사적 의미

시에서 사회적 맥락을 읽어내기가 쉽지 않은 전후의 시단에서 이미지즘의 등장과 전개는 시사적으로 매우 의미가 있는 것이다. 이는 1930년대의 모더니즘과 50년대의 모더니즘을 분기하는 중요한 매개이면서 차별점이 되기 때문이다. 가령 이전의 모더니즘이 가공의 현실을 관념 속에서 직조한 반면, 50년대의 모더니즘은 지금 여기의 현실을 실제 속에서 재구성해내고 있다. 그러한 상황인식이 모더니즘의 여러 지류 가운데 이미지즘을 적극적으로 수용하게 된 계기이자 발판이 되었다.

전후 시단에서 모더니즘을 이끌었던 그룹은 '후반기' 동인이었다. 이들 이외에도 다른 모더니스트들이 있긴 했으나, 하나의 유파를 만들고 이를 이념화한 것은 '후반기' 동인 뿐이었다. 이들에게 공통적으로 보이는 모더니즘의 시적 방법과 정신은 앞서 언급처럼 이미지즘으로 현저하게 기울어져 있었다. 이들은 방법으로서의 이미지즘 뿐 아니라 근대의 제반 모순 또한 예각적 시선으로 받아들이고 비판하는 내용으로서도 충실한 면을 보여주었다. 그것은 근대의 빛과 그림자라는, 근대에 내재되어 있는 이중성의 문제였다. 뿐만 아니라 이들은 전후라는 특수한 상황에 대해서도 적극적으로 그 의미를 해석해내고, 이를 의미화시켰다. 새로운 질서에 대한 희망이나 기대, 곧 전범적인 구조체 모형에 대한 지향이 바로 그것이다.

특히 그러한 질서에 대한 가열찬 욕망들은 미래에 대한 끊임없는 전취의식과 분리되어 논의될 수 없는데, 가령, 조향이 표방한 초현실주의 문학론이 그 단적인 사례가 된다. 조향의 시론과 시들은 초현실주의의 기반 위에서 씌어진 것이긴 하지만, 초현실주의의 기본 이념이나 방법과는 다소 거리가 있는 것이었다. 그는 초현실주의에다가 이미지즘적 요소를 가미하여, 이미지즘적 초현실주의라는 독특한 문학론을 선보이게 된다. 그의 이러한 착종된 아방가르드는 전후라는 특수한 현실을 대변하고 있는 매우 예외적인 것이라 하지 않을 수 없다. 그만큼 한국의 전후는 근대의 보편성과 특수성이 내재된 독특한 것이었다. 현실을 냉철하게 응시할 수밖에 없는 현실, 그것이 이미지즘을 만들어냈다면, 전후라는 혼돈의 현실은 질서라는 또 다른 패러다임을 만들어낸 것이다. 그것이 전후 한국 시단에서 특수하고도 예외적인 모더니즘이 생성되고 펼쳐지게 된 결과이다.

근대에 대한 사유의 여행 : 무의미에 이르는 길 — 김춘수론

1. 근대에의 자각과 방법적 인식

한국 근대시사에서 김춘수가 차지하는 위치는 결코 만만치가 않다. 시인치고 자신의 자리가 허술하다고 말하는 사람은 없을 것이지만, 그러나 김춘수에게는 이런 빈틈조차 허용되지 않는다. 시세계뿐만 아니라 시인으로서 김춘수는 탄탄한 자기 위치를 확보하고 있는 것이다. 김춘수는 작품집도 많이 상재했고, 시론에 관한 글도 제법 많이 발표했다. 일단 이러한 양적 풍부함이 김춘수를 시사의 자리에서 쉽게 넘볼 수 없게 하는 요인임은 분명하다. 시인이란 어떻든 간에 작품으로 평가받아야 하고, 그럴려면 작품의 양은 절대적 기준이 될 수밖에 없기 때문이다. 여기에 그 작품의 질이 담보되어야 하는 것은 당연한 이치일 것이다. 그럼에도 작품의 양과 질만으로 김춘수 시세계의 확고성이라든가 시인으로서의 그 찬란한 명성을 설명해주기에는 부족한 감이 없지 않다. 김춘수에게는 다른 시인들에게서 찾아볼 수 없는 또 다른 시적 특장이 있는 것이다. 그만이 보유한 고유의 문학적 질이란 무엇일까.

우선 시론에 관한 것부터 살펴보자. 김춘수는 다른 어떤 시인보다 많은 시론을 발표했다. 시론이란 시인이 자신의 시세계를 설명하고, 자신의 문학관을 피력하는 자전적 성격의 글이다. 그것은 타인의 시를 비평하고 문학사적 자리 매김을 하는 기능적 성격을 갖기도 하지만, 보다 근본적으로는 문학에 관한 자신의 세계관을 드러내 보이는 글이다. 그렇기 때문에 자신의 문학관을 표명하고 이를 타인에게 알리는 수단으로서 시론만큼 좋은 글도 없을 것이다. 또 비평가에게 그것은 특정 시인의 작품 세계를 이해하고 분석하는데 있어서 훌륭한 자료도 된다. 짧은 형식의 시에서는 표현할 수 없는 세계관 등등을 긴 형식의 산문에서는 얼마든지 표현 가능하기 때문이다. 이런 면에서 시와 시론이란 한 시인의 시세계와 문학관을 이해하는 데 있어서 절대적인 두 가지 축이 된다고 할 수 있다.

시인치고 시론을 남기지 않은 시인은 드물다. 그것이 짧은 형식의 글이든 보다 긴 형태의 시론집 형태이든 상관없이 시론 없는 시인이란 상상하기 어려운 것이 사실이다. 이는 김춘수에게도 마찬가지로 적용된다. 그럼에도 김춘수의 시론은 여타 시인들에게서 발견할 수 없는 고유의 특질이 있다. 김춘수 이전에 한국 시사에서 규모있는 양으로 자신만의 고유한 시론이나 시론서를 낸 경우로 김기림이나 윤곤강 정도를 꼽을 수 있다. 그리고 50년대 들어서는 초현실주의를 표방한 조향 정도의 시인이 있다. '무의미시론'을 내세워 시의 준거점을 세운 김춘수가 그 다음이다.

'무의미시론'은 김춘수를 한국 시사에서 독보적인 위치에 올려놓은 대표 시론이다. '무의미'가 무엇인가에 대한 다대한 논의를 여기서 규명하는 것이 이 글의 목적은 아니지만 어떻든 그것이 지향하는 궁극적 의미에 대한 천착이야말로 한국 시사의 중요한 연구 테마였다는 사실은 부인하기 어려울 것이다. 이 시론이 갖는 시사적 의미는 방법이나 개념의 참신성뿐만 아니라 문학사적 연계 흐름[1)]을 갖고 있다는 점에서도 찾아지고 있다. 그리고 그러한 다양한 갈래들이 김춘수를 시사적 정점에 올려놓은 근본 계기가 아니었나 생각된다.

시인으로서 김춘수가 갖는 명성은 그만이 가졌던 고유한 시론에서 온 것이라 해도 과언이 아니다. 그만큼 '무의미시론'이 갖는 시사적 반향은 큰 것이었다. 뿐만 아니라 김춘수의 '무의미시론'은 시인자신의 세계관에 관한 문제라든가 문명사적인 관점에서 직조된 것이라기보다는 창작방법상의 문제라는 사실이 더욱 연구자들의 주목을 받은 듯하다. 창작방법이란 세계관과 불가분의 관계에 있는 것이긴 하나, 그가 피력한 시론은 세계관보다는 시 제작상의 문제, 곧 방법적 의장에 그 초점이 맞추어져 있었다. 한국 근대시가 출발한 이후 방법적 의장에 대한 이론적 탐색들은 초보적인 수준에 놓여 있었다. 특히 근대시의 형성이후 그 일천한 시간상의 제약들은 시 방법상의 문제나 제작 기술상의 문제에 대해서는 관심을 끌지 못하게 했다. 시의 생산과 실천만이 관심의 대상이었을 뿐 시 기술상의 문제, 그 방법적 의장에 대해서는 거의 주목하지 않은 것이다. 그런데 그 짧은 시사의 흐름을 단번에 바꾸어 놓은 것이 김춘수이다. 그가 펼쳐보인 '무의미시론'은 본격 시론이라 해도 무방할 정도로 독특한 문학적 질을 확보하고 있는 경우이다.

김춘수의 문학에 관심을 보인 연구자들이 주목한 것도 바로 '무의미 시론'과 '무의미 시'에 관한 것이었다. 이 시론과 이에 근거를 둔 시들이 김춘수 자신과 한국시사에서 차지하는 비중을 감안하면 이는 당연한 결과라

1) 대표적 김춘수의 무의미 시론은, 이후 이승훈의 비대상시에 곧바로 연결되고 있다는 점에서 그 시사적 의미가 있는 것이라 하겠다.

할 수 있다. '무의미'란 말그대로 '의미'가 없는 것, 혹은 대상이 없는 언어로 규정된다. 김춘수 자신의 말을 빌면, 서술적 이미지에 의해 씌어진 시이다[2]. 기존의 관념 등을 부정하고 본질에 육박해 들어가려는 욕망의 산물인 '무의미'는 초현실주의나 탈구조주의에서 말하는 기호연쇄의 세계와 별반 다를 것이 없다[3]. 이는 기호의 미끄러짐, 시니피앙의 유희 등 아방가르드 예술에서 말하는 의미의 무화현상인데, 그 의미의 초극내지 사상(捨象)이 김춘수가 표방한 '무의미'의 본질이다. '무의미'의 사상적 기저가 아방가르드적인 것이라면, 또 그 방법적 의장이 이 사조와 무관하지 않은 것이라면, 김춘수의 사유체계가 근대성의 제반 맥락과 일정 부분 관련을 맺고 있는 것은 아닐까. 김춘수가 탐색해 들어간 무의미의 시가 결국은 근대성의 사유 속에 직조된 것은 아닐까.

실상 김춘수의 시세계를 근대성의 사유구조 속에 편입시켜 논의한 경우는 흔치 않다[4]. 그의 문학들에 대해서는 당대를 풍미한 실존주의의 자장 속에서 해석해내기도 하고, 관념 위주의 문학, 곧 현실주의적 맥락으로 탐구한 경우도 있다[5]. 그리고 대부분의 경우는 무의미 시론과 무의미 시의 본질에 대한 탐색에 받쳐졌다. 그러나 이러한 연구도 그 대부분은 메타비평의 차원이 아니라 김춘수의 자신의 논리에 따라 이리저리 끌려다니는

2) 김춘수, 『김춘수 전집 2 시론』, 문장, 1984, p.365. 잘 알려진 것처럼, 김춘수는 이미지의 종류를 크게 두가지로 분류한다. 서술적 이미지와 비유적 이미지가 바로 그것인데, 전자는 이미지 그 자체가 목적인 경우이고, 후자는 이미지가 관념의 도구 혹은 수단이 되는 것이 목적이다. 그렇기 때문에 전자는 순수하고, 후자는 불순하다고 한다.
3) 무의미시에 대한 자세한 논의는 다음과 같은 글을 참조할 수 있다. 오세영, 「무의시의 정체」, 『20세기 한국시인론』, 월인 2005, pp.197-240. 와 최라영, 『김춘수 무의미 시 연구』, 새미, 2004.
4) 남기혁, 『한국 현대시의 비판적 연구』, 월인, 2001, pp.145-180.
5) 김현, 「존재의 창구로서의 언어」, 『상상력과 인간』, 문학과 지성사, 1991.

논거의 한계를 드러냈다. 그리하여 김춘수가 말한 무의미 시론이라는 방법적 의장을 곧바로 시에 대입시켜 그 성공여부를 나름대로 점검해보거나 그것이 지향하는 세계를 김춘수 자신의 논리에 따라 추수적으로 뒤따라 들어가는 결과를 초래하고 말았다. 이러한 오류들이 김춘수의 문학에 대해 이루어져왔던 연구의 근본 한계들이다.

2. 고독의식과 영원에의 향수

1) 자율적 존재자로서의 고독의식

근대성이 무엇이고 그 제반양상들이 어떻게 구현되는가에 대해서 어떤 단정적인 결론을 내는 것은 쉬운 일이 아니다. 그것의 발생 토양이 저마다 다르고, 이 사유가 지향하는 정신사적 흐름 또한 다양한 갈래를 갖고 있기에 그러하다. 이러한 혼돈은 세계관의 차이에서 오는 것일 수도 있고, 근대성의 본질에 접근하는 방법상의 차이에서 오는 것일 수도 있다. 문학의 경우도 마찬가지이다. 어쩌면 그러한 혼돈의 입구에 문학이 더한층 앞장서 있는 것인지도 모르겠다. 문학이야말로 세계관이 실험되는 각축장이고, 현실세계의 다양한 힘들이 반영되는 중심이기 때문이다. 한국 문학사에서 근대성이 무엇이고, 또 그 기원은 무엇이며, 그 계승과 흐름이 어떤 것이었는가에 대한 끊임없는 물음이 아직도 지속되고 있는 것은 이에 대한 반증이 아닐까 한다.

김춘수 시가 지향하는 함의를 묻고, 그 본질에 들어가려는 마당에 시작되는 고민도 여기서 출발하게 된다. 특히 김춘수가 표방한 무의미의 세계가 근대성의 한 축이라 할 수 있는 초현실주의 세계와 분리되기 어려운 것이라면, 이 같은 회의는 더욱 깊어지지 않을 수 없다. '무의미'가 김춘수가 추구해들어간 정신사의 정점이고, 그것이 근대성의 한 양상이라면, 이 '무의미'에 이르기까지 지나온 그의 기나긴 여정들은 근대성의 전략과 무관하다고 보기 어렵다.

'무의미'에 이르는 김춘수의 시세계를 근대성의 제반 경로를 따라서 해석해 들어가기 위해서는 몇가지 전제가 필요하다. 하나는 모더니즘 계통의 시에서 흔히 드러나는 형식적 의장에 관한 것이다. 한국 근대시사에서 모더니즘을 이야기하고, 그 범주를 정할 때 가장 먼저 고려의 대상이 된 것이 형식적 의장이었다. 가령, 모더니즘을 운위하고 실험정신을 말하는 경우, 이는 모두 현실에 대한 가역적 반응의 결과로 해석했다. 이러한 조건에 부합하면, 그러한 의장들은 모더니즘이 요구하는 방법적 의장을 모두 수용한 것으로 판단한 것이다. 그리고 다른 하나는 모더니즘 시에서 흔히 운위되는 기표의 문제이다. 이를 한국 근대시사에서는 통상 엑조티시즘으로 불려졌거니와 외래어가 작품 속에 언표화되면 그것을 곧바로 현대성의 범주에 포함시켜왔다. 물론 이러한 엑조티시즘의 범주들이 모더니즘의 기본 정신에 어긋나는 것은 아니다. 그럼에도 이러한 미망에 갇힌 나머지 그 이외의 방법들에 대해서는 애써 모더니즘의 영역으로부터 제외시켜 왔다. 그러나 이러한 분류 방식이나 사유 태도들은 근대성의 사유를 제대로 읽어내지 못한 단견에 불과하다.

근대성의 전략이란 사유의 여행 구조에 있다. 인식의 파편화에서 시작된 정신의 행방이 궁극에 이르러서는 어떤 모양새를 취하는가에 따라 그 목적지가 결정되는 까닭이다. 근대성이란 물화된 현실 속에 뿌리를 두고 있는 정신의 가열찬 반응이다. 정신이 격해지는 것은 그 토대와의 동일성이 사상되었음을 의미한다. 근대를 영원성의 상실로 설명하거나 총체성의 상실로 보는 것은 이 때문이다.

왜 저것들은 소리가 없는가
집이며 나무며 산이며 바다며
왜 저것들은
죄 지은 듯 소리가 없는가
바람이 죽고
물소리가 가고
별이 못박힌 뒤에는
나뿐이다 어디를 봐도
광대무변한 이 천지간에 숨쉬는 것은
나 혼자 뿐이다
나는 목 메인듯
누를 불러볼 수도 없다
부르면 눈물이
작은 호수만큼은 쏟아질 것만 같다
-이 시간
집과 나무와 산과 바다와 나는
왜 이렇게도 약하고 가난한가
밤이여
나보다도 외로운 눈을 가진 밤이여

「밤의 시」 전문

"나 혼자 뿐이다"라는 직정적 발언으로 씌어진 이 작품은 평범한 서정시에 불과하다. 특히 복잡다단한 사유구조나 형식적 의장을 문제 삼지 않을 경우 더더욱 그러하다. 그러나 이 작품이 근대성의 사유 속에 편입된 시임을 알게 되면 사정은 매우 달라진다. 비교적 초기에 씌어진 김춘수의 인용시는 외로움이나 고독과 같은 인류 보편의 감수성을 초월하는데 그 특징이 있다. 작품의 문면에 드러나 있는 대로 시적 자아는 자신을 둘러싸고 있는 서정적 환경으로부터 철저히 고립되어 있다. "집이며 나무며 산이며 바다며"로 표상된 자연의 질서와 나의 세계는 근원적으로 분리되어 있는 것이다. 인간의 근원적 향수를 불러일으키게 만든 이러한 단절은 실상 존재론적인 것에서 촉발된 것이 아니다. 자연으로부터 떨어져 나온 자율적 주체가 겪는 근본적 비극에서 기원하는 것이기 때문이다.

물론 자연과 인간의 합일할 수 없는 이러한 비극적 모양새를 김춘수의 작품에서 처음 보는 것은 아니다. 보다 가까이에는 정지용이 있었고, 더 멀리는 소월이 있었다. 특히 소월은 「산유화」에서 영원으로부터 분리된 자아가 겪을 수밖에 없는 비애를 역설의 메타포를 통해 탁월하게 보여준 바 있다. 김춘수가 「숲에서」라는 작품에서 시사해 준 것도 홀로 서 있는 근대인의 슬픈 모습이다. 시인은 "바람이 죽고/물소리가 가고/별이 못박힌 뒤"라는 근대적 분리의 뒤안길에서 헤어나오지 못하는 자율적 주체의 비극을 읊고 있었던 것이다. 영원히 합일될 수 없었을 것 같았던 이 현실을 두고 소월이 '저만치' 서서 관조하고 있었다면, 김춘수는 이렇게 서럽도록 울고 있었다. 똑같은 비극성을 목전에 두고 소월이 냉정을 유지한 반면, 김춘수는 그렇지 못했다. 그러한 감정의 넘쳐남이 초기 김춘수 시의 자장이었다.

언제나 하늘은 거기 있는 듯
언제나 하늘은 흘러가던 것

아쉬운 그대로
저 봄풀처럼 살자고

밤에도 낮에도 나를 달래던
그 너희들의 모양도

풀잎에 바람이 닿듯이
고요히 소리도 내지 않고
나의 가슴을 어루만지던
그 너희들의 모양도

구름이 가듯이
노을이 가듯이
언제나 저렇게 흘러가던 것

「하늘」 전문

절제되지 못한 감정의 과잉이란 어떤 것일까. 지독한 흥분에 이르든가 아니면 역으로 공허의 상태에 이르는 등 둘 가운데 하나의 상태가 되는 것은 아닐까. 「하늘」을 보면 김춘수가 처해 있는 감정의 과잉이 어떤 상태에 이른 것인가를 어렵지 않게 이해할 수 있다. 그것은 바로 허무의식이다. 이는 영원으로 회귀할 수 없다는 시적 감정의 과잉이 빚어낸 것이다. 물론 이 의식은 죽음에서 돌출되는 공포체험과는 일정한 거리를 두고 있는 경우이다. 공포란 두렵긴해도 생의 의지를 그 밑바탕에 깔고 있기 때문이다. 생산적 회로를 갖고 있지 않긴 하지만, 그러나 삶의 역동성을 추동하는 힘만은 매우 강력하다.

근대의 아우라가 주는 허무의지는 공포에서 촉발되는 그것과는 매우 다르다. 똑같은 외적 동기에 의해 촉발된 것임에도 불구하고 전자의 경우는 삶의 역동성이 현저하게 떨어진다. 이는 소극적 의미에서의 허무주의에 가깝다. 어떻든 작품 「하늘」에서 이해할 수 있는 삶의 의지는 현저히 힘을 잃고 있다. 나를 추동할 힘은 물론이거니와 타인을 추동할 힘조차 없다. 하늘은 꿈을 가져다주는 매개도 아니고 희망의 상징은 더더욱 아니다. 그것은 단지 무기력하게 떠내려가는 물상들을 반영하는 단순한 도구에 불과하다.

영원성과 합일되지 않는 근원적 상실의식이야말로 근대의 제반 현상을 대변하는 공통분모가 아닐 수 없을 것이다. 신의 상실이든, 자연의 상실이든, 우주의 상실이든 간에 근대인은 영원성의 감각을 잃어왔다. 그것이 다소 신비주의적이고 미신화된 것이긴 해도 영원성은 어떤 보이지 않은 힘에 의해 추동되는 인간 삶의 근본 에네르기였다. 그러나 합리주의는 그러한 낭만을 허용하지 않았다. 과학이라는 이름으로 시행되는 객관주의는 몽롱한 주관주의를 처음부터 거부했다. 여기에 어떤 신비주의나 초월주의가 끼어들 틈이 없었다. 그렇게 일깨워진 자의식은 인용시의 서정적 자아를 '언제나' 존재하는 하늘을 '언제나' 존재하지 않는 하늘로 인식하게끔 만들었다. 그렇기에 이 작품에서의 '언제나'는 견고한 어떤 것이면서 동시에 휘발성을 강하게 내포하는 유동적인 어떤 것을 함의하고 있는 이중적 성격을 갖는다고 하겠다[6].

> 어둡고 답답한 혼돈을 열고 네가 탄생하던 처음인 그날 우러러 한눈은 하늘의 무한을 느끼고 굽어 한눈은 끝없는 대지의 풍요를 보았다.
> 푸른 하늘의 무한.
>
> 헤아릴 수 없는 대지의 풍요.
>
> 그때부터였다. 하늘과 땅의 영원히 잇닿을 수 없는 상극의 그 들판에서 조

6) 근대를 휘발적 속성으로 이해한 대표적인 사람이 버만이다. 자세한 것은 Berman, M.(윤호병역), 『현대성의 경험』, 현대미학사, 1994. 참조.

그마한 바람에도 전후좌우로 흔들리는 운명을 너는 지녔다.

황홀히 즐거운 창공에의 비상.
끝없는 낭비의 대지에의 못박힘.
그러한 위치에서 면할 수 없는 너는 하나의 자세를 가졌다.
오! 자세－기도.

우리에게 영원한 것은 오직 이것뿐이다.

「갈대」 부분

「갈대」는 「밤의 시」와 더불어 초기 김춘수의 자의식을 극명하게 알 수 있게 해 주는 작품이다. 인용시는 그 내용이 지극히 성서적이면서 또 근대인의 우울이 짙게 풍겨나오는 작품이기도 하다. 이 작품이 성서적이라는 것은 시의 서사구조가 기독교의 그것과 꼭 닮아 있기 때문이다. 잘 알려진 대로 기독교의 서사구조란 인간의 영원한 낙원인 유토피아에서 출발한다. 그러나 인간은 뱀의 유혹을 받아 그곳으로부터 추방되고, 여기에서 인간은 타락의 과정을 거친 다음 다시 그 유토피아로 되돌아가고자 한다. 곧 낙원의식 → 추방과 타락 → 회복운동이라는 3대 서사구조가 기독교의 근본 틀이다. 「갈대」는 그러한 기독교의 3대 서사구조를 충실히 반영하고 있는 작품이다. "어둡고 답답한 혼돈을 열고 네가 탄생하던 처음인 그날 우러러 한눈은 하늘의 무한을 느끼고 굽어 한눈은 끝없는 대지의 풍요를 보았다"는 담론은 기독교에서 말하는 에덴동산의 낙원세계와 동일한 것이다. 다음 "하늘과 땅의 영원히 잇닿을 수 없는 상극의 그 들판에서 조그마한 바람에도 전후좌우로 흔들리는 운명을 너는 지녔다"는 것은 낙원으로부터의 추방과 타락이라는 두번째 단계와 조응한다. 그리고 "그러한 위치에서 면할 수 없는 너는 하나의 자세를 가졌다./오! 자세－기도.//우리에게 영원한 것은 오직 이것뿐이다"는 인식은 인간의 영원한 고향이자 꿈인 잃어버린 낙원으로 되돌아가고자 하는 열망을 담아낸, 마지막 단계인 회복의지와 맞물린다.

다분히 성서적 발상에 기대고 있는 이 작품이 말하고자 하는 것은 어떻든 영원성을 상실한 인간의 운명에 관한 것이다. 이러한 발상에 기댄다면, 인간의 운명은 지극히 존재론적인 것이 된다. 그러나 인간의 고독한 운명이 꼭 존재론적인 것에서만 오는 것일까. 만일 그것이 존재론적인 것에서만 맴돈다면, 이는 또다른 신비주의일 것이다. 초기시부터 후기시에 이르기까지 김춘수의 작품들이 근대성의 제반 양상들에 편입시켜 논의하지 않았던 이유들도 여기서 찾을 수 있다. 그의 근원상실의식이 지극히 존재론적인 것에서 사유되었고, 또 당시를 풍미했던 실존주의적 사유와 일정부분 겹쳐져 있었기 때문이다. 게다가 그의 시에서는 근대성의 한 양상이라 할 수 있는 문명에 대한 감각도 찾아보기 어렵고, 또 그 맥락에서 짜여지는 인식도 표나게 탐색되지도 않는다. 이런 이유들로 인해서 김춘수의 시들은 근대성의 구조 속에 편입시켜 논의되지 못했던 것이다.

근대성은 사유의 여행구조와 분리시켜 논의하기 어렵다. 물화된 현실이 만들어낸 근원적 상실의식을 되찾아가는 여로야 말로 근대성이 낳은 최대의 서사 구조가 아닐 수 없다. "하늘과 땅의 영원히 잇닿을 수 없는 상극의 그 들판에서 조그마한 바람에도 전후좌우로 흔들리는 운명"을 가진 인간이야말로 영원성을 잃은 근대인의 슬픈 자화상이 아닐 수 없다. 김춘수는 이 운명을 부여잡고, 구도자의 자세를 견지해나간다. 잃어버린 고향을 찾고자하는 여행을 시작하는 것이다. 조화로운 세계로부터 떨어져 나온 서정적 자아, 그리하여 철저히 고립된 '나'가 잃어버렸던 그 원초적 세계로 회귀하고자 하는 '기도의 자세'를 취하는 것, 그것이 김춘수 시가 나아가는 근대로의 여행구조인 것이다.

2) 영원에 대한 그리움

김춘수의 초기 작품세계는 시 「갈대」에서 보듯 근원 상실의 자의식에서 출발하고 있다. 그 상실의식이 존재론적인 것이든 혹은 근대성의 구조 속에서 오는 것이든 간에 김춘수의 시들은 이런 감수성과 분리시켜 논의하기 어렵다. 그러나 그 끈이 어디에 연결된 것이든 간에 김춘수는 잃어버린 본향에 대한 끊임없는 탐색을 시도하고 있다는 것, 그리하여 그 고향에 대한 구도자의 자세를 견지하고 있다는 것만은 틀림없는 사실일 것이다. 이런 맥락에서 그의 자전적 삶을 형상화하고 있는 「집 · 1」은 그러한 단면을 잘 보여주고 있는 작품이어서 주목을 요하는 작품이다.

> 무엇으로도 다스릴 수 없는 아버지는 나이들수록 더욱 소나무처럼 정정히 혼자서만 무성해 가고,
> 그 절대한 그늘 밑에서 어머니의 야윈 가슴은 더욱 곤충의 날개처럼 엷어만 갔다.
>
> 모란이 지고 나면 작약이 피고, 작약 이울 무렵이면 낮에는 아니 핀다던 파아란 처녀꽃을 볼 수 있었다.
> 그 신록이 푸른 잎을 펴어 놓은 마당가에서 나는 어머니를 닮아 가슴이 엷은 소년이 되어 갔다
>
> 아버지는 장가 간 지 다섯해 만에 나를 낳았다.
> 나는 할머니의 귀여운 첫손주였다.
> 스물 난 새파란 소년과수로 춘향이의 정절을 고시란이 지켜온 할머니는 나

의 마음까지도 약하고 가늘게만 기루워 주셨다.

그 집에는 우물이 있었다.
우물 속에는 언제 보아도 곱게 개인 계절의 하늘이 떨어져 있었다.
언덕에 탱자 꽃이 하아얗게 피어 있던 어느 날 나는 거기서 처음으로 그리움을 배웠다.

나에게는 왜 누님이 없는가? 그것은 누구에게도 물어 볼 수 없는 내가 다 크도록까지 내 혼자의 속에서만 간직해온 나의 단 하나의 아쉬움이었다.

「집 · 1」 부분

「집 · 1」은 개별자로서 갖는 김춘수의 인식을 잘 보여주는 시이다. 사실 김춘수의 시에서 스스로를 개별자내지 고립자로 인식한 것은 이 작품이 처음은 아니다. 이미 살펴본 대로 시인은 "광대무변한 이 천지간에 숨쉬는 것은/나 혼자 뿐이다"(「밤의 시」)라는 처절한 고립주의를 통하여 갇혀있는 자아를 인식한 바 있고, "하늘과 땅의 영원히 잇닿을 수 없는 상극의 그 들판에서 조그마한 바람에도 전후좌우로 흔들리는 운명을"(「갈대」) 지닌 사람으로 그 스스로를 규정한 바 있기 때문이다. 스스로를 경계지운 계기는 다르지만, 시인이 공동체로부터 일탈되어 고립의 테두리에 갇히는 결과는 동일하다. 「집 · 1」의 경우도 사정은 이와 마찬가지이다. 그러나 그 계기는 앞의 경우와 썩 다르다. 구체적인 현실을 바탕으로 시인의 의식을 형성하게끔 만든 상황에 대해 진술하고 있기 때문이다. 이 시는 자화상에 가까운 시라 할 수 있고, 그런만큼 시인의 자의식을 다른 어떤 시보다 구체적으로 읽어낼 수 있다는 장점을 가지고 있는 작품이라 할 수 있다.

「집 · 1」을 지배하고 있는 주된 정서는 그리움이다. 이 정서는 결손의 감수성에서 발생한다. 가령 욕망이 충족되지 않을 때 그리움의 정서는 솟구치게 마련이다. 인용시에서 시인에게 그러한 정서를 매개한 것은 우물이고, 결핍의 대상은 누님이 된다. 그리움의 정서는 시인의 성장사 속에서 얻어진 단순한 경험의 결과일지 모르나, 이 시가 함의하는 의미는 좀더 다른 곳에서 찾아야 할 것이다. 하나는 그리움에 관한 것이다. 시인은 「갈대」에서 인간의 기본 속성을 '기도하는 인간'으로 규정한 바 있다. 잃어버린 총체성에 대한 영원한 노스탈자를 가진 것이 인간이라는 것이다. 시인의 그리움이란 바로 욕망하는 인간이라는, 결손의 주체 의식에서 나온 것이다. 그리고 다른 하나는 모성주의이다. 근대의 기본 속성이 남성중심주의, 태양중심주의에 있음은 잘 알려진 일이다[7]. 중심을 지향하는 것이 계몽의 계획이고 근대성의 전략이라면, 소위 여성적인 것은 반근대적인 것이라 할 수 있다. 아주 당연한 듯 보이는 이러한 모성에의 친화현상이 근대성의 사유구조 속에서 의미를 갖는 것은 여기에 그 원인이 있다. 페미니즘적 사유태도야말로 중심의 해체전략과 무관하지 않으며, 반근대적 사유의 가장 직접적인 표명 가운데 하나이기 때문이다.

세 번째는 김춘수 시의 특징 가운데 하나인 나르시시즘에 관한 것이다[8]. 특히 그의 초기 시들이 나르시시즘에 기초해 있다는 사실은 익히 알려져 있다. 나르시시즘은 자아도취 혹은 자아투영이다. 그것은 결핍된 주체가 어떤 대상을 통해서 그 결손을 메우는 일종의 자아 해방상태이다. 그렇기 때문에 나르시시즘이 발생하기 위해서는 대상이 필요하다. 특히 반

7) 이러한 인식을 대표적으로 보여주고 있는 사람이 데리다이다. 그는 중심(태양이라든가 남성중심 등)을 해체하는 것이 근대를 뛰어넘는 탈근대성의 기본 전략으로 판단하고 있다. 데리다(J.Derrida), 『그라마톨로지』(김성도 역) 1996, 민음사, 참조.

8) 김춘수의 시의 나르시시즘에 관한 자세한 논의는 다음 논문을 참조할 수 있다. 서진영, 「김춘수 시에 나타난 나르시시즘 연구」, 서울대 대학원 석사논문, 1998년.

추나 반성의 사유가 있어야 하기에 거울과 같은 물체는 제격이 아닐 수 없다. 「집 · 1」에서 나르시스를 위한 대상이 우물인 것은 이 때문이다. 이 시에서 우물은 서정적 자아를 매개하는 대상이면서 꿈의 대상인 하늘을 매개하는 양면성을 갖고 있다. 나르시스는 그러한 양면적 혼합에서 발생한다.

> 여기에 섰노라. 흐르는 물가 한송이 수선되어 나는 섰노라
>
> 구름 가면 구름을 따르고, 나비 날면 나비와 팔랑이며, 봄 가고 여름 가는 온가지 나의 양자를 물 위에 띄우며 섰으량이면,
> 뉘가 나를 울리기만 하여라. 내가 뉘를 울리기만 하여라.
>
> (아름다왔노라
> 아름다웠노라)고.
>
> 바람 자고 바람 다시 일기까지, 해 지고 별빛 다시 널리기까지. 한오라기 감드는 어둠 속으로 아아라히 흐르는 흘러가는 물소리—
>
> (아름다왔노라
> 아름다웠노라)고.
>
> 하늘과 구름이 흘러가거늘. 나비와 새들이 흘러가거늘.
>
> 「날씨스의 노래」 부분

나르시스에 도취되면 자아의 의식은 거의 무화된다. 대상 속에 빨려들어간 자아는 그 대상의 움직임 속에서 스스로의 역동성을 잃어버리게 된다. 인용시가 말하는 것도 바로 도취된 자아의 형이상학적인 고백이다. 서정적 자아는 흐르는 물가에 한송이 수선화가 되어 서 있고, 구름이 가면

구름을 따르고, 나비가 날면 나비와 함께 팔랑이는 존재일 뿐이다. 여기서 대상과 격리된 자아의 어떤 의지도 찾아볼 수 없으며, 오직 몰개성화된 자아만이 넘실댈 뿐이다. 이 몰입된 상태에서 "아름다왔노라"고 거듭거듭 속삭이는 것은 당연하다. 나르시스적 상태로 도취된 자아에게 있어서 미와 추의 감수성이라든가 선과 악의 구별과 같은 이성적 판단능력은 더 이상 사치에 불과하기 때문이다.

김춘수의 시에서 나르시스적 특성이 갖는 함의는 크게 두 가지이다. 하나는 근원회귀감각이고 다른 하나는 그리움의 감수성이다. 시인의 초기 시세계를 특징지우는 정서 가운데 하나가 고립자의식이라고 했다. 이 의식이 근대적인 것에서 오는 것이든, 혹은 존재론적인 것이든 서정적 자아는 보편으로부터 철저히 단절된 의식으로 현상된다. 그리고 이 단절의식에서 솟아난 것이 기도하는 자로서의 인간, 곧 인간을 구도자로 파악하는 것이다. 이 통합적 사유에의 그리움이 한편으로는 이렇게 나르시스적인 사유로 표출케 한 것이다. 이런 관점에서 살펴보면 나르시스란 근원회귀 의지의 또다른 시적 표현이라 하지 않을 수 없게 된다. 다음은 그리움의 정서인데, 이 역시 근원회귀의식과 별반 다를 것이 없어 보인다. 이 정서가 시인의 시세계에서 중요한 사유의 한 축이 될 수 있는 것은 바로 이 사유 속에 내재되어 있는 역동적 힘 때문일 것이다. 근대가 근원을 찾아가는 사유의 여행구조 위에 굳건히 서 있는 감수성이라면, 그리움 같은 에네르기야말로 이 여행을 떠나기 위한 좋은 추진체이기 때문이다.

근원으로부터 떨어져 나온 근대인의 향수병을 치유할 수 있는 길이란 시인마다 다를 수밖에 없다. 근대가 무엇인가를 묻는 것, 그리고 그것이 시인들에게 남긴 상흔이 무엇인가를 묻는 것은 단지 현상을 표현하고 이를 언표화하는 것에 그치는 단순한 문제는 아니다. 이러한 물음 속에는 본질에 대한 가열찬 열망이 담겨지지 않을 수 없다. 김춘수에게 있어 그러한 열망이란 다름아닌 그리움의 정서이다. 그렇기에 김춘수에 있어서의 이 정서는 낭만적 추억을 뛰어넘는, 형이상학적인 열망과 동궤에 놓이는 것이라 하겠다.

> 이리로 오너라. 단둘이 먼 산울림을 들어 보자. 추우면 나무 꺾어 이글대는 가슴에 불을 붙여 주마. 산을 뛰고 산 뛰고 저마다 가슴에 불꽃이 뛰면, 산꿩이고 할미새고 소스라쳐 달아난다.
>
> 이리와 배암떼는 흙과 바윗틈에 굴을 파고 숨는다. 이리로 오너라. 비가 오면 비 맞고, 바람 불면 바람을 마시고, 천둥이며 번갯불 사납게 흐린 날엔, 밀빛 젖가슴 호탕스리 두드려보자,
>
> 아득히 가 버린 만년(萬年)! 머루 먹고 살았단다. 다래랑 먹고 견뎠단다.ㅡ 짙푸른 바닷내 치밀어 들고, 한 가닥 내다보는 보오얀 하늘ㅡ이리로 오너라. 머루 같은 눈알미가 보고 싶기도 하다. 단둘이 먼 산울림을 들어 보자. 추우면 나무 꺾어 이글대는 가슴에 불을 붙여 주마.
>
> 「숲에서」 전문

이 작품의 기본 상상력 역시 「갈대」의 경우처럼 성서적 신화에 기대고 있다. 작품의 무대 공간으로 추정되는 곳이 에덴동산이라는 점, 그 무대의 주체가 아담과 이브라는 점(“**단둘**이 먼산울림을 들어 보자”), 그리고 시원을 다루고 있다는 점에서 그러하다. 이러한 판단이 빗나간 것이 아니라면, 이 작품의 내용은 이렇게 전개된다. 태초에 아담과 이브는 에덴동산에서 함께 살았고, 서로 사랑했으며, 온갖 자연과 조화롭게 살았다. 뿐만 아니라 머루를 먹고, 다래를 먹고 사는 등 초식 동물들만의 세계가 펼쳐진다. 약육강식이라든가 인공의 세계와는 전혀 무관한 평화로운 삶을 살았던 것이다[9]. 이렇듯 에덴동산은 경쟁과 갈등이 없는 유토피아의 사회였다. 태초

의 인간 사회가 이러한 낙원세계였다면, 현재의 인간 사회는 어떠한가. 실상 이 작품의 핵심 담론은 "아득히 가 버린 만년(萬年)!"에 있다고 해도 무리는 아니다. 이 담론 속에 내재된 시간적 거리감이 현재와 과거 사이에 벌어진 삶의 질을 대변해주기 때문이다.

작품의 숨겨진 맥락을 뒤집어 보면, 현재의 인간들은 조화롭고 평화로운 삶을 살지 못한다. 유토피아와 같은 선험적 고향을 잃었기 때문이고, 근대의 합리화된 의식들에 의해 가상적 신비주의마저도 빼앗겼기 때문이다. 그리하여 인간을 자연의 품으로부터 분리시켜버렸다. 그 결과는 너무도 당연하게 인간을 영원으로부터 떨어져 나오게 함으로써 현재진행적 존재로 만들었다. 영원성을 상실한 인간, 자율적인 근대적 인간형이란 이렇게 탄생하게 된 것이다. 시인의 의식구조가 뿌리를 대고 있는 것은 현재의 여기가 아니라 인류의 낙원이었던 태초의 유토피아 공간이다. 김춘수가 분열된 자아를 완결시키기 위해 고뇌의 닻을 올린 것은 이렇듯 그 시원으로 되돌아가기 위한 열망 때문이었다.

3. 근원적 고향에 이르는 두가지 길

1) 인식의 완결을 위한 원시주의

근대에 대응하는 김춘수의 궁극적 전략은 인식의 완결이라 할 수 있다.

---

9) 인간 뿐 아니라 모든 동물 들은 애초에 약육강식이 없는 초식 동물이었다고 한다. 그러한 수평적 사회가 성경에서 말하는 진정한 낙원이었다고 한다. 최승호, 『서정시의 이데올로기와 수사학』, 국학자료원, 2002, p.23.참조.

물론 인식을 완결하고 완전한 조화의 세계로 틈입해 들어가려는 노력이 김춘수만의 고유한 전략은 아닐 것이다. 변하는 것의 와중에서 변하지 않는 것을 붙잡으려는 그 지난한 노력들은 김춘수만의 독특한 근대적 전략이 아니기 때문이다. 김춘수는 근대에 적응하는 인식의 완결을 그리움의 전략으로 풀어헤친 바 있다. 시인에게 그리움의 정서는 '지나온 만년'으로 되돌아가려는 근본 에네르기이다. 변하지 않는 것, 견고한 것, 흔들리지 않는 것을 김춘수는 동일성의 사유라는 맥락에서 찾고자 했다. 유적(類的) 질서가 유지되는 세계, 자연과 인간이 조화롭게 살아가는 세계, 인간의 모든 욕망이 무화되는 세계 등등, 그러한 동일성에 이르는 길이야말로 근대를 뛰어넘는 김춘수의 확고한 전략 가운데 하나였다.

1

밀림을 잃은 초원을 잃은
어쩌노 우리들의 살결은 조화의 생리를 닮아간다.

힘은 어디로 갔노?

악을 움직이던 원시의 그 힘은 어디로 갔노?

저녁에만 피는, 새하얀 꽃잎을 보고 있는 듯 우리들의 살결은 너무 슬프다.

2

모든 이브에게는 아담만이 알고 있는 비밀이 있다.
모든 아담에게는 이브만이 알고 있는 비밀이 있다.

(오 — 비밀은 연애처럼 달더라.)

그리하여 우리들은
다스릴 수 없는 원시의 알몸은, 저 동굴 같은 방 속에다 가두워야 했다.

3
어둠 속에서 비밀을 따먹고 우리들의 살결은 이다지도 가냘프게 고와졌는가?

볕에 쪼이면 창백한 모양이 백혈구 같다.
해를 못 봐서, 수목같이 싱싱하던 우리들의 피는 가슴에 응결하여 병이 되겠다.

4
우리들 원시의 건강을 찾아
아! 초원으로 가자.

「집 · 2」 전문

분열된 자의식을 회복하는데 있어서 가장 손쉬운 길은 그 본연의 상태로 되돌아가는 일일 것이다. 근원이란 무엇인가를 물을 경우, 처음 뻗어져 나온 뿌리에 그 주목의 시선을 보내는 이유도 이와 무관하지 않다. 「집 · 2」는 김춘수의 다른 작품들에 비하여 근대에 보다 명확한 인식을 보여주는 작품이라는 점에서 주목을 요하는 작품이다. 뿐만 아니라 근대로 인한 비동일적 사유들과 그 대안적 모색에 대해서도 보다 명쾌한 해법을 제시해주고 있는 작품이기도 하다.

먼저 근대에 대해 보다 분명한 인식을 표명하고 있는 담론은 '조화의 생리'이다. 조화란 인공이고, 그렇기에 반자연적이다. 또 그것은 만듦의 세계이고 과학에 기반한 합리주의적인 세계이다. 반면 '조화의 생리'의 반대편에 있는 것이 '밀림'이고 '초원'의 세계이다. 이 야만적 사유들이 반문명적인 것에 그 뿌리를 두고 있음은 두말할 필요가 없다. 문명적인 것의 최후의 패배를 보증해주는 것이 바로 야생의 신화이기 때문이다[10].

김춘수의 이 작품을 보면, 근대의 제반 모순이 어디에 있는가를 분명하게 알게 해 준다. 그것은 과학과 같은 조화의 생리, 인공의 반란이 가져다 준 파괴의 힘들과 맞물려 있다. 그런데 자연과 인공의 대비를 통해 근대가 갖는 흠결을 표방한 시인의 이 같은 인식이 결코 새로운 것일 수는 없을 것이다. 자연과 인간의 분리라는 이 근대의 모순에 대한 인식은 이미 보편적인 사유 가운데 하나로 자리잡은 지 오래이기 때문이다. 그렇다면, 근대를 사유하고 이를 직조해낸 김춘수의만의 고유성이랄까 독자성은 무엇일까. 이 문제를 욕망의 신화에서 풀어보는 것은 어떨까.

욕망이란 인간의 근원적 속성이다. 심리적 관점에서 보면, 인간은 욕망하기에 동일성을 잃은 존재라고 한다. 그러나 욕망을 굳이 심리적으로 해석하지 않더라도 그것은 인간사의 형성과 함께 지나온 장구한 역사를 갖는 것이다. 인간이 에덴동산으로 추방된 것도 실상은 욕망에서 비롯된 것이다. 사과라는 음식을 소비하려는 욕망, 신과 같이 밝은 눈을 가지려는 욕망, 이성적 사랑에의 욕망 등등이 바로 그 추방의 요인들이다. 따라서 인류의 시작은 욕망의 역사와 더불어 시작되었다고 해도 과언이 아니다. 「집 · 2」가 말하는 것도 이 욕망의 문제에 관한 것이다. 김춘수는 근대에 의해 빚어진 인간의 왜곡된 자화상을 '우리들의 슬픈 살결'에서 찾고 있다. "우리들은 어찌하여 슬픈 살결은 갖게 되었는가"의 물음은 물론 낙원에서 추방되었기 때문인데, 김춘수는 그 원인을 '비밀'에서 찾고 있다. "모든 이브에게는 아담만이 알고 있는 비밀"과 "모든 아담에게는 이브만이 알고 있

---

10) B. Michael(김성곤 역), 『원시주의』, 서울대 출판부, 1988, p.34.

는 비밀"이 바로 그러하다. 다소 모호하고 성적인 환기 속에 처리된 이 담론들은 무한으로 뻗어나갈 수밖에 없는 욕망의 속성을 뛰어나게 묘파해내고 있다. 비밀을 알고자 하는 욕망은 연애와 같은 것은데, 연애야말로 인간에게는 더할 수 없는 달콤한 묘약이기 때문이다. 인간은 연애처럼 달콤한 이 비밀에의 욕망 때문에 동굴에 갇혔고, 햇빛을 보지 못했으며, 피부는 창백하게 변해버렸다. "해를 못 봐서, 수목같이 싱싱하던 우리들의 피는 가슴에 응결하여 병"이 들었기에, 곧 비동일적 상태가 되었기에 자아와 세계의 동일성이 회복되어야 한다는 것이다. 그 회복의 장을 제공해주는 것은 '초원'의 세계이다. 따라서 이곳은 조화의 생리를 극복하고 건강한 삶을 회복시켜주는 장이라 할 수 있다.

> 나의 눈에 비치는 삼라만상은 다란텔라의 춤을 추고 있었다. 나의 시신경은 몹시 어지러웠다. 삼라만상은 고-ㄹ공의 면(面)이 되어 버리지나 않을까? (－)나는 지금 심신의 건강을 간절히 요구하고 있다. 키에르큐-라는 사람의 『이십오시』라는 책에 이런 것이 있었다. 중국의 한 쿠리(苦力)가 길을 가다가 어떤 집의 처마 끝에 걸린 조롱에서 새 소리를 듣고, 그 새 소리에 정신 팔려 몇 시간이고 몇 시간이고 한자리에 멍하니 서 있더라고－이것을 그는 동양적인 허무라고 했다. 즉 속에 충만하여 겉으로 비어 있는 상태. 서양인의 능률생활에 비하여 이 쿠리의 상태를 인간 본래의 건강이라고 했다. 무엇에 악착하지 않는 정신의 건강과 수목과 같은 육체의 건강을 아울러 가지고 싶다. 무엇보다도 나는 심리의 진흙 밭에서 헤어나고 싶다. 나는 희랍을 꿈꾸어보고 신라를 그려 본다[11].

파편화된 자의식을 회복하고 정신의 자유를 꿈꾸기 위해서 할 수 있는 일이란 무엇일까. 집착을 버리고, 욕망을 버리고, 그리하여 텅빈 마음의

11) 김춘수, 『기』 후기, 1951, 7.

상태를 유지하는 것이 아닐까. 인용문은 그러한 인식의 완결을 갈구하던 시기의 김춘수의 글이다. 몇 시간이고 정신이 팔려서 아무 것에도 집착하지 않는 상태를 인간 본래의 건강이라 규정하고, 그러한 건강 상태를 갖는 것이 소망이라고 했다. 동일성의 사유가 확보되는 초원과 같은 안식처에 회귀하고자 했던 것이다. 욕망이 바이러스처럼 확산되는 현상을 근대의 한 표정으로 규정한 김춘수로서는 당연한 귀결이었을 것이다. 무욕의 상태, 그의 말대로 허무의 상태야말로 시인의 꿈꾸었던 이상적 모델이었기 때문이다.

> 간밤에 단비가 촉촉이 내리더니, 예저기서 풀덤불이 파릇파릇 돋아나고, 가지마다 나뭇잎은 물방울을 흩뿌리며, 시새워 솟아나고, 점점(點點)이 진달래 진달래가 붉게 피고,
>
> 흙 속에서 바윗틈에서, 또는 가시 덩굴을 헤치고, 혹은 담장이 사이에서도 어제는 보지 못한 어리디어린 짐승들이 연방 기어나오고 뛰어 나오고—
>
> 태고연히 기지개를 하며 산이 다시 몸부림을 치는데,
>
> 어느 마을에는 배꽃이 훈훈히 풍기고, 휘넝청 휘어진 버들가지 위에는, 몇 포기 엉기어 꽃 같은 구름이 서(西)으로 서으로 흐르고 있었다.
>
> 「신화의 계절」 전문

인용시는 단순한 서경시에 불과하다. 적어도 김춘수가 펼쳐보인 시세계와 따로 분리시켜 보면 그렇다. 인간사와 전연 동떨어진 자연 그 자체만을 대상으로 읊고 있는 이런 유형의 시들에게서 어떤 근대적 의미를 읽어낼 수 있을 것인가. 자연의 기술적 지배라는, 저 악명높은 근대의 합리주의만 없었다면, 이런 류의 서경시들은 고전적 의미에서의 강호가도의 세계와 별

반 다를 것이 없어 보인다. 그러나 현재는 자연과 인간이 일체화된 시기가 아니고, 또 자연의 위력 앞에 인간이 움츠러드는 시대도 아니다. 자연은 가공할 위력을 지닌 공룡이 아니라 합리성에 겨우 고개를 들까말까한 초라한 존재로 전락해 있을 뿐이다. 「신화의 계절」이 저 먼 태고적 시절의 낭만으로 읽히지만은 않는 이유가 여기에 있다.

「신화의 계절」을 지배하고 있는 주된 정서는 조화의 세계이다. 봄을 알리는 간밤의 단비를 통해서 풀덤불이 파릇파릇 일어나고, 진달래가 피고, 바윗틈이나 가시덩굴에서 어리디 어린 동물들이 연신 나오며 축제의 장을 만들어나간다. 그러한 자연의 경이로움이 마을을 휘감고 가지 위에는 구름이 엉기어 서쪽으로 흐르면서 그 황홀함의 경치가 절정에 이른다. 이런 류들의 시에서는 서정시 일반에서 흔히 볼 수 있는 인간의 영역이란 거의 찾아보기 어렵다. 인간적인 것들은 그저 자연의 세계에 편입되어 오직 하나의 자연으로만 구현될 뿐이다. 자연이 주는 이런 조화감의 극치를 근대성의 맥락으로부터 떼어 놓게 되면, 그것은 아무런 의미도 없는 풍경화에 불과할 뿐이다. 그것이 근대성의 사유에 편입될 때에야 비로소 근대를 초극하는 하나의 매개로서 진정한 가치를 얻게 된다.

2) 무의미와 절대의 정신의 행방

세계내 존재로 편입되지 못하고, '혼자 뿐'이라는 고립자의 의식에서 출발한 김춘수 시들이 지향한 것은 동일자 의식에 대한 가열찬 열망이었다. 이는 존재론적인 고독에서 온 것이기도 하면서 근대성이 가져다 준 본원적 상실의식에서 온 것이기도 했다. 그 지난한 사유의 여행구조에서 시인이 발견한 것 가운데 하나가 자연과 같은 원시세계였다. 실패한 문명의 표현이 원시주의이기에 김춘수가 찾아나선 시원에 대한 그리움은 근대를 초월하려는 전략의 일환으로 볼 때 당연한 귀결이라고 할 수 있을 것이다.

이렇듯 자연과 완전한 동일성에 이르는 길이란 근대성의 사유 구조 속에서 무슨 의미가 있는 것일까. 인간의 영역을 사상하고 자연과 하나가 된다는 것은 욕망의 부재일 수 있고, 그 영원성을 인간 내부의 영역으로 이끌어오는 일일 수도 있다. 또 궁극적으로는 그렇게 자연과 하나가 됨으로써 자연의 섭리, 우주의 섭리를 따르는 순수한 맥락에서의 자연인이 될 수도 있다. 그러나 그것이 어떤 모양새를 취하든 궁극적으로는 정신의 해방과 연결된다는 사실이다. 보편적인 사실이긴 하지만 근대란 합리화에 의해 구축된 세계이다. 그것은 한편으로는 이성이고, 그리고 이 의식에 바탕을 둔 의미의 체계를 만들어가는 사회이다. 그런데 근대가 의심스러운 것이 되고 부정받게 되면, 소위 근대에 의해 자행된 모든 것들 역시 똑같이 부정적인 운명에 처할 수밖에 없게 됨은 당연한 일일 것이다.

근대에 대한 안티테제를 설정할 경우, 문학 내적 질서에서 가장 먼저 방법적 의장으로 사용되던 것이 의미에 대한 부정이었음은 잘 알려진 일이다. 의미를 만드는 일이야말로 근대의 대표적인 표징가운데 하나였기 때문이다. 따라서 의미를 부정하는 일은 비이성적으로 되는 것이고, 궁극적으로는 정신의 자유를 획득하는 일이 될 것이다[12].

> 바람도 없는데 꽃이 하나 나무에서 떨어진다. 그것을 주워 손바닥에 얹어 놓고 바라보면, 바르르 꽃잎이 훈김에 떤다. 화분도 난(飛)다. 「꽃이여!」라고 내가 부르면, 그것은 내 손바닥에서 어디론지 까마득히 떨어져간다.

12) 이러한 사유의 극단을 보이는 것이 초현실주의를 비롯한 아방가르드의 사조이다.

지금, 한 나무의 변두리에 뭐라는 이름도 없는 것이 와서 가만히 머문다.

「꽃 · Ⅱ」 전문

인용시는 '꽃'을 소재로 한 김춘수 시들 가운데 하나이지만, 개념과 존재의 길항관계를 탐색해들어가는 시인의 시들 가운데에서는 첫 번째에 속하는 작품이다. 익히 알려진 대로 이 작품의 함의는 '한 나무의 변두리에 뭐라는 이름도 없는 것'으로 표상되는 본질에 대한 접근법에 있다. 시인은 본질에 대한 앎의 의지를 '꽃'이라는 이름을 붙임으로써 시도해본다. 그러나 그것은 내가 '꽃이여'라고 부르는 순간 내 손바닥에서 멀어져간다. 여기서 멀어져 간다는 것은 꽃이라는 개념을 통해서 사물의 본질에 이르려는 시도가 가능하지 않음을 의미한다. 왜 그러한 것일까.

근대를 특징짓는 계몽의 이상이 실패로 돌아간 이상, 이를 뒷받침하고 있는 의미의 세계는 더 이상 존재의 이유가 없어졌다. 의미는 도구적 이성의 산물이며, 따라서 그것에는 온갖 종류의 이성의 때가 묻어 있다. 이미 혼탁해진 '꽃'이라는 개념으로 본질에 접근할 수 없는 이유가 여기에 있다. 그렇기에 '꽃이여'라고 내가 부르게 되면, 곧 그 본질에 접근하고자 하면, '그것은'(꽃이 아니다) 내 손바닥에서 벗어나게 되는 것이다. '그것은' 오직 '뭐라는 이름도 없는 것'으로 머물 경우에만 그 순수한 본질을 간직하게 된다. 그러나 개념으로 접근하면 본질에 이를 수 없지만, 개념이 아닌 경우에 그 꽃은 반응을 한다. 떨어진 꽃을 주워 손바닥에 얹어 놓고 바라보면, 꽃잎이 "훈김에 바르르 떨"기 때문이다. 의미의 때란 이렇듯 본질에 대한 접근을 가로막고 있는 것이다. 따라서 근대의 도구화된 이성으로부터 시인이 탈출하고자 하려 한다면, 그는 때묻은 언어에서 탈출하지 않으면 안된다[13]. 그러나 김춘수는 개념과 본질 사이를 오갈 뿐 그 진정한 본질에는 이르지 못하고 있다. 아직도 때묻은 언어에 집착하고 있기 때문이다.

나는 시방 위험한 짐승이다.
나의 손이 닿으면 너는
미지의 까마득한 어둠이 된다.

존재의 흔들리는 가지 끝에서
너는 이름도 없이 피었다 진다.
눈시울에 젖어드는 이 무명의 어둠에
추억의 한 접시 불을 밝히고
나는 한밤내 운다.

나의 울음은 차츰 아닌 밤 돌개바람이 되어
탑을 흔들다가
돌에까지 스미면 금이 될 것이다.
―얼굴을 가리운 나의 신부여.

「꽃을 위한 서시」 전문

인용시는 「꽃 · Ⅱ」의 연장선에 있는 작품이다. 「꽃 · Ⅱ」에서 개념와 본질의 줄타기가 보다 직접적이고 명시적으로 나타난 경우라면, 「꽃을 위한 서시」는 둘 사이의 갈등이 간접적인 형태로 나타나 있다. 이 작품의 서두는 본질에 접근하고자 하는 시인 자신을 매우 과격하게 표현함으로써 시작된다. 시인은 그것에 이르고자 하는 욕망이 매우 강한 까닭에 '위험한 상태'에 놓여 있다. 어떻게 하든 본질에 다가서려는 욕심으로 인해 의욕이 너무 앞서 있기 때문이다. 시인은 여기에 이르기 위해 '손'으로 은유된 또

13) 정귀영, 『초현실주의 문학론』, 의식, 1987, p.105.

다른 개념의 도구를 사용하게 된다. 그러나 「꽃 · II」의 경우처럼, 그것에 접근하려 하면 그것은 또다시 '미지의 까마득한 어둠'으로 구현될 뿐 명확한 어떤 실체로 현상되지 않는다. 그럼에도 시인은 쉽게 포기 하지 못하고 추억의 한 접시 불을 밝히고 한밤내 접근을 시도한다. 그러나 이내 좌절하고는 그 이룰 수 없는 슬픔으로 우는 존재로 전락해 버린다. 시인이 다가가고자 하는 대상은 끝내 '얼굴을 가리운 채' 현현하지 않기 때문이다.

개념으로는 접근할 수 없는 본질, 때문은 언어로는 결코 사유될 수 없는 본질에의 가열찬 탐색의지가 '꽃' 연작시의 주제들일 것이다. 그러면, 김춘수가 끊임없이 육박해 들어가려 하는 그 본질이란 무엇일까. 그것은 시인의 문맥대로 본다면, 개념이전의 어떤 것이다. 특히 의미화할 수 없는 것에 가깝다. 그렇기에 그것은 기존의 언어로는 접근 불가능한 세계이다. 언어는 사물을 왜곡시키기 때문이다[14]. 그곳에 이르기 위해서는 언어 없이 직접 접촉해야만 한다. 그것은 개념 이전의, 언어 이전의 상태로 존재하는 것이기 때문이다. 이렇게 본다면 그것은 무(無)의 세계와 가까운 것이라 할 수 있다. 언어로 구별되기 이전의 존재란 결국 무(無)로 표기될 수밖에 없기 때문이다[15].

고립자 의식에서 출발한 김춘수의 시들이 탐색해 들어온 것은 그러한 고립자의 의식을 벗어던지고 동일화된 세계로 나아가는 것이었다. 그 사유의 여로에서 만난 것이 원시의 세계였다. 이는 인식의 완결을 위해서도 좋은 매개였고, 동일성의 사유를 완성하기 위해서도 좋은 매개였다. 그리고 다른 하나가 본질의 세계이다. 앞서 언급대로 시인의 탐색하고자 한 본질이란 언어 이전의 세계이다. 개념과 때묻은 언어로는 접근 불가능한 세

14) 박이문, 『노장사상』, 문학과 지성사, 1992, p.26.
15) Ibid., pp.30-37.

계가 바로 시인이 육박해들어가고자 한 본질의 본 모습이었다.

> 겨울하늘은 어떤 불가사의의 깊이에로 사라져 가고,
> 있는 듯 없는 듯 무한은
> 무성하던 잎과 열매를 떨어뜨리고
> 무화과나무를 나체로 서게 하였는데.
> 그 예민한 가지 끝에
> 닿을 듯 닿을 듯하는 것이
> 시일까.
> 언어는 말을 잃고
> 잠자는 순간,
> 무한은 미소하며 오는데
> 무성하던 잎과 열매는 역사의 사건으로 떨어져 가고.
> 그 예민한 가지 끝에
> 명멸하는 그것이
> 시일까.
>
> 「나목과 시 서장」 전문

자문하는 형식으로 씌어지긴 했지만 김춘수의 시에서 예외적으로 볼 수 있는 시론시이다. 여기서 시인이 보는 시란 예민한 가지 끝에서 명멸하는 어떤 것이기도 하고, 또 그렇지 않은 것이기도 하다. 단지 시란 그런 것이 되어야 하지 않을까 하는 막연한 판단만이 제시되어 있는 것이 이 작품의 함의이다. 그럼에도 이 작품이 김춘수의 시세계에서 차지하는 비중은 매우 크다. 그것은 시인이 '꽃' 연작시에서 사유했던, 언어의 테두리가 무엇이 되어야하는 것인가를 또 그러한 언어를 통해서 직조되는 시란 어떤 것이 되어야 하는 것인가를 극명하게 보여주고 있기 때문이다. 그 표명들은 서로 대조되는 사물의 차이와 그 속에서 솟아나는 인식의 차이에 의해 이루어진다. 곧 '무성하던 잎과 열매'에 '나체'가 대응되고, '언어'에 '무한'이 대응하면서 직조되는 것이다. '무성하던 잎과 열매'는 김춘수의 표현에 따르면, 개념의 세계에 가깝다. '잎'과 '열매'에 의하여 나무는 분명한 실체를 띄고 나타나기 때문이다. 그러나 '잎'과 '열매'가 사라지면, 곧 나체가 되면 나무의 개념은 사라지고 본질 그 자체만 남게 된다. 김춘수는 그러한 본질에 다가갈 듯 어른거리는 것을 시가 아닐까 하고 자문해 보는 것이다. 이는 그의 글쓰기가 단순히 어떤 개념이나 의미의 세계를 구축하는 데 있는 것이 아니라 그러한 개념체계를 뛰어넘는 어떤 초월적인 것에 있음을 말해준다.

두 번째는 언어가 말을 잃고 잠자는 순간 무한이 미소하며 다가오는 상황이다. 여기서 무한은 다소 시간적인 면이 강하게 드러나는데, '무성하던 잎과 열매를 역사의 사건'으로 떨어뜨리기에 그러하다. 그럼에도 무한을 너무 시간적인 국면으로 해석할 필요는 없을 듯하다. 그것은 언어가 말을 잃고 잠자는 순간 다가오는, 본질의 또 다른 이름이기 때문이다.

물상에서 언어가 떠날 때, 본질만이 남는 것은 당연한 일이긴 하지만, 언어가 떠나간 자리가 평온한 순간으로 머물러 있는 것은 아니다. 하나의 개념이 사라진 자리, 그리하여 어떤 이름들을 또다시 이곳에 덧붙여도 가능한 자리이기에, 그 가지 끝은 예민해질 수밖에 없다. 김춘수가 '무성한 잎과 열매'가 떨어진 곳을 '예민한 가지 끝'이라고 표현한 것은 이 때문이다. 매우 역동적이고 활력이 넘치는 이 끝은 그러나 언어로 명명되기 이전에는 절대의 어떤 공간으로서 유토피아적 평화가 넘치는 곳이 된다. 이는 개념 이전의 상태인 무의 세계와 가깝다. 잃어버린 고향, 선험적 고향으로 되돌아가는 시인의 시적 전략은 이렇듯 언어 이전의 상태로 되돌아가는 것이었다. 시인의 필생의 시적 고뇌의 산물인 무의미는 이렇게 탄생했다.

언어가 떠나간 자리와 다시 그곳에 언어가 달라붙으려는 이 끊임없는 역동성 속에 존재하는 것이 김춘수가 만들어낸 무의미의 시이다[16]. 그곳은 언어를 잃은 상흔과 이를 메우려는 또 다른 언어의 힘이 소용돌이치는 자리이다. 그러나 어느 곳에도 이끌리지 않고 중간자리를 올곧게 지키는 것, 곧 개념화로 나아가지 않는 것이 김춘수 시가 나아간 궁극이자 근대를 초극하는 자리라 할 수 있다.

4. '무의미 시'의 근대적 성격

'무의미'로 표상되는 김춘수의 시세계는 한국 현대시사에서 예외적인 국면 가운데 하나이다. 엑조티시즘적인 성향이 강한 한국 모더니즘 시사에서 김춘수의 그것은 독창적인 자리를 차지하고 있기 때문이다. 의미의 부재로 특징지워지는 무의미의 시들은 의미를 추방해버리는 모더니즘의 시적 전략과 크게 다른 것이 아니다. 그럼에도 김춘수의 무의미 시가 시사적 맥락을 가질 수 있었던 것은 그것이 한국 근대 모더니즘의 역사에 있어서 고유한 방법적 자각이었다는 사실에서 찾아진다.

김춘수의 무의미 시들은 모더니즘의 제반 사유와 그 정신사적인 기반에 의해 촉발된 것임에도 불구하고 근대성의 전략과 결부되어 논의되지 못했다. 그의 시들은 전쟁직후 유행하던 실존주의의 자장 속에서 규명해내기

16) 실상, 이후의 김춘수는 다양한 형태의 시적 의장을 동원하여 무의미를 만들어가지만, 「나목과 시 서장」만큼의 시를 만들어내지는 못했다고 할 수 있다. 가령, 이중섭이나 처용, 혹은 타령조 등의 대상을 끌어들여 무의미의 시적 전략을 펼쳐보였지만, 이는 거의 사족에 불과할 뿐이었다. 이에 대해서는 신범순, 『한국 현대시의 퇴폐와 작은 주체』, 신구문화사, 1998, p.241. 참조.

도 하고, 경우에 따라서는 「부다페스트에서 소녀의 죽음」등과 같은 작품을 현실주의적 맥락으로 탐구한 경우도 있다. 그리고 대부분의 경우는 무의미 시론과 무의미 시의 본질에 대한 탐색에 받쳐졌다. 그러나 이러한 연구들 역시 본질에 대한 접근보다는 김춘수 자신의 논리에 따라 추수적으로 뒤따라가는 혼돈를 범했다. 그리하여 시인이 말한 무의미 시론이라는 방법적 의장을 곧바로 시에 대입시켜 그 성공여부를 나름대로 점검해본 경우도 있고 그것이 지향하는 세계를 김춘수 자신의 논리에 따라 막연하게 뒤따라들어간 경우도 있다.

김춘수의 무의미 시들은 단순히 방법적 의장이나 형식적 논리에서 온 것이 아니다. 그의 시들은 근대를 치밀히 인식하고 이를 헤쳐나가려는 방법적 자각에서 온 것이었다. 근대를 사유의 여행구조라고 한다면 김춘수 다른 어느 시인보다 그러한 여행에 충실했다. 무엇보다 김춘수 시의 출발은 고립자의식에 있었다. 이는 합리주의로 표상되는 근대의 파장 속에 필연적으로 수반될 수밖에 없었던 선험적 고향상실의식과 관련이 깊다. 그는 철저하게 나 혼자뿐이라는 절대적 고독을 느꼈던 바, 이 의식은 다름아닌 근대가 가져다 준 산물이었다.

무의미라는 정신의 절대 자유에 이르기까지 김춘수가 근대에 대응하는 방식은 나르시시즘과 원시주의였다. 나르시시즘이란 절대의 고독 상태에서 삶의 시선이 적당한 출구를 찾지 못할 때 발생한다. 일종의 자아도취 현상이 발생하는데, 이 상태에 이르게 되면 스스로에 대해 인식하고 만족하는 절대의 상태에 빠지게 된다. 이런 전략이 근대의 사유 속에 편입될 수 있는 근거는 인식의 완결을 향한 하나의 도정일 수 있다는 점에 있을 것이다. 그리고 무의미에 이르는 김춘수 시의 또다른 특징 가운데 하나는 원시주의이다. 김춘수는 초기부터 잃어버린 선험적 고향에 대한 기억의 반추를 되새김질 해 왔다. 그것은 주로 기억의 장치에 의해서 이루어졌던 바, 잃어버린 고향에 대한 기억과 그것을 찾아헤매이는 그리움은 김춘수 시를 이끌어가는 또다른 에네르기가 되었다. 야만주의가 문명이전의 모든 것을 담고 있으며, 문명의 좌절에 대한 반문명적 표현이라면, 이에 대한 끊임없는 사유의 여행은 김춘수에게는 근대에 대응하는 또다른 시적 전략이었다고 할 수 있다.

이러한 여로구조를 통해서 김춘수가 마지막으로 도달한 것이 무의미의 세계이다. 무의미란 의미가 없는 세계이고, 의미가 없다는 것은 개념으로 접근할 수 없는 세계이다. 개념으로는 접근할 수 없는 본질, 때문은 언어로는 결코 사유될 수 없는 것이 무의미의 세계이다. 그러면, 김춘수가 끊임없이 탐색하려한 무의미란 무엇일까. 무의미란 개념이전의 어떤 것이고, 특히 의미화할 수 없는 것이다. 그렇기에 기존의 언어로는 접근하는 것이 거의 불가능한 세계이다. 그곳에 이르기 위해서는 언어 없이 직접 접촉해야 한다. 그 본질이란 개념 이전의, 언어 이전의 상태로 있기 때문이다. 따라서 그것은 무(無)와 같은 세계이다.

언어가 떠나간 자리에서의 시쓰기, 그것이 김춘수가 추구한 무의미 시의 본뜻이다. 근대에 대한 김춘수의 이러한 시적 전략은 방법적 의장에서 찾아진 최초의 시쓰기라는 점에서 중요한 시사적 가치가 있다.

찾아보기

ㄱ

저자약력

송 기 한

충남 논산생
서울대학교 국어국문학과 졸업
동 대학원 졸업. 문학박사. 문학평론가
현재 대전대학교 국어국문학과 교수

저서 및 역서

『마르크스주의와 언어철학』(역서, 1988)
『프로이트주의』(역서, 1991)
『한국 전후시와 시간의식』(1996)
『해방공간의 비평문학』(공편저, 1996)
『문학비평의 욕망과 절제』(1998)
『북한 문학의 이해』(편저, 2000)
『한국 현대시의 서정적 기반』(2002)
『고 은』(2003)
『윤곤강 전집1 · 2』(공편저, 2005)
『한국 현대시사 탐구』(2005)
『시의 형식과 의미의 유희』(2006)
『1960년대 시인연구』(2007)
『21세기 한국시의 현장』(2008)

한국 현대시와 근대성 비판

초판인쇄 2009년 4월 28일
초판발행 2009년 5월 7일

저자 송기한
발행 제이앤씨
등록번호 제7-220

주소 서울시 도봉구 창동 624-1 현대홈시티 102-1206
전화 (02) 992 / 3253
팩스 (02) 991 / 1285
홈페이지 http://www.jncbook.co.kr / 제이앤씨북
전자우편 jncbook@hanmail.net
책임편집 조성희

ISBN 978-89-5668-707-0 93810 **정가** 20,000원